Conspiración en la noche

Conspiración en la noche

Jezz Burning

© Jezz Burning, 2009

Primera edición: abril de 2010

© de esta edición: Libros del Atril, S.L.
Marquès de l'Argentera, 17. Pral.
08003 Barcelona
info@terciopelo.net
www.terciopelo.net

Impreso por Brosmac, S.L.
Carretera de Villaviciosa - Móstoles, km 1
Villaviciosa de Odón (Madrid)

ISBN: 978-84-92.617-33-3
Depósito legal: M. 7.531-2009

Todos los derechos reservados. Quedan rigurosamente prohibidas,
sin la autorización escrita de los titulares del copyright, bajo
las sanciones establecidas en las leyes, la reproducción total o parcial
de esta obra por cualquier medio o procedimiento, comprendidos
la reprografía y el tratamiento informático, y la distribución
de ejemplares de ella mediante alquiler o préstamos públicos.

Dedicatorias

*E*sta vez quiero empezar agradeciendo a Christer Aronsson la inestimable ayuda que me ha prestado en cuanto al conocimiento de Estocolmo en todos los ámbitos. Gracias «Sueco», tienes un corazón que no te cabe en el pecho y algo que nada tiene que ver con tu estatura pero que te hace muy grande.

Seguidamente, a Isabel Gordo Palmero. Siempre estás ahí cuando te necesito, amiga. No cambies nunca.

A esas increíbles mujeres que componen «La lobera» los viernes por noche. Amigas en el mayor ámbito de la palabra, casi hermanas. Siempre os tengo en el pensamiento.

También a mis compañeras escritoras de novela romántica que componen Adarde (Asociación de Autoras Románticas de España). Sois todas maravillosas y únicas.

Cómo no a mi familia, a la que quiero con toda mi alma.

Y, por supuesto, como siempre a mis lectores.

Jezz Burning
http://jezzburning.com

*L*a libertad, Sancho, es uno de los más preciados dones que a los hombres dieron los cielos; con ella no pueden igualarse los tesoros que encierran la tierra y el mar; por la libertad, así como por la honra, se puede y debe aventurar la vida.

MIGUEL DE CERVANTES
El Quijote, (II, 58)

Prólogo

—Sistema activado.

»Penetrando en el hemisferio izquierdo.

»Penetrando en el área de control perceptivo.

»Localización de almacenamiento de datos.

»Inicio de la función de sustracción. Proceso al veinticinco por ciento..., cincuenta..., setenta y cinco... Función finalizada.

»Preparación de la inserción de nuevos datos...

»Insertando... Proceso terminado.

»Penetrando en el hemisferio derecho...

»Localización de nueva área de recepción de datos sustraídos.

»Sistema de reinserción activado.

»Inicio de la función de almacenamiento de datos.

»Insertando. Proceso al cuarenta por ciento..., sesenta... Proceso terminado.

»Retirando instrumental.

»Constantes vitales de la paciente, estabilizados: ritmo cardiaco moderado y regular, respiración normal.

»Desactivando sistema.

El Sistema Invasivo Neuronal, o SIN, había realizado un buen trabajo. Sus ojos cansados observaron cómo, con movimientos fluidos, controlados mecánicamente, aquel inmenso chisme regresaba a su posición de descanso y se iban apagando cada uno de los pequeños diodos LED que parpadeaban hasta ese momento. Sólo existían dos en todo el mundo y ambos habían sido diseñados y creados por su raza. Un departamento entero del centro de investigación se dedicaba únicamente al desarrollo y mejora del modelo original. El otro ejemplar, se erguía ante sus ojos.

La idea que motivó a su creador fue conseguir algo con lo que modificar la memoria de los humanos que habían tenido un contacto directo con los licántropos. De sobras era sabido que sus patrones mentales eran mucho más simples. Sólo cuando el modelo de prueba fue construido se pensó en un gran y serio abanico de posibilidades para la aplicación militar de su raza.

Hacía años que no realizaba en persona ninguna intervención y sólo se dedicaba al control desde la zona acristalada superior. Pero ésta era especial, sentado a varios metros, frente al panel de control, para no estorbar el movimiento de la máquina, había logrado echar al par de operarios que apoyaban al técnico en su función, siendo el único para manejarla. Si no fuera por la camilla y el potente foco que iluminaba el cuerpo que descansaba sobre ella, así como la presencia del SIN, aquella sala hubiera podido confundirse con cualquier celda de reclusión de un manicomio.

Cuando recibió la orden de efectuar la intrusión en el cerebro de la hembra, se había negado rotundamente. El procedimiento aún estaba en experimentación, no era del todo seguro. Podían haberse dado miles de situaciones críticas en las que sin duda alguna, ella hubiera perdido la vida o, quizá, terminado en estado vegetativo.

Y aún no estaba fuera de peligro, tendrían que pasar varios días hasta saber si había sufrido alguna merma tanto en su actividad cerebral como física.

La conocía, como a tantos otros. No existían tantas Puras como para pasar desapercibida. Pocas nacían y menos aún llegaban a la edad adulta. Pero además, aquella hembra en particular era especial.

Nacida de dos originales, Selenia era, dentro de su rango, de las más fuertes, ya que no podía existir un ser nacido entre dos Puros. Precisamente esto fue lo que alegó en contra de aquella práctica cuando recibió la orden. Las hembras puras escaseaban y sólo ellas tenían el poder de concebir un Dominante, en el raro caso de que decidiera aparearse con un Original y los dioses concedieran su beneplácito, algo que ocurría una vez cada varios siglos. Y nunca los antiguos escritos hablaron de una Dominante hembra.

Otro de los inconvenientes de la maldición: a mayor pureza, menor posibilidad de reproducción. Ése era, y no otro, el motivo por el que las pocas Puras que existían decidieran probar suerte con licántropos de rango inferior, prefiriendo a los Híbridos para emparejarse. No obstante, esto tampoco proporcionaba la seguridad de la concepción, aunque sí un mayor porcentaje de éxito.

Como licántropos de increíble fuerza y capacidad para soportar el dolor, las Puras que dejaban de lado su instinto de reproducción solían formar parte de grupos de seguridad que velaban por el buen funcionamiento del sistema, cuidando de mantener el orden entre las diferentes manadas. El propio Consejo controlaba su nacimiento y guiaba su formación para asegurarse que en el futuro, al alcanzar la madurez, fueran situadas en los diferentes departamentos para los que demostraban más aptitudes.

Según su expediente, así fue como Selenia, finalizada su instrucción en Sicilia, su tierra natal, fue trasladada hasta el centro neurálgico de la raza, en Estocolmo. Gracias a su inteligencia despierta y la superioridad que manifestaba en técnicas de combate, terminó liderando un grupo de elite en muy poco tiempo, que cuidaba de la seguridad en las más altas esferas del Consejo.

Recordaba perfectamente cuándo la vio por primera vez, hacía unos tres meses, recién llegada. Apenas sí llevaba acomodada en el complejo un par de días y ya caminaba por las instalaciones con el aplomo del más veterano.

Su figura sinuosa, el largo pelo azabache hasta las caderas y su rostro en el que resaltaban, bajo el flequillo, el profundo color negro de unos ojos que brillaban como dos esferas ardientes así como unos voluptuosos labios muy sugerentes que despertaban el deseo de los machos y los celos en las hembras. No existía un punto intermedio cuando se trataba de lo que Selenia provocaba; admiración o envidia.

Incluso en aquel momento, mientras la miraba reposar inconsciente sobre la mesa de operaciones, su aspecto demostraba una sensual tendencia a la arrogancia. Pero no en el sentido negativo de la palabra; Selenia sabía perfectamente dónde estaban sus limitaciones. Aunque, hasta el momento, no se le conocía ninguna.

Su forma de tratarlo jamás reveló que le interesara más allá de una buena amistad, sin embargo, para él seguía siendo difícil, igual que para muchos, no pensar en ella como en la licántropo idónea con la que formar una pareja. Por eso, en aquel momento la preocupación por su bienestar conseguía que no pudiera pensar en nada más. Desde el día en que se conocieron supo que jamás podría negarle nada y ella contaba con eso. Fue a él a quien eligieron para ayudarla y jamás tomaba una decisión sin estudiarla concienzudamente. «No le fallaría», pensó mientras apretaba con fuerza el teléfono móvil que le había proporcionado una hora antes.

Capítulo uno

Estocolmo. Veinticuatro horas después.

Antes de abrir los ojos supo que aún era de día. Los rayos del sol tardío entraban por alguna parte, dándole directamente en la cara. Sentía la suave calidez de su caricia y durante unos segundos observó el tono rojizo del interior de los párpados. En ese mismo momento el dolor hizo su aparición, atravesándole la cabeza de punta a punta, de atrás hacia delante, consiguiendo que deseara volver a estar dormida.

Se concentró, enfocando todo su poder sobre él, tomándolo como el enemigo al que le enseñaron a vencer, reduciéndolo hasta eliminarlo. ¡Bien!, siempre había sido buena en eso.

Otro tema era el caos que existía en su mente.

Abrió los ojos.

El techo metálico y ondulado fue la primera imagen que recibió. Moviendo los globos oculares su campo de visión se amplió. ¿Una furgoneta? ¿Qué demonios hacía en una furgoneta?

Su mirada voló hacia sí misma. ¡Gracias a Dios estaba vestida!

Generalmente recordaba sus correrías después de haber pasado horas en su forma animal, pero debía reconocer que otras veces... Otras veces simplemente no tenía ni idea de lo que había estado haciendo.

En alguna ocasión despertó incluso en medio de situaciones algo comprometidas. Pero era una hembra de recursos y siempre salía airosa.

Aunque aquella, desde luego, no era su ropa. Lo peor es que tampoco logró recordar cómo se había hecho con ella. No reconocía el vaquero, la camisa ni la cazadora con la que iba vestida, aunque indudablemente eran de su talla, al igual que las botas de caña alta y tacón grueso que calzaba.

Todo estaba muy bien pero ¿cómo había llegado hasta allí? Buscó en su mente. De nuevo sintió como si su cerebro fuera atravesado por un fino hilo de acero que le hizo apretar los dientes. Ignorándolo, siguió en la búsqueda de respuestas.

¿Qué había hecho en los últimos días? ¿O eran semanas?

Lo primero que acudió a su mente fue la noche que pasara con Bjorn. Muy atractivo, con buena labia y mejores músculos, de los que solían llamar su atención. Pero desgraciadamente para él, demasiado simple entre sábanas. Salió de su apartamento en cuanto notó que dormía, calificándolo como «promesa incumplida».

Despacio, intentó incorporarse, no podía pasarse todo el día tratando de averiguar qué demonios le ocurría.

Una vez consiguió sentarse, pudo ver una mochila y un casco a sus pies. Quizá allí encontrara las respuestas que su mente le negaba.

El interior de la bolsa reveló una tarjeta de acceso a no sabía dónde con el nombre impreso de DOCTOR LARSSON, un juego de llaves, varios enseres que siempre llevaba consigo y un iPhone.

Cogió el casco entre las manos. Al levantarlo, un par de guantes cayeron produciendo un suave golpe sobre el metal. Intrigada, investigó uno de ellos y sus dedos toparon con otra llave.

«Un trabajo», se dijo mientras la observaba brillar sobre la palma de la mano. Todo aquel montaje tenía que deberse a ello. Reconocía el modo de proceder de su gente. Pero que el demonio se la llevara si recordaba el objetivo.

La pantalla del teléfono móvil se iluminó al sonar. Tres estridentes pitidos que arrancaron tres sonoros tacos de sus labios mientras se llevaba las manos a las sienes. Lo cogió con la intención de estamparlo contra el salpicadero del vehículo pero se contuvo. Un mensaje, un maldito mensaje automático. Pero ¿de ella misma?

De: Selenia II
   Tranquila. Tardarás aún unas horas más en sentirte recuperada del todo, has pasado por una operación delicada. Este mensaje te lo has escrito antes de que todo empezara. Pero vamos a lo importante. Como ya habrás notado, esto va de trabajo. Pero no uno cualquiera. Las llaves son de un apartamento en Galam Stan. La moto es de alta cilindrada, una Ducati Superbike 1098 roja, aparcada justo al lado de la furgoneta. Objetivo: «foto de archivo adjunta». Esperar órdenes. Nombre en clave para la operación: Ragnarok.

Tocó levemente la pantalla para descargar el archivo. La fotografía mostraba el primer plano de un macho de cabello largo y dorado, sonrisa enigmática y ojos de un verde luminoso que la miraban directamente. Tenía todo el aspecto de un vikingo del siglo XXI. El tipo posaba para la foto con total naturalidad. ¿Quién demonios sería?
   ¿Qué más daba? En realidad no importaba lo más mínimo. Era un trabajo, un objetivo, seguiría las órdenes que recibiera y no haría más preguntas.
   De todas formas, tenía que reconocer que era un bocado muy atractivo, de los que una vez probado, apetecía repetir hasta sentirse saciada por completo.
   Guardó de nuevo el iPhone en la mochila, agarró el casco y salió al exterior. La Ducati estaba allí. La acarició suavemente; preciosa. Se enfundó los guantes y sujetó la melena antes de protegerse la cabeza, montar sobre ella e introducir la llave en el contacto. ¡Sí, vamos, nena! El motor rugía como una bestia enjaulada durante mucho tiempo. Sonrió. Metió la marcha y salió disparada del aparcamiento mientras se preguntaba si la sonrisa del macho sería de las que cumplía todo cuanto prometía.

Rebel se paseaba de un lado a otro de la habitación en la que se había citado con Fenrir. La operación Ragnarok ya había comenzado y sentía en su interior el cosquilleo de la anticipación frente a lo que estaba por venir.
   Si alguien, el día en que aquella escoria, que ahora se hacía llamar Alfa de Inglaterra y sus acólitos le desterraron de su pa-

tria, le hubiera dicho que escasamente un año después podría vengarse, probablemente no lo habría creído. Pero afortunadamente para él, y lamentablemente para ellos, así era.

Gracias a la posición de poder que tuvo junto al anterior Alfa inglés, Wild, había tenido acceso ilimitado a mucha información interesante. Datos que en manos de cualquier otro, con menos experiencia en temas políticos y militares, no hubieran servido para nada. Pero él sí supo cómo hacer buen uso de ellos. Sobre todo para localizar a aquellos que le ofrecerían la oportunidad de hacer las cosas bien.

En el pasado confió en el proceder de aquel par de extraños Infectados, Romulus y Remus, pensando que serían la vía perfecta para conseguir sus objetivos. No lo hacían del todo mal, pero ahora sabía que los gemelos fueron simples aficionados comparados con Fenrir.

El Dominante controlaba la situación de una manera formidable. Estando situado entre la flor y nata del Consejo, podía mover hilos con los que otros sólo podían soñar.

Recordó el día en que al fin consiguió entrevistarse con él. El muy hijo de perra era listo y puso en su lugar para recibirle a otro licántropo de confianza, vestido con la túnica que solía usar, mientras él escuchaba toda la conversación protegido por un cristal que, por su lado, era un simple espejo decorado con un suntuoso marco dorado. Sólo cuando estuvo seguro de que iba en serio y expuso el trato, Fenrir reveló su escondite transformando el espejo en una transparente ventana.

Únicamente en el momento en que lo vio se llamó idiota mil veces, ¿cómo podía haber tomado al primero por un Dominante?

Pocos eran los afortunados que habían tenido delante a uno de ellos. Apenas pudo verle el rostro envuelto en sombras, pero sus ojos… ¡Por todos los infiernos! Sus ojos jamás podría olvidarlos. El poder que desprendía era patente en toda la sala. Se movía con la tranquilidad y la fluidez que otorga la completa seguridad. Le habló sin pronunciar palabra, mediante lo que podría llamarse una conexión mental, conviniendo las ventajas y los inconvenientes de su colaboración.

Desde entonces, varias veces habían vuelto a reunirse, siempre en la más absoluta clandestinidad.

La puerta se abrió y la figura de Fenrir, como siempre encapuchado, entró en la estancia llenándola con su increíble fuerza.

—«Buenas noches, mi señor» —Se dirigió a él mentalmente pues sabía que era la mejor forma de hacerlo.

—«Buenas noches, Rebel. ¿Te han recibido los míos como mereces?»

—«Desde luego, mi señor» —asintió levemente con la cabeza pero sin apartar los ojos de él aunque éste no lo mirara.

—«Me satisface saberlo. Hoy en día es imprescindible poder confiar plenamente en que tus subordinados cumplirán con su cometido tal como se espera de ellos.»

—«Estoy seguro de que ninguno de los que te sirven osarían contravenir una orden tuya.»

—«Te sorprendería saber con qué regularidad no lo harían si no fueran controlados debidamente» —Fenrir al fin le enfrentó—. «Y bien, ¿qué noticias me traes?»

—«La operación Ragnarok ha comenzado sin incidentes. El grupo destinado pronto contactará con la enviada para conseguir su total infiltración entre el enemigo.»

—«Magnífica noticia, Rebel. Infórmame de todo cuanto suceda para proceder a iniciar la segunda fase del plan.»

—«Por supuesto, mi señor.»

Varulf entró en el Latin Kiss, local del licántropo eslavo, quitándose la cazadora. Allí siempre hacía demasiado calor. Comprobó que todo estaba exactamente igual que la última vez. El mismo aire viciado, la misma decoración ajada y pasada de moda, incluso las prostitutas que, sentadas al fondo del local esperaban a la clientela, guardaban cierto parecido físico con las antiguas. La música de los Latin Kings sonaba a un volumen que permitía hablar pero que también impediría oír a quien no estuviera incluido en la conversación.

—Comenzaba a pensar que ya no vendrías, Ruotsi.

—¿Me echabas de menos? —Sí, también Davor seguía ofreciendo el mismo aspecto con aquellas camisas hawaianas que acostumbraba a llevar. ¿No se suponía que los homosexuales sabían vestir? ¿O sólo era un mito?

—Es agradable volver a verte por aquí —respondió, sonriéndole coqueto, agitando las pestañas.

Los pómulos altos y la anchura facial del licántropo, característicos de su origen, dotaban al rostro de una apariencia demasiado ruda. Para compensarlo, se había dejado crecer una muy femenina y larga melena castaña con reflejos cobrizos, que ocultaba la cuadrada mandíbula. Los ojos azules se movieron inquietos mientras, cruzado de brazos, se apoyaba en la barra.

—¿Tienes lo que te pedí?

—Toma un trago mientras voy a buscarlo —dijo, abandonando su postura inicial y colocando frente a él un vaso y una botella de vodka.

Varulf le miró con una ceja arqueada:

—¿Crees que emborrachándome conseguirás algo?

—Nunca se sabe, querido. Nunca se sabe. —La respuesta le arrancó una sonrisa.

—Eres demasiado feo, hermano —dijo entre carcajadas mientras observaba cómo Davor desaparecía al final de la barra.

Miró el licor pero no hizo movimiento alguno para llenar el vaso. Cuando volvió a girarse para encarar el local prácticamente vacío, sus ojos se toparon con una mujer escasamente vestida, de rasgos latinos y mirada penetrante, que se pegó a su cuerpo, sobándose los pechos, ofreciéndoselos.

—Eh, guapo, ¿quieres pasar un buen rato? —preguntó frotando las caderas contra su sexo.

Varulf enseguida sintió los primeros síntomas de excitación.

—¿Cuánto?

—Si lo que se esconde bajo tus pantalones es real, te lo hago gratis.

—Te sorprenderías —respondió con la voz varios tonos más graves.

—¡Eh, zorra! —exclamó Davor, quien portando un voluminoso paquete en forma de arco, volvía del lugar al que se había marchado—. ¡Quita tus asquerosas manos de mi hombre!

La mujer se separó de él con desgana y clavó sus pupilas azules sobre el propietario:

—Que te jodan, cerdo —le insultó antes de volver a mirar al sueco.

—Quizá en otra ocasión —sonrió.

—Cuando quieras —contestó ella lanzándole un beso.

—Esas hijas de perra... —murmuró el dueño mirándola con verdadero odio. Varulf rio captando su atención de nuevo.

—Hacen su trabajo y..., lo hacen muy bien —añadió al sentir la potente erección apretándose contra la cremallera.

Cogió el paquete, sopesándolo. Bien, era ligero tal como esperaba. Sacó el precio pactado en metálico y lo dejó sobre el mostrador.

—¡Bah! Sólo son mujeres. Cuando me pruebes dejarás de pensar en ellas —aseguró atraído por el bulto de la entrepierna del sueco.

—Creo que ya lo hemos discutido Davor. Eso jamás pasará —dijo antes de encaminarse hacia la puerta.

—Lo sé, pero ya sabes lo que dicen, no sólo de pan vive el hombre.

—Tú eres lo menos parecido a uno, Davor. Pero sigue soñando. Sueña y deja de mirarme el culo.

En el exterior, el aire fresco consiguió reanimarlo. Los días eran mucho más largos y la luz del sol alcanzaba las horas nocturnas. Caminó despacio disfrutando al sentir el viento en el rostro. Aún faltaban algunas horas para que oscureciera y ya eran evidentes las muestras de trapicheos en las esquinas para aquel que estuviera atento o interesado en la mercancía.

Sentía el cuerpo tenso y entumecido. Demasiado tiempo sin actividad atrofiaba los músculos. Odiaba esa sensación. Quizá tendría que haber aceptado la oferta de la prostituta, una buena sesión de sexo le hubiera animado.

El aburrimiento era insoportable. Desde que dejara Londres, hacía casi un par de meses, recibía noticias de que su querido competidor estaba preparando algo, pero lo que fuera aún no se había dado a conocer. Quizá tuviera que tomar la iniciativa y atacar. De hecho, la idea cada vez le parecía más atractiva.

Debía reconocer que ese hijo de perra tenía una ligera idea de con quién estaba tratando.

Fenrir sabía de su pequeño inconveniente para leer las

mentes, sólo podía hacerlo cuando conocía el rostro del interesado y estando a cierta distancia. Siempre que había intentado buscar en la mente de alguien cercano a su contrincante, encontraba simplemente la imagen de un encapuchado y unos ojos encendidos, nada de rasgos faciales. El maldito Dominante se cuidaba de no ofrecer tal información a nadie.

En ese sentido estaba en desventaja. Pero algún día cometería un error. Sólo era cuestión de ser paciente.

El problema en sí radicaba en que la paciencia y él no se llevaban demasiado bien. El ejemplo perfecto fue la forma en que se cargó al enlace que utilizó el Consejo con el Infectado que pretendieron poner en el lugar de Amarok.

Se coló en su mente para tratar de absorber toda la información posible, accediendo a su memoria. No tuvo tiempo ni disposición para dialogar con él y conseguir traer sus recuerdos a un nivel de pensamiento más superficial para que la invasión no fuera tan agresiva.

Consiguió los datos, sí. Pero el muy flojo reventó en pocos minutos.

«Bueno», se encogió de hombros mentalmente, como Edison y sus fracasos tratando de inventar la bombilla, descubrió otra forma de matar sin usar las garras. Desde luego, la cabeza le resultó muy útil, sonrió travieso.

Lo mejor sería ir pensando en trazar un plan de acción, después de todo aquella misma tarde tenía una cita en Kulturhuset con el licántropo que le ayudaría a alcanzar su objetivo, según le habían informado sus contactos de confianza.

Ellos, una escasa minoría que apoyaba su causa, estaban demasiado involucrados en el Consejo como para realizar nada que llamara demasiado la atención y él tampoco deseaba ponerlos en peligro. Obligarles a hacer algo fuera de lo común sería como apuntarlos con el dedo. No deseaba levantar sospechas sobre sus cabezas, pues dejarían de estar en posición de ofrecerle una ayuda útil. Así que se limitaron a formar a un licántropo ajeno pero de confianza y diestro en estrategias.

Además, contaba con Davor, el consultor de datos perfecto, unas páginas amarillas con patas e información inusual. El licántropo se movía como pez en el agua en los ambientes más extraños y oscuros. Tenía buenos contactos en suburbios como

Rinkeby donde estaba su local y también en Alby, que conocían los pormenores de los negocios más retorcidos; por lo tanto, los que movían más dinero. Y lo más importante, esos conocidos suyos disponían de información sobre los licántropos bien situados que estaban relacionados con esos negocios, las víctimas más apetecibles para los extorsionadores y chantajistas.

Había aprendido hacía mucho tiempo a no volver la espalda a nada que más tarde pudiera servirle. El fin siempre justificaba los medios. Tal como estaban las cosas, habiendo conseguido llegar a aquel punto, no se permitiría dar un paso hacia atrás ni para coger impulso.

Había tenido que esperar demasiado y planear cada avance para poder ejecutar su plan: terminar con los parásitos que corroían un sistema que debería ser fuerte, siempre para beneficio de su raza. Ése era su destino desde que fue concebido.

Tuvo que emplear mucho tiempo en conocer a su adversario y su modo de trabajar. Razonar para poder hacerle frente, encontrando a aquellos que tuvieran el arrojo necesario para enfrentarse a él y toda la deshonrosa institución que había montado a su alrededor, capaz de cualquier cosa para seguir manipulando a todos a su antojo.

No todos los vejestorios que componían el órgano de gobierno estaban enterados de aquella especie de dictadura enmascarada. La mayoría llevaba calentando los bellos sillones, tapizados en rojo sangre, demasiado tiempo. Acomodados a un nivel de vida superior al normal, olvidando que detrás de aquel esplendor y riqueza que envolvía sus vidas existían muchos otros licántropos que cohabitaban con problemas diarios, cerrando los ojos a las batallas que seguían librándose en las calles contra los Infectados y otras formas de la misma calaña. No sólo eso, también habían olvidado lo que significaba el libre albedrío. Se dejaban llevar; aceptaban o derogaban leyes según la voz de unos pocos, sin tan siquiera pensar si era lo correcto o si estaban realizando la labor para la que fueron elegidos, sin preguntarse de quién o quiénes surgió la idea original del asunto que los reuniera. Se limitaban a dejarse arrastrar por el motor que más ruido hacía.

Odiaba a Fenrir, por muchos motivos, pero no cometería el error de subestimarlo. Manejaba los hilos del poder con habilidad impecable, permaneciendo oculto, dejando que otros disfrutaran de la fama de ser renombrados licántropos de poder, siendo así la cara pública de lo que, en realidad, él disponía.

Pues bien, se encargaría personalmente de eliminar cada una de las sujeciones de esos hilos hasta hacer caer la telaraña y, con ella, al ruin monstruo que la habitaba.

Terminaría de una vez por todas con el imperio de aquel desgraciado Dominante, para poder levantar sobre él un lugar verdaderamente seguro donde regir la vida de los suyos. Así, podría ocupar el sitio que le correspondía por derecho, pero esta vez sin necesidad de permanecer en la sombra.

Lycaón, Atrox, Amarok y Anpu serían de gran ayuda. Se había encargado de colocar por el momento a dos de ellos en una buena posición como Alfas que eran. El problema del indio había sido mucho más complejo y peligroso pues Fenrir iba tras él personalmente. El único modo de mantenerlo con vida fue haciéndolo desaparecer.

Creía que el Dominante había agotado su cupo de retorcida creatividad para hacerse con el poder absoluto pero estaba equivocado. ¡Incluso intentó crear un Wendigo! Su error fue usar a Tooanthu: un Infectado al que obligó a pasar por el execrable rito de ingerir el corazón de un Original, obteniendo como resultado a un obsesivo monstruo caníbal de insaciable apetito.

Saber que Fenrir se había acercado tanto a los ritos prohibidos lograba erizarle la piel de la nuca. Por eso, mantener ocultos los manuscritos que Amarok poseía era de suma importancia, pues interesaban a su enemigo más de lo que pudo imaginar aquella noche en la que escapó antes de que todo comenzara.

En ellos, además de la profecía del advenimiento y designio, también se explicaba el procedimiento a seguir para acabar con su vida, usando el poder resultante en beneficio del asesino. Ese fue el motivo por el que, al principio, tuvo que robárselos al indio. Amarok, completamente en la inopia, podría haberlos cedido gustosamente sin darse cuenta del error que cometía.

Ahora el indio le debía un inmenso favor, su propia vida. Aunque por supuesto únicamente reclamaría su ayuda como nagual y la lealtad como compañero.

Cuando fueron creados los documentos que poseía el indio también nació otro manuscrito, cuyo conocimiento e información sólo él y su padre conocían a la perfección. Para mantenerlo a buen recaudo, lo llevaba consigo, fuera donde fuera. Hablaba sobre cómo cumplir la profecía, lo que terminaría con aquella batalla de voluntades entre el Dominante y él. Pero necesitaría la ayuda mágica de dos naguales: Amarok y Anpu.

A aquellas alturas, Amarok debía suponerlo, pues ya conocería su secreto mejor guardado y Anpu... A Anpu había tenido que explicárselo cara a cara.

Aún recordaba la expresión de incredulidad que mostró el egipcio antes de realizar una perfecta reverencia. Como no podía ser de otro modo, esa muestra de obediencia y respeto tan trasnochada le proporcionó un buen rato de jocosas bromas a costa de su persona, hasta que de nuevo su rostro cambió para adoptar un rictus de completo enfado. Sólo entonces pudo controlarse.

No es que tuviera ningún tipo de miedo al licántropo de pelo negro y rizado con aspecto de hombre eternamente joven, pero sin duda se había ganado a pulso el respeto de muchos, incluido el suyo. No era recomendable tontear con alguien como él. Por eso lo había elegido como protector de Koram. El pimpollo iba a necesitarlo e incluso, con un poco de suerte y si los dioses estaban de acuerdo, aprendería algo.

Caminó unos metros más por las calles menos recomendables del conflictivo barrio hasta el lugar donde había dejado la Hayabusa perfectamente asegurada para evitar el robo. Los humanos seguían con sus insignificantes y cortas vidas, ajenos a todo cuanto se refería a los licántropos.

En cierto modo, envidiaba su bendita ignorancia.

Capítulo dos

Aún con la mochila a cuestas, Selenia guardó las llaves de la moto en el bolsillo de su cazadora, palmeándola suavemente mientras sonreía, todavía inmersa en la satisfacción que le proporcionaba su conducción.

Estaba en plena carrera hacia Gamla Stand cuando sintió la vibración del iPhone indicándole la recepción de un nuevo mensaje. Detenerse para consultarlo había sido una buena idea, aunque en aquel momento, disfrutando de la velocidad y el poderoso motor de la Ducatti, se le antojó como la molesta interrupción de un vendedor llamando a la puerta en pleno encuentro sexual.

De: Ragnarok
   Kulturhuset. BarCelona. 20:00 hora local. Objetivo: Contactar con el sujeto. Infiltrarse.

Ni siquiera el haber pensado en el color rojo de las letras que anunciaban la esencia de la impresionante construcción, lograba destacar demasiado, a menos que estuvieran encendidas. Algo que no sucedería hasta que la oscuridad fuera patente. En pleno mes de mayo, a aquella hora aún era de día. El verano se acercaba raudo.

Eso era bueno.

Llevaba ya mucho tiempo en Suecia pero de ninguna forma podía acostumbrarse a su ambiente de frío y oscuridad casi eternos en los meses de invierno. Sólo durante el verano el sol se apiadaba de ellos y concedía su presencia y su calor. Aún recordaba con añoranza la calidez de su tierra natal. En Sicilia todo era diferente. En realidad era prácticamente al revés, allí el frío apenas duraba un par de meses y nunca con aquellas odiosas temperaturas bajo cero.

De pronto imágenes que no supo situar asaltaron su mente, como los recuerdos de una extraña que se entremezclaran con las propias. Rostros de machos que no conocía le sonreían amistosamente. ¿Cuándo ocurrió eso? El dolor de cabeza amenazaba con volver.

Respiró profundamente un par de veces.

¿Qué consintió que le hicieran? Le habían jodido la cabeza. ¿Cómo lo había permitido?

Pero lo hizo. Eso sí pudo recordarlo con claridad.

Órdenes, siempre eran órdenes. Y nunca había desobedecido una sola. La seguridad de que aquélla sería la última vez la tentó y pasó por la prueba. Pero ¿qué le ofrecieron exactamente? Por más que intentaba recordarlo, no podía saberlo.

Tenía que concentrarse, la operación ya estaba en marcha. No era posible permitir que nada alcanzara la importancia necesaria como para pensar en otros problemas.

Pasaría por aquello, triunfante, como siempre. Sin dudar de su capacidad.

«¡Seguridad! Eso es lo que siempre pides a tus soldados. Un soldado inseguro, es un soldado muerto.»

Dejando el alto monolito de cristal, que se erguía en medio de la plaza Sergels, a su espalda, entró en el vestíbulo y rápidamente barrió toda la estancia con la mirada tratando de localizar algún cartel que le indicara donde encontrar ese BarCelona.

En el negro y pulido mostrador de información se anunciaban los próximos eventos de música, cine y literatura que se organizaban continuamente para entretenimiento y regocijo de todo aquel que pagara el precio de la entrada.

Un grupo de jóvenes pasó a su lado en dirección a la salida, comentando animados la espléndida biblioteca de cómics del lugar. Un par de ellos, los que quizá contaran con más edad, ralentizaron el ritmo y la miraron embobados, sin duda imaginando escenas en las que ella prefirió no pensar.

Selenia miró a ambos lados, el resto de los presentes parecían estar pendientes de sus propios intereses y, encogiéndose de hombros, aprovechó el momento y se acercó a los dos soñadores.

—¿Podéis ayudarme? Estoy buscando un lugar llamado BarCelona.

—Es un bar de tapas —gritó uno de los que había permanecido en el grupo más grande y que esperaba junto a la puerta a que los otros dos les siguieran.

—¿Tienes hambre, guapa? —le preguntó el que no despegaba los ojos de su escote mientras se relamía los labios.

—Estoy famélica —dijo algo enfadada mientras notaba un tufillo a alcohol que emanaba de la boca del jovenzuelo.

—Te invito a cenar, luego podemos ir a mi casa y… ya sabes…

Selenia sintió como el enfado se apoderaba de ella irremediablemente, ¿acaso los jovencitos de hoy en día no tenían educación?

—¡Oh! Muy amable por tu parte pero ¿ya te deja tu padre llevar tanto dinero encima? Perdóname pero no tengo por costumbre comer con alguien que no puede decirme de qué color tengo los ojos —contestó mientras con la punta de los dedos le levantaba el mentón.

—¡Eso es fácil! —atacó el compañero mientras el otro, libre de nuevo para poder bajar la vista, volvía a mirarle los pechos—. Son negros.

—¡Premio para el pequeño y avispado mozalbete! —Quizá necesitaran una buena lección y ya puestos a demostrar malos modales ella también sabía hacerlo—. Bueno, decidme lo que quiero saber y… después, prometo… enseñaros algo más —añadió mientras echaba los hombros hacia atrás para abrir un poco más la camisa.

Los chicos, extasiados, abrieron los ojos desmesuradamente y hubiera jurado que a uno de ellos se le desencajó la mandíbula al momento. Hablaron atropelladamente acerca del bar español que se encontraba en aquella misma planta, incluso le indicaron cuáles eran los bocados más suculentos.

Volvió a colocarse bien la ropa, asegurándose de no mostrar ni una sola porción de piel que pudieran encontrar lasciva y se aclaró la garganta.

—Muy amables —dijo mientras comenzaba a retirarse.
—¿Qué hay de lo prometido? —preguntó el más grosero.
—¿Qué más vas a enseñar? —preguntó otro.

Selenia sonrió sin humor mientras se llevaba una mano hasta los labios, aplicó un beso en su propio dedo corazón y lo alzó frente a ellos.

—¿Lo veis bien desde aquí o preferís que os lo meta en un ojo?

Los dos chicos se marcharon mascando insultos mientras el resto de su grupo, que no se había perdido ni un ápice de la conversación, se reía a su costa y bromeaban entre ellos.

Con las indicaciones recibidas encontró el lugar sin problemas. Un cartel con un toro y un torero brindando con una jarra de cerveza le dio la bienvenida.

Oteó la sala buscando el rostro de la foto sin encontrarla. Echó un vistazo a su reloj, había llegado pronto, aún no eran las nueve de la noche.

Eligió un lugar en la barra, no demasiado visible para los que entraban, pero desde el que poder vigilar el ir y venir de clientes, sin problemas. Ordenó agua mineral y bebió un poco mientras esperaba.

Varulf entró en el iluminado local. Las cuadradas y oscuras mesas de madera estaban repletas de comensales que conversaban animadamente en un ambiente ameno y distendido, que invitaba a pasar un rato de esparcimiento antes de retirarse al hogar. El olor de la comida colocada en los expositores llegó hasta su nariz consiguiendo arrancarle algún que otro gruñido al estómago.

Ignorando por completo a dos licántropos que había dejado justo a su espalda pero sin dejar de vigilarlos desde la misma puerta —adoptando el comportamiento del que busca con la mirada a alguien conocido—, aprovechó para revisar varias mentes de las presentes al azar, preguntándose cómo sería aquel con el que debía encontrarse.

Por precaución, acordaron que no tendría ni una sola pista de su físico, después de todo «a él no le iba a hacer falta», dijeron.

Cerca, una mujer solitaria lo miraba ensimismada. Interesado, se coló en su cabeza sin ser invitado y quedó gratamente sorprendido al encontrar una vívida imagen de lo que no podía ser más que una fantasía sexual con su persona de protagonista. Divertido e impresionado por la sensualidad que desprendía la sencilla mujer en su imaginación, le guiñó un ojo consiguiendo sonrojarla. Pero pronto el rostro femenino cambió al fastidio cuando otra hembra se interpuso entre ellos.

Varulf no pudo menos que clavar los ojos en la alta y bella figura que se paró frente a él con evidente muestra de sorpresa.

—Soy Selenia, tu contacto —dijo sin titubeos.

El pelo, negro y ondulado, caía a ambos lados de un rostro creado por artistas, hasta perderse tras la espalda. Dos enormes ojos del color del carbón, bajo unas cejas exquisitamente delineadas, presentaban una pequeña y perfecta nariz. Los labios, no demasiado grandes pero sí jugosos en el punto exacto, se entreabrieron mostrando la tentadora humedad del interior mientras esperaba a que él le dirigiera la palabra. Y su figura… tenía la mezcla exacta de curvas y músculos.

Hasta el entrenado olfato del macho llegó el aroma inconfundible de la Pura.

Varulf sonrió, alzando los ojos al cielo a pesar de la sorpresa inicial, cuando debería haber experimentado fastidio. ¿En qué estaban pensando los suyos al elegirla? Si esperaban que no la tocase es que no le conocían lo más mínimo.

—Estoy más que encantado de conocerte Selenia —respondió interpretando su papel, mientras comprobaba cómo su miembro se endurecía por segunda vez en un par de horas.

—¿Te parece que nos sentemos para charlar? —Su mano mostró el camino a seguir hasta un lugar en la barra.

—Se me ocurren cosas más interesantes que hacer contigo, pero sí, supongo que por el momento charlar estará bien.

Ella ni pestañeó ante aquella evidente falta de tacto y que el demonio se lo llevara si no apreció precisamente la inexistencia de ese gesto.

—¿Siempre eres tan directo?

—Sí, ¿algún problema?

—Ninguno. Nunca me gustó dar rodeos. Es evidente que el camino más corto para llegar a cualquier sitio es la línea recta.

—Indiscutiblemente —convino mientras le ofrecía que lo precediera.

   La lengua de Varulf asomó insolente entre los labios, relamiéndose, mientras se recreaba en el vaivén de las caderas de Selenia. Ella se acomodó de nuevo en el lugar que había escogido cuando llegó y Varulf se sentó enfrente.

   —¿Quieres tomar algo? —La mano femenina rodeó la botella de agua mineral para acercarla y beber, mientras el camarero esperaba el pedido.

   —Creo que ya imaginas la respuesta.

   —Nunca me ha interesado tener público.

   Varulf rio a su pesar:

   —Una jarra de cerveza estará bien —pidió en dirección al camarero que parecía estar pasándolo en grande escuchando la conversación.

   —Que esté bien fría —apuntó ella—. Creo que lo necesitas —añadió ante la ceja arqueada del sueco; una mirada bastó para evidenciar el abultamiento en sus pantalones.

   —Muy observadora. —La sonrisa con la que acompañó las palabras podría haber derretido un iceberg.

   Una vez se hubo refrescado la garganta, Selenia volvió al ataque.

   —¿No vas a preguntarme nada?

   —¿Debo hacerlo?

   —¿Cómo si no vas a saber que soy quien digo ser?

   —Tengo otros métodos. —La imagen de su propio rostro impreso en el cerebro femenino y la necesidad imperiosa de hablar con él habían bastado por el momento—. No te han hablado mucho de mí, ¿verdad?

   —Supongo que no era necesario. Me dieron esta foto —dijo mostrando el iPhone con el archivo abierto.

   Varulf recordó el momento exacto en que había sido hecha y sonrió. Eso explicaba el porqué ella tenía en mente la imagen que detectó. Era lógico, estaba buscándolo.

   —Entonces, no sabes nada, ni quién soy, ni qué quiero... —evidenció—. Ni siquiera si el motivo por el que estás aquí es lícito.

   —Me han ordenado ayudarte en lo que necesites.

   —Tentador... —murmuró entre dientes sin que aquella

sonrisa burlona desapareciera de su rostro—. Pero imagina por un momento que lo que debes llevar a cabo va en contra de tus principios. De todo aquello en lo que crees. ¿Qué harías entonces? —la probó.

Esto sí que pilló por sorpresa a Selenia. Aunque evidentemente, teniendo en cuenta el motivo real por el que se encontraba allí, supuso que era muy lógico que se planteara esa cuestión.

«Piensa. Piensa. Rápido.» ¿Qué respuesta esperaba recibir él? Si se mostraba escandalizada, podría decidir que no le servía para sus propósitos, y si por el contrario aceptaba el hecho sin más, podría ser que pensara que sólo era una autómata que recibía órdenes y las ejecutaba sin pensar por sí misma.

—Supongo que tendría que conocer las circunstancias que originaran esa acción para poder valorar.

—Realmente estás en la completa inopia —sentenció divertido.

—Bueno…, tú podrías poner remedio a eso explicándome lo que debo saber.

—Claro y lo haré, pero primero salgamos de aquí. —Aquello prometía ser divertido.

Selenia notó un casi imperceptible movimiento en las verdes pupilas de su acompañante.

En la entrada del local dos tipos se paseaban y charlaban como decidiendo si entrar o no. Para cualquier otro podrían haber pasado desapercibidos, sólo un par de colegas que trataban de acordar en qué lugar tomar un bocado.

—¿Te han seguido? —preguntó ella sin inmutarse.

—No a mí. Esos tipos ya estaban por aquí cuando llegué.

Selenia experimentó cierto malestar consigo misma pero lo escondió diestramente para que Varulf no notara nada. ¿Cómo no se dio cuenta? Trató de recordar los rostros de aquellos que había registrado al llegar. Esos tipos ya estaban allí antes de que ella hiciera su aparición.

—También cuando lo hice yo —señaló algo más satisfecha, al menos no había perdido toda su capacidad.

—Entonces es que conocían el lugar donde nos encontraríamos. Se han limitado a esperar. —Varulf volvió a mirarla, esta vez con los ojos algo entrecerrados.

—No creerás que tengo algo que ver, ¿verdad?

Pensó en una forma de representar lo que debía sin alarmarla, pero no encontró ninguna forma lo suficientemente buena para que ella no sospechara nada. Concluyó que lo mejor sería actuar como solía hacerlo siempre.

Penetró en su mente sin miramiento alguno:

—¿Quién te envía? —preguntó para que la información acudiera a su cerebro.

Selenia sintió la inmediata invasión como un tremendo *shock*, una tromba de energía que entró en ella abrasándola por dentro.

Varulf esperó un segundo. Nada. Todo seguía en negro profundo. Ni un sólo pensamiento llegó para responder a su pregunta.

—«¡Vamos! ¿Quién te ha enviado?» —preguntó de nuevo y el tono de su voz retumbando en su cabeza consiguió erizar la piel de la hembra, infundiéndole temor sin necesidad de tocarla.

La potencia de la fuerza que estaba empleando consiguió que se tambaleara en el asiento, perdiendo el equilibrio, sintiéndose mareada e incluso débil. El dolor volvió a traspasarla de lado a lado con intensidad, produciendo mucha presión que sintió justo detrás de los globos oculares. Sentía la cabeza como demasiado llena; como si dos enormes entes ocuparan un espacio muy reducido. Apretados, mientras uno de ellos se revolvía agitado, poniendo todo su mundo del revés.

—¿Qué... diablos me... estás... haciendo? —dijo cerrando los ojos y llevándose las manos a las sienes para aplacar el dolor en vano.

La estaba forzando demasiado, lo sabía. Pero si habían descubierto el propósito de Selenia, podrían estar utilizándola en su contra. Vio como la Pura apretaba los puños hasta que la piel perdía el color.

De pronto algo se abrió a él. Como de una grieta en una presa la información comenzó a surgir, primero poco a poco pero fluida para después brotar sin mesura.

Obtuvo todo cuanto necesitó, la imagen de los miembros aliados surgió tal como esperaba y, aunque no contaba con ello, una especie de descanso se afianzó dentro de él.

—Vámonos.
—¿Qué? ¿Cómo?
—Debemos irnos. Hemos llamado demasiado la atención de esos dos.
—No creo que pueda moverme, estoy... mareada.

Varulf volvió a meterse dentro de ella, calmando su dolor, devolviéndole la fuerza, atenuando el padecimiento hasta un nivel soportable. Sabía que la había presionado demasiado.

—Vamos —ordenó, tomándola del brazo para ayudarla, cuando percibió de nuevo el brillo en sus ojos.

El aire fresco de la calle calmó la quemazón que parecía persistir en algún punto tras los ojos. Selenia respiró profundamente.

—Ya estás mejor.
—¡A ti qué demonios te importa! —exclamó ella insólitamente enfadada. ¿Acaso no la había ayudado? —¿Qué mierda le has hecho a mi cabeza? ¡Bárbaro! —Su mirada chispeaba y el ceño fruncido le pareció increíblemente atractivo.

—No es momento para hablar de eso —dijo indicándole con un ademán que sus perseguidores se habían puesto en movimiento—. Ven, nos desharemos de ellos.

—¡Oh! ¡Estupendo!
—No grites.
—Podrías joderles la cabeza y hacer que su masa gris les saliera por las orejas —murmuró aún iracunda.
—Sí. Podría hacerlo —respondió encogiéndose de hombros.

Selenia le miró con los ojos muy abiertos. Ahora empezaba a comprender. «¡Mierda!», exclamó para sí misma, tanto secretismo no podía ser por otra cosa. Estaba ante un maldito Dominante.

Tenía que ser eso. Su forma de actuar, la grosera altanería, la seguridad en sus afirmaciones, el modo en que flirteaba con ella desde el principio, todo apuntaba a que no se equivocaba en su deducción. Y evidentemente estaba el hecho de que era capaz de leer su mente.

Siendo una Pura, con el poder que tenía, muchas veces se había preguntado acerca de cómo se sentiría junto a alguien más poderoso. Ahora lo sabía. Y ese conocimiento, no era precisamente alentador.

Varulf arrastró a Selenia hacia la zona subterránea de la plaza y en dirección a lugares menos iluminados. La hembra no tardaba demasiado en recuperarse del asalto bestial al que la había sometido y aplaudió mentalmente su fortaleza.

—Tengo mi transporte aparcado allí —señaló.

—Primero debemos deshacernos de esos dos. Nuestros nuevos amigos son muy persistentes y estoy seguro de que también disponen de algún medio con ruedas para seguirnos.

Selenia tiró de su brazo para recuperarlo, salvándolo de la presión que la mano de Varulf ejercía sobre sus músculos.

—Puedo hacerlo sola.

—Mucho mejor. Comenzaba a cansarme de realizar el trabajo de un remolque —dijo avanzando y asegurándose que ella lo seguía.

—Lo siento, machote —respondió hiriente—, pero esto ha sido por tu culpa. ¿Qué me has hecho?

—Buscar en tu cabeza lo que necesitaba para asegurarme de que eras quien decías ser —improvisó.

—Hubiera bastado con que lo preguntaras. No era necesario colarte sin ser invitado.

Al fin llegaron al lugar que Varulf buscaba y agarrando de nuevo el brazo de Selenia, cambió de dirección bruscamente, refugiándose tras un grueso muro que proyectaba la profunda sombra necesaria para acabar aquella persecución de idiotas.

Sujetó el cuerpo de la hembra contra sí. Su calor, de nuevo despertó en él la necesidad atroz de unirse a ella. ¡Y su olor! Por el infierno que ningún otro ser podía oler como una Pura. Era un aroma que penetraba en los sentidos intensificándolos, consiguiendo que cualquier movimiento, cualquier caricia, incluso un leve roce que ella ofreciera, no pasara desapercibido a los apetitos de un macho. Sentir las curvas del trasero femenino pegado a su sexo casi le volvió loco.

—Hago lo que tengo que hacer —susurró junto a su oreja, mordiéndose la lengua para no lamerla.

Ella notó la creciente excitación de Varulf y, despacio, se movió entre sus brazos. Levantó una mano para acariciarle el rubio cabello, lentamente, mientras le dedicaba una sensual sonrisa. Varulf dejó escapar el aliento, absorto en aquellos labios invitadores y, demasiado tarde, advirtió cómo las pupilas de la Pura cambiaban del hermoso marrón a un brillante tono rojizo a la vez que la caricia se convertía en un fuerte tirón que le obligó a elevar el rostro y una de sus garras rodeaba con fuerza la parte de su cuerpo que palpitaba de deseo.

—La próxima vez que intentes invadir mi cabeza de esa forma, yo aplicaré la misma presión a otra parte de tu anatomía —susurró del mismo modo—. ¿Está claro?

A Selenia le hubiera gustado oír su respuesta pero los perseguidores parecían no pensar del mismo modo, así que, maldiciendo por dentro, se dio la vuelta con rapidez para hacerse cargo de uno de ellos, mientras el sueco se encaraba con su compañero.

Para Varulf, terminar con el licántropo que lo atacaba era pan comido, pero retrasó el momento, limitándose a rechazar los intentos por reducirlo, para poder admirar la destreza con la que se desenvolvía Selenia.

Esa hembra era espectacular, no sólo físicamente. Podía ver que disfrutaba con el enfrentamiento del mismo modo en que él lo hacía. Controló su transformación al nivel necesario, lo justo para poder gozar de la fuerza y el poder de sus garras, así como de la velocidad del animal. Su contrincante intentó varias tretas que ella supo bloquear con destreza, usándolas en su beneficio, jugó con él hasta que decidió que era suficiente y, con un bello y perfectamente ejecutado movimiento, terminó con la vida del desdichado para sorpresa de éste.

—¿Qué haces, vikingo? —preguntó al ver que Varulf arrastraba el cuerpo inerte del otro para colocarlo sobre el que ella había matado.

—Mejor un solo fogonazo que dos. ¿No te parece?

—¿Te quedaste anclado en la época de los saqueos y las incursiones a caballo? —preguntó poniendo los ojos en blanco—. Déjame hacer a mí.

Selenia rebuscó un segundo en su mochila y extrajo un pequeño bote del que vertió algo de líquido sobre los cuerpos. Al instante, éstos empezaron a descomponerse con rapidez, desprendiendo un olor apestoso.

—¿Qué mierda es ésa? —preguntó Varulf tapándose la nariz asqueado.

—Un corrosivo muy potente. Es menos llamativo que una fogata y sólo dejará de ellos una mancha negruzca.

—Está bien, vámonos. Dijiste que tenías tu transporte cerca, ¿no es así?

—Sí, allí mismo —señaló.

—De acuerdo, me llevarás hasta mi moto y te acompañaré.

—¿Y si no deseo ser acompañada?

—Me importa un comino lo que desees —respondió guiñándole un ojo.

—Eso no es lo que me ha parecido cuando casi tienes un orgasmo sólo con estar cerca de mí. —Valruf no pudo menos que reír—. Aún no me has dicho tu nombre, vikingo.

—Muchos me llaman Sueco, pero te lo diré para que puedas gritarlo cuando te posea: Varulf.

Capítulo tres

No pasó mucho tiempo antes de que dejaran de nuevo sus monturas.

Fue una magnífica sorpresa ver la maestría con la que Selenia se desenvolvía sobre su Ducatti, se podía sentir la pasión en ella, pero entre la vibración del motor de su propia moto y la visión constante del trasero de su acompañante, Varulf seguía en inmutable y molesta excitación al llegar a su destino. Había intentado distraer la atención con la borrosa imagen del paisaje que iba dejando tras él, pero fue en vano; su mirada volvía una y otra vez, como presa de un hechizo, hacia aquellos preciosos y redondos glúteos apretados bajo el pantalón vaquero y los muslos abiertos a ambos lados de la máquina.

Selenia se deshizo del casco y tras la carcasa roja, su rostro mostró una gran sonrisa de satisfacción.

Varulf se acercó a ella, esperó paciente mientras se tomaba su tiempo para buscar las llaves de su apartamento, pero sin poder evitar que el aroma que desprendía se colara por su nariz arrasando cualquier pensamiento lógico.

—Deberías saber manejar esa máquina que llevas, su cilindrada es mucho más alta que esta preciosidad —señaló la Ducatti con un gesto—. Sin embargo, creo que no la controlas como debieras. —La pulla dio en el blanco y el sueco recuperó parte del raciocinio.

—Viniendo de ti aceptaría encantado recomendaciones sobre moda pero dudo que puedas enseñarme algo acerca de mi montura.

—Suzuki Hayabusa. Inyección electrónica, selector de potencia de tres posiciones, motor en cuatro tiempos, refrigeración líquida y cuatro cilindros. 1340 centímetros cúbicos —le sonrió satisfecha—. Y ¡ah!, está customizada, pusiste el escape más alto. Bien hecho, los de serie rozan el asfalto si tomas las curvas pronunciadas a buena velocidad.

—Quizá sí debería demostrarte cómo soy capaz de controlarla —rio ante la gran exposición de la hembra.

—¿Me estás retando? —preguntó divertida.

—Tómalo como quieras. —Varulf se encogió de hombros. En cuanto la poseyera, volvería a tener el dominio sobre sus nervios y el control de las emociones.

Selenia comenzó a caminar hacia uno de los coloridos edificios del barrio antiguo. Varulf la siguió. Se encontraba abriendo la puerta del apartamento y la presencia del licántropo seguía a su espalda.

—¿Hasta dónde piensas acompañarme?

—Después de ver cómo esos dos han sabido burlarte y pasar desapercibidos ante tus ojos —dijo aludiendo a los licántropos a los que habían matado—, es necesario que me asegure de que no volverá a ocurrir. Tienes mucha fuerza y pareces inteligente, pero creo que no sabes controlar el don que te ha sido otorgado —añadió sin ocultar su satisfacción por devolverle sus palabras.

Entraron en el apartamento. El salón, de no demasiados metros cuadrados, estaba decorado con muebles totalmente funcionales pero sin perder cierto estilo rústico. Aquí y allá, algunos objetos artesanales conseguían imprimir un aire de elegancia al espacio de líneas simples y rectas. Un pequeño sofá de color cereza, acompañado por un par de «sillones huevo» en la misma tonalidad, añadían la nota de color.

Selenia comprobó, con cautela para que Varulf no lo advirtiese, que el lugar le resultaba ligeramente conocido. La extraña sensación de que ya había estado allí la asaltó de repente, aunque estaba segura de no haberlo pisado en su vida.

Un chihuahua se acercó a ella, como salido de la nada y la olisqueó antes de sentarse sobre sus botas. Esto no lo recordaba.

Varulf miró a Selenia y al perro para después volver a la licántropo de nuevo.

—¿Qué hace esto aquí?

—Mmmm, ¡*Trece*! —improvisó—. Al menos espera a que entre en casa.

Se agachó para recoger al diminuto animal. Su cuerpecito marrón presa de tiritones, aquellos profundos ojos negros y redondos, así como las puntiagudas orejas, la enamoraron al instante.

—Me has echado de menos. ¿A que sí? —Habló acercándolo a su cuello para darle calor—. Mira, *Trece*, éste es Varulf, un lobo feroz que se cree superior a todo lo que le rodea.

—Me has definido a la perfección excepto en una cosa. No lo creo, lo soy.

—Bien, entonces podrás encargarte de *Trece* mientras dejo la mochila —dijo tendiéndole al animalillo. *Trece* gruñó al instante y Varulf lo miró receloso—. ¡Vamos! No va a comerte.

—Creo que no le gusto y francamente, él tampoco me agrada a mí.

—¿Un lobo fuerte y grandullón como tú le teme a un perrito? —Selenia puso los ojos en blanco aún con el animal entre las manos—. No puedo creerlo.

—No le temo, podría aplastarlo con una sola mano.

—Apuesto a que sí —dijo con ironía mientras dejaba al animal en el suelo.

Quizá si el gesto burlón que le dirigió en ese momento hubiera sido de otra índole o causado por otro motivo, Varulf habría optado por dejar estar el tema, pero por alguna razón sintió la necesidad urgente de demostrarle que no estaba tratando con un licántropo corriente. Entró en su mente, esta vez con más tacto pero sin ceder ni un ápice.

Selenia sintió cómo la esencia misma del licántropo se apoderaba de ella sin opción a evitarlo.

—«Creo que has olvidado muy fácilmente lo que puedo llegar a hacer incluso sin usar las manos.» —El rostro de la hembra evidenciaba el disgusto que le provocaba la invasión.

—«Fuera de mi mente. Creo que tú también has olvidado lo que soy capaz de hacerle a tus pelotas.»

—«Mmmm. Eso depende de si dejo que tus garras se acerquen a ellas. Se me ocurre en qué otros lugares podría ponerlas» —contestó a la vez que la sujetaba con fuerza afianzando las manos de Selenia tras la espalda.

La postura forzada consiguió la apertura de la camisa femenina, dejando entrever el inicio de la curvatura de los deliciosos pechos que se encontraron apretados contra el tórax de Varulf. La cremosa piel del cuello tentaba a su lengua más de lo que podía soportar. El calor y el aroma que desprendía espoleaban el palpitar del miembro, excitado desde hacía demasiadas horas. ¡Por todos los infiernos, cómo le agradaba tenerla así, a su entera disposición!

El dichoso perro empezó a ladrar mientras daba pequeños saltitos alrededor de la pareja. ¡Maldito *pushky*!

Ella intentó soltarse, retorciendo las manos. Apretó un poco más fuerte, forzándola a echar la cabeza hacia atrás y arrancándole un gemido de dolor.

—«Si estás pensando en usar las rodillas te recomiendo que no lo hagas a menos que sea para poner tu boca a la altura de Decker. Ya sabes» —añadió por si no lo había comprendido ya que no podía verle los ojos—, «Black & Decker.»

—He entendido a la perfección —masculló entre dientes, volviendo a expresar su sentir oralmente.

Varulf no ocultó su satisfacción y Selenia aprovechó la guardia baja de éste para asestarle un fuerte empujón que consiguió liberarla, enviándolo a un par de metros lejos de ella.

—¡Si antes diste la impresión de ser un necio prepotente, ahora estoy segura de ello! Era de esperar, siendo lo que eres. —Las pupilas de la licántropo refulgían con un rojo furioso, cerca de la transformación.

—¿Y qué soy según tú?

—¡Un jodido Dominante! —Varulf no pudo reprimir las carcajadas avivando aún más la ira de Selenia—. ¡Atrévete a negarlo! Sólo vosotros podéis meteros en la cabeza del resto impunemente.

No contestó. Siguió riendo divertido y se dejó caer sobre uno de los sillones, mientras ella lo observaba arrojando fuego por los ojos. Incluso *Trece* se unió a su dueña como tratando de reafirmar la postura de ésta, mirándolo desafiante desde su genial altura de un palmo, consiguiendo que las carcajadas del sueco alcanzaran un tono estentóreo.

Aquel maldito licántropo era de la peor clase.

Sintió sus pezones erectos y dispuestos aún, apretados dentro de la ropa interior y cómo una especie de odioso mariposeo se instalaba en el bajo vientre. ¡Maldito cuerpo traidor! Como Pura que era, todo su ser reaccionaba a la cercanía de otro de su misma raza, pero con una energía superior a la suya. Ahora comprendía el calvario por el que tenían que pasar aquellas que optaban por emparejarse con licántropos inferiores para poder tener descendencia. Aunque la concepción era imposible entre Puros, la naturaleza de la maldición con la que habían nacido pedía a gritos la unión entre ellos. El mismo olor que desprendían se traducía en lujuria.

Apretó puños y dientes. Y pensar que cuando vio su foto se dijo así misma que era atractivo. ¡Naturalmente!, su subconsciente había sido más rápido que ella y captó antes los pequeños rasgos que lo distinguían, imperceptibles para el ojo humano, pero evidentes para una hembra Pura.

¡Joder! Ella misma había mantenido relaciones con Puros, pero un Dominante era más de lo que su carácter rebelde e individualista podía soportar. Sencillamente no quería ni pensarlo.

—«¡Venga ya! Te mueres por saber cómo sería.» —Varulf había dejado de reír y la miraba con aire de autosuficiencia.

—¡Fuera de mi cabeza! ¡Ahora!

—Está bien, está bien. —Varulf se recostó más ampliamente sobre el sillón, dejando que su forma ergonómica le envolviera por entero y fijó la vista en el mando a distancia del televisor que ya tenía en la mano, encendiéndolo—. Después de todo, esa lucha interior tuya entre lo que crees que es mejor para ti y lo que sabes que es mejor para ti, es un tanto aburrida.

Exasperada, volvió a coger a *Trece* con la intención de perderse en alguna de las habitaciones de la casa y templar los nervios lo suficiente como para echar al sueco de allí. Si lo hacía en el estado en que se encontraba en aquel momento probablemente acabarían convertidos en licántropos y peleando tontamente. Comenzaba la retirada cuando al acercar el animal a su cuello percibió un olor extraño. Gracias a la semitransformación su olfato se encontraba intensificado y pudo notar lo que antes le había pasado desapercibido.

¡Oh, no!, esperaba estar equivocada. Volvió a dejar al perro en el suelo y comenzó a buscar la fuente del olor con rapidez.

—¿Qué ocurre? —quiso saber Varulf quien se encontraba mirando fijamente la pantalla mientras pasaba canal tras canal de televisión.

—Creo que nada bueno —contestó con calma.

Esa respuesta lo alertó precisamente por la falta de emoción que percibió en sus palabras. Olvidando por completo la distracción se levantó y fue hacia ella para tratar de averiguar qué era lo que había llamado su atención.

Selenia olfateaba una y otra vez, meticulosa, tratando de definir el camino, siguiendo el rastro. Se adentraron hasta el baño. El espacio era tan reducido que Varulf no tuvo otra opción que permanecer fuera aun cuando no le gustaba la idea. La hembra olisqueó un bote de tinte preparado ya para ser usado, pensando que podría ser la fuente, pero lo negó categóricamente durante la comprobación. Se agachó y frunció la nariz evitando abrir la boca, el olor allí era repugnante. Con extremo cuidado, tiró de los pequeños pomos de la entornada puerta del pequeño armario que se hallaba debajo del lavamanos para encontrar lo que buscaba.

Los dígitos rojos del temporizador conectado al explosivo químico brillaban en la oscuridad como un diseño macabro que anunciaba el próximo final.

—Eso está a punto de hacer un gran *pum*. Será mejor que cojas lo imprescindible y salgamos de aquí lo más rápido posible. —Varulf puso voz a los pensamientos de Selenia.

Sin necesidad de acordar nada más, Selenia se dirigió rauda hacia el dormitorio para tomar algo de ropa que soltó sobre el cobertor de la cama, unió las puntas y se lo echó al hombro como si de un saco se tratara. No podía saber con seguridad si serían de su talla, pero ya se preocuparía por eso en otro momento.

—Quince segundos.

—Tú coge la mochila, yo al perro.

—Buena elección.

Selenia dio un paso hacia la puerta y Varulf la agarró con fuerza del brazo.

—No hay tiempo para eso —informó sin mirarla y arrastrándola hacia la ventana.

Con la mano libre agarró una de las sillas que encontró en el camino y la lanzó hacia el cristal que se rompió en mil pedazos. Eso no frenó el avance de ambos licántropos que sin pensarlo dos veces, saltaron hacia el exterior mientras la bomba hacía explosión tras ellos, sintiendo el calor abrasador de las llamas a sus espaldas.

Las botas de Varulf encontraron el asfalto con un ruido seco y absoluto equilibrio. Selenia demostró la misma eficiencia en el ejercicio y Varulf reprimió un halago que pugnó por brotar de su boca. Aquella hembra no podía ser real.

—¡Vamos! —gritó aunque le fue imposible oír su voz. Nuevas detonaciones irrumpieron en la noche. Seguramente las llamas habían encontrado la instalación del gas.

El estallido fue atronador, borrando literalmente del mapa el pequeño apartamento y dejando una gran y ruinosa terraza en su lugar, como si el edificio hubiera sido atacado por un enorme Gozila invisible. Fragmentos de ladrillo volaron sobre ellos, obligándolos a buscar refugio tras una furgoneta cercana para evitar los más grandes. Selenia colocó a *Trece* dentro de su cazadora para protegerlo y hacer más sencillo el transporte y, cuando la lluvia de escombros cesó, el sueco la agarró de la mano y siguieron caminando hasta el lugar donde habían dejado las motocicletas.

Sin necesidad de decirse nada más, Varulf impuso el ritmo y Selenia lo siguió, saliendo de allí a toda velocidad.

En el despacho de Rebel todo estaba en penumbra, solo una pequeña lámpara de sobremesa iluminaba el concentrado rostro del licántropo que estudiaba con interés los documentos abiertos sobre la pulida superficie de una mesa metálica. El resto de la habitación había sido decorada con el estilo Gustaviano que tanto predominaba en las grandes casas acaudaladas de la ciudad; muebles de pino pintados en varias capas con azules pálidos y blancos frotados hasta convertirlos en un lacado de tono indefinido, florones esculpidos en escayola, brillantes rasos y sedas verdes; paredes recubiertas de mármol e intrincados trabajos con pan de plata, conseguía distraer la mente de lo que era importante, por eso prefería trabajar sin demasiadas luces.

Fenrir tenía un gusto exquisito y evidentemente caro pero nada práctico. Por eso, en cuanto le mostraron las habitaciones que habían acondicionado para él, solicitó que cambiaran la mesa de trabajo, de recargado estilo provincial con detalles en cuero de reno, por otra más adecuada para sus quehaceres. Ya habría tiempo para deleitar los sentidos con semejantes comodidades cuando no tuviera cosas tan importantes en las que pensar.

Un finísimo hilo de luz apareció antes de que alguien llamara a la puerta.

—Adelante.

La visitante entró rápidamente y volvió a cerrarla tras de sí. Rebel aplaudió mentalmente el proceder de la soldado, estaba bien entrenada y educada. Escuchó, paciente, cómo se acercaba hasta colocarse frente a él. No podía verle el rostro pero tampoco importaba; era una de tantas hembras que formaban parte del grueso contingente militar que protegía al Consejo.

—Permiso para hablar, señor.

—Adelante, ve al grano.

—Ha escapado.

—¿Cómo? Me ha parecido oír que ha escapado —dijo con ironía y evidente enfado.

—Así es, señor.

Su primer objetivo era el dichoso sueco.

Desde el momento que lo vio entrar en la sala, aquella noche en la que se reunieron en Londres, supo que no era un licántropo común. Ese tipo era peligroso y terriblemente escurridizo.

Después lo seguiría el prepotente Alfa inglés.

Recordaba perfectamente cómo se habían mofado de él cuando lo localizaron intentando escapar después de que el plan de Rómulus y Remus fallara. ¡Malditos hijos de perra! Tenían que haber aprovechado la oportunidad y matarlo allí mismo. Ahora pagarían cara su osadía.

Atrox no sólo se apoderó del cargo por el que había estado trabajando tanto, dedicándole demasiados años, sino que además lo desterró de su amada Inglaterra. ¡Desterrarlo! ¡A él! ¡A todo un señor de la guerra!

—¿Y cómo demonios ha podido suceder? ¿Qué ha salido mal?

—No lo sabemos, señor. Sólo vimos cómo saltaban por la ventana un segundo antes de la detonación.

—¿Saltaban? ¿La hembra está a salvo?

—Sí, señor.

—Bien…, quizá no esté todo perdido aún. Tendremos más ocasiones. Puede retirarse.

La soldado debió de efectuar el saludo habitual por el sonido que produjeron sus botas e inmediatamente, giró sobre sus talones y se marchó.

Aún no comprendía muy bien qué diablos pintaba esa hembra en la operación. Sabía que le habían intervenido quirúrgicamente el cerebro, él mismo se encargaba de pasarle los mensajes al teléfono móvil para que pudiera ejecutar las órdenes, pero ignoraba el porqué. Tampoco se le había informado de la naturaleza de la operación en sí misma. Fenrir sólo deseaba capturar al sueco vivo. ¡Ja! Personalmente le importaba una mierda lo que le ocurriera a ese engreído después, pero lo que sí tenía claro es que si lograba ponerle las manos encima, lo que Fenrir recibiría sería un amasijo de huesos y carne muerta.

Nadie se reía de él y vivía mucho tiempo para contarlo.

Aunque gracias a todo cuanto sabía, después del destierro, no le costó demasiado dar con los licántropos adecuados para su plan, no iba a permitir que el capricho de nadie se interpusiera entre él y su ansia de poder y venganza.

—¿Qué es eso? —preguntó Selenia mientras Varulf desataba el paquete en forma de arco que había portado sujeto a la motocicleta con un pulpo.

—Algo que he comprado. —Le quitó importancia dejándolo sobre la moto de nuevo—. Bienvenida a mi humilde morada.

No se habría sorprendido más si Varulf la hubiera conducido hasta una cueva excavada por él mismo en algún recóndito lugar del país. Desde luego no lo conocía lo más mínimo, pero por lo poco que había visto de él, jamás hubiera imaginado que elegiría un lugar como ése para vivir. Supuso que precisamente por eso lo escogió.

—¿Una iglesia?

—¿Algún problema?

—¿Empezasteis saqueándolas y ahora las compráis? —Varulf rio de nuevo ante la alusión a los vikingos.

No era una construcción demasiado grande, el pequeño pueblo que habían dejado varios kilómetros atrás tampoco lo era. Observó atenta la construcción, parecía que nadie se había preocupado por ella en muchísimo tiempo.

—Compré el terreno hace varios años —explicó mientras caminaban hacia la entrada—. Iban a derruirla. El pueblo que has visto es tranquilo la mayor parte de los días. Unas cuantas casas muy esparcidas. Sólo durante el fin de semana la zona está un poco más concurrida por las familias que vienen a descansar a sus cabañas fuera de la ciudad. Eso me proporciona privacidad y un fácil control sobre el entorno.

—Comprendo.

—Adelante. —La invitó sujetando la puerta para que lo precediera.

—Es católica —apreció Selenia. Aunque pequeña, se podía reconocer perfectamente la arquitectura en forma de cruz, con el campanario elevándose justo sobre el centro de ésta.

—Así es. La gran mayoría de los suecos son protestantes, por lo que la probabilidad de que se acerquen es mínima. Sólo de vez en cuando aparece algún humano interesado en fotografiarla, pero con un par de ladridos corren como alma que lleva el diablo. —Rio para automáticamente después mirarla y componer un mohín de fingida tristeza—. Aunque de todos modos no paso demasiado tiempo aquí. En realidad, no paso demasiado tiempo en ningún sitio. Soy un pobre vagabundo que va de un lado a otro, sin un lugar fijo al que llamar hogar.

—¿Pretendes darme pena por eso?

—¿Conseguiría algo con ello? —La sonrisa pícara con la que le preguntó la hizo reír.

—No.

—Tenía que intentarlo. —Aún con la chaqueta protectora puesta, su encogimiento de hombros fue evidente.

El pequeño *Trece* salió de su letargo al sentir que habían llegado a cobijo; su cabeza emergió del interior de la cazadora de Selenia en cuanto descorrió la cremallera unos centímetros. Lo dejó en el suelo y el animal comenzó a olisquearlo todo mientras ella miraba a su alrededor. Varulf se dedicó a encender varias lámparas de gas que fueron iluminando el espacio lentamente.

El mal estado de la construcción que podía observarse en el exterior preparaba al visitante para encontrar, una vez dentro, algo parecido a las ruinas, sin embargo volvió a sorprenderse al encontrar un lugar limpio y varias imágenes de santos en perfecto estado.

¿Por qué extrajo aquella conclusión? Varulf no parecía el tipo de macho que descuidara su aspecto. Cierto era que comenzaba a necesitar un afeitado, pero desde luego se le veía un tipo aseado, olía extraordinariamente bien y sus ropas permanecieron limpias hasta el enfrentamiento con los licántropos a la salida de Kulturhuset.

—No hay habitaciones así que escoge el lugar que más te guste para dormir. Si no encuentras ninguno estaré encantado de ofrecerte un lugar muy cerquita de mí —oyó que le decía mientras dejaba el improvisado saco de ropa sobre uno de los bancos de madera.

—¿Cómo de cerquita? —Empezaba a entender su sentido del humor, aunque era muy consciente de que en el momento en que bajara la guardia el sueco la aprovecharía.

Varulf la miró tratando de saber si estaba interesada en su oferta. El color verde de sus ojos refulgía incluso con la escasa luz de la que disponían.

—Muuuy cerquita —especificó alargando la «u» para terminar con una nueva sonrisa de blancos y perfectos dientes—. Afortunadamente para ti, el altar de eucaristía no es muy ancha, te daré calor si tienes frío.

—¿Ése es el único motivo, darme calor? —le siguió la broma.

El cabello rubio de Varulf ondeó sobre la ancha espalda en

forma de triángulo invertido perfecto mientras, en cuclillas, se afanaba en una gran bolsa que descansaba a los pies del altar. Los ojos de Selenia la traicionaron y quedaron literalmente prendados del trasero masculino. Se encontró aspirando profundamente tratando de captar algo del aroma del macho en el aire. Sólo cuando de su garganta comenzó a surgir un leve ronroneo, se dio cuenta de lo que le ocurría.

Era innegable que su cuerpo se sentía fuerte e irremediablemente atraído por él. Carraspeó y movió la cabeza de un lado a otro, desentumeciendo los músculos, tratando de controlar la situación.

Caminó hasta el final del templo y subió el par de escalones para situarse sobre el presbiterio, con la intención de mostrarse tan activa como él. Dejó allí mismo la pequeña mochila, cerca del altar pero no lo suficiente como para que el sueco pensara que había aceptado su ofrecimiento.

—Aquí estaré bien.

—Como quieras.

Varulf caminó hasta la pila bautismal que se encontraba al pie de las escaleras metálicas que conducían al púlpito, se desprendió de la camisa, colgándola sobre uno de los adornos del pasamanos y, recogiendo un poco de agua, se lavó el rostro.

Cuando se giró de nuevo para mirar a Selenia ésta lo observaba con los labios entreabiertos. Sin entender a qué venía ese gesto, abrió los brazos de nuevo con los hombros encogidos.

—Duermes sobre el altar y te lavas la cara con agua bendita. ¿El Berserker ya no teme al fuego cristiano?

—¡Bah! Es agua corriente.

—¿Algo más?

—Digamos que uso la parte de atrás como parking y taller mecánico. Ten cuidado si entras. Ya sabes; la grasa —explicó.

—Sí, entiendo.

—Bien, saldré un momento a por la moto y buscaremos algo para comer.

—De acuerdo.

Se encaminó hacia la salida sin preocuparse de volver a colocarse algo sobre la cantidad de músculos que lucía al descubierto.

—Ponte cómoda —le dijo sin mirarla, su voz retumbó ligeramente—. A tu izquierda hay un pasillo estrecho, allí encontrarás un pequeño cuarto de baño con todo lo que puedas necesitar.

—Gracias.

—Vuelvo en unos minutos.

Cuando Varulf desapareció tras el portón, Selenia pudo centrar la atención en lo que debía hacer. ¡Por todos los infiernos, la atracción la estaba afectando más de lo que había imaginado!, pensó mientras ponía los ojos en blanco. Debía recordarse continuamente que no era una buena idea liarse de ninguna de las maneras con un Dominante, por muy atractivo que éste le pareciera.

Fue hacia el lugar donde había dejado la ropa que pudo rescatar antes de la explosión y la colocó cuidadosamente sobre el banco para poder usar la colcha como jergón. Era muy completa de medidas, probablemente incluso podría taparse con ella. No sería la primera vez que durmiera en el suelo. Acomodó la mochila bajo ésta, a modo de almohada y dedicó los minutos siguientes a comprobar si las prendas eran de su talla.

Que fueran más grandes no importaba demasiado pero si eran más pequeñas tendría un serio problema para poder vestirse. Teniendo a un lobo hambriento como compañero y su propio cuerpo traicionándola continuamente, no era buena idea exhibirse demasiado si quería mantener las distancias tal como se proponía.

Echó un vistazo hacia la salida. Por el resquicio de la puerta pudo distinguir la silueta del macho frente a una de las motos. Su piel relucía bajo la luz de la luna, quedando a oscuras las depresiones que aparecían con cada movimiento y el fino cabello bailoteaba al compás del viento. No era necesaria mucha imaginación para poder verlo armado con una gran espada vikinga.

Comenzaba a darse cuenta de que aun estando vestida iba a ser toda una hazaña permanecer fuera de su alcance. Por la forma en que se comportaba era más que evidente que el licántropo no respetaba absolutamente nada, ¿por qué iba a hacer una excepción con ella?

Pero debía mantener bajo control esa locura, Varulf era un

objetivo, el propósito del trabajo que estaba realizando y no sabía cuál sería su final. ¿Y si le pedían que lo matase?

Incluso ella misma había estado a punto de morir. El recuerdo de la bomba le produjo un cosquilleo que subió por su columna vertebral, como tantas otras veces en las que se encontraba en una situación de grave peligro. En la instrucción de todo soldado ya se tenía en cuenta la preparación física y emocional para afrontar esas situaciones. Respiró profundamente.

Alguien más debía haberse unido a la caza del sueco pero ¿quién? O, ¿en realidad todo aquello formaba parte del plan? ¿Ella había accedido a pasar por una explosión de esa envergadura? No podía estar segura de nada. ¡Iba a volverse loca! Tenía que mantener la calma, perder los nervios no servía para nada.

Pensar en la operación que estaba desarrollando conseguía que un millar de preguntas se agolparan en un segundo. La principal y, por ende, la que más la preocupaba era su propia situación. ¿Qué demonios le habían hecho a su cabeza? ¿Por qué tanto secretismo? Bueno, eso era fácil de imaginar ahora que conocía el don de Varulf para leer la mente. Supuso acertadamente que todo tenía que ver con ese detalle. ¿Cómo iba a engañarlo si no? De todos modos, desde que él entrara en su mente un par de horas antes, su cerebro la sorprendía continuamente, ¿de dónde procedían esas imágenes de licántropos desconocidos que ahora podía ver con sólo concentrarse un momento?

Incluso en el apartamento de Gamla Stand.

Juraría que jamás había estado allí, pondría la mano en el fuego por ello. Sin embargo, nada más entrar supo dónde se encontraba cada cosa, supo orientarse perfectamente, como si lo hubiera visitado antes. Incluso el perro parecía conocerla, ¿o era que había estado solo demasiado tiempo y la necesidad de alguien que lo cuidara primó? ¿De dónde venían esos recuerdos? Esperaba que todo tuviera una explicación racional o se volvería loca. De momento, únicamente tenía que velar por su seguridad y llevar a cabo las órdenes que recibiera.

Escogió un pantalón vaquero al azar y lo acercó a su cuerpo, ajustándolo a las caderas con las manos y comprobando el ancho y el largo. Miró la etiqueta. ¡Bingo! Era de su talla.

—Muy bonitos. —La voz grave a su espalda consiguió que diera un respingo—. ¿Te he asustado? —ronroneó meloso.

—Sólo me has pillado desprevenida. Creía que aún estabas fuera.

—He entrado por la parte de atrás, tenía que dejar el paquete por el que me has preguntado antes en el taller. ¿Necesitas que te ayude a elegir lo que me gusta? —preguntó mientras tomaba entre los dedos unas pequeñas braguitas blancas de encaje.

—Digamos que tus gustos no están entre mis prioridades —respondió arrebatándosela.

—Estarán —prometió colocando sus manos sobre las caderas femeninas.

Selenia lanzó un manotazo hacia atrás, apartándolo de ella. Pero sólo consiguió que dejara de tocarla, permaneciendo peligrosamente cerca.

—Se supone que estoy aquí para ayudarte en algún fin que aún desconozco, no para acostarme contigo —dijo imprimiendo una seguridad que no sentía en la voz, mientras seguía inspeccionando y doblando la ropa, organizándola en montones.

—Pero hay que saber disfrutar del trabajo y del placer por igual —rebatió con aquel tono grave y masculino a pocos centímetros de su nuca.

—Cierto aunque no tienen por qué ir de la mano. —Apretó los dedos en el algodón de la camiseta.

—Me pareciste mucho más dispuesta hace unas horas, ¿qué ha cambiado? —preguntó aspirando su perfume.

—Ésa es tu opinión. Sólo te lo parecí, pero eso no quiere decir que lo estuviera.

Varulf continuaba rodeándola, evitaba el contacto físico pero sin dejar que olvidara que estaba allí. Era imposible obviarlo. La envolvía con su presencia, con su poder, su dominio, controlando la situación, seduciéndola con la cadencia de su voz, con la calidez de su aliento sobre los hombros y en la nuca, con su olor, con una potente masculinidad imposible de ignorar que atacaba directamente a su interior, espoleando la necesidad que pugnaba por emerger aun contra su voluntad. Una voluntad que sentía inexistente.

—He notado cómo me miras. Te gusto. Te excito. —Selenia notó cómo su cerebro comenzaba a nublarse impidiéndole pensar con claridad. ¿Qué demonios le estaba haciendo? ¿Un nuevo truco mental?—. Tu cuerpo, tu esencia, sabe que estás hecha para mí pero te opones a él, ¿por qué lo haces? Eres una Pura, no podrás resistirte demasiado tiempo y lo sabes. El nivel de la maldición que contiene tu sangre es muy superior a muchas otras, lo notas rugir, gritar pidiendo que te aparees conmigo. Yo también lo noto.

—Deja de colarte en mi mente.

—No estoy en tu mente ahora.

La irrebatible confirmación de que todo cuanto le sucedía era provocado por su cercanía le proporcionó la determinación necesaria para alejarse de él y romper así el hechizo. Sólo entonces pudo escuchar los gruñidos indiscriminados de *Trece* que, mordiendo los bajos del pantalón de Varulf, tiraba hacia atrás con todas sus fuerzas intentando separarlo de ella.

—¡Basta, Varulf! —exclamó para enmascarar un jadeo.

—Está bien. —Colocó las manos sobre el tórax carente de vello que dejaba al descubierto aún más su magnífica forma—. Buscaré algo para comer, ¿de acuerdo? Quizá con el estómago lleno estés más dispuesta a complacerme.

—Ni lo sueñes. —*Trece* ladró tratando de apoyar la postura de Selenia.

Varulf emprendió el camino en busca de las provisiones con sonoras carcajadas.

Selenia miró al pequeño chihuahua y éste le devolvió la mirada con sus redondos y oscuros ojos. Después con la cola levantada, muy erguido, volvió a sus quehaceres de investigación de la zona.

Menudo guardián había encontrado.

El iPhone emitió de nuevo el sonido que la alertó sobre un nuevo mensaje recibido. Se afanó en abrirlo y leyó:

De: Ragnarok
    Sentimos lo ocurrido con la explosión. Estaba todo calculado para que pudieras escapar, necesitábamos asegurar tu infiltración en el entorno del sujeto sin problemas. Próximo objetivo: Averiguar planes e informar.

¿Que sentían lo ocurrido? ¡Había estado a punto de saltar por los aires y… sentían lo ocurrido! Pateó sonoramente el suelo con furia. ¡Malditos hijos de puta! Selenia no podía creer lo que acaba de leer. Con el iPhone en la mano la ira consiguió que todo lo demás se nublara a su alrededor. ¡Al diablo con el control emocional! ¡Sentían lo ocurrido! ¡Joder! Eso se le dice a alguien cuando te das cuenta de que le has pisado un pie, entonces sí que puedes decir: señora, siento lo ocurrido. ¿Todo calculado? «¡Y una puñetera mierda!», pensó mientras lanzaba una patada a uno de los bancos de madera, y éste aun siendo pesado se desplazó varios centímetros. Si no hubiera sido porque percibió el olor del químico en el perro, ahora mismo estaría formando parte del cosmos. ¡Malditos cabrones aficionados!

Capítulo 4

—¿*P*roblemas? —preguntó Varulf con una ceja arqueada, caminando hacia donde se encontraba Selenia.

Al oír la voz del sueco, *Trece* volvió junto a Selenia, ésta paró en seco el derroche de energía y lo cogió en brazos respirando pesadamente.

—¡Oh no! —dijo, ensayando una sonrisa—. Siempre programo la alarma para la hora de mis ejercicios y la comida de *Trece* —mintió con rapidez mientras volvía a meter el teléfono móvil en la mochila—. Y claro está, más cuando salgo sin saber a la hora que volveré, ya sabes…, por la cita contigo.

—Entiendo. Eso… eran ejercicios.

—Sí. —Volvió a sonreír.

—Extraños, ¿alguna disciplina nueva? —preguntó con malicia.

—Bueno, yo misma aplico los movimientos más efectivos para mi propia constitución.

—Y la hora de la comida de *Trece* ¿no? Un perro con suerte. Pero no te prives, puedes continuar con la gimnasia o comer algo, lo que gustes —comentó mientras le ofrecía un emparedado y se sentaba en el suelo frente a los escalones que precedían el altar. Selenia hizo lo propio frente a él, colocando al can en su regazo.

—Bueno, cuidamos el uno del otro, ¿verdad, amiguito? —le dijo al animal rascándole suavemente bajo la mandíbula y ofreciéndole un pellizco de comida.

El sueco miró fijamente al chucho enano y éste le devolvió la mirada con evidente inquina, mostrándole los dientes. Por lo visto el pequeño animalejo se había enamorado de su dueña y no iba a permitir que otro macho se le acercara. Varulf contuvo la risa a duras penas mientras devoraba el bocadillo.

—¿Vas a explicarme algo sobre lo que debo hacer para ayudarte? —preguntó.

—¿Qué quieres saber?

—Qué pinto exactamente.

—Como apoyo a la causa —respondió evasivo.

—¿Qué causa?

—La mía.

—Bueno no es una explicación muy extensa, ¿no te parece?

—Cuatro ojos ven más que dos. Me ayudarás en lo que debo hacer. Para eso estás aquí para echarme una mano en todo cuanto necesite —dijo como si eso lo explicara todo.

—¿Y para eso necesitabas a alguien entrenado?

—Si no hubieras sido entrenada habrías muerto en el apartamento.

—Tú también —apostilló—. A propósito de eso, ¿quién te quiere muerto? ¿Y por qué? ¿Qué demonios has hecho para alzar la ira del Consejo contra ti?

Varulf pensó cómo responder aquella pregunta sin revelar nada que no fuera necesario, mientras sus ojos seguían el compás del mentón de la hembra al masticar y su pequeña y húmeda lengua asomaba de tanto en tanto para retirar las diminutas migajas que quedaban adheridas a los labios. Trató de centrarse en algún otro punto, por ejemplo sus ojos, para no saltar sobre ella y tumbarla bajo él.

—Vivo les soy mucho más valioso. No me quieren muerto, por eso no tengo muy claro que los que prepararon la pequeña sorpresa de tu apartamento fuera gente del Consejo.

—¿Qué quieres decir?

—Que es la primera vez que intentan matarme. Siempre se han limitado a tratar de capturarme.

—¿Y eso cambia mucho las cosas?

—En cuanto a lo que me propongo no cambia nada, pero deduzco que algo no debe de funcionar como hasta ahora entre las filas de mis enemigos o que se nos han añadido más contendientes por algún motivo. —Únicamente debía estar más atento a las trampas que pudiera encontrar en su camino pues podrían ser mortales para ambos.

—Pero los que nos atacaron a la salida de Kulturhuset, sí. Eran soldados pertenecientes a la guardia del Consejo.

—En efecto.

—¿Debo preocuparme?

—No.

—¿Tiene esto algo que ver con tu pureza? —atacó.

Varulf frunció el entrecejo como intentando saber a qué se refería.

—¡Ah! Te refieres a esa idea absurda de que soy un Dominante —dijo cayendo en la cuenta.

—No es una idea absurda. No entiendo por qué te empeñas en negar lo evidente.

—¿Y según tú en qué situación me deja serlo?

—Quizá por eso el Consejo te quiere vivo. No imagino qué has podido hacer para llamar su atención. —Varulf hizo un ademán indicándole que continuara con su exposición—. Como existen tan pocos de tu nivel, me lleva a pensar que deben teneros muy controlados. Vuestro poder es inmenso, uno solo de vosotros bastaría para poner patas arriba todo cuanto hemos conseguido hasta la fecha.

—¿Y qué ganaría con eso?

—No sé…, notoriedad, poder…

—Conoces bien cómo funciona el Consejo, eso me gusta. Pero, teniendo ese conocimiento, ¿cómo puedes pensar que por eso me quieren vivo? Lo primero que harían es matarme.

—Eso es absurdo. El Consejo no fomenta la violencia gratuita —defendió.

—¡Ah! Y sin embargo disponen de un ejército propio.

—Estoy segura que jamás recurrirían a algo así —intentó rebatir.

Varulf meneó la cabeza negativamente mientras sonreía.

—Tus razonamientos son inteligentes pero eres ignorante de lo que se cuece fuera del alcance del gran público. El Consejo no es tan…, ¿cómo decirlo? ¡divino!

Selenia arrugó la nariz.

—¿Tienes algún plan? —aventuró ante el silencio del sueco.

—Lo sabrás a su debido tiempo.
—No confías en mí.
—No confió en nadie, pero estás aquí. —Hizo una pausa—. Mañana iremos a visitar a alguien que nos proporcionará información.
—De acuerdo.

Clavando los ojos en el resto de su bocadillo, lo terminó despacio, dándole tiempo a Selenia para que reaccionara tal como una hembra haría. Había sido testigo de su explosión de rabia, aunque ella lo enmascarara diciendo que eran sus ejercicios. Mentía muy mal. Pero aún no daba muestras de preocupación por sus bienes materiales perdidos, después de todo su casa había saltado por los aires.

Sin embargo, no parecía que fuera a afectarla más de lo demostrado. Olvidó momentáneamente la técnica de no mirarla directamente. Pasados un par de minutos, Selenia hizo una mueca.

—¿Ocurre algo? —preguntó.
—Nada —respondió encogiéndose de hombros.

Los ojos femeninos se convirtieron en meras rendijas por las que sólo se filtraba el brillo de las pupilas.

—Si creyera que tienes corazón, podría llegar a pensar que estás preocupado por mí —comentó con una sonrisa traviesa en los labios.

—Menos mal que ambos sabemos que eso es imposible, ¿verdad? —dijo guiñándole un ojo y poniéndose en pie para dirigirse hacia la parte de atrás y encargarse de lo adquirido. De paso, su ausencia ofrecería a la hembra el tiempo necesario para que pudiera terminar con sus «ejercicios».

Los suyos habían hecho una buena elección. Quizá la mejor, tuvo que reconocer. Selenia no sólo tenía un cuerpo de infarto y el poder de una Pura de alto nivel, también tenía carácter, sentido del humor, inteligencia y una técnica de combate envidiable. Como un buen soldado, sabía adaptarse a cualquier situación. Sólo le quedaba saber qué haría cuando dispusiera de la información que ella misma le había solicitado.

—¿Vas a dejarme sola?
—A menos que hayas cambiado de parecer ante mi primera oferta, sí —contestó riendo.

Selenia también sonrió sabiendo a qué oferta se refería, una que traía muchos problemas consigo.

—Las normas de conducta de la sociedad dicen que un anfitrión está obligado a entretener a sus invitados.

—La sociedad puede tener las normas que quiera, yo tengo las mías. Descansa o haz lo que te plazca. Estaré en el taller si me necesitas.

La dejó allí, sentada en el suelo, terminando su bocadillo mientras acariciaba distraídamente el lomo de su mascota. Pero aún tardó unos minutos en poder deshacerse del aroma femenino que impregnaba sus fosas nasales.

Sentía rugir a la bestia con ferocidad, rogándole a gritos dejarla salir y apoderarse de la Pura. Por eso era mejor abandonarla durante un rato, con un poco de suerte, cuando volviera ella ya estaría dormida y no espolearía su apetito sexual con aquellos hermosos y grandes ojos, sus prometedores labios y la virulenta pasión que había atisbado en ella.

Además, necesitaba concentrarse en otros temas que requerían su atención inmediata. Trazar algo parecido a un plan.

Necesitaba información; nombres, direcciones, lugares… Y conocía al licántropo perfecto para conseguirla: Davor.

Cuando Varulf desapareció, Selenia pudo relajar los músculos. ¡Mierda, casi la había pillado! Había sido lo más rápida posible contestando sus preguntas pero no tenía la seguridad de haberlo convencido. Aunque desde luego no podía decir que le hubiera dado mucha importancia. Al menos, ahora tenía algo más de información. No mucha, a decir verdad, pero sí que la explosion de Gamla Stan lo había sorprendido tanto a él como a ella. Gracias a los dioses que no recurriera a buscar la verdadera razón en su cerebro sobre el espectáculo que había dado. Precisamente por eso, atacó directamente al quid de la cuestión mientras comían. Si él detectaba en algún momento su necesidad de saber, jamás podría atribuirlo a nada externo a ellos.

Trató de levantarse sin perturbar el reposo de *Trece* y lo llevó a los pies del lugar donde dormiría. Allí, sobre la colcha, estaría bien, lo aislaría del frío suelo. Luego, ella misma ocupó su lugar estirándose también. Sentía la cabeza algo espesa. Trataría de descansar unas pocas horas y después seguro que se sentiría mucho mejor.

Cerró los ojos y suspiró, relajando el cuerpo. Invitando al descanso para que se apoderara de ella. Pero su sueño no pudo ser más extraño.

Comenzaba a amanecer, el cielo estaba despejado y su tonalidad azul cada vez era más luminosa. Su cuerpo acusó la bajada de adrenalina que tan acelerada la había mantenido hasta ese momento. El corazón disminuyó la intensidad y la cadencia de los latidos. Debía controlarse o terminaría transformada.

Acabó de aplastar la tierra de la fosa que había cavado para enterrar el cuerpo del humano y, sin prestarle más atención, volvió hasta el coche.

Debía de estar cansada por el ejercicio pero todavía le quedaba suficiente cuerda como para parar un tren de mercancías. A medida que se relajaba, una nueva sensación ocupó el lugar donde antes había estado la tensión: el desengaño. A cada kilómetro que avanzaba con el Volvo S40 alquilado, acercándose al centro de la ciudad, más defraudada se sentía. Apretaba el pedal cada vez con más fuerza, alcanzando una velocidad poco recomendable, queriendo arrancarle al motor la misma rabia que corría por sus venas.

Era como si todo en lo que creía, los cimientos sobre los que había construido su vida y su trabajo, estuvieran basados únicamente en la mentira fruto de la más pura codicia. Se sentía ultrajada y engañada. Y todo su ser rugía de dolor por dentro.

Había sido manipulada, usada, como un peón en un juego de ajedrez hasta el momento desconocido. Un comodín al que se podía sacrificar sin remordimientos. Se sentía rodeada de incalculables misterios que le fueron revelados en el último segundo, justo antes de que la hoja se cerniera sobre su cuello, sin opción a dar marcha atrás. La habían colmado de alabanzas por sus victorias y ella, como una torpe novata, se dejó seducir por aquellos farsantes labios.

Apretó el volante con fuerza a la vez que clavaba los furiosos ojos en la carretera. ¡No estaba dispuesta a ceder sin luchar!

Aquellos malditos aristócratas de tres al cuarto no la conocían, no sabían hasta dónde alcanzaba su ira. Siempre acataba las órdenes y probablemente con esa baza, junto con la de su resistencia, contaron para elegirla. Selenia, la Pura. Eso debieron convenir cuando la seleccionaron.

Bien. Ahora sabrían a qué tipo de licántropo habían escogido.

Pero debía actuar con inteligencia y frialdad. Un plan bien calculado siempre era importante.

Por el momento era prioritario seguir con lo ordenado en la operación. Su vida iba en ello, las circunstancias podían convertir a los mentirosos en asesinos si el valor de lo expuesto tenía la suficiente importancia. Pasar por la intervención quirúrgica se le antojaba sencillamente aterrador, pero no dejaría en manos de aquellos hijos de perra todo su futuro. Ya habían obtenido de ella demasiado.

Ella también sabía jugar y sabía de estrategias.

Hacía unas horas Wanja, esa ramera, le había dado la mochila que llevaría con ella. Un iPhone sería el modo en que recibiría las órdenes. Pues bien, otro iPhone sería el responsable de que mantuviera el contacto consigo misma, decidió.

La primera parada, antes de llegar al apartamento que le asignaron para la operación, tuvo como resultado la adquisición de uno de aquellos caros teléfonos y un tinte para el cabello que le serviría para enmascarar un poco su apariencia en caso de ser descubierta y tener que huir del país. El nuevo móvil, completamente ajeno al Consejo y sus superiores, no correría el riesgo de ser intervenido.

Una vez allí, la mente y el corazón estuvieron en orden y funcionaron con precisa reciprocidad. Sabía lo que debía hacer. Consultó la orden de operación y preparó varios mensajes para sí misma. Selenia II sería la responsable de muchos quebraderos de cabeza en el futuro pero también un pasaporte a la verdad que ahora poseía.

Ojalá tuviera más tiempo para poder urdir otros métodos de autoayuda, pero era imposible. Sólo dos horas después sería intervenida por la unidad SIN. Su entrecejo se frunció mientras los ojos pasaron sobre la firma donde autorizaba aquella invasión a su cabeza. ¡Maldita la hora en que dio su consentimiento! ¡Qué ciega había estado!

Debía confiar en Narve y su pericia como profesional médico. Siempre la trató magníficamente y jamás apreció en sus ojos aquella hambre de sexo con la que el resto de sus congéneres machos la miraba. Narve era atento e incluso tímido algunas veces.

Apostaba cualquier cosa a que él era tan ignorante de todo cuanto le rodeaba como lo había sido ella misma.

Pondría su salud y su futuro en sus manos. Incluso su vida. Odiaba tener que usar el amor que leía en sus ojos en más de una ocasión para justificar lo que iba a pedirle, pero era el único licántropo por el que se atrevía a apostar.

Varulf sonrió cuando, al volver sobre sus pasos, vio a Selenia descansando en el precario jergón que había improvisado. Mientras se acercaba a ella, sus ojos observaron la leve capa de sudor que cubría la frente femenina, la sonrisa había desaparecido, sustituida por un rictus serio y preocupado.

El bonito rostro de la licántropo manifestaba unas finas líneas de tensión y los apretados labios eran sólo un eco lejano de la belleza que mostraban sólo una hora antes. ¿Qué estaría soñando?

Al acercarse, aquel que se había declarado como su firme protector, de orejas puntiagudas y patas de alfiler, levantó la cabeza retándolo.

—Si ladras y la despiertas, te arrancaré la garganta de un simple pellizco. —*Trece* comprendió la amenaza y volvió a la posición inicial—. Eso ha sido muy inteligente por tu parte. Déjala soñar, le hará bien.

Selenia dio un respingo y abrió los ojos. El iris estaba circundado por una tonalidad rojo brillante. Al verlo tan cerca, su primera reacción fue atacar para protegerse y, con rapidez, agarró a Varulf por el cuello mientras acercaba las garras al corazón. El sueco prefirió mantenerse quieto y en silencio hasta que la razón volvió a ella. Observó cómo sus ojos, brillantes y cercanos a la transformación, se movían inquietos de un lado a otro. Desorientada, trataba de situarse tanto física como emocionalmente. Al fin, encontró lo que fuera que buscara, aflojó el agarre y sus pupilas volvieron al color negro, relajándose visiblemente.

—Lo siento —se excusó.

Varulf retrocedió hasta sentarse sobre el altar y los fuertes muslos desafiaron las costuras de sus pantalones.

—¿Malos sueños o mala conciencia? —Selenia prefirió ignorar aquella ceja arqueada y la sonrisa maliciosa con que la miró. Tenía cosas más importantes en las que pensar.

—Buenas noches, Varulf —dijo antes de cambiar la posición hacia el otro costado para darle la espalda.

—¿Y ya está?

—Ajá.

Ante la falta de interés por iniciar una estimulante batalla verbal, Varulf se tumbó sobre la fría losa de mármol, cruzando los brazos bajo la cabeza. Si creía que podía ignorarlo de ese modo es que aún no lo conocía. Pero allí estaba él para poner remedio. Después de todo, no había un televisor para entretenerlo.

—Cobarde —murmuró.

Selenia siguió del mismo modo. Dejó pasar unos segundos, dándole tiempo. Nada.

—Aburrida —intentó de nuevo esta vez alzando un poco más la voz.

Tampoco consiguió arrancarle un solo movimiento. La miró un instante. Seguía despierta, estaba seguro. Bien, lo intentaría de forma que le fuera imposible ignorar.

—«Ya que estás despierta…»

—¡Basta! ¡Déjame en paz de una maldita vez! —explotó.

Y lo hizo de manera espectacular. En menos de una fracción de segundo, Selenia saltó sobre él, apretando el pie sobre su entrepierna. *Trece* levantó el morro sólo para mirarlo con lo que se le antojó un rictus de burla.

—O me dejas descansar o me marcho y dejo que lidies solito con esas extrañas conspiraciones de las que no quieres hablar. ¿Está claro? Tú decides.

Los ojos del sueco viajaron desde el pie femenino hasta el rostro, antes de romper en sonoras carcajadas.

—Está bien, tú ganas.

Selenia saltó al suelo, se tumbó y volvió a cubrirse con la colcha.

—Por el momento —añadió Varulf entre dientes.

Selenia, acostada de lado otra vez, dándole la espalda al sueco, permaneció con los ojos cerrados, alerta ante un nuevo intento de intrusión en su cerebro. Pasados unos minutos, Varulf abandonó su lugar de reposo y se encaminó hacia el exterior. «Inmaduro», pensó, ese licántropo no mostraba ni un solo ápice de compañerismo. Aunque tenía que reconocer que le desconcertaba el hecho de que algunas veces pareciera interesarse verdaderamente por su bienestar. «Y no podía negar las evidentes muestras de atracción con las que su cuerpo la obsequiaba cada vez que él andaba cerca», se dijo más enfadada consigo misma que cualquier otra cosa.

Segura al sentirse sola, abrió de nuevo los ojos sólo para permitirse ponerlos en blanco, ¿en qué lío se había metido? ¿De qué mierda iba todo aquello?

El recuerdo del vívido sueño que había tenido la asaltó consiguiendo acelerarle el pulso. ¿Cómo un sueño podía parecer tan real? Se concentró en rememorarlo de principio a fin y descubrió que le era fácil. Demasiado sencillo, para ser exactos.

¿Pero qué diablos quería decir? ¡Joder! ¡Se estaba volviendo loca!

Primero despierta en una furgoneta con un dolor de cabeza insoportable, descubre que es una operación encubierta, conoce a un tipo que resulta ser un jodido Dominante más bien salido, el cual está dispuesto a revelarle cualquier detalle de su fisonomía y artes amatorias pero nada sobre qué demonios tiene ella que ver con él e intentan matarlos. Para colmo de males, descubre que le han hecho algo en la cabeza, recibe mensajes dándole órdenes y sólo faltaba un sueño rarito para acabar de poner la guinda a la tarta. ¡Joder! ¡Joder! ¡Joder!

La pequeña mascota se acercó, presintiendo la desazón de su dueña y lamió los dedos femeninos con timidez. Selenia ni siquiera lo notó.

Tenía que saber si las imágenes que ahora veía en el cerebro sólo eran producto del sueño o un recuerdo. Sentía como si de verdad lo hubiera vivido todo. Apretando las mandíbulas se esforzó en averiguar de dónde provenían, buscando el porqué de la ira que sentía bullir en su interior.

Si había sido traicionada, valorada su vida en nada, quería saber por quién y cuál era el origen que había motivado tan deleznable acción. Apretó los puños hasta sentir que las uñas traspasaban la piel y la calidez de la sangre los impregnaba.

Nada. Cero. Su cerebro se negaba a responder mostrándole únicamente un fundido en negro.

Ofuscada ante la impotencia que le causaba el desconocimiento de su situación, abandonó la colcha y se levantó justo cuando Varulf volvía de donde quiera que hubiera estado.

—Está amaneciendo.

—Ya lo he notado —respondió sin mirarlo, con más sequedad de la que habría deseado.

—¿Aún sigues enfadada?

—¿Acaso importa si lo estoy? —Concentrada en doblar el tejido que le había servido de colchón, intentó no mostrar el pésimo estado de ánimo que la embargaba.

—No.

—Pues no preguntes.

Varulf se encogió de hombros, recogiendo la cazadora y el casco, antes de cruzar la estancia, pasando a su lado.

—¿Te marchas? —lanzó la pregunta a su espalda.

—Me ausentaré poco tiempo —respondió él.

—Aquí estaré.

—No tienes a dónde ir —rio.

Sólo era un comentario en tono de burla, con el humor del que ya había hecho gala, sin embargo, en aquel momento fue la gota que colmó el vaso y desbordó su contenido.

—¿Y tú qué demonios sabes? ¿Acaso crees estar en posesión de toda la verdad? ¿Acaso eres el jodido gurú de la licantropía? Un par de trucos baratos en plan «te leo la mente, gatita» —dijo imitando el tono grave del sueco—, o «siento que te pongo caliente», ¿y ya crees que todos caeremos rendidos a tus pies? ¡Por mí puedes irte al mismísimo infierno!

Antes de poder salir de allí movida por la ira, se encontró entre los poderosos brazos de Varulf, que la sujetaron con fuerza contra sí. El contacto quemó su piel, abrasándola. La miró a los ojos con fiereza por un instante, perdiéndose en la profundidad de brillante obsidiana. Sintió el ritmo sereno y acompasado del corazón del macho contra el enérgico bombeo del propio. La dureza del sexo se evidenció contra su vientre. Su olor envolviéndola, algo picante y salvaje introduciéndose por su nariz y afectándole los sentidos, arrasando sus pensamientos y cualquier intento de rebeldía.

El asalto indiscriminado a su boca no se hizo esperar. La besó con violencia, dejando ir toda la necesidad y el deseo que sentía por poseerla. Su lengua se movió implacable dentro de ella, haciendo trizas su determinación, incendiándole las entrañas, robándole el aliento. Cerró los ojos, como movida por alguna fuerza extraña e incomprensible y unas rápidas, fugaces, imágenes comenzaron a formarse en su mente. Era ella, bajo el fuerte cuerpo del licántropo, jadeando y gimiendo de deseo mientras él se hundía en su sexo una y otra vez, llevándola hasta la mismísima cima del orgasmo, pero justo cuando creyó poder gozarlo, todo terminó.

Abrió los ojos para ver como Varulf la mantenía aún contra él, observándola con gesto de autosatisfacción y una dorada ceja arqueada. Después de esto la soltó con una sonrisa dura en los labios hinchados.

Selenia sólo pudo boquear una y otra vez, intentando recuperar alguna clase de templanza y volver a clavar los ojos en la espalda masculina mientras él se marchaba. Sólo entonces oyó que *Trece* se desgañitaba a ladridos.

Capítulo 5

Ni siquiera imprimiendo más velocidad logró quitarse del pensamiento y de los labios el sabor de Selenia. La había besado, sí y posiblemente ella creería que su acción fue simplemente para cerrarle la boca o demostrarle una vez más su arrogancia.

Pero nada más lejos de la realidad. Su reacción la provocó un simple impulso. La necesidad primaria y animal de probar la esencia de la furiosa belleza que tenía ante sí.

Desde que la dejara sola aquella noche, había pasado el resto del tiempo intentando distraerse con cualquier cosa que no fuera volver y saltar sobre ella para poseerla, para clavarse entre sus piernas hasta sentirse saciado por completo. Dedicó las horas a instalar el nuevo manillar que había adquirido, proporcionado por Davor, un trabajo que no era dificultoso en absoluto pero que, sin embargo, se le resistió más de lo normal debido a que tenía la atención puesta en otro lugar.

Apretó los puños alrededor de la goma y con un rápido golpe del pie izquierdo metió una nueva marcha mientras volvía a acelerar.

Jamás se sintió así, nunca nada lo había apartado de aquello que se proponía hacer. Jamás nadie consiguió afectarle hasta el punto de no poder concentrarse en otra cosa. Cuando Varulf tenía algo entre ceja y ceja, llegaba hasta el final.

Quizá por eso se sentía tan desconcertado. Y quizá por eso también, entró en el lugar, aquella mañana, esperando encontrarla dormida de nuevo, pues despierta suponía una tentación demasiado grande, demasiado exquisita como para ignorarla.

Selenia era una Pura y como él mismo le había dicho, sus cuerpos se atraían con una química especial y poderosa. Volver la espalda a ese hecho era de locos o de completos idiotas.

Sólo quedaba un camino, sólo una opción que tomar. Aceptarlo. A partir de aquel momento, ella sería otro objetivo para él. Sí.

Iba a disfrutar de la situación tanto como disfrutaba de cualquier otra cosa. No podía permitir que la debilidad hiciera mella en él de nuevo. No había nacido para ser débil.

Ella sería suya, la conquistaría, conseguiría anular todas sus reservas. La poseería, para poder volver a controlar sus pensamientos y dirigirlos con eficacia.

Antes de continuar su camino hasta el pueblo, Varulf paró la moto y se apeó para llamar a Anpu. Cogió el teléfono móvil que pocas veces usaba y pulsó la tecla de marcación rápida.

—¿Qué tal está nuestro pimpollo? —preguntó en cuanto Anpu descolgó al otro lado.

—¿Y qué tal un buenos días?

—No tengo tiempo para banalidades.

—Te noto estresado.

—Digamos que me ha salido un grano en el culo con voz femenina —comentó evasivo.

—Creo hablar por todos nosotros cuando digo que jamás pensamos oírte decir algo así.

—Que te jodan, egipcio.

—¡Oh! Veo que es mucho más que un grano en el culo. ¿Acaso la hembra se resiste a tu legendario encanto?

—No será por demasiado tiempo, es la Pura.

A través de la línea Varulf escuchó claramente el silbido apreciativo de Anpu.

—¡No jodas! Uf, no te envidio pero eligieron bien.

—Un nivel de pureza inferior no lo hubiera soportado —reconoció.

—Estoy de acuerdo —dijo sonriendo—. Aguantarte es durísimo, casi imposible diría yo.

—Su resistencia está basada únicamente en la creencia de que soy un Dominante.

Varulf se pasó la mano por la frente para despejarla de un rebelde mechón dorado mientras sonreía y escuchaba las carcajadas del nagual.

—¿Ya te has colado en su mente? ¡No le has dado tregua! —dijo aún riendo.

—¿Cómo está Koram? Odio tener que recurrir al teléfono para que me informes.

—Controlado —dijo cambiando el tono por uno más serio.

—¿Ha hecho alguna pregunta? ¿Has notado algún comportamiento atípico en él? Anpu hizo una pausa antes de contestar, considerando la respuesta.

—En realidad, nada que no esperara.

—¿Qué quieres decir?

—Nuestro pimpollo, como tú lo llamas, está demostrando cierto interés por las artes mágicas.

—¿Podría ser porque esté a punto de descubrir una parte de él que aún permanece oculta?

—Podría ser.

—No lo fuerces. Lo que tenga que ser, será.

—Sabes que ocurrirá, la profecía se está cumpliendo sin remisión. No hay vuelta atrás.

—Aún no sabemos si los cuentos de Heimdall son ciertos, espero la llamada de Manon para que me dé la confirmación. De todos modos, no dejes de vigilarlo.

—No hay problema. ¿Qué tal van las cosas por ahí?

—Según lo planeado, aunque espero que el efecto bumerán no tarde demasiado en hacer su aparición. Por el momento he ganado un poco de tiempo, pero no puedo retrasar más lo inevitable a la espera de lo que no sabemos si ocurrirá.

—Entiendo.

—Seguiré adelante con el plan.

—Es lo más sensato.

—Volveré a llamarte en cuanto tenga oportunidad.

—De acuerdo.

Antes de guardar el teléfono hizo otra llamada, esta vez a Davor.

Miró el reloj, era una buena hora para contactar con él, antes de que se retirara a descansar después de la jornada en su negocio.

—Dime que has reconsiderado mi oferta —respondió con voz amanerada y soñolienta.

—Joder, Davor, no te das por vencido.

—Quien la sigue la consigue, ¿no?

—No.

—Está bien. Entonces dame una buena excusa para haberme estropeado la mascarilla facial de aguacate que acabo de ponerme.

—Hermano…, lo tuyo es muy grande —dijo entre risas.

—No sabes cuánto. —El coqueteo le daba un tono aún más afectado a su voz ya de por sí afeminada.

—Necesito información.

—¿De qué clase?

—De la que sólo tú puedes proporcionar. ¿Qué sabes del local situado un par de calles antes del Latin Kiss?

—Conozco al dueño, es un Híbrido finlandés muy atractivo, con mucho éxito entre las mujeres, ya sabes. Se dice que se ha acostado con medio Rinkeby. Natural —añadió—, la otra mitad son machos, aunque sé de uno al que no le importaría catarlo —añadió riéndose de su propio chiste.

—No me interesan los cotilleos de portera, ni tus fantasías sexuales, Davor —le replicó.

—Vale, vale. Su popularidad ha subido como la espuma durante los últimos meses. El local está lleno cada noche.

—No me extraña, con esa afición a la cópula.

—¡Mira quién fue a abrir la bocaza! —exclamó, arrancándole unas carcajadas más—. Tengo entendido —continuó volviendo al tema—, que está muy bien relacionado.

—¿Con quién?

—No se sabe muy bien, pero según he oído con algún pez gordo.

—Es ése. Me interesa. ¿Cómo puedo contactar con él?

—En su local. Siempre está allí. Tiene su vivienda en los pisos superiores. Estoy pensando en hacer lo mismo, es una buena forma de controlar tus inversiones.

—Iré a verlo.

—Puedo concertarte una cita con él. Es la mejor forma de asegurarnos de que te reciba. De todos modos, mantener buenas relaciones con los otros negocios, es la mejor forma de no

buscarse problemas. No he hablado aún con él, pero ahora tengo una buena excusa.
—De acuerdo.
—Te llamaré en cuanto lo haga.
—De acuerdo, Davor.
—¡Oh, Varulf! ¡Cómo me gustaría poder estar allí para contemplaros a ambos en un mismo lugar, tiene que ser como admirar las dos mejores obras de arte mundiales!
—Acuéstate, Davor, necesitas darle tregua a ese cerebro enfermizo que tienes.
—¿Has oído lo de la explosión de anoche? Las noticias no hablan de otra cosa.
—Digamos que estuve en primera fila.
—Chico malo...
—Descansa, Davor.
—¿No me mandas un beso de buenas noches? —Casi pudo imaginarlo componiendo un mohín.
—Es de día hermano y no tengo por costumbre ir besando a todos los perros que conozco. Espero tu llamada. —Se despidió con una sonrisa en los labios antes de cortar la comunicación.
Volvió a montar, su destino aún estaba lejos de donde se encontraba. Y lo estaban esperando, no podía retrasarse.
El sujeto elegido como receptor de la jugada que tenían entre manos llevaba en su cabeza una bomba de relojería y sólo cuando se deshiciera de ella podría respirar tranquilo. Lo conocía, era un tipo encantador y un buen colaborador. Se había mostrado de acuerdo en todo, incluso conociendo el riesgo implícito en la operación. Por eso quería visitarlo, se sentía obligado a tranquilizarlo y asegurarle que todo marchaba según lo esperado.
Además, sonrió, cuando terminara y una vez hubiera recuperado la información que guardaba, todo sería mucho más sencillo con la Pura. Conociéndola, podría ayudarla a superar el choque que se produciría en ella.

El iPhone emitió el temido sonido. Un nuevo mensaje la esperaba. Selenia vio, con sólo acercarse a la mochila, la pantalla retroiluminada que le mostraba el icono del sobre cerrado.

Dudó durante unos segundos antes de cogerlo.

Hasta ese momento no pensó en el teléfono. Había soñado con él.

Una emoción surgió en ese instante; la reticencia y por lo tanto el miedo a la confirmación de que aquellos sueños tuvieran algo que ver con alguna clase de realidad que no recordaba. Si así era, sólo podía recibir mensajes de dos remitentes: uno le mentía, el otro decía la verdad.

Respiró profundamente, se cuadró de hombros y recogió el aparato con determinación, apretando el botón en el acto. *Trece* siguió sus movimientos con los redondos y saltones ojos negros.

De: Selenia II
Déjate guiar por la runa Algiz. Ella tiene la respuesta.

Un consejo. Un maldito consejo, ¿cifrado? Si eso lo había escrito ella debía de estar realmente desesperada. Jamás creyó en las runas.

Pero..., un momento. ¿Y si no se trataba de una lectura esotérica?

Recordaba que al llegar al campamento lo primero que llamó su atención fue una marca grabada en la parte superior de la puerta principal. Era una runa vikinga que, de forma simétrica, unía una línea vertical y dos líneas oblicuas en el tercio superior de ésta. Preguntó por su significado al vigilante que no había cesado de mirarla en todo momento desde su puesto de guardia.

«Tiene muchos nombres, pero el más conocido es Algiz. Fue grabada al construirse el edificio. Es un símbolo de protección. Obsérvala detenidamente, ella sola lo dice todo. Tiene forma de hombre con los brazos abiertos y mirando al cielo, está orando a los dioses, reclamando su protección y dando las gracias a un tiempo. A la vez, es la gran columna que lo soporta todo, un punto de apoyo capaz de sostener a nuestra gran raza.»

Un par de acelerones antes del apagado del motor le anunció la llegada de Varulf. Sin poder evitarlo notó cómo todo su rostro se encendía. ¿Cómo se enfrentaría a él?

Después de su marcha ella se había sentido increíblemente idiota. Intentó por todos los medios no pensar en ello y para mantenerse ocupada dedicó el tiempo a tomar una larga ducha en el minúsculo cuarto de aseo.

Inconscientemente miró a *Trece* cómo si el chihuahua pudiera ofrecerle la respuesta. Cuando levantó de nuevo el rostro, el sueco ya estaba ante ella y le ofrecía una bolsa que contenía comida.

—Pensé que tendrías hambre. El bocado de anoche fue un mero tentempié.

Selenia recogió la bolsa con mano firme y rebuscó en el interior, no permitiría que él notara la incomodidad que sentía.

—Exactamente igual que el beso de esta mañana —añadió consiguiendo que Selenia frenara su búsqueda en seco.

Levantó la cabeza sólo para comprobar que él la miraba fijamente con aquellos ojos de un verde intenso. Su rostro acusaba una incipiente y descuidada barba de dos días, dándole un aspecto si cabía más peligroso, marcando los masculinos y atractivos rasgos.

Ante la falta de reacción de la hembra, levantó una ceja sin mover ni un sólo músculo más.

—Come. Cuando termines echaremos un vistazo a un local al que iremos esta noche. Quiero ver los alrededores aprovechando la luz diurna. —Selenia siguió con la mirada los movimientos del licántropo mientras subía al altar y se recostaba, cruzando los brazos bajo la cabeza—. Ese tipo de barrio cambia considerablemente su ambiente dependiendo de si es de día o de noche, pero irá bien conocer las calles por si fuera necesario buscar una vía rápida de escape.

Selenia se mantuvo aún en silencio y tomó asiento en uno de los bancos de madera, *Trece* corrió hasta colocarse junto a ella mientras movía la cola y no quitaba ojo a la bolsa que crujía con cada movimiento. Las manos femeninas se movieron en el interior y extrajo una lata de comida para perros, provista de abre fácil. *Trece* ladró y celebró el hallazgo con un par de saltitos inquietos antes de elevarse sobre sus patas traseras y arañar, con las delanteras, las piernas de Selenia.

—¡Vaya! El «gremlin» está hambriento —dijo entre sonrisas Varulf, que había cambiado su postura para colocarse de lado.

Selenia escogió para ella un refresco y un gran bocadillo, después de servir al chihuahua.

Antes de empezar a comer volvió a mirar al sueco por un instante.

No sabía cómo actuar con aquel macho. Siempre había estado muy segura de sí misma, controlando en todo momento cuanto ocurría a su alrededor, anticipándose a cualquier situación, encontrando sin problemas las soluciones y el mejor modo de aplicarlas. Sin embargo con él todo era mucho más complejo. Podía discutir tácticas o formas de proceder en cuanto a su posición como ayudante, pero lidiar además con la atracción física que existía entre ambos era superior a ella. Jamás había consentido que se estableciera ningún tipo de relación con nadie que compartiera con ella una misión operativa. Pero tampoco tuvo que luchar, para ello, contra las necesidades de su propio cuerpo.

El hecho de que Varulf fuera un Dominante era lo que producía esa atracción imposible de controlar. Incluso en ese momento, si se tomaba la licencia de recordar cómo había sido el beso, tenía que recurrir a toda su fuerza de voluntad para no acercarse a él y terminar lo empezado unas horas atrás. Tenerlo tan cerca, recostado y apoyado sobre una de sus manos, mirándola con atención, rezumando sexualidad por los poros y una promesa en los labios, pendiente de todos sus movimientos, tampoco la ayudaba.

¿Qué podía hacer? Se suponía que estaba allí para llevar a cabo algún tipo de misión en la que él era el objetivo. Sin embargo, el sueño que había tenido la invitaba a plantearse muchas preguntas sin respuesta y, sobre todo, sembraba la semilla de la duda con respecto a quién, o qué, debía creer.

Lo peor de todo era que comenzaba a darse cuenta de que tarde o temprano debería tomar una decisión, inclinarse hacia un lado y luchar por defenderlo. El problema es que no sabía cuál era el correcto y su tiempo se terminaba. Si seguía así, dejándose llevar entre las dos fuerzas opuestas, el sueco empezaría a sospechar y se colaría otra vez en su cerebro buscando los motivos. No sabía cómo había logrado engañarlo hasta ese momento, pero tampoco podía confiar en que esa suerte la acompañara indefinidamente.

—Tu silencio me conmueve. —Varulf abandonó la mesa de eucaristía y comenzó a recoger algunas cosas para meterlas en la mochila que había traído consigo, mostrando un espectacular ángulo de visión de su trasero—. Algunas mujeres han llegado a confesar que consigo dejarlas sin aliento pero de ahí a enmudecerlas...

—No tengo nada que decirte.

—No te creo.

—Eso es problema tuyo.

—No. En realidad el que yo no te crea podría ser más problemático para ti que para mí —dijo girando levemente la cabeza para lanzarle una mirada de soslayo.

—Eso sólo lo sabríamos luchando.

Varulf emitió un suspiro de engañoso cansancio mientras seguía con lo que fuese que estuviera haciendo.

—Sabes de sobra que no tienes nada que hacer contra mí. ¿Quieres que te lo demuestre otra vez? ¿O quizá has disfrutado tanto como yo del roce de esta mañana que no encuentras mejor excusa para pedirme que lo repita? —preguntó volviendo a mirarla. Selenia tenía clavado los ojos sobre él y chispas de odio saltaban de sus pupilas—. ¡Oh! Sí que lo has disfrutado, he podido oler tu excitación, casi saborearla —continuó atendiendo la mochila—, pero no hace falta que seas tan rebuscada, sólo tienes que decírmelo directamente. Lo haré encantado.

—Jódete, maldito capullo —respondió con el ceño fruncido.

—Eso está mucho mejor. —Varulf rompió a reír satisfecho—. Y ahora que vuelves a ser la misma guerrera enferma de pasión por mí —se levantó—, termina de comer. Tenemos cosas que hacer.

Selenia no pudo menos que sonreír y reconocer que aunque sus métodos no eran los comunes al menos era cierto que había conseguido desbloquearla y arrancarle una reacción.

Un par de horas más tarde aparcaban las motos frente al local de Davor, allí estarían seguras. Dos jovencitos, vestidos con ropa un par de tallas más grandes de las que sus cuerpos necesitaban, echaron un vistazo apreciativo a las máquinas, pero con una sola mirada del sueco acompañada de un leve gruñido, desaparecieron.

Rinkeby, o «Programa del Millón», era un barrio sin bandera y a la vez alimentado y mantenido por varias patrias, un lugar donde, según había oído, podía venderse o comprarse casi cualquier cosa. Una isla de hormigón gris, con un idioma propio, decorada con grafitis y azotada por la pobreza, a quince minutos al norte del centro de una ciudad tan vibrante de lujo y poder como Estocolmo.

Caminaron por las anchas aceras grises, junto al mercado y los puestos, en los cuales se ofrecía el *baklaba* árabe y las frutas indias, junto con otros productos puestos a la venta, de la mano de asiáticos o latinos. En una plaza cercana, un grupo de niñas de etnias que iban desde la chilena hasta la griega, pasando por la serbia o la turca, jugaban a saltar la cuerda en igualdad de condiciones.

Un par de adultos africanos se escondieron con rapidez tras una esquina al verlos pasar. Cuando llegaron a su altura, corrían calle arriba.

—¿Qué pasa con esos?

—Nada, sólo son precavidos. Digamos que el resto no los admiten demasiado bien por sus costumbres y también, por qué no decirlo, por el color de su piel.

—¿Cómo puede haber racismo aquí? Son todos inmigrantes. —Puso los ojos en blanco.

Varulf se encogió de hombros antes de contestar.

—No te preocupes, cuando necesitan de sus servicios no dudan en buscarlos. Su droga es la mejor cotizada. En ese caso no hay racismo alguno. Curioso, ¿verdad? Todos ellos son víctimas de la misma intolerancia. Los suecos edificaron este barrio para darles cabida, pero no verás a ninguno de ellos viviendo aquí.

—Jamás entenderé a los humanos.

—Yo no lo intento, se vive más feliz. Además, nuestra raza ya da suficientes quebraderos de cabeza como para tener que pensar en solucionar otros.

—Pero ¿no hubo, no hace tanto, un asesinato masivo perpetrado precisamente por un sueco a petición de un chileno al que se le había negado la entrada a una discoteca?

—Así es, aun habiendo estado encerrada en el cuartel, estás bien informada.

—Veo las noticias. —Y se encogió de hombros.

—Lo insultaron. Al chileno —aclaró—. Le llamaron *svartskallar*.

—¿Qué significa?

—Cabeza negra. Para los suecos hasta los finlandeses son menos rubios.

—Pero si un sueco hizo eso por un chileno, supongo que no todos piensan igual.

—Para ser militar y de Palermo, eres un poco ingenua. El dinero hace amigos extraños, cachorrita.

—¿Cómo sabes mi procedencia? No recuerdo habértelo dicho.

Varulf no respondió, únicamente se limitó a lanzarle una mirada indescifrable bajo una rubia ceja arqueada.

—¿Adónde nos dirigimos exactamente?

—Aquí mismo —dijo deteniéndose y mirando con ojo crítico la persiana de un local cerrado y carente de letrero, antes de elevar la mirada hasta el piso superior.

—No parece que haya nadie.

—Deben de estar descansando, esta gente vive de noche.

—¿Y qué tiene de interesante este lugar?

—Que hace un par de meses no existía y, nada más abrir, su fama ha subido de forma increíble en poco tiempo.

—La novedad probablemente.

—No. Esas cosas no pasan en lugares como éste a no ser que tengas buenos contactos.

Selenia olfateó el aire, reconociendo el olor.

—Sí, su dueño es un licántropo —aclaró Varulf.

—Bueno, existen estudios que afirman que atraemos a los humanos. Nuestras feromonas...

El sueco rio de buena gana antes de que ella terminara su exposición.

—¡Sí! He oído hablar de algo así —siguió riendo—, pero dudo que ese sea el secreto de su éxito —aclaró.

—De nuevo veo que dispones de más información de la que aparentas.

—No de toda. Es obvio que de otro modo no estaría aquí.

—¿Qué quieres de ese tipo? ¿Qué pretendes obtener?

—Un nombre.

Capítulo 6

*P*ensó que pasarían allí sólo el tiempo necesario para echar un vistazo al lugar, tal como Varulf le había dicho. Sin embargo, el sueco no parecía ceñirse a horarios o a planes previamente trazados. Al menos no daba esa impresión.

Fue más de una la ocasión en que Selenia creyó que perdían el tiempo tontamente. Al principio trató de ayudar en lo que pudo, observando detalles y tratando de memorizar el terreno, calculando vías de escape tal como Varulf había mencionado. Pero pasadas un par de horas, hubiera jurado que podría recorrer el entorno con los ojos cerrados, a toda velocidad y sin incidentes. Llegados a ese punto, se retiró un poco y se dedicó a observar al sueco.

Varulf, de pie y con la espalda descansando contra una pared, permanecía con la vista perdida en algún punto del horizonte. En silencio, respiraba pausadamente. ¿Qué demonios estaba haciendo?

Se acercó a él y éste no movió ni un solo músculo. Trató de dirigir la vista hacia lo que fuera que estaba mirando sin conseguir entender nada, hasta que negando tajantemente con la cabeza ante la inexistencia de una respuesta, pasó la mano varias veces frente a él. Varulf continuaba en un estado de semiinconsciencia, despierto, en pie y muy cerca de ella, pero a la vez muy lejos de allí.

Imaginar cuál era el método de investigación que estaba utilizando en ese momento la ponía muy nerviosa y prefirió no especular sobre ello para no suscitar otros pensamientos que podrían suponerle serios problemas.

Observó su rostro con atención. El pelo, rebelde como la personalidad de su propietario, mostraba naturales mechones de distintos tonos dorados que iban desde el bronce hasta el rubio claro. Sus ojos, de aquel extraño color verde y aún sin la chispa que solía mostrar, seguían pareciéndole enigmáticos. Los labios bellos y bien proporcionados, sin la voluptuosidad que mermaría la masculinidad del conjunto y una mandíbula fuerte y decidida teñida de una ligera sombra de barba algo más oscura que el cabello. Las yemas de los dedos le quemaron deseosas de posarlas sobre el cuello fuerte, en la parte donde se insinuaba el pulso para acariciar el camino hasta el inicio del viril y magníficamente formado tórax, presentado por las marcadas clavículas, antes de que las ropas ocultaran el resto de la piel. Y allí estaba su aroma, aquel perfume tan personal y atrayente que la transportaba a un lugar ajeno a la realidad, instigando a los sentidos, aumentando la necesidad y prometiéndole un gozo indescriptible.

Muchas hembras lo habrían comparado con un ángel, pero aquel licántropo estaba muy lejos de asemejarse a un ente celestial tan inocente. No, Varulf era la viva imagen de un poderoso dios nórdico, peligroso, letal e increíblemente hermoso. Su cuerpo irradiaba la supremacía que presumía poseer, incluso en aquel estado. No le fue difícil imaginarlo representado en aquellas antiguas pinturas bélicas que había visto al llegar a Estocolmo, donde bajo un cielo a punto de rasgarse para dar paso a alguna clase de fenómeno atmosférico de proporciones catastróficas, aparecía él empuñando una mortal arma blanca mientras enfrentaba, con la furia de un titán, a los necios que hubieran cometido la tremenda estupidez de contrariarlo.

Mirándolo más atentamente ante ella aparecieron vagos gestos que parecían el eco de emociones que estuviera experimentando en ese momento; satisfacción, incredulidad, sorpresa, concentración y, por último, humor.

Tan absorta se encontraba, sumida en la perfección de aquel rostro, que sólo pudo constatar el hecho de estar a punto de tocarlo cuando Varulf la agarró con fuerza por la muñeca a la velocidad del rayo. Cogida por sorpresa, Selenia dio un respingo y contuvo la respiración por espacio de un segundo.

Pero sólo fue eso, un segundo. El instinto, bien entrenado, reaccionó al instante y, tirando con fuerza hacia atrás, se liberó moviéndose con rapidez hasta colocarse tras él, sin soltarle los dedos, consiguiendo de ese modo, hacerlo girar sobre sus talones al tiempo que doblaba el brazo masculino hacia atrás, sometiéndolo a una incómoda y dolorosa posición.

—¿Te has cansado de admirar mi preciosa cara y ahora quieres comprobar el estado de mi culo?

—Jódete, vikingo.

—Jamás he necesitado satisfacerme a mí mismo. Y no voy a empezar ahora... ¡a mis años!

Varulf se concentró lo suficiente, provocando una semitransformación muy controlada, sólo era necesario el cambio para invertir algunas articulaciones, como el codo por ejemplo.

Antes de que Selenia se diera cuenta de lo que ocurría, el sueco ya había logrado cambiar las tornas y la sujetaba para colocarla entre él y la pared. Acercó la nariz a ella y aspiró profundamente antes de suspirar.

—Estás loco.

—Tú me vuelves loco —dijo mientras tomaba un mechón negro entre los dedos.

—Podrían haberte visto —acusó al tiempo que intentaba pasar la saliva que se le acumulaba tontamente en la boca.

—Aquí nadie interviene en guerras de otros, ya tienen bastante con las propias. —Varulf pareció satisfecho con el aroma del cabello y pasó a acariciar con su nariz la sensible piel del cuello.

—¿Y qué me dices de antes? Cuando estabas en ese estado... catatónico, no sé cómo definirlo.

—¿Qué tiene de llamativo ver a alguien gozando de unos buenos rayos de sol?

—Estabas indefenso. —¿Eran sus labios lo que había sentido? ¡Oh, Dios! Tenía que pararlo, un minuto más y ya le sería imposible.

—¿Te parecí indefenso cuando te sujeté antes de que me tocaras?

—Lo estabas. Físicamente —aclaró—. Un blanco perfecto para la trayectoria de un arma. Quieren matarte, ¿recuerdas?

—Sí pero no lo harán a la luz del día. No se atreven.
—¿Y cómo puedes saberlo? Quizá hayan contratado a alguien con menos escrúpulos, o…, o hayan pagado a alguien en quien confíes.

Por alguna razón eso lo hizo reír y dejó caer los brazos que la mantenían presa. No sabía muy bien qué había dicho pero fuera lo que fuese sirvió a su propósito. ¡Gracias a los dioses!

—¿Una bala? —Siguió riendo a carcajadas—. ¡Una bala! —exclamó.

—Sí, una bala.

—Eso no terminaría conmigo y lo sabes. —Selenia sonrió a su pesar, pero al menos aquella idiotez la había liberado de sus garras—. Está bien, vamos. Davor debe estar a punto de abrir.

—Buenas noches, mi muy estimado compañero. —Fenrir lo esperaba junto a un suntuoso escritorio, con la superficie acristalada para proteger la madera en la que estaba realizado.

Para variar, usaba su propia voz al dirigirse a él. Algo que agradecía.

—Buenas noches, señor. —Rebel juntó los talones con aire marcial.

—Relájate un poco —dijo acompañando las palabras con un gesto de la mano—, no es necesaria tanta parafernalia. Toma asiento por favor. —Y señaló el sillón frente a él—. Cuéntame qué tal va todo.

—Según lo convenido —respondió mientras se sentaba tal como él hacía de nuevo—. Nuestra infiltrada está plenamente integrada en el entorno del sujeto y hoy ha recibido la segunda orden. Estamos a la espera de que informe.

—Perfecto, démosle un tiempo prudencial. Su trabajo no va a ser fácil precisamente. No obstante, necesitamos resultados así que por el momento nos seguiremos ateniendo al plan original y los tiempos estipulados. Si surgiera algún problema no dude en informarme, yo decidiré si realizamos alguna modificación considerando las circunstancias que se den en ese momento.

—Desde luego, señor. —Fenrir dejó su asiento y se dirigió hacia la puerta más cercana—. ¿Hemos terminado, señor?

—Sí, hemos terminado.

Rebel se levantó del cómodo sillón disponiéndose a abandonar la sala. No le gustaba demasiado estar en presencia del Dominante, el poder que ostentaba y esas dotes para leer la mente le ponían muy nervioso. Pero antes de llegar a su destino y desaparecer, Fenrir llamó de nuevo su atención.

—Una cosa más, Rebel.

—¿Sí, señor? —Se dio la vuelta hacia él completamente pero descartó desandar los pasos que ya había dado.

Fenrir le hablaba aún dándole la espalda.

—Espero que el incidente de Gamla Stand no se repita. —El tono de su voz ya no era amable ni considerado como lo había sido hasta entonces.

—Estaba todo calculado para que ocurriera mucho más tarde, después de que abandonaran el edificio, señor. Algo debió retrasar a la agente, ellos mismos se pusieron en peligro.

—Bien, Rebel. He de confesarle que por un momento dudé de su profesionalidad y cruzó por mi mente la alocada idea de una represalia. Pero es usted un hombre de palabra, ¿verdad?

—Por supuesto, señor. Me ofendería si pensara lo contrario.

—No echaría a perder todos nuestros esfuerzos por tamaña idiotez, ¿no es cierto?

—No, señor, no lo haría.

—De acuerdo, aceptaré su explicación.

Un dolor candente cruzó su cráneo en ese momento, obligándolo a apretar las mandíbulas y llevarse las manos a las sienes para presionar y tratar de aliviarlo. La voz de Fenrir se abrió paso hasta el mismo centro del cerebro.

—«No obstante, quiero que sepa que no tomaría la noticia de la muerte de Varulf a la ligera. Lo necesito vivo. Y no creo que usted desee verme furioso, ya que su vida terminaría en ese preciso instante. ¿Está suficientemente claro?»

—Por supuesto, señor. —Sólo cuando logró responder, el dolor cesó.

—Bien, puede marcharse.

El aire fresco del exterior consiguió recomponerle, o al menos pudo deshacerse del doloroso latigazo del que aún sentía un pulsante y lejano eco, en el interior de la cabeza. Pero a medida que éste desaparecía, una furia venenosa lo reemplazaba. Apretó los puños con vehemencia y, decidido, comenzó a caminar mientras extraía un teléfono móvil del bolsillo interior de su abrigo. Quizá él solo no podría terminar con aquella farsa pero consiguiendo algo de ayuda sería mucho más fácil. Incluso los Dominantes podían morir si se usaba el método adecuado.

—Al habla Smith. —Soltó el nombre clave en cuanto oyó que descolgaban.

—El último pedido ya está preparado y listo para ser remitido —le informaron.

—No es por eso por lo que le llamo. Esta noche recibirá los planos de algo nuevo. Quiero que los estudie concienzudamente y me haga saber si es posible su producción.

—Está bien. ¿De cuantas unidades estamos hablando?

—Sólo una. Será un prototipo.

—De acuerdo, envíemelo.

—Estaremos en contacto.

Tal como dijo Varulf, el Latin Kiss ya había abierto sus puertas al público. Selenia observó la entrada con evidente disgusto. Carente de rótulo, el cristal de la puerta estaba muy necesitado de una buena limpieza, ahumado para que fuera imposible atisbar el interior y, sobre éste, unas letras doradas mostraban el nombre del tugurio, rodeado de imágenes en forma de voluptuosos labios formando besos y copas de cóctel dispuestos sin gusto.

El sueco apenas si reparó en ello y empujó la hoja para dejarle paso. El interior del local cumplía con todo lo que prometía desde afuera; iluminación escasa; mesas cubiertas por una fina capa pegajosa de algo indescifrable; amplios sillones apartados, algunos rodeados por altos paneles de madera para ocultar lo que ocurría en ellos; y una barra repleta de botellas de múltiples colores y graduaciones alcohólicas. Para amenizar y a la vez terminar de descolocar al público ante el bombardeo de sensaciones, Abba sonaba por los altavoces a un volumen que casi impedía el entendimiento oral.

Un extraño tipo, salido de la nada, ataviado con una camisa hawaiana, se acercó a ellos con rapidez y se lanzó sobre el sueco. Selenia esperaba que lo recibiera con la dureza de un buen puño, pero para su sorpresa Varulf le palmeó la espalda amistosamente.

Después del saludo, el mismo tipo hizo señas a alguien que no pudo ver y el volumen bajó de decibelios.

—¿*Dancing queen*? —preguntó Varulf con una carcajada.

—No te esperaba tan temprano, *ruotsi*. —Sonrió como disculpa mientras lo miraba a los ojos con... ¿Qué demonios era aquello? ¿Adoración? Selenia husmeó el ambiente. Era un licántropo, no cabía duda.

—La necesidad de verte me quemaba por dentro. —Los ojos del sueco chispeaban con humor.

—¡Ojalá esas palabras fueran ciertas!

—Lo son —afirmó llevándose una mano al pecho con fingido dolor ante la desconfianza.

—Sí pero no llevan la carga emocional que desearía.

—No se puede tener todo, Davor. —Varulf se encogió de hombros y el macho raro compuso un gracioso mohín.

—¿Quién es la hembra que te acompaña? —preguntó reparando en Selenia mientras rodeaba a Varulf con un brazo y lo conducía hasta la barra—. No tiene pinta de ser del tipo al que estás acostumbrado.

—Ella es Selenia, me está ayudando con lo que tengo entre manos.

Davor le echó un buen vistazo pero no hizo ademán de saludarla, sólo la examinó con ojo crítico.

—Espero que como dices te ayuda sólo con lo que tienes entre manos y deje a un lado lo que tienes entre las piernas.

—Creo que exiges demasiado —replicó Varulf entre risas.

—Soy muy celoso con lo que considero mío.

—El problema, hermano, es que jamás he sido, ni seré, tuyo.

—¡Bah! Torres más altas han caído.

—Tengo buenos cimientos.

—Sí, amor mío y sin duda también un buen pilar de sujeción —señaló travieso—. Sobre la mesa de mi despacho encontrarás lo que me pediste.

—Bien, ahora vuelvo —dijo Varulf antes de deshacerse de la cazadora, desapareciendo tras la barra.

—No tengo intención de acostarme con él —anunció Selenia un poco harta de que la obviaran de aquella forma tan grosera, mientras dejaba su chaqueta a un lado.

Davor se dio la vuelta para mirarla con una ceja arqueada del mismo modo en que lo hacía el sueco.

—Tu intención no contará para nada en el momento en que él decida tenerte, querida. ¿Me pregunto por qué no lo habrá hecho ya? No tienes pinta de ser lesbiana. —Con esto se coló tras la barra y dedicó su atención a recolocar las botellas que se alineaban sobre un estante de la pared opuesta.

—¿Qué bebes? —le preguntó un minuto después.

—Agua por favor, fría. —Davor la miró por encima del hombro.

—¿Agua? El único grifo que verás aquí es el del surtidor de cerveza, querida.

—Que sea una Guinness entonces.

—Eso está mejor, mucho mejor.

Mientras Davor servía con esmero la cerveza negra, una mujer, una humana, bien parecida aunque lamentablemente vestida, hizo su aparición a la vez que Varulf volvía de las entrañas del local. Lo miró con apreciación y se acercó a él, pegando su cuerpo al del macho sin ningún pudor.

—¡Mira a quién tenemos aquí! —exclamó con voz melosa mientras restregaba su cuerpo contra el del sueco—. Mi oferta está en pie todavía, ¿la aceptas ahora?

—Me recuerdas…, eso me halaga —dijo Varulf con voz ronca mientras le acariciaba la cintura despacio, sujetando el cuerpo de la mujer contra él, disfrutando del momento.

Los ojos de Selenia se abrieron desmesuradamente a la vez que sentía cómo su corazón se aceleraba, hecho que no pasó desapercibido a los entrenados y expertos ojos de Davor, quien con una sonrisa traviesa en los labios se acercó a ella.

—No tienes intención, ¿eh? —murmuró entre risas cerca de su oído—. ¿A quién pretendes engañar? Las mentiras no llevan a ningún sitio.

—No miento —masculló con los dientes apretados mientras a escasos tres metros de ellos, Varulf y la humana seguían envueltos en un potente halo sexual.

—Sí lo haces, pero sólo a ti misma, reina. Si crees que a él lo engañas es que eres más tonta de lo que pareces. Apuesto a que esa mal disimulada lucha interior, que puede leerse en tus ojos, sólo es producto de la rebeldía que caracteriza a las Puras. —Selenia desvió los ojos hasta los de Davor, sorprendida pues el Original había reconocido su rango—. Los principios y la fortaleza de espíritu están muy bien siempre que se apliquen en el momento adecuado, pero te estás negando algo que tu cuerpo desea y siente cercano. No seas estúpida. Retrasarlo únicamente te hace más apetecible a sus ojos. ¿A qué macho conoces que cierre los ojos frente a un reto tan manifiestamente lanzado?

Selenia no contestó, tan sólo centró de nuevo la mirada en la pareja.

—El que calla otorga, querida —añadió Davor guiñándole un ojo antes de dirigirse a la humana—. ¡Eh, zorra! Es la segunda vez que te lo advierto, deja a mi hombre si no quieres que te saque los ojos y me haga con ellos un par de pendientes, ¿está claro?

—¡Jódete, Davor! —respondió la mujer alejándose de Varulf.

—Sí, últimamente es lo que toca —murmuró consiguiendo que el sueco irrumpiera en carcajadas—. ¿Has encontrado la tarjeta?

—Sí, ya la tengo —respondió Varulf.

—Bien, el local abre más tarde, así que tómate algo mientras esperas.

—¿Qué tomas tú? —preguntó a Selenia.

—Una Guinness negra —respondió secamente sin mirarlo.

—Tomaré lo mismo que la señorita —comunicó a Davor—, a menos que tenga algo que alegar. Ahora mismo podrías sujetar un papel entre las cejas, ¿sabes? Por lo que sé ese ceño es señal de un inminente estallido —añadió divertido.

—Paso de tu culo, vikingo.

Davor dejó la cerveza cerca de Varulf y le hizo una señal a espaldas de Selenia, indicándole el motivo de su disgusto. El sueco sonrió satisfecho, su plan había dado resultado, las hembras eran muy predecibles.

—¿Es por lo de esa mujer?

—Me importa un cuerno esa mujer y me importas un cuerno tú.

—No he preguntado si te importaba, sólo si el ceño es debido a ella.

Selenia optó por imitar un par de los gestos más característicos del sueco, primero lo miró con una negra ceja arqueada para, a continuación, encogerse de hombros y alejarse de él.

Varulf volvió a carcajearse a su espalda. ¡Joder! La estaba poniendo muy furiosa, ese maldito Dominante aún no sabía con quién estaba jugando.

Quiso la fortuna que en ese momento entrara un hombre en la sala. Sus ropas carecían de calidad pero no vestía del todo mal y era bien parecido. Atractivo.

—Retos, ¿no?..., te vas a enterar. —Nadie la retaba de aquella forma tan explícita y seguía riéndose en su cara.

Sin pensarlo dos veces, porque probablemente si lo pensaba la razón se impondría sobre el impulso, Selenia caminó hacia él con gracioso contoneo. El humano cayó embelesado ante sus encantos al instante. La licántropo sonrió y agarrándolo del cuello de la camisa lo besó ardientemente, pegándose a su cuerpo como había hecho Varulf con la mujer.

Antes de que el hombre pudiera reaccionar y terminara el beso, acabó estampado sobre uno de los sillones del final de la estancia.

—¿Estás loco? ¡Podrías haberlo matado! —espetó Selenia a voz en grito.

—¿No lo he hecho? —Chasqueó con la lengua—. ¡Lástima!

—¡Joder! ¡Estás de psiquiátrico! ¡En serio! ¡Como una jodida cabra! —El rostro le ardía de ira y pateó el suelo para imprimir más peso a sus palabras.

—¡Tú tienes la culpa!

—¿Que yo qué? ¡Sólo es un humano!

—¡No te compartiré! ¡Ni con un humano, ni con esa mutación de ojos saltones que llamas *Trece*! ¿Está claro? ¡Eres mía! ¡Sólo para mí! ¡Nadie más tiene derecho a tocarte!

—¡Date un par de golpes en el pecho y jódete vikingo! —exclamó, acto seguido levantó el dedo corazón frente a él.

Antes de que pudiera retirarse para coger su chaqueta y largarse lo más lejos posible de aquel sueco del demonio, Varulf la sujetó por la muñeca con férrea determinación, impidiéndoselo. Ella aún mantenía el ofensivo dedo erguido. Tiró más fuerte pero no logró soltarse, ni siquiera el brazo masculino se movió un milímetro de su posición. Varulf hizo lo propio y, para su vergüenza, sí consiguió su propósito colocándola de nuevo frente a él. Clavó aquellos ojos verde intenso en los oscuros y almendrados, sin apartar la mirada e introdujo el dedo en su boca para lamerlo con estudiada lentitud. Selenia experimentó el calor húmedo de la lengua enroscándose y acariciándola hasta en lo más profundo de las entrañas, un placer, una agonía que se le extendió rápidamente por todo el cuerpo adueñándose de cada uno de sus sentidos. De nuevo percibió el aroma del macho con más intensidad.

—No —susurró obligándose a permanecer serena.

Sin saber cómo, el volumen de la música aumentó, los duros acordes de un rock metal la sacaron del trance, consiguiendo enfocar de nuevo la vista, sólo para registrar un hiriente brillo burlón en los ojos de él. La rabia sustituyó al placer en menos de lo que dura un parpadeo y le asestó una sonora bofetada que le dolió en la palma de la mano.

Capítulo 7

Varulf no se inmutó, permaneció mirándola pero la burla desapareció de sus ojos, que rezumaron dureza.

—Puedes hacerlo mucho mejor.

El tono que había usado era extrañamente calmo pero para lo que Selenia sentía bullir dentro de sí sólo significó añadir más leña al fuego. Su puño se cerró y salió disparado hacia la mandíbula del sueco, impactando con la fuerza suficiente para obligarlo a girar el rostro.

Varulf escupió algo de saliva teñida de sangre de la brecha que le había abierto en el interior del labio y la buscó con los ojos antes de volver a elevar la cabeza enfrentándola. El corazón de la Pura latía frenético, su pecho subía y bajaba agitado, aun así le aguantó la mirada, desafiante.

—Esto ha servido para satisfacerte —dijo—. Te prometo que la próxima vez que poses tu mano sobre mí será para satisfacerme a mí.

Sólo entonces la soltó. Fue a buscar su cazadora, intercambió unas palabras con Davor y volvió junto a ella.

—Coge tu chaqueta. Nos vamos —anunció y, acto seguido se encaminó hasta la salida.

Resuelta y sin ningún remordimiento por lo que había hecho, se acercó a la barra donde Davor ya le ofrecía la prenda con una sonrisa.

—Buen gancho de derecha.

—Gracias, pero no me interesa tu opinión al respecto.

—No es mi opinión. Es la suya —explicó haciendo un ademán en dirección al sueco—. Ha sido un placer conocerte, volveremos a vernos.

Selenia levantó la mano a modo de despedida. «No, si puedo terminar antes con esto», pensó. Comenzaba a ser urgente encontrar la manera de que el licántropo le confiara sus planes, informar sobre ellos y desaparecer. Pasado un tiempo, el exasperante sueco sería un leve recuerdo, una anécdota más que añadir a su vida profesional.

Nada más pensar en ello, sintió un extraño vuelco en el estómago. ¿Y si ese proceder no era el correcto? Algo le decía que volver la espalda al sueño que había tenido, no sería una buena idea.

Varulf esperó sujetando la puerta, observándola avanzar hacia él. Aún sentía la palpitante excitación entre las piernas. No estaba acostumbrado a tener que soportar esa situación durante tanto tiempo. Era demasiado incómodo y comenzaba a pensar que el deseo insatisfecho estaba convirtiéndose en una obsesión.

Cuando la dejó a solas con Davor y fue a buscar la tarjeta del local que se proponía visitar, pudo oír el comentario del eslavo acerca de no comprender que aún no la hubiera tomado. Así que, cuando la prostituta lo saludó con reconocimiento, no pudo desaprovechar la ocasión. Selenia era muy visceral y desperdiciar ese aspecto de ella en beneficio propio sería como dejar pasar una buena oportunidad que quizá significara la consecución de su deseo.

No calculó mal. Al principio, obtuvo todas las reacciones esperadas. Pero cuando trató de rematar el tema, algo se torció.

Incluso siendo el licántropo con más control sobre su cuerpo y, por ende, sobre su transformación, aún podía sentir cómo las garras pugnaban por emerger en cuanto rememoraba la imagen de Selenia besando a aquel desecho humano. Le hubiera arrancado las entrañas con gusto y no lo hizo por pura deferencia para con Davor. No era de recibo dejarle el suelo hecho un asco después de conseguirle la entrevista que arrojaría más luz acerca de lo que buscaba. Aun así, ese sentimiento de posesión que experimentó no le gustó en absoluto. Quizá por ello, espoleó a Selenia hasta recibir el duro puñetazo con el que lo obsequió. Pero ni siquiera eso logró que la emoción desapareciera.

Observó cómo la Pura se quedaba junto a él, frente a la puerta, esperando a que la precediera.

—¿Te doy miedo? —murmuró con voz ronca junto a su oído.

—No quiero tenerte a la espalda, después de todo, acabo de partirte la cara y podrías tomar represalias.

—¡Oh!, las tomaré..., no lo dudes. Pero siempre hay un momento y un lugar para cada cosa y, ahora mismo, nos esperan en otro sitio. —Balanceó la mano hacia delante, en dirección a la calle, indicándole que la seguía.

Selenia se cuadró de hombros, levantó el mentón y abordó el exterior con digno porte marcial sin volver a dirigirle la mirada.

De camino a su destino, ante la intención patente de Selenia de ignorarlo, aprovechó el tiempo y echó un vistazo a la tarjeta. La escueta impresión era elegante, en marrón dorado sobre el crema de la cartulina, únicamente rezaba el nombre del sujeto y un número de teléfono junto con una ilustración de diseño estilizado que reproducía una huella animal.

«Kveld», leyó. Curioso nombre para un finlandés.

La calle donde estaba situado el local, presentaba un aspecto muy diferente al que tenía unas horas antes. Ahora, mucho más concurrida, una fila de humanos excelentemente ataviados se alineaban junto a la pared esperando que el portero, una especie de mula con olor a perro y malas pulgas, les diera paso. Selenia ocupó su lugar, colocándose al final. Echó un buen vistazo a los grupos de hombres y mujeres que acudían en continuo goteo.

—Recuérdame qué se supone que debemos averiguar.

—Un nombre, pero yo seré el que hable.

—¿Un nombre? Explícate.

—Lo haré, pero esconde esos morritos que luces desde que salimos del Latin Kiss si no quieres que te los devore.

—Tengo una idea mejor, podría partirte el labio por el otro lado y así perderías las ganas. A lo mejor hasta lograba impedirte que abrieras esa bocaza impertinente.

—Entonces, ¿cómo iba a contarte lo que deseas saber?

Selenia se cuidó mucho de dejar escapar la sonrisa que pugnaba por curvar sus labios. Debía reconocer que aunque el sueco llegaba a sacarla de sus casillas con facilidad también lograba que olvidara el mal momento igual de rápido, pero no iba a dejar que lo averiguara tan fácilmente.

—¿Y bien? —exigió.

—Como te expliqué, el local —comenzó— lleva abierto muchísimo tiempo, estuvo a punto de cerrar por quiebra, nadie acudía aquí. Pero sólo hace pocos meses su popularidad se elevó muy rápido, demasiado para estar en un lugar como éste. Ya ves las colas que se forman. Fíjate bien en la clase de humanos que acuden aquí. Se puede deducir fácilmente que no viven en este barrio, son gente con un poder adquisitivo mucho más alto.

—Quizá el dueño haya optado por hacer una buena reforma y una buena publicidad.

—O quizá por hacer un buen trato.

—Si, como dices, el dueño estaba al borde de la quiebra, ¿con qué ha negociado? ¿Una parte de los beneficios?

—Dudo que el licántropo con el que haya hecho negocio necesite dinero.

Antes de que Selenia pudiera formular la pregunta siguiente, Varulf se llevó un dedo a los labios y señaló al portero. Eran los próximos en entrar a la sala.

—¿Nombre? —solicitó el portero.

—No gracias, ya tengo el mío —respondió Varulf consiguiendo que el gorila de la puerta lo mirara de arriba abajo.

—Vaya, esta noche nos ha tocado un graciosillo.

—Un graciosillo que ha captado tu atención, ¿eh? Ahora haz saber a Kveld que la visita que espera ha llegado.

El enorme licántropo curvó ligeramente la espalda para mirarlo fijamente a los ojos.

—Y, ¿a quién tendré el placer de anunciar? —preguntó con sorna—. ¿Tienes un nombre tal como dices o sólo comunico la llegada de un payaso presuntuoso?

Varulf comenzó a reír a carcajadas. Selenia miraba de uno a otro alternativamente, aunque el sueco seguía riendo, la tensión y poder que comenzaba a desprender su cuerpo era evidente, sabía que la pelea comenzaría en un instante si no hacía algo.

—¿Qué tal si os la sacáis y os la medís aquí mismo para ver

quién la tiene más larga? —intervino Selenia harta de aquel alarde de estupidez—. ¡Oye! Grandullón —cambió a una voz melosa, posando una mano sobre el sobrealimentado bíceps del portero—, ¿por qué no nos dejas pasar ya y todos nos ahorraremos problemas? Si lo compruebas, verás que Kveld tiene una cita con alguien enviado por Davor del Latin Kiss. Quizá después,... ya sabes, podría agradecértelo.

La treta surtió efecto y el licántropo consintió en abrirles paso.

—Adelante, señorita —la invitó sin apartar los ojos del escote de Selenia—, espero que cumpla sus promesas.

Selenia caminó tras Varulf, éste aún sin haber recibido el beneplácito abría ya las puertas de cristal esmerilado sobre las que se veía el dibujo enorme de la huella de lobo que daba nombre al local; *Fotavtrycket*, rezaba bajo ésta.

—¡Y tú, engreído! —llamó la atención de Varulf—, más te vale no provocar problemas ahí dentro o te las verás conmigo.

—Deberías aprender de tu madre. Ella me trató mucho mejor hace un rato —contestó mientras se acomodaba el sexo sensiblemente.

—¡Maldito hijo de...! —La reacción no se hizo esperar pero terminó antes de que Selenia supiera qué había pasado.

Vio el arranque del portero y su inmediato frenazo a la vez que los ojos se salían de sus órbitas. Al volver el rostro pudo captar un brillo extraño en las pupilas y la frente del sueco, reminiscencias de una señal que desaparecía con rapidez.

El tipo se dio la vuelta y prosiguió con su tarea, como si nada hubiera ocurrido.

Varulf siguió su camino hacia el interior de la sala. La decoración estaba muy cuidada. Había sido pensada para dar un toque moderno y sofisticado: espejos, luces estroboscópicas, tapicerías, incluso la pasamanería que rodeaba el descansillo de la entrada hasta un ascensor que accedía al piso superior, hablaban de elegancia y dinero. Echó un vistazo a esa parte, visible desde abajo, estaba rodeada de una barandilla realizada en el mismo trabajo de madera y acero, una especie de ancha terraza con vistas a la pista de baile. La música sonaba a un nivel alto aunque no lo suficiente para impedir que dos personas mantuvieran un diálogo siempre que estuvieran lo suficientemente cerca, a la vez que aislaba de la curiosidad de oídos ajenos. El ambiente era ameno y distendido, nada que hablara de lo que en realidad se fraguaba allí dentro.

—¿Qué ha sido eso? —preguntó Selenia una vez que hubo barajado mil posibilidades, a cual más descabellada.

—¿Qué? —replicó con fingida inocencia.

—¿Qué ha pasado ahí fuera? —insistió—. El portero iba a machacarte pero de pronto algo lo ha asustado y ha cambiado de idea. Tanto que se diría que ha olvidado lo ocurrido por completo.

—Eres demasiado suspicaz —respondió Varulf.

—¡Vi una luz! —acusó.

El sueco elevó la mirada hacia las decenas de focos, muchos de ellos móviles, que lanzaban ráfagas intermitentes de luces de varios colores, para después volver a centrar la vista en ella, dedicándole otro de aquellos arqueos de cejas.

—Me tomas por idiota, pero sé lo que vi —se quejó ella.

—Entonces quizá deberías plantear en tu cabecita la explicación antes de exponerla, así podría entender algo de lo que dices.

—Esa luz procedía de…

—¡Vamos Selenia! Deja las luces para otro momento. Comienzas a parecer la testigo de una aparición mariana.

Selenia estuvo a un tris de volver a enseñarle el dedo corazón, pero recordando lo que le había hecho poco antes, reprimió el impulso. No cometería dos veces el mismo error.

—Eres un Dominante —dijo en cambio—, no sé aún por qué razón intentas ocultar tu naturaleza. ¿Me tachas de loca? De acuerdo, pero no me engañas. Sé lo que he visto, digas lo que digas. Además, no lo estás haciendo bien.

—¿Qué es lo que no hago bien?

—Niegas continuamente tu nivel de pureza pero olvidas que soy una Pura. Mi instinto no me engaña.

—¿La necesidad que sientes de acostarte conmigo ahora se llama instinto? —bromeó.

—Tú me lo aseguraste, dijiste que no podría seguir negando lo evidente durante mucho tiempo.

—¡Ah! —dijo restando importancia a las palabras de Selenia con un ademán—. Pero tu deseo sólo es debido a mi irresistible encanto. Como Pura también sabes reconocer a un buen macho cuando lo tienes delante, ¿no es verdad?

—Cuidado, vikingo, quizá decida cambiar de idea y acostarme contigo sólo para demostrarte que tanto amor propio no tiene una base sólida sobre la que sostenerse.

Varulf rodeó la cintura de la hembra con un brazo y la acercó a él hasta que sus caderas quedaron completamente unidas. Selenia pudo sentir a la altura del vientre cuán sólido se encontraba en aquel momento bajo el influjo de sus palabras.

—¿Me darías una lección?

—Podría sorprenderte —respondió con toda la dignidad que pudo reunir, después de todo ella se lo había buscado al no poner freno a su lengua.

—Eso suena prometedor.

—Pero...

—Lo imaginaba, siempre hay un pero —la interrumpió.

—No estoy aquí para probarte nada, así que ambos permaneceremos en la inopia durante mucho tiempo.

Antes de que pudiera deshacerse del abrazo, Varulf acercó los labios a su oído, produciéndole escalofríos en la piel cuando sintió el aliento masculino templándole aquella sensible zona.

—La percepción del tiempo es algo muy relativo, cachorrita. Depende de las circunstancias y la paciencia de cada individuo. Cuando uno espera algo que desea con todas sus fuerzas, suele parecer que lo hace durante una eternidad. Pero tranquila..., te prometo que yo no te haré esperar tanto.

La respuesta pugnaba por salir de los labios de Selenia cuando Varulf puso un dedo sobre ellos para silenciarla, a la vez que le hacía una señal hacia un macho que se acercaba ofreciendo una mano que estrechar. El sueco liberó el cuerpo de la licántropo para aceptar el saludo.

—Tengo entendido que vienen a ver a Kveld —dijo el recién llegado con una sonrisa a la vez que les lanzaba una larga mirada especulativa.

—Así es. —Al sueco no le pasó inadvertido el intercomunicador que el enviado portaba en la oreja. Fue más que evidente que su charla estaba siendo escuchada por alguien más que trataba de permanecer en el anonimato.

—Y, ¿cuál es la razón de su visita?

—Negocios —respondió evasivo.

—¿Qué clase de negocios?

Antes de responder, Varulf sonrió mientras aprovechaba el momento para clavar los ojos en la barandilla de la parte superior. Allí, un tipo atractivo y vestido con ropas de calidad observaba la entrevista sin perder detalle. ¿Era Kveld? No podía estar seguro.

—¿Qué te parece…, la trata de blancas?

La cordial sonrisa que había mostrado mientras le ofrecía la bienvenida se borró al instante del semblante del mensajero, para tornarse en una tensa mueca de disgusto.

—Creo sinceramente que se han equivocado de lugar y de persona. Sean tan amables de abandonar el local y olvidaré que esta conversación ha tenido lugar.

Nada más terminar la frase, un par de gorilas de tamaño similar al que les había recibido en la puerta aparecieron junto a ellos. Tomándolos por el brazo, los condujeron hacia una puerta disimulada tras un espejo. En un abrir y cerrar de ojos, se encontraron en un estrecho callejón apestoso, mal iluminado, frente a la puerta cerrada.

—Una puerta trasera. Interesante —masculló el sueco.

—¿Trata de blancas? —preguntó Selenia arrugando la frente.

—Eso creo.

—¡Crees! ¿Quieres decir que no tienes la completa seguridad de que sea cierto?

—No tengo pruebas. Pero sé lo que hago.

—¡Joder, Varulf! No se puede entrar en un local al que has sido invitado y acusar a su dueño de algo de lo que no estás seguro. ¿Qué demonios pretendías?

—Ya te lo he dicho, un nombre.

—Bueno, es evidente que tu fuerte no es la diplomacia —dijo Selenia tratando de calmarse—, pero al menos no has montado un espectáculo. Al ver aparecer a esos tipos me temí lo peor.

—Tienes un concepto equivocado sobre mí —dijo y sonrió burlón.

—¿Lo tengo? —replicó retórica.

Los ojos del sueco se entornaron pero la Pura no prestó la

menor atención; continuaba murmurando sin parar acerca de la educación y los buenos modales.
—Silencio —pidió.
—¿Ahora me mandas callar?
—¡Sí, joder! Intento oír algo.
Oculto bajo el encerrado retumbar de la música del local, un siseo llegó hasta sus oídos en el momento en que se concentró en buscar lo que Varulf trataba de escuchar.
—Allí.

Capítulo 8

Rebel apagó el monitor y se restregó los ojos para aliviar el cansancio. Nunca soportó demasiado bien la brillantez de las pantallas y, desde que se inició la era de la informática, como él la llamaba, todo funcionaba a fuerza de pegar las pupilas a millones de píxeles.

El edificio permanecía en silencio, dando fe de que era el único que trabajaba hasta aquellas altas horas de la noche. Relajó los hombros y recostó la espalda en el respaldo del sillón, respirando profundamente. Satisfecho con el trabajo realizado.

El teléfono móvil se iluminó y comenzó a bailotear vibrando sobre la superficie de la mesa. Pese a todo, la tecnología también había creado aparatos realmente útiles e ingeniosos. Echó un vistazo y supo al instante cómo debía contestar.

—Al habla Smith.

—Acabo de recibir el diseño del que hablamos.

—¿Cree que será viable?

—Desde luego, pero ya sabe que no soy yo quien tiene la última palabra. Daré prioridad a su petición.

—Desde luego es urgente y le retribuiré el detalle llegado el momento.

—No me cabe la menor duda. Espere mi llamada.

—Así lo haré.

Apretó el pequeño botón de desconexión con una sonrisa en los labios. Cuando al fin tuviera consigo el prototipo que había diseñado, su futuro estaría más que asegurado. Y también el de otros. Sólo que serían muy diferentes; arderían en el infierno.

Sí, definitivamente la tecnología también había traído cosas buenas. Muy buenas.

—Acercaos.

El rostro de un hombre asomó entre los contenedores de basura, a varios metros de donde se encontraban. Únicamente cuando llegaron a su altura, éste se irguió.

Varulf le echó un vistazo. De estatura baja, mirada triste y piel muy blanca, no parecía un vagabundo, aunque sus ropas estaban manchadas, olía a sudor y necesitaba un buen afeitado. No obstante, el reloj que asomaba bajo el puño del jersey y los zapatos eran de buena factura.

—Tened cuidado con lo que habláis —dijo el humano manteniendo un tono de voz confidencial—, sobre todo tú —añadió refiriéndose a Selenia—. Pueden oíros.

—¿Quién puede oírnos? —Varulf advirtió que Selenia también realizaba su propio examen visual del individuo.

—Ellos. Esa gente son demonios.

—¿Qué quieres? ¿Por qué nos has llamado?

—Quiero ayudaros. Sois jóvenes. Y fuertes —añadió—. Quizá vosotros consigáis lo que yo no pude. —Dio un paso atrás, volviéndose a refugiar tras los contenedores, a la vez que movía la mano para que se acercaran—. Intenté hacerlo. Solo, pues nadie me creía. Tienen dinero. Mucho dinero. E influencia. Influencia suficiente para cerrar bocas.

—¿Qué sabes? —le animó Varulf.

—Sé cosas. Pude entrar. Varias veces, ¿saben? Hasta conseguí un empleo. Habría hecho lo que fuera por ella.

Los ojos de Selenia se movieron del humano al sueco alternativamente. Para ella era más que evidente que el hombre no estaba en sus cabales. Sintió pena por él y quizá, en otro momento de su vida, hubiera intentado ayudarlo ofreciéndole algo de dinero, lo necesario para que consiguiera una ducha caliente, algo de comer y una cama donde pasar la noche.

—No me mire así señorita, no estoy loco.

—¿Por qué dices que quieres ayudarnos? ¿Qué ganas tú con ello?

—Vengarla —respondió levantando un tembloroso mentón—. A mi hija. Ellos se la llevaron. Se llevaron a mi pequeña. A mi Sonya. Y ahora… Ahora está muerta. —Y comenzó a llorar desconsolado—. Muerta sin que pudiera hacer nada. Sonya era hermosa, con una belleza natural y la frescura de la juventud —dijo entre sollozos—. La engañaron, ella les creyó y ahora…

—Tranquilícese. —Selenia palmeó su espalda tratando de confortarlo.

—Seguí sus pasos. —Tragó saliva con dificultad y continuó—. Yo sabía que frecuentaba este lugar. Mi mujer murió hace muchos años, ¿sabe? Desde entonces he tratado de cuidar de ella lo mejor que he sabido. Pero también tenía que trabajar, el dinero no te lo regalan —explicó—. Vine aquí en varias ocasiones intentando averiguar en qué estaba metida. No era mala. Ella no era mala, sólo era joven, quería libertad y yo no… no… —Selenia acarició el hombro del humano proporcionándole consuelo—. No supe entenderla. ¡No! ¡No quise entenderla! —Los puños del hombre estaban cerrados y su pecho hipaba por la angustia contenida. Respiró profundamente un par de veces antes de continuar—. Estaba desesperado…, en cierto modo yo sabía que este lugar tenía algo que ver. Acudí a la Policía pero no me hicieron caso. Cuando me enteré de que ofrecían empleo aquí, lo acepté sin pensarlo dos veces. Sonya ya llevaba un par de días sin aparecer por casa. Yo quería encontrarla y llevarla conmigo. Hablar con ella, explicarle, que pudiera entender. Pasaron los días y ella no volvía, parecía como si se la hubiera tragado la tierra. Entonces, recibí una llamada. Estaba muerta. ¡Muerta! Mi Sonya…

—Estoy segura de que su hija, esté donde esté, sabe lo valiente que fue y lo que hizo por ella.

El humano extrajo, de alguna parte de sus pantalones, un pañuelo que había conocido días mejores. Se sonó y enjugó las lágrimas lo mejor que pudo antes de volver a guardarlo. Levantó el rostro para mirarla a los ojos.

—¡Kveld! Ése es el tipo que lo maneja todo.

El nombre hizo saltar las alarmas del sueco.

—¿Qué puedes contarme? ¿Qué aspecto tiene? ¿Cómo puedo llegar hasta él?

—Te será difícil. Siempre está rodeado por sus secuaces. Ellos acatan sus órdenes sin rechistar. Es listo y muy precavido. Pero yo conseguí sacarle una foto. Si prometes que lo matarás por mí, te la enseño —ofreció con vehemencia.

—Eso está hecho —aceptó solemne.

—Tú también has perdido a alguien, ¿verdad?

Varulf no contestó pero apretó amablemente el brazo del pequeño hombre.

—No permitiré que sigan llevándose almas de pobres criaturas —aseveró volviéndose sobre sí mismo.

Revolvió en varias bolsas amontonadas junto al contenedor antes de erguirse para mostrarles lo que tenía entre las manos.

El silbido amortiguado de un proyectil rasgó el aire y fue a alojarse en el estómago del humano ante la sorpresa de ambos licántropos. Los ojos del hombre se abrieron desmesuradamente. Las manos, carentes de energía, dejaron caer la cámara que se hizo pedazos al contacto con el asfalto y las rodillas se aflojaron, incapaces de soportar su peso.

Selenia lo sujetó, impidiendo que cayera, arrastrándolo posteriormente tras el contenedor. Localizó la herida y presionó sobre ella con fuerza. Miró a Varulf que oteaba las azoteas sin buscar refugio.

—¡Llama a una ambulancia! Aún respira.

Los ojos del sueco giraron hacia donde se encontraban ellos hasta posarse sobre la mancha de sangre que crecía incontrolable.

—Ya no puedes hacer nada por él. Pero él aún puede hacer algo por nosotros.

Los ojos del sueco se tornaron de un verde más radiante a medida que dejaba paso al poder de la bestia. De nuevo el brillo también comenzó a aparecer en su frente pero desapareció antes de que Selenia pudiera ver al completo el diseño que se formaba.

—¿Pero qué demonios…? —Varulf hizo oídos sordos a la consternación de Selenia, tenía que darse prisa, el humano perdía sangre con rapidez.

Bajo las manos de la Pura el cuerpo del hombre comenzó a convulsionar. Selenia lo sujetó con más fuerza tratando de aquietarlo. Sorprendida, fue testigo de cómo la herida dejaba de sangrar, a la vez que el rostro enrojecía adoptando un alarmante color carmesí. Sus ojos se abrieron casi a punto de salirse de las cuencas con las pupilas dilatadas ocultando el iris, el rostro se deformó en una mueca de dolor insoportable y abrió la boca para tomar aire emitiendo un gorgoteo espeluznante. El color blanco de los globos oculares dejó paso al rojizo de las venas inflamadas y el tono blanquecino de la piel al amoratado enfermizo, como si toda la sangre de su cuerpo se hubiera aliado para concentrarse en la cabeza.

—¡Por el amor del cielo! ¿Qué demonios le estás haciendo? ¡Lo vas a matar! —gritó desesperada.

—Ya está muerto —siseó Varulf entre dientes con la voz profunda de la bestia, concentrándose aún más sobre el cuerpo del humano.

Atónita no pudo hacer más que seguir sujetando al desdichado hombrecillo durante largos segundos en los que padeció un dolor terrible, hasta que, finalmente, dejó de respirar.

Los ojos del sueco volvieron a su color natural y respiró llenando los pulmones de aire fresco.

—¿Qué le has hecho? —exigió.

—No hay tiempo para explicaciones —respondió mientras volvía a mirar hacia las azoteas— . ¿Vienes o te quedas?

—¿Adónde?

Pero Varulf no le respondió y comenzó a trepar diestramente hasta la azotea. Selenia trató de colocar el cuerpo de la forma más digna posible antes de abandonarlo. Se guardó la tarjeta de memoria de la cámara, que con el impacto había salido despedida, después salió en persecución del sueco.

Desde arriba todo se veía de modo diferente. El licántropo recogió la vaina del proyectil. La olisqueó antes de mirar a su alrededor.

—Por allí —decidió—. ¡Rápido!

Varios edificios más allá Selenia pudo observar la sombra negra del francotirador que se disponía a escapar. Forzando la semitransformación para beneficiarse de sus cualidades, corrió tras Varulf en pos del asesino.

Apenas llegaba hasta el edificio en cuestión cuando el sueco ya sujetaba al tipo desde atrás y, sin pensarlo dos veces, le partía el cuello con facilidad, acto seguido, hundiéndole las garras en el pecho, le extrajo el palpitante corazón.

—Podríamos haberlo interrogado —objetó.

—Ya tengo la información que necesitamos.

—Pues haberlo usado como rehén.

—Yo no hago rehenes —dijo muy seriamente lanzando el corazón al contenedor más cercano.

—No das cuartel, ¿verdad?

—No. Él tampoco se lo dio a ese pobre hombre —se defendió.

—Ese pobre hombre al que has matado.

—Te repito que ya estaba muerto antes de que yo interviniera, sólo acorté el tiempo de espera. Nada más.

—Añadiéndole más dolor y sufrimiento. ¡Ese hombre no nos hizo nada! Sólo quería ayudarnos.

—¡Escúchame! ¡Y escúchame bien! —exigió tomándola por los hombros—. ¿Crees que él se habría sentido tan en sintonía con nosotros u ofrecido información, si hubiera tenido una ligera idea de lo que somos? ¿De que nuestra esencia es la misma que la del hijo de perra que destrozó la vida de su hija? ¿De verdad lo crees? Pues ¡sorpresa!, llegó a descubrir que Kveld tenía poco de humano. Pero mírate, Selenia, ¿a cuántos has matado tú cumpliendo órdenes? ¿Te hiciste los mismos reproches que ahora te empeñas en lanzarme? No seas hipócrita.

—¿Hipócrita? ¿Me llamas hipócrita a mí? ¿Y qué eres tú? ¿Eh? Dime, ¿qué eres? Un maldito déspota sin corazón cuya única meta es conseguir lo que se propone, usando cualquier medio por abominable que sea.

Varulf la miró, podría haberla taladrado con aquellos ojos desbordados por la ira. Sin embargo, habló con un controlado tono que la traspasó de lado a lado hasta sentir como se tensaba su espina dorsal.

—Sí, cachorrita, eso es lo que soy. Así se sobrevive en este maldito mundo. Bienvenida a la realidad.

Varulf desanduvo sus pasos, incluso se permitió volver a trepar por los edificios. Su furia no permitía desperdiciar el tiempo.

Selenia sabía hacia dónde se dirigía, lo leyó en sus ojos, estaba dispuesto a obtener lo que deseaba aquella noche, ese nombre que tanto necesitaba. Caminó despacio por la calle hasta volver al lugar donde el cuerpo del hombre permanecía tumbado sobre la calzada junto a los contenedores, exactamente como ella misma lo había dejado. Y esperó.

Le hubiera gustado poder ocultarle el brillo de la marca a Selenia para no suscitar las preguntas que sabía que haría más tarde, cuando el fuego del enfado la abandonara y pensara más fríamente. Pero no podía ejercer todo el poder de la mente y controlar su aparición por completo. Era imposible pues aún no lo dominaba del todo. Como tampoco había sido posible ahorrarle al humano el dolor que provocaba la extracción de la información almacenada en su subconsciente, pensando en ello, dudaba seriamente que pudiera hacerlo aunque dispusiera de experiencia en ese ámbito. Tampoco importaba demasiado, el tipo ya estaba a las puertas de la muerte cuando entró en él. Y, ¡qué demonios!, sólo era un humano. No es que disfrutara viéndolo morir, pero tampoco le provocaba emoción alguna mientras vivía. Le era indiferente.

No obstante, tenía que agradecerle a la Pura la ira que en ese momento se extendía bajo su piel, rugiendo malsana por descuartizar a Kveld.

En la mente del hombre había visto su rostro con nitidez, ahora tenía la absoluta certeza de que aquel licántropo que les miró desde la parte superior del Fotavtrycket, era él. Y aún más, sabía cómo acceder a las estancias privadas que usaba como guarida. El hombre jamás reunió el valor necesario para llegar hasta ellas. Pero él sí lo haría, en ese preciso instante.

Frente a la puerta trasera apretó los puños y la mandíbula, preparándose para reunir toda la potencia del cuerpo en la patada que se disponía a lanzar. Calculó el lugar exacto donde debería impactar el pie para destrozar el mecanismo de cierre y flexionando la pierna momentáneamente, la dejó ir a la vez que inclinaba el cuerpo ligeramente hacia atrás para imprimir más fuerza. La hoja se estampó contra la pared y rebotó golpeando en el quicio, momento en el que Varulf entró.

Varios rostros se volvieron buscando el origen del disturbio. El sueco sonrió sin humor, mientras se deshacía de la cazadora y fijaba los ojos en el próximo objetivo. Caminaba hacia el ascensor, cuando el gorila que había conocido en la puerta le salió al paso.

—¿Adónde crees que...? —La mano del sueco voló a la garganta del tipo antes de que éste terminara de formular la pregunta, apretando la glotis con fuerza, clavándole los dedos dolorosamente.

Siguió caminando hacia delante, arrastrando en su avance al musculoso Original.

—¡Eh, suéltalo! —exclamaron un par a su espalda. El público que charlaba cerca, contemplando lo que estaba ocurriendo, comenzó a recular y algunos a desaparecer.

Varulf no se molestó en mirarlos, siguió en silencio y pulsó el botón con la mano libre. Una mujer gritó al ver la sangre que le cubría, y eso, unido a la aparición de una pistola en poder de los de seguridad, fue el detonante de la estampida de los clientes.

El local se vaciaba rápidamente con gran revuelo, mientras Varulf clavaba la vista en la parte baja del ascensor, donde una luz le indicó que el habitáculo había llegado a su destino.

—¿Qué talla usas? —preguntó evaluando a su presa.

En un abrir y cerrar de ojos, Varulf se encontró en la casi total transformación. Empujó al gorila contra el que lo encañonaba, antes de abalanzarse sobre el compañero para sujetarlo de la pechera y lanzarlo dentro del ascensor. Cuando se recuperara del golpe, las puertas ya estarían cerradas de nuevo.

Se oyó un disparo y un alarido. El que hasta el momento había sido guarda de la puerta cayó al suelo con un buen agujero en el pecho. Su ejecutor ya se disponía a apretar el gatillo contra Varulf cuando éste proyectó tal certera patada en la mano que le arrancó el arma y, al segundo siguiente, le hundía la garra en el pecho para extraerle el corazón.

Sin perder más tiempo, giró sobre sí mismo y de un potente salto se elevó hasta la planta superior.

A su izquierda, el estúpido que había metido en el ascensor hacía su aparición sólo para encontrar la muerte siendo usado de escudo, resguardándose tras su cuerpo de la lluvia de disparos con la que, cuatro individuos, les daban la bienvenida. Varulf olió la sangre y puso los ojos en blanco pensando en Selenia; «otro humano». Vacíos los cargadores, el peso del muerto que el sueco les arrojó derribó a dos de ellos. La pareja restante dejó emerger a la bestia, saltando sobre él con las fauces y las garras dispuestas.

Reaccionó con rapidez asiendo un taburete que arrojó contra uno de ellos directamente a la cabeza para recibir al otro y dar buena cuenta de él. No tardó demasiado en terminar con el desdichado, eran diestros en el manejo de pistolas pero no así en el cuerpo a cuerpo. Tomando impulso una vez más, cayó sobre el que había derribado en el aire, para aplastarle el pecho bajo sus patas.

Entretanto, los dos primeros se escabullían por un estrecho pasillo, por el que ascendían unas escaleras.

—Mal asunto —se dijo.

Su atención se centró en el grueso sobre de mármol rosado de una mesa cercana. Calculó con ojo crítico el ancho del pasillo y decidió que serviría. Con un barrido de los miembros superiores, derribó los absurdos jarrones que descansaban sobre la mesa y levantó el sobre sin esfuerzo hasta elevarlo sobre su cabeza antes de lanzarse a la carrera escaleras arriba.

De pronto, un gran peso impactó sobre él con fuerza, logrando que se golpeara la cabeza contra el mármol al soportarlo si no quería quedar aplastado debajo.

—¡Joder! —bramó.

Dobló las patas, concentrando la fuerza en ellas para tomar impulso e, inclinando ligeramente la pétrea superficie que sostenía, la lanzó contra la pared frontal, atrapando al licántropo que le había saltado encima. Abandonó las escaleras sin perder un segundo. El otro licántropo, el último, lo esperaba a su derecha con la pistola cargada, apuntándole. El sonido del disparo retumbó en toda la habitación y la bala abandonó el cañón para terminar alojada en el muslo del sueco. No obstante, eso no bastó para pararlo. El incauto se encontró de pronto alzado por los aires, entre las garras de Varulf, para recibir el golpe mortal antes de ser arrojado escaleras abajo.

Ignorando el dolor que sentía en la pata izquierda, se encaminó hacia el otro para terminar el trabajo.

—¡No te muevas! —exigió un nuevo licántropo que apareció de las habitaciones interiores.

Varulf hizo oídos sordos y continuó con lo que estaba haciendo.

—¡Vaya, pensé que jamás aparecerías! Se dice por ahí que eres un machote pero ¡qué tremendo fraude! He tenido que acabar con tu pequeña manada para sacarte de tu guarida. Te escondes como un conejito asustado. —Echó un vistazo tras el mármol y vio con satisfacción que el pecho del licántropo había quedado aplastado. «Set y partido».

—¿Quién eres? ¿Quién te envía?

—¿Piensas disparar, hermano? —preguntó posando sus ojos sobre él.

Tal como había dicho Davor, el tipo era atractivo. Vestía bien, un buen traje, buenos zapatos, en sus dedos un grueso anillo de oro brillaba frío y bajo el puño de la camisa asomaba el perfil de un reloj de diseño. Era más que evidente que las cosas le iban bien, el negocio funcionaba a la perfección.

Kveld registró en sus pupilas la sangrante herida del muslo.

—¿Te preocupa que tenga mejor puntería?

—No, pero a ti sí te preocupa que el arma no te sirva de nada, ¿verdad? —El sueco sonrió sin bajar la guardia.

—¿A qué has venido aquí? ¿Qué buscas?

—Quiero un nombre.

—¿Un nombre?

—Vamos no te hagas el tonto. Sabes a quién me refiero.

—Primero dime quién eres.

—Eso no importa.

—Está bien —dijo apretando los labios y accionando el percutor—, te enterraremos en una tumba anónima.

Varulf rio a carcajadas mientras dejaba que la señal apareciera en su frente. Los ojos de Kveld se abrieron desmesuradamente. Aquella marca…

—¡No! No puede ser, no existes —dijo mientras daba un paso hacia atrás, la mano con la que sostenía la pistola tembló sensiblemente.

—¡Vaya, veo que la reconoces! Interesante. No pensé que un don nadie como tú supiera de ella. Tira el arma, no te va a servir de nada.

—Está bien. Está bien —dijo agachándose lentamente para dejar la pistola en el suelo—. Te diré lo que quieras.

—Por supuesto que lo harás —sentenció mientras se colaba en su mente y extraía la información que necesitaba—. Pero no voy a perder el tiempo interrogándote.

—¡Mánagarm! —Kveld comenzó a gritar preso de un tremendo dolor.

Pronto su nariz comenzó a sangrar abundantemente y el blanco de los ojos fue sustituido por un rojo peligroso. Varulf sintió el momento exacto en que el corazón reventó debido a la presión sanguínea, en unos segundos más el cerebro también moriría.

Cuando todo terminó, el sueco se relajó y volvió a su forma humana. Un espejo cercano le devolvió su imagen desnuda.

—Necesito una ducha —murmuró.

Usó las ropas de Kveld, las únicas que no habían sufrido roturas y se vistió. Arrugó el ceño al comprobar que le quedaban demasiado estrechas. Se encogió de hombros, al menos servirían hasta poder meterse bajo el chorro de agua y ponerse las suyas. Llamar la atención de los policías por alterar el orden público debido a su desnudez podía llegar a ser divertido pero dudaba de que Selenia se lo agradeciera.

Recogió su cazadora en la entrada trasera, tirada en el suelo y un poco pisoteada por la huída de clientes que había provocado su entrada. Encontró a la Pura en el callejón pero el cuerpo del humano ya no estaba. Ella le miró de arriba abajo, notó la creciente mancha de sangre en la pernera del pantalón, pero su rostro no reflejó emoción alguna.

—Me he encargado también del otro tipo —anunció.

—Bien hecho.

—Para eso es para lo que estoy aquí, ¿no? Para hacer el trabajo sucio —dijo torciendo los labios en una mueca—. Jamás pensé que terminaría de barrendera.

Varulf la obsequió con otra de sus conocidas muestras de indiferencia. Miró su móvil y marcó el número de Davor.

—Necesito al equipo de limpieza.

—¿Qué demonios has hecho? —preguntó con cierto tono de histerismo en la voz.

—No preguntes. Son demasiados para tu botellita de líquido maravilloso.

Capítulo 9

La ducha era un fabuloso invento, aún recordaba cuando no existía y tenían que recurrir a ríos, recoger agua de algún manantial o deshacer la nieve para poder asearse y beber.

«Aquellos tiempos...», pensó mientras escurría el agua del cabello prensándolo con un puño y se hacía con una toalla limpia.

Parte de ellos fueron buenos. No podía volver la espalda a la verdad y decir que todo había sido una mentira. El amor de sus padres fue muy real y cuando abandonó todo aquello, para tener una posibilidad de salvar lo que su familia y su propia existencia representaban, fue duro. Muy duro.

La noticia de la muerte de su madre le llegó en un momento difícil, pero sirvió para asentar, más si cabía, la certeza de que era necesario parar los pies a Fenrir. No quería pensar en cuánto debió de sufrir antes de liberar su alma para que abandonara el cuerpo. Ni imaginar las horribles vejaciones que habría padecido de parte de aquel hijo de perra. La raza, su raza, no merecía ser liderada por semejante dictador asesino.

Permanecer lejos de todo, en aquel momento, fue como superar una prueba para la que nadie está preparado y mucho menos cuando se era, como él, un cachorro novato.

Mientras se afanaba en secarse, recordó el momento en que Einar, encargado de guardar los documentos antiguos, amigo y confidente de la familia, se acercó a él aquella clara y fría mañana del mes de enero, antes de marcharse para no volver a verla nunca más. Había pasado tantísimo tiempo... Sin embargo, las palabras del que luego sería abuelo de Amarok aún resonaban en su cabeza: «Tu padre no atiende a razones, no quiere ver lo evidente. Debes marcharte. Lejos. No confíes en nadie, ¿me oyes? No puedes permitir que te atrapen. Huye y vive para salvarnos a todos». Después de esto, le entregó una carta donde le explicaba quién era él y cuál era su destino.

Antes de ponerse unos pantalones, centró la atención en la herida del muslo. Tenía un agujero de entrada y otro de salida, por lo que no debía preocuparse de la bala. Eso estaba bien, extraerse proyectiles no era un pasatiempo agradable. En unas horas sólo quedaría otra pequeña cicatriz, rosada, que añadir a las que ya adornaban su cuerpo.

Cuando por fin salió del aseo, *Trece*, la rata mutante con forma de perro, saboreaba una lata de comida en una alejada esquina y Selenia lo esperaba en los escalones del presbiterio, con una caja de latón entre las manos. Vestía otra ropa que sustituía la manchada con la sangre del humano que había muerto en su regazo y lo miraba tratando de controlar el enfado que aún brillaba en sus ojos.

—Ven aquí —pidió mientras abría el pequeño botiquín.

Al oír la voz de su dueña, *Trece* elevó las orejas. Varulf lo miró breve pero intensamente y el perro volvió su atención hacia la comida de nuevo.

—¿Vamos a jugar a los médicos? —preguntó burlón mientras, olvidado ya el perro, se acercaba a ella.

—Voy a examinarte la herida del muslo. Por cómo sangrabas cuando llegamos imagino que es profunda.

—Ya me he encargado de ella, sanará perfectamente.

—Déjate de niñerías y acércate más. —Varulf se colocó frente a ella y la miró desde arriba—. Bájate los pantalones.

—La verdad es que llevo tiempo esperando oírte decir eso pero en mi imaginación no había lugar para curanderas —le sonrió.

—No voy a caer en tu juego. ¡Hazlo!

—Está bien. Tú lo has querido.

Varulf sujetó la cinturilla del ancho pantalón de algodón con los pulgares y tiró de él hacia abajo. El duro y erguido sexo del sueco bamboleó ante ella con la misma presuntuosidad que mostraba su portador.

Selenia cerró los ojos conmocionada. Dentro de sí aún hervía la indignación por el comportamiento de Varulf y se concentró en esa emoción para no dejar que ninguna otra tomara el control sobre ella. En aquel momento hubiera vertido gustosa, el contenido del pequeño bote de alcohol sobre el erecto miembro del licántropo. Los ladridos del can, que había vuelto a centrar la atención en ellos, parecían animarlo a hacerlo.

—No llevas ropa interior —dijo con los dientes apretados.

—¿Llevarla es otra de tus leyes inquebrantables?

—¡Cúbrete! —exclamó. Las carcajadas de Varulf resonaron con sarcasmo en sus oídos.

—¿Quién es la niña ahora? —dijo volviendo a colocar los pantalones en su lugar y tratando de controlar la hilaridad.

Fue imposible. Ver a Selenia, con el ceño fruncido y los labios apretados, empuñar las tijeras para realizar un corte en el tejido y tirar sin consideración alguna rompiéndolo a una altura que le permitiera examinar la herida sin necesidad de contemplar su virilidad, fue más de lo que podía soportar.

Con cada carcajada del sueco aumentaba la furia de la Pura. Una vez cortado el pantalón, llevada por aquella ira irracional, hundió un dedo en el agujero de la pierna de Varulf.

—¡Joder! —se quejó saltando hacia atrás para separarse de ella, las risas cesaron, a cambio la miró como si quisiera estrangularla. *Trece* bajó las orejas y emitió un alarido como si él también hubiera recibido parte de la agresión—. ¿Así es como piensas curarme?

—¡Está bien! —gritó levantándose y plantando en las manos de Varulf el botiquín—. ¡Hazlo tú solito! ¡De todas formas ya estoy hasta las narices de hacer de chacha de un niñato malcriado con apariencia de macho adulto! —Apartó los ojos de él y caminó hacia la puerta de salida, necesitaba un poco de aire fresco.

—¿Qué demonios te ocurre? ¿Aún estás enfadada por lo de ese humano? —exclamó mirando la espalda de la hembra.

Selenia paró en seco, pensando fríamente que quizá aquel era buen momento para forzarlo a que se explicara. Necesitaba la información que había ido a buscar para poder cumplir con sus órdenes. Giró ciento ochenta grados y lo miró de frente.

—¡En realidad era sólo un humano! ¡Me importa una mierda lo que hagas o dejes de hacer! ¡Pero no he venido aquí para recoger los desperdicios de tus aventuras nocturnas, ni para hacer de enfermera, ni para ser el objeto de tus burlas o tu lujuria! ¡Estoy harta! ¡No me proporcionas ninguna información, no me dices qué diablos estamos haciendo, ni qué te propones! ¿Qué esperas de mí? ¿Qué estoy haciendo aquí? ¡Dices que necesitas ayuda! ¿Ayuda para qué? ¡Creo que te las arreglas muy bien tú solo! ¡Durante mucho tiempo he sido entrenada para la milicia! ¡No pienso dejar que un degeneradoególatra tire por tierra todo lo que he conseguido con esfuerzo! ¡Lo siento, tío, pero mi paciencia se ha terminado!

Varulf observó cómo Selenia le volvía la espalda de nuevo y caminaba airada hacia el exterior seguida de su peludo guardián de un palmo. Sonrió. ¡Ésa sí era la hembra que quería! Los suyos habían hecho un buen trabajo con ella.

—Ingrid —dijo lanzando el anzuelo.

—¿Qué?

—Ingrid, es el nombre que fui a buscar esta noche. ¿No quieres saber quién es? ¿Qué hace? ¿Por qué necesitaba saber de ella?

—Crees que no sé qué pretendes, ¿verdad? —dijo con los oscuros ojos entrecerrados, desconfiando.

—¿Por qué no lo comprobamos? Vuelve y hablaremos —sugirió conciliador.

—¿Me dirás lo que quiero saber? —Siguió con la mirada los movimientos del sueco dejando el botiquín en el suelo.

—Te diré lo que necesitas saber. Lo tomas o lo dejas. Ése es el trato.

—¿Qué garantías tengo de que lo que digas sea verdad? Podrías mentir.

—¿Y qué ganaría con ello?

Selenia resopló audiblemente. Se agachó, cogió a *Trece* para encerrarlo en el aseo y, tras asegurarle que volvería a por él en breve, retrocedió sobre sus pasos. No necesitaba los ladridos del perro mientras mantenían aquella seria conversación. Puso mucho cuidado en no mirar a Varulf, pues sabía que en su rostro vería alguna muestra de satisfacción por la batalla ganada y sólo conseguiría espolear su enfado de nuevo. En cierto modo, ella también había ganado, pues recibiría al fin alguna explicación. Respiró profundamente y se sentó sobre los escalones.

Volvían a estar como al principio, excepto por el nuevo hilo de sangre que manaba de la herida en el muslo del sueco a causa de su agresión. Cogió un poco de gasa y lo agarró del gemelo para que se acercara.

—Eres peligrosa —se resistió.

—Habla —pidió mientras lo limpiaba con cuidado antes de cubrirlo.

—Como te dije, el negocio de Kveld no era más que una tapadera para la trata de blancas.

—Sí, lo recuerdo.

—Bien. Ingrid es la mejor cliente de Kveld además de su benefactora. Éste le proporciona hembras humanas y ella a cambio le provee de buena reputación, dinero a espuertas y todo lo que necesite para mantener abierto el local, que no es más que un lugar donde poder elegir a los ejemplares más suculentos.

—Continúa.

—Ingrid está muy bien relacionada con el Consejo, aunque aún no forma parte de él. De hecho, las humanas que Kveld le proporciona van a parar precisamente a algunos miembros.

—¿Con qué objetivo?

—Estudio y experimentación.

—Menuda idiotez, ya sabemos todo lo que necesitamos de los humanos.

—En efecto, pero no todo. Hay una parte de ellos que sería de provecho para nosotros. Para nuestra raza.

Selenia terminó de sujetar la venda con un poco de esparadrapo. Podía leerse en su rostro que buscaba incansablemente la respuesta. Varulf, dejó que llegara al meollo de la cuestión por sí misma, mientras tomaba asiento a su lado.

—No puede ser. No creo que estemos pensando en lo mismo —dijo.

—Sorpréndeme.

—¿Hablas de la reproducción?

—Premio para la señorita.

—¡Pero es una locura!

—Piénsalo bien. El origen de nuestra raza está en los humanos, en realidad no somos tan diferentes a ellos. Lo que no nos permite reproducirnos alcanzado un nivel de pureza alto es la maldición que nos convierte en lo que somos.

—Oyéndote hablar parece que estés a favor.

—Nada más lejos de mi intención. Digamos que la idea es interesante, lo reconozco. Pero no aplaudo los métodos que están usando. Por mucho que me disgusten los humanos, tampoco los veo como cobayas de laboratorio. Sencillamente, me son indiferentes.

—Entonces, ¿por qué persigues a esa licántropo? ¿Qué motivos tienes?

—Ella será quién me muestre el camino.

—¡Por favor...! ¿Ahora te has vuelto místico? —espetó dejando caer la frente sobre la palma de la mano. Varulf rio con humor.

—No me has dejado acabar. El camino correcto para encontrar a aquellos que deben ser ejecutados.

Selenia pensó en todo lo que le estaba revelando. La pista estaba en un comentario que había hecho al principio. Al caer en la cuenta se levantó de golpe.

—Es alguien del Consejo, ¿verdad? Todo esto, lo que haces... —masculló, de pronto se dio la vuelta y lo miró con los brazos en jarras—. ¡Intentas atentar contra el Consejo!

—No contra todos, tengo amigos allí —aseguró sonriéndole.

—¡Por el amor de Dios! ¡Estás loco! —exclamó acompañando las palabras con aspavientos—. Aunque seas un Dominante... —Varulf no hizo comentarios—. Es imposible.

Varulf la miró mientras ella, dándole vueltas al tema en su cabeza, seguía negando categóricamente. Podría explicarle tantas cosas, podía sincerarse con ella, hacerle ver que no era tan imposible si se tenía un plan trazado y estudiado, un plan que había tardado años en diseñar. Podría demostrarle que no era tal locura si se poseía el poder para llevarlo a cabo, si se había nacido para ello. Sin embargo, se levantó, la tomó por los hombros, sonrió y dijo:

—¿Lo has intentado?

—¿Si he intentado qué? ¿Atacarlos? ¡No! —respondió con un tono que hablaba de la locura que suponía tal hazaña.

Varulf se acercó a ella aún más para aspirar el perfume natural de su piel.

—¿Entonces cómo sabes que es imposible? —preguntó suavemente a escasos centímetros de su oído.

—¡Por un millón de cosas! —Alzó la mirada al cielo—. La Jauría, el grupo de seguridad especial, caerá sobre ti antes de que puedas acercarte a ellos siquiera. Y eso es sólo por ponerte un ejemplo.

—¿Y aún me preguntas por qué te necesito?

Selenia estaba tan concentrada en todo lo que el sueco le había revelado que su cerebro no paraba de procesar la información y buscar soluciones sin que pudiera hacer nada por controlarse. ¿Qué estaba haciendo? ¿Solucionarle los problemas a su enemigo? ¿Al tipo al que debería oponerse después? ¿Al que tenía que traicionar? Por otro lado estaba aquella duda que pendía sobre ella desde la noche anterior. El sueño...

Cerró los ojos con fuerza y sólo entonces notó la cercanía del licántropo. La nuca se le erizó en el momento en que éste se acercó y le retiraba el cabello para facilitar así su acceso a aquella zona tan sensible. Al instante, sintió que se le tensaban los senos y el vientre dolorosamente.

—Eres muy importante Selenia —le habló, pudiendo sentir su cálido aliento en la piel—. Y hueles endiabladamente bien —añadió antes de posar los labios allí.

¿Los labios? No, aquello no eran los labios, si no algo más húmedo. ¡La estaba lamiendo! Pequeñas corrientes la recorrieron, terminando en las zonas más sensitivas del cuerpo. El olor del licántropo le llegó con más intensidad, produciendo aquel efecto aniquilante que ya había experimentado: envolviéndola, nublando su entendimiento. No encontró las fuerzas necesarias para pararlo. Era delicioso.

Varulf notó, con una media sonrisa, que la respiración de Selenia se aceleraba y, como un buen jugador, apostó por algo más arriesgado. Las manos, que hasta el momento había mantenido en sus hombros, se deslizaron lentamente hasta los duros pechos y los envolvió con ellas. A través de la fina tela de la camiseta, los pezones endurecidos se le clavaron en las palmas mientras continuaba saboreándola. Las curvas del trasero femenino apretaban su endurecido sexo escondido tras los holgados pantalones. Selenia se relajó sensiblemente dejando caer la cabeza hacia atrás para reposarla sobre su hombro, abandonándose al placer de sus caricias. Percibió el olor del deseo tentándolo, colándose por sus fosas nasales y excitándolo más si cabía, enraizando en sus nervios, torturándolo, arrancándole un desgarrador rugido de la garganta. Tenía que hacerla suya, no podía demorar más aquel momento. Su esencia de Alfa la reclamaba, ya no quedaban excusas para ella.

Y Selenia lo sabía. Pero aun así una pequeña vocecilla dentro de su cerebro trataba de resistirse al embrujo que el sueco ejercía sobre su cuerpo. Podía negarlo cuanto quisiera, pero el instinto del animal que formaba parte de ella estaba dispuesto desde el momento en que él se le acercó la tarde en que se conocieron. Con los ojos cerrados, recibiendo las caricias de Varulf, sintió que la necesidad de aparearse con él acabaría por volverla loca, tomaría las riendas de sus acciones y cedería más tarde o más temprano. Él mismo se lo había advertido. De todos modos, ella sabía que ocurriría. Fuera como fuese, la tendría.

Y sería glorioso, eso también lo sabía. Aceptó la certeza mientras apretaba las manos en un puño para no dejarlas ir, oponiéndose a ellas para que no volaran hacia atrás, hacia él. Había gozado de suficientes encuentros sexuales con licántropos de diferentes niveles de pureza para saber que mientras más cercano al propio, más satisfactorio era el apareamiento. Pero un Dominante…

—«¿Eso es lo único que te inquieta?» —La voz de Varulf resonó fuerte en su cerebro, acompañada de la necesidad que él mismo sentía, un deseo tan fuerte que casi le provocó un gemido—. «Jamás he forzado a una hembra. A ti, no te he obligado a hacer nada que no quisieras. Esta vez no será diferente, pequeña Lena.» —«Lena», así es como la llamaban sus seres queridos…, y sonaba tan sensual en sus labios—. «Pero has de saber que tampoco he tenido que lidiar con la negativa de una Pura, nunca he tenido que pelear tan duro para mantener mi deseo a raya y no sé qué ocurrirá si continúas siendo tan cabezota. Creo que hemos traspasado ya el límite y el control se me escapa irremediablemente.» —Un nuevo bombardeo de necesidad le asoló la mente hasta ver tambalearse el mundo. Sintió palpitar el sexo entre las piernas que apenas podían sostenerla—. «Estamos hechos el uno para el otro, lo sabes tan bien como yo. "Jamás encontrarás mejor compañero sexual que un macho que te supere en pureza", te lo advirtieron, ¿verdad?».

Selenia podía oír sus propios latidos, un golpeteo constante y vibrante dentro de los oídos.

—«¿Cómo lo sabes?» —preguntó con esfuerzo, el asedio al que Varulf la estaba sometiendo apenas le permitía pensar.

—«¿Cómo sé qué?» —La pregunta pilló desprevenido a Varulf, quien mordisqueaba el lóbulo de la oreja de la hembra y cuyas manos se encontraban cercanas al sexo de ésta mientras seguía concentrado en que Selenia percibiera de primera mano todo cuanto su cuerpo sentía.

—¿Cómo sabes qué o qué no me advirtieron? —Aunque a duras penas, esta vez logró pronunciar las palabras.

Fue liberador pues nada más formular la cuestión sintió como su mente volvía a ser suya poco a poco, cómo volvía a ser dueña de sus actos y sus pensamientos. Oyó a *Trece* ladrar con insistencia tras la puerta que lo mantenía encerrado a la par que el olor de las velas prendidas llegaba hasta ella otra vez. Apretó la mandíbula y cerró los ojos con fuerza mientras daba el paso que la separaría del cuerpo del sueco.

—¡Basta! —exclamó dándose la vuelta para encararse a él. Allí estaba, la pesadilla de cualquier hembra hecha realidad. Un licántropo pecaminosamente atractivo y a la vez terriblemente destructivo. Un macho que podía mostrarle el camino del mayor goce que jamás hubiera soñado pero que exigiría un alto precio a cambio—. ¡Te dije que no volvieras a colarte en mi cabeza! —advirtió mientras sus ojos arrojaban chispas púrpura.

—No puedes impedírmelo.

Selenia no supo qué provocó el aumento instantáneo de su ira, si sus palabras, el encogimiento de hombros con que las acompañó, el irrefrenable y obsesivo deseo que sentía arder en toda su piel por ofrecerle su cuerpo o una seria combinación de las tres opciones.

Luchó consigo misma tratando de controlarse. Recurrió a las enseñanzas y adiestramiento militar para apelar a la paciencia, cálculo y frialdad que jamás la abandonaban cuando se trataba de enfrentarse a cualquier otro enemigo pero que, curiosamente, la habían ignorado cuando más las necesitaba; cuando se enfrentaba a aquel sueco del demonio.

Una sonrisa curvó los labios de Varulf.

—¿De qué mierda te ríes?

—Puedo sentir que necesitas golpear algo. Te sientes frustrada —aclaró—. Cuando dije que eras peligrosa acerté.

—Es culpa tuya.

—¿Mía? Eres tú la testaruda. Te empeñas en negar lo evidente —dijo con seriedad.

—¿Qué?

—Que me deseas tanto como yo a ti. Lo he visto en tu mente. Puedes engañarte a ti misma cuanto quieras, pero no a mí. A mí no puedes mentirme. —Le lanzó las palabras al rostro, desnudando la verdad sin remisión. Selenia alzó una mano que fue interceptada por Varulf antes de que lo tocara, rodeándole la muñeca como un grillete—. Te lo permití una vez para demostrarte que no soy un monstruo, pero no volveré a consentirlo.

Selenia recordó el momento en que lo abofeteó, el triunfo y la posterior vergüenza que había sentido al hacerlo.

El pulso de ambos licántropos se aceleró mientras mantenían la mirada del otro con dureza. Ceños fruncidos y alientos retenidos. Imponiendo y midiendo sus fuerzas. Tratando de encontrar un punto en el que ambos pudieran moverse sin sentirse atacados. La tensión aumentó en el ambiente, envolviéndolos, paralizando todo alrededor de la pareja, subiendo la temperatura. Aislados en el tiempo y el espacio.

Algo cambió de un segundo al siguiente. El último latido de ambos sonó conjunto, las respiraciones se acompasaron y el calor de sus cuerpos aumentó el deseo. Un disturbio en el aire, un ligero cambio casi imperceptible y el espacio, entre ellos, desapareció. Las bocas empezaron a devorarse con desesperación.

Ya no había vuelta atrás. Varulf no permitiría que ella volviera a rechazarlo. La encerró entre sus brazos presionándola contra sí, mientras Selenia enredaba los dedos en el rubio cabello y hundía la lengua en el interior de la boca del sueco, gimiendo de placer. Sin aliento, tratando de recuperar cada minuto que habían perdido batallando, degustaron el sabor del otro besando, lamiendo y mordisqueando con fiereza.

Selenia recorrió la fuerte espalda del licántropo con sus manos, arañándolo como si, dotadas de conciencia propia, desearan imprimir igual tormento al sufrido por estar privadas de aquel ejercicio, mientras Varulf hacía lo mismo hasta terminar en el trasero.

El macho buscó el final de la camiseta que cubría el torso femenino y la rompió sin problemas. Tiró y el tejido se rasgó como si de un simple papel se tratara, sin presentar resistencia. Libre de obstáculos que entorpecieran el tacto, el calor de la delicada piel le quemó las palmas, mientras Selenia hacía lo propio con la cinturilla de su pantalón, el cual, carente de sujeción, cayó al suelo rodeándole los pies.

La Pura encerró los duros glúteos con las manos antes de recorrer el torso hacia arriba, dibujar con ellas los poderosos pectorales y acabar tomando en un puño el cabello rubio para obligarlo a echar la cabeza hacia atrás. En aquella postura de superioridad, probó la piel de su cuello con la lengua, lamiéndole la garganta, lenta y deliberadamente, tal como le había hecho en la nuca. Eso sólo sirvió para enardecer aún más el deseo que rugía dentro de él como una hambrienta bestia enjaulada.

De entre los labios del sueco emergió un ronco sonido gutural al mismo tiempo que destrozaba los pantalones y ropa interior que aún cubrían a Selenia de cintura para abajo. Cogiéndola por las caderas, la elevó y ella entrelazó las piernas en torno a sus caderas.

Sin necesitar nada más para sostenerla que la increíble fuerza de sus brazos, la penetró con vigor contemplando como los ojos de Selenia cambiaban al rojo intenso y los propios se iluminaban con el verde vivo que acompañaba la transformación, mientras de ambas gargantas emergía un gemido demasiado grave para ser humano.

Inmersa en la locura que arrasaba su mente no pudo discernir cuándo empezaron las imágenes a llegar hasta ella. Imágenes en las que Varulf le mostraba las múltiples formas en las que la haría gozar. Las sensaciones y el fuego que crecía en algún lugar de sus entrañas se vieron intensificadas al unírseles las del sueco, quien la poseía tanto física como mentalmente, enviando al centro de su red nerviosa cada una de las ráfagas de placer que él mismo sentía.

Hundiéndose en su sexo repetidamente, sin darle tregua, la transportó hasta el lugar que ella había elegido para dormir y la depositó sobre la colcha, pulcramente estirada en el suelo. El cuerpo de la Pura se retorció, rebelándose ante el abandono momentáneo, hasta que Varulf se inclinó a sus pies.

El olor que el macho desprendía volvió a introducirse en ella, saqueando su raciocinio, prometiéndole la satisfacción de todos sus deseos y necesidades.

«—Lena...» —le oyó llamarla mientras se relamía ante el festín que se daría con su cuerpo.

Sentir la quemazón de sus labios sobre la piel la hizo estremecer. La devoró por entero, entreteniéndose en paladear cada uno de los sabores que podía proporcionarle. Un calambre delicioso la asaltó, obligándola a contraer los músculos del vientre, cuando le pasó la lengua por la parte interna de los muslos, buscando su sexo, jugando, travieso y osado, con el ansia que aumentaba en su interior, haciéndola suplicar sin palabras, reclamando con urgencia volver a ser poseída. La hembra sintió cómo la piel se le erizaba y jadeó buscando el aire que los pulmones no podían retener. Necesitada de sentirlo, lanzó las manos hacia él, para sujetarlo por el cabello y atraerlo hacia sí con más ímpetu.

Los pechos de Selenia subían y bajaban deliciosamente y Varulf, tan excitado por la urgencia que la Pura mostraba, no se privó de acariciarlos posesivo, masajeándolos, haciéndolos perderse bajo las rudas y grandes manos, infligiéndoles un agradable sufrimiento, mientras continuaba unos minutos más con el libidinoso asalto de la masculina lengua.

Selenia explotó en su boca, gritando de placer, tensando el cuerpo mientras alzaba las caderas para ofrecerle un mejor acceso al sexo, donde Varulf continuaba bebiendo de aquel inagotable manantial de placer. Cuando la crisis empezaba a decaer, éste tampoco le ofreció un segundo de respiro y la obligó a girarse para tomarla desde atrás.

Selenia jadeó al notar la cercanía del sexo en el centro de su placer. Sintió en el cuello los dientes algo crecidos del lobo mientras la cubría para poseerla de nuevo, clavándose en ella con renovado ímpetu, tomando para sí cada uno de los gemidos que continuaron escapando de sus labios. Notó la longitud del macho en todo su ser una y otra vez, reclamando con brutal intensidad lo que le pertenecía y regalándole su propio placer mediante la conexión que seguía manteniendo con ella.

El final se acercaba para ambos. Selenia supo el momento exacto igual que él. Varulf abandonó su posición sobre la femenina espalda para erguirse y sujetarla con fuerza por las caderas, perdiéndose en ella. La hembra volvió a sentir cómo alcanzaba un nuevo y tremendo clímax mientras el aullido del macho emergía de su garganta y las avasalladoras convulsiones del orgasmo ensartaban sus cuerpos como afiladas láminas de acero. Atravesándolos.

Capítulo 10

Fenrir cruzó los brazos sobre el pecho, concentrado en sus pensamientos. Acababa de recibir la noticia de labios de uno de sus colaboradores: el Fotavtrycket había sido asaltado por algún grupo de rebeldes.

Después de ordenar que un equipo de limpieza acudiera al lugar para borrar las huellas del sanguinario enfrentamiento, entre lo que parecían dos bandas con serias diferencias, según la información recibida, se limitó a sentarse y valorar los datos.

De nuevo, examinó minuciosamente las fotografías desplegadas en el monitor. Entraron por la puerta trasera. Arriba, en la oficina hallaron el cuerpo del Alfa, reventado y desnudo. También encontraron sangre en la calzada del callejón trasero, una muestra humana, la otra pertenecía a alguien de su raza, aunque lógicamente era imposible saber a quién.

Observó entonces las que mostraban el caos del interior. Aumentó las imágenes por segmentos para tener una mejor idea de lo que pudo ocurrir. Después de largos minutos, apagó la pantalla.

Bajo su mirada experta logró dilucidar que aquello no fue una mera reyerta entre dos bandas. El asunto se había solventado entre la pequeña manada del dueño y alguien más. Las huellas de avance eran claramente de uno solo. De un licántropo de gran tamaño y fuerza. No podía tener la certeza de que hubiera sido su eterno rival, pero por el negocio que se escondía tras la tapadera, bien podría tratarse de él.

Pensó en retirarse a su guarida por esa noche. Fuera como fuese el mal ya estaba hecho. Por la mañana ordenaría que informaran del altercado al responsable de investigación médica. Al fin y al cabo, él iba a ser el más perjudicado al no recibir ejemplares para sus experimentos.

Después, contactaría con Wanja para asegurarse que el confinamiento de Heimdall transcurría sin problemas y esperaría acontecimientos. Si el responsable del asalto había sido Varulf, estaba seguro de que tarde o temprano tendrían noticias suyas. O si, la licántropo infiltrada estaba realizando su trabajo, quizá por ese camino recibirían algún tipo de apoyo.

Aunque lo dudaba, habiendo transcurrido ya el suficiente tiempo para recibir noticias sin que éstas llegasen. Quizá debería ir dando por perdida a la agente. A fin de cuentas, las probabilidades de que sucediera eran mucho mayores a las del éxito, incluso antes de iniciar aquella operación.

—¡Guau! ¡No me equivocaba! —exclamó Varulf recuperado el aliento, mientras se dejaba caer junto a Selenia que se cubrió parte del cuerpo como pudo. El sueco, ignorando su desnudez, muy cómodo con ella, entrelazó las manos bajo la cabeza y dobló ligeramente una rodilla, buscando la posición más relajante.

—¿Sobre qué?

—¡Menudo revolcón! —Y rio con ganas.

—Eres muy grosero.

—Hace un momento he sido mucho más que grosero contigo y no he recibido quejas.

—No tengo quejas —reconoció Selenia—. Eres un buen amante.

—¿Eso es un cumplido?

—No te imaginaba siendo del tipo que necesita que le digan lo bien que lo ha hecho y lo mucho que ha disfrutado para eliminar cualquier vestigio de una galopante inseguridad masculina. —Selenia sonrió satisfecha pues sabía que había conseguido arrojarle una pulla con éxito en el sitio donde más dolía a los machos.

Varulf levantó una de sus cejas, de aquella forma tan suya que lograba poner nervioso al más aguerrido. Esperó el latigazo que su lengua efectuaría con total seguridad.

—No, no soy de ese tipo. No lo necesito. Yo estaba aquí cuando temblabas, suplicabas con jadeos y gemías ardiendo de deseo por mí. También cuando alcanzaste los dos orgasmos, en completo abandono por el placer que te he dado. Subyugada. Así que, ¿por qué iba a necesitar más elogios?

Los labios de Selenia se tensaron por el disgusto ante la falta de tacto del licántropo. ¿Cómo se atrevía?

—Tú aullaste —acusó.

—¡Sí! ¡Lo hice!, ¿verdad? —dijo con expresión satisfecha y un tono muy pagado de sí mismo.

Selenia optó por dejarlo correr. Era más que evidente que estaba enormemente complacido.

Varulf sonrió. El sexo con Selenia había sido la guinda del pastel para finalizar una noche perfecta. Todo salía a pedir de boca. Ya tenía entre los dedos el próximo hilo del que tirar para accionar la siguiente catapulta, cuyo proyectil iría a parar directamente al entrecejo de Fenrir. Y, con suerte, obtendría de paso el nombre del responsable que mantenía recluido a su padre, antes de lo previsto.

Eso estaba muy bien. Comenzaba a pensar que tendría que lidiar con ambos objetivos a un tiempo y la idea no le gustaba en absoluto pues cabían más posibilidades de incurrir en errores que podrían costar la vida a su progenitor.

Ufano, estiró el cuerpo rugiendo de placer.

—¿Cómo lo haces? —preguntó de pronto Selenia—. ¿Cómo se siente al hacerlo?

—¿Cómo hago qué, cachorrita? —Varulf se colocó de costado, doblando el brazo apoyó el codo y descansó el mentón sobre la palma de la mano.

—Colarte en las mentes ajenas. Lees mis pensamientos..., el humano reventó...

Varulf sabía que esas preguntas llegarían tarde o temprano, así que decidió proporcionarle la información que deseaba. Al menos, la que no resultara peligrosa.

—Utilicé métodos diferentes, no temas.

—¿Qué quieres decir?

—Leer el pensamiento que alguien tenga en ese momento es considerablemente sencillo —dijo, tomando un mechón de su cabello entre los dedos—. Extraer toda la información almacenada en su cerebro, o la que necesite sin darle tiempo al sujeto a traerla al estado consciente es más difícil y, evidentemente, mortal —explicó—. Al menos las veces que lo he llevado a cabo.

—A ver si lo he entendido bien… Según dices, para que no ocurra nada, tendrías que conseguir que el sujeto te deje ver lo que tú quieres, pensando en el tema en concreto, ¿es eso?

—Más o menos, sí.

—Pero tú…, me hiciste algo cuando nos conocimos.

Varulf recordó el momento en que se coló en el interior de Selenia.

—No tenía alternativa, siento que sufrieras, pero me retiré lo antes posible para evitarte problemas serios.

—¿Lo has hecho muchas veces?

—Unas tres o cuatro. Aún estoy perfeccionando la técnica —rio.

—Aprendes sobre la marcha.

—Podría decirse así, sí.

—¿Y todos los Dominantes pueden hacerlo?

No. En realidad los Dominantes podían leer las mentes siempre que el emisor estuviera frente a él, pero jamás se dio el caso en que uno pudiera hacer lo que él.

—Lo ignoro. —Era mejor para ella que aún no supiera de su verdadera naturaleza. Así evitaría un peligro potencial—. Digamos que ellos me conocen, pero yo a ellos no. Al menos con uno, el que nos interesa, es así. Ya sabes que no hay demasiados Dominantes, a lo sumo un par de ellos.

—Entiendo.

—¿Y cómo consigues colarte? ¿Te sirves de algún tipo de conjuro extraño?

Varulf rio de buena gana, no se imaginaba lanzando extraños hechizos al viento tal como había visto hacer a Amarok y Anpu.

—No. Es algo natural en mí. Al principio era doloroso, sobre todo con los humanos. Ellos tienen unas ondas cerebrales diferentes a las nuestras y me dejaban residuos muy molestos. Ahora ya he aprendido a evitar eso. Ese nivel está superado.

Selenia pareció meditar su próxima pregunta. Varulf seguía mirándola muy interesado.

—¿Y puedes, una vez realizada la conexión, hacer cualquier cosa?

—¿A qué te refieres exactamente?

—No sé… Por ejemplo, influir de alguna manera en las decisiones del sujeto al que estés invadiendo.

—¿Adónde quieres llegar? ¿Insinúas que puedo estar manipulándote? —Varulf se cuidó de mostrarse convenientemente ofendido. Había comprobado que la licántropo era muy susceptible y no deseaba contemplar otro de sus estallidos de cólera ahora que había conseguido una tregua.

Selenia no respondió. La forma en que Varulf la atraía era terriblemente vergonzosa y si, por alguna razón, esa circunstancia fuera originada o forzada por él, sería más fácil de asumir. Podría volcar sobre el sueco el malestar que sentía pugnar dentro de ella. Había gozado, eso era indudable. Varulf cumplía todas las expectativas, no obstante, Selenia no lograba encontrar la salida para con su deber moral, que le permitiera aceptar que se había acostado con el que supuestamente debía ser el enemigo. Y, lo peor, es que no se arrepentía de ello, volvería a hacerlo.

—No. Supongo que no —respondió antes de girarse, dándole la espalda.

—*El Hati…* —Selenia se vio a sí misma sacudiendo la cabeza con la esperanza de despejar sus ideas—. *No puede ser cierto.*

—Somos seres mágicos, nuestra esencia se basa en una maldición, ¿por qué no iba a ser cierto?

Miró de nuevo aquellos ojos azules teñidos de una tremenda tristeza. Pudo leer en ellos, con demasiada facilidad, todo cuanto habían sufrido. Su rostro, adusto y de huesos marcados por la falta continua de alimento, aun conservaba cierto aire de antigua distinción, pero perdía fuerza y voluntad cada vez que volvía a ser consciente del lugar donde se encontraba. Las gruesas cadenas que lo mantenían preso y el goteo constante del agua no dejaban ni un segundo de martirizarlo.

—Pero nuestros orígenes...
—¿Qué sabes de nuestros orígenes, chiquilla?
—Lo que cuentan los escritos. Todos los Puros sabemos de dónde venimos por ellos. Los vikingos y su expansión por Europa durante el siglo VIII hasta alcanzar incluso las costas africanas.

El anciano rio con amargura.

—Cuando se es joven lo único que interesa es dar respuesta a la pregunta de si hay más como nosotros. Lo que hoy en día sabéis es lo que los Puros de aquella época permitimos que supierais. Hay una gran parte de esos manuscritos que han sido protegidos y ocultados a la inmensa mayoría de los licántropos, incluso a integrantes del Consejo. Decidimos que así sería mucho mejor para lograr una comunidad donde reinara la paz y la concordia.

—¿Quieres decir que todo cuanto sé acerca de nosotros es mentira?

—No, pequeña. Quiero decir que no sabéis toda la verdad. En realidad los orígenes más remotos se nos escapan. Ni nosotros mismos, los más antiguos, sabemos de dónde venimos con exactitud. El paso de los años y la imparable sucesión de los acontecimientos han conseguido que nuestra memoria flaquee, como también nuestra salud. A lo sumo quedaremos un par de nosotros aún con vida..., siento como la mía me abandona con rapidez.

Le mostró su apoyo y cuánto la conmovían sus palabras introduciendo una mano entre los barrotes de la húmeda celda. El anciano la acogió entre las suyas, dándole unos suaves golpecitos comprendiendo perfectamente el gesto. Casi pudo volver a sentir el tacto de la piel acartonada.

—Esto que voy a explicarte no se encuentra en ningún documento escrito. Únicamente los más antiguos conocemos la historia pues ha sido traspasada de generación en generación, de padres a hijos, oralmente.

»Corría el año 350 de nuestra era, el norte de Europa estaba sumergido en plena edad del hierro y un habitante de un poblado situado en el antiguo Lago Nydam Mose, en lo que ahora conocemos como el sur de Dinamarca, fue el primero en narrar los hechos de cuanto sucedió. Un antepasado mío. El primero de mi propia estirpe. Mi padre.

»Según contaba, una fría mañana de invierno arribó a sus costas una nave con el casco sin puente, las tablas solapadas, los remos dispuestos en forma de espiga y la proa y la popa altas y simétricas. El barco tenía un aspecto muy similar a los suyos, práctico y ligero, perfecto para la navegación en aquellas aguas.

»La quilla había encallado en la arena, así que los guerreros que transportaba arrastraron la embarcación hasta la playa. A continuación, se adentraron en el bosque y, poco después, tropezaron con su aldea.

»Eran algo más de una decena de casas con el techo de paja para albergar a las familias y el ganado, los ahumaderos, la forja, así como otras construcciones menores. Sus habitantes estaban acostumbrados a defenderse y repeler ataques de otras aldeas para robar a sus mujeres, su ganado o los víveres. Así que cuando los intrusos, inferiores en número, intentaron penetrar sin ser invitados, no tardaron en sucumbir a manos de los lugareños, unos muertos y otros apresados.

»Los vencedores encontraron la nave vacía y, al día siguiente, la engancharon a unos caballos y la remolcaron hasta el lago. Una vez allí, empezaron a destrozar las pertenencias de los guerreros muertos: espadas, lanzas, hachas y efectos personales como monedas o guardapelos. Rompieron la madera de las lanzas y los mangos de las hachas, astillaron los astiles de las flechas y doblaron sus puntas. El herrero se apropió de las espadas, las retorció a martillazos y las arrojó al lago. Creían que con el sacrificio de todos aquellos tesoros expresaban su gratitud por la victoria a los dioses que habitaban en el lago.

El anciano cerró los ojos, forzando su mente a recordar la historia y temió que hubiese terminado con la poca energía que pudiera albergar su cuerpo. Rogó a lo más alto para que le proporcionara fuerzas y resistencia.

Como si su plegaria hubiera sido escuchada, el viejo volvió a mirarla y le sonrió.

—Necesita descansar —le dijo.

—No, no. Déjame que haga esto. Deja que te cuente, me hace mucho bien. Me hace sentir útil después de tantos años.

—Bien, continúe.

—Los guerreros heridos, fueron conducidos de nuevo a la embarcación y maniatados a ella para impedirles la fuga.

»Alguien abrió una brecha en el casco. Cuando empezó a entrar agua, los hombres empujaron el barco para que se alejara de la orilla y entonaron plegarias a los dioses de la tribu.

»Pero algo debieron de hacer mal pues otros cánticos llegaron hasta sus oídos procedentes de la embarcación que se alejaba y se hundía en el mar. Una letanía extraña e inquietante. Un fuerte viento se levantó de pronto y el aullido de los lobos rasgó el sibilante sonido del aire. Los hombres comenzaron a retorcerse de dolor. Un dolor atroz que amenazaba con volverlos locos.

»Muchos perecieron. Pero otros..., otros ya no volvieron a ser los mismos. Sencillamente, dejaron de ser humanos para convertirse en dioses.

—¡Por todos los santos! ¡Ésa debió de ser la maldición originaria!

—En efecto, así es.

No podía creer lo que había oído. Pero si aquel licántropo era quien decía ser, ¿por qué lo tenían allí recluido? ¿Hasta ese extremo podían llegar los hambrientos de poder?

El anciano, acarició inconscientemente la cara interna de su muñeca y fijó la vista en ese punto. Allí, una antigua y ya blanquecina cicatriz, marcaba su piel. Una antigua herida en forma de algo parecido a una runa. No cabía duda, decía la verdad, la marca revelaba su alcurnia.

—Tengo que sacarlo de aquí —resolvió.

—¡No! Tú también te pondrías en peligro. Si te marchas sola tienes mayor probabilidad de poder salir de aquí. Estoy muy débil y no podré seguir tu ritmo.

—Pero...

—No hay peros, pequeña. Encuentra al Hati, él sabrá qué hacer.

Titubeó. No estaba segura de hacer lo correcto dejándolo allí.

—Vamos, márchate ya. Debe de estar amaneciendo y pronto vendrán los operarios.

—Y si...

—Vamos, vuelve a dejar ese goteo caer sobre mi cabeza y ¡lárgate!

No insistió más. Verle desde esa posición aún consiguió que se le retorcieran más las entrañas. Apretó los puños hasta sentir que las uñas se le clavaban dolorosamente en las palmas de las manos. Negando con la cabeza retiró el recipiente y así se volvió a poner en marcha aquella terrible tortura.

—Volveré —aseguró antes de partir.

El anciano le indicó que había entendido con un ligero asentimiento realizado con enorme esfuerzo.

Después, una vez de vuelta en el coche alquilado, introdujo el cuerpo del humano muerto en el maletero y la furia se apoderó de ella.

Retorció el cuero que cubría el volante, con la mandíbula tan apretada que sintió que podría partirse las muelas y se lanzó a la carretera buscando, en primer lugar, un sitio donde enterrarlo.

—¡Algiz! —Varulf dio un respingo y levantó la cabeza de lo que fuera que estuviera haciendo para dejarlo de lado y de un salto colocarse junto a ella.

No había querido estar muy lejos de ella desde el momento en que empezó a sudar y convulsionarse. Tampoco podía despertarla pues podría ser aún peor, así que se limitó a vigilar su sueño.

—Está bien. Está bien, no pasa nada. —La abrazó fuerte y trató de calmarla. Al separarse lo suficiente, ella lo miró como si fuera la primera vez que lo veía—. Estoy aquí, ¿me ves? —Al leer el reconocimiento en sus ojos, volvió a abrazarla y esta vez fue correspondido—. Tranquila, ya ha pasado.

Continuó abrazándola acariciándole el cabello suavemente mientras daba tiempo a la Pura a calmar su ritmo cardiaco. En silencio, cada uno inmerso en sus propios pensamientos, mantuvo el contacto durante largos minutos.

—¿Una pesadilla? —preguntó Varulf. Notó en el pecho cómo Selenia asentía—. ¿Quieres hablar sobre ello? —Esta vez negó con la cabeza—. De acuerdo.

Ya había amanecido y *Trece* también correteaba libre de su encarcelamiento. Selenia vio que el sueco se había encargado de apagar todas las velas que los iluminaron durante las horas nocturnas. Su pelo olía fresco y se notaba limpio al tacto. Pasó los dedos por el muslo, carente de la venda que ella misma le pusiera horas antes. La herida ya estaba cerrada y en, a lo sumo un par de horas más, sólo sería una cicatriz rosada.

Por fin encontró la fuerza de voluntad para separarse de él y, sin mediar palabra, eligió algo de ropa, cogió su mochila y se encaminó al aseo. *Trece*, al ver que su dueña se ponía en movimiento, la siguió entusiasmado hasta que cayó en la cuenta de hacia dónde se dirigía. Entonces, se sentó a medio camino y prefirió esperar a que saliera de la oscura cárcel donde había estado encerrado.

—Toma. —Antes de que cerrara la puerta, Varulf le entregó una toalla limpia—. He usado la que había.

Ella lo miró mientras tomaba el paño, su mente aún no había reaccionado, necesitaba tiempo, así que no añadió nada más y dejó que tomara su ducha.

Una vez dentro del aseo y aislada del mundo, Selenia se sentó en el inodoro y dejó caer la cabeza hacia atrás suspirando. El cuarto se le antojó más pequeño que la última vez que estuvo dentro, incluso asfixiante, pero era mejor que mostrar al sueco las emociones que traspasaban su alma como si fueran finos y dañinos alfileres clavados en un muñeco de vudú.

Ahora tenía la confirmación de que el primer sueño no era algo que pudiera ignorar. Las piezas del rompecabezas encajaban perfectamente, el problema era que aún le faltaban muchas.

Estaba segura de los sentimientos que había experimentado en aquellos sueños, ahora los sentía en su interior como si hubiera pasado muy poco tiempo desde entonces. Pero ¿de dónde demonios venían? Si todo eso había ocurrido, ¿por qué no podía recordar el resto?

Forzó su mente a extraer lo que necesitaba, a rememorarlo, fue imposible. A cambio recibió un agudo dolor de cabeza, como el padecido cuando despertó en aquella furgoneta. Podía verse a sí misma preparándose para una misión, pero era inútil intentar recordar los términos. Como si una parte importante de su memoria hubiera sido... borrada.

Selenia se removió inquieta, pensar en que se había dejado manipular el cerebro tal como el primer sueño sugería no era agradable. Pero, haciendo memoria, fue para salvar la vida y tener una posibilidad de enmendar todo aquel mal.

Se levantó, abrió el grifo del agua fría y se enjuagó el rostro. Con las manos apoyadas sobre el lavabo, respiró profundamente varias veces.

Podía extrapolar algo importante de lo que tenía hasta ese momento: las mentiras.

Todo cuanto recordaba de sus años sirviendo en la milicia. Por lo que había luchado, todo, era mentira tal como había soñado la primera vez.

Sintió cómo la ira se apoderaba de ella con rapidez, calentándole la sangre. Pero otro sentimiento, el de la soledad, logró controlarlo. Se sentía desubicada, completamente fuera de lugar. Apretó los puños hasta que se hirió a sí misma. El desarraigo caló hondo en su interior, helando los lugares que habían hervido por la cólera, imponiendo la frialdad de los pensamientos calculados. De la venganza.

Quizá las razones de Varulf para actuar contra el Consejo no fueran malas después de todo.

Rebuscó en su mochila y tomó el iPhone entre las manos. Éste indicaba que tenía un mensaje. Lo conectó a la red eléctrica para cargar la batería y leyó el contenido.

De: Ragnarok.

Aún no hemos recibido noticias. Necesitamos la información con urgencia. La emplazamos a que se encuentre con un enlace y cumpla el objetivo solicitado. Le notificaremos el lugar en breve.

El tono en que estaba redactado el texto le disgustó profundamente. No sólo la usaban como un simple peón en una guerra de la que acababa de descubrir su existencia, sino que se permitían el lujo de ponerla en peligro exigiéndole el rápido cumplimiento de una orden que, por otro lado, era complicadísima y requería su tiempo si no quería acabar muerta. Su cerebro era un caldo en ebullición.

Al volver a mirar la lista de mensajes recibidos, sus ojos recayeron sobre el último de Selenia II. Recordó. ¡Algo que se había enviado a sí misma! Los dedos le temblaron ostensiblemente al abrirlo, aunque conocía el texto, necesitaba releerlo para asegurarse de que era real.

Déjate guiar por la runa Algiz. Ella tiene la respuesta.

Algiz; la señal que había visto en la muñeca del anciano, la misma que presidía la entrada de los edificios más significativos de su raza allí, en Estocolmo. «Tiene forma de hombre con los brazos abiertos y mirando al cielo, está orando a los dioses, reclamando su protección y dando las gracias a un tiempo. A la vez, es la gran columna que lo soporta todo, un punto de apoyo capaz de sostener a nuestra gran raza.»

«Busca al Hati», las palabras del anciano se repetían en su mente una y otra vez.

Varulf decía necesitarla y por los métodos que utilizaba estaba claro que no iba a ser sólo para golpear el lomo del Consejo. Cada vez que hablaba de ello podía notar cierto brillo en sus pupilas, como cuando la bestia reclamaba que la sangre fuera vertida. La misma sed que ella sentía vibrando en su interior en aquel momento.

Quizá había llegado la hora de proporcionarle todo el apoyo que le pedía y… un poco más. De ese modo, él estaría en deuda con ella y podría ayudarla a encontrar a ese Hati para salvar al viejo… si alguna vez recordaba cómo volver a llegar hasta él.

Capítulo 11

Más calmada y relajada, Selenia salió del aseo frotando su pelo enérgicamente con la toalla para eliminar el exceso de agua. Oyó la voz de Varulf en la sacristía y se encaminó hacia allí.

—Sí, está bien... Exacto, esta noche... —Oculta tras la hoja de la puerta de entrada, escuchó cómo el sueco hablaba por teléfono—. Estoy de acuerdo, es la mejor opción. Aunque les haya dado tiempo de averiguar lo que ha ocurrido, no creo que esperen una actuación tan pronto. Ya he llamado a Davor y tendrá preparado el transporte. Es un buen tipo... Ajá... ¿Cómo sigue Koram?... Magnífico, eso quiere decir que todo marcha bien. Aun así sigue vigilándolo, hermano... No. Yo te llamaré.

Cuando decidió entrar en el recinto que Varulf usaba como taller mecánico, el sueco la miró con interés desde su asiento sobre una hermosa motocicleta «custom» con el depósito forrado de suave piel negra. Los cromados brillaban después de una buena limpieza y los detalles en cuero, como los cobertores de los frenos, tentaban las yemas de los dedos. No supo qué trastocó más su templanza, si los inquisidores ojos verdes del licántropo o el poderoso torso desnudo. Vestido únicamente con unos tejanos y las botas negras de motorista, el cuerpo ligeramente inclinado hacia delante para apoyar los brazos sobre el manillar y el cabello rubio reposando suave sobre la espalda, la observó atentamente con aquel aire insolente que siempre lo acompañaba, esperando su comentario.

—¿Trabajando?
—No. Ya lo hice antes, mientras dormías.

Selenia miró hacia otro lado en el momento en que Varulf mencionó el sueño. Éste siguió taladrándola con los ojos, sin moverse ni un centímetro de su postura sobre la motocicleta.

—¿Quieres hablar ahora sobre ello? —ofreció refiriéndose a la supuesta pesadilla.

—Olvídalo —le pidió volviendo a posar sus ojos sobre él con toda la naturalidad que pudo reunir.

—De acuerdo. —Aquellos hombros generosamente musculosos se encogieron atrayendo sobre su piel la mirada de la licántropo.

—Bien, ¿qué haremos hoy? ¿Tienes programado algo? ¿Patear algún culo? —preguntó obligándose a sonreír.

Varulf le dedicó una extraña mueca que la desorientó. Jamás había apreciado en el sueco ningún gesto que implicara algún tipo de emoción que no fuera el desdén, la burla o la ira. Pero aquella especie de sonrisa llevaba consigo algo sutil, personal y muy cercano que anuló por un instante la frialdad de su interior.

Esperó unos segundos a que dijera algo, pero la respuesta no llegó inmediatamente. Varulf permaneció mirándola con interés un poco más.

—¿Y bien? ¿Vamos a quedarnos aquí para toda la eternidad? —dijo poniendo los brazos en jarras.

Al fin, el sueco enderezó su postura, desmontó de la motocicleta y acercándosele, la miró con seriedad.

—Siempre me han gustado aquellos que consiguen controlar sus emociones y mantener la mente despejada en los momentos más difíciles. Es digno de mi admiración. No obstante, llega un momento en que todos necesitamos una válvula de escape. Cuando eso ocurra, quiero que sepas que sabré escucharte. —Dicho esto, le hizo una señal para que lo siguiera, abandonando la sacristía—. Respondiendo a tu pregunta, hoy tenemos trabajo de investigación.

Selenia trató de digerir las palabras del sueco. Si la sonrisa que le había dedicado hacía un segundo la descolocó, las palabras volvieron del revés sus tripas. El recuerdo de cómo llegó hasta él, con el objetivo de traicionarlo, fue imposible de ignorar y casi le produjo náuseas.

Respiró profundamente diciendo para sí misma que esa idea ya formaba parte del pasado. La mira del cañón ahora apuntaba hacia el lado contrario. Había tomado una decisión y, estaba segura de que esta vez, era la correcta.

—¿Investigación?

—Exacto.

—¿De qué clase?

—Davor nos espera con las llaves de una furgoneta, la usaremos para ir a ver a Ingrid. Le haremos una visita que no va a poder ignorar y después esperaremos su reacción.

—Buen plan. Quieres que ella te indique el camino, ¿es eso?

—En efecto.

—Bien. ¿Cuándo nos vamos?

—Ahora mismo.

—¿Qué opina de esto, Rebel? —preguntó Fenrir mostrándole las fotografías.

—Opino que el causante de tal revuelta no puede ser otro que nuestro amigo común.

—Yo también lo creo. ¿Tenemos alguna noticia de la agente infiltrada?

—Aún nada, mi señor. Comienzo a pensar que ha fracasado. No obstante, adelantándome a los acontecimientos, hemos vuelto a comunicar con ella para concertar una cita de la que será informada próximamente.

—Está bien, Rebel, puede retirarse. No olvide informarme de toda decisión que tome al respecto. Quiero estar al corriente de cualquier cambio.

—Así se hará, mi señor.

—No estoy dispuesto a correr riesgos, todo debe salir conforme a lo planeado. —Fenrir hizo una pausa antes de añadir—: ¿Ha hablado con Wanja sobre Heimdall?

—Aún no, mi señor.

—Debería hacerlo. Mi hermanastra es fuerte y decidida, pero también excesivamente impulsiva. No quiero que sepa nada sobre el posible fracaso de la misión.

—A la orden, mi señor.

—Retírese, parece usted tener prisa. —Lo despidió volviendo a prestar atención a lo que se trajera entre manos.

Rebel se dio la vuelta con aire marcial y se marchó dejando a Fenrir tal como lo había encontrado; sentado frente a su precioso escritorio, el mismo que él encontraba ostentoso y poco práctico. Exactamente igual que su dueño.

Ese Dominante podía alardear todo lo que quisiera del poder que ejercía su mente sobre las de otros licántropos de menor pureza, pero jamás tendría la experiencia en batalla y la inteligencia militar que hacía falta para dirigir acciones de aquel tipo.

Él sí se había tomado las molestias, sin necesidad de recibir fotografías de las acciones del odioso sueco, de calcular probabilidades para adecuar las tácticas a seguir en cada caso. Por eso, estaba preparado para cualquier eventualidad. Muy pocos podían tomarle por sorpresa, Varulf no sería uno de ellos. No debía de ser muy viejo y los jóvenes pecaban de impetuosidad, no observaban, no planeaban, ni medían como él sus intervenciones. Eso sería lo que lo llevaría a la ruina.

Salió del edificio, encaminándose directamente hacia su propia guarida en el cuartel. Allí era donde se encontraba cómodo, no en las modernas y elegantes instalaciones que le habían ofrecido.

En cuanto llegó, se desprendió del abrigo que colgó adecuadamente en el perchero y comprobó los mensajes recibidos.

Nada todavía.

El ingeniero se retrasaba, aunque en realidad no le había dado un plazo en concreto. Esperar, por el momento, no suponía un problema. Pero aun así, sus dedos ya deseaban pasearse sobre el frío metal y sentir cómo ardía al instante de ser detonado el percutor. Sonrió para sí mismo, balanceándose sobre sus talones, saboreando el momento por anticipado y, acto seguido, se sentó tras la mesa de pulido metal.

Descolgó el teléfono y apretó el número tres para la marcación rápida. Al otro lado le contestó la dura voz femenina de Wanja.

Para ser las últimas horas de la tarde, el Latin Kiss se encontraba mucho más concurrido que la vez anterior en que lo visitaron. La barra estaba atestada de sedientos parroquianos que solicitaban una copa más y Davor se afanaba en cumplir sus deseos con eficiencia. Los asientos privados, así como los sofás y butacones, estaban ocupados por las acompañantes con sus clientes a los que cubrían de mimosas atenciones. De vez en cuando, alguna de ellas se levantaba a petición del macho y se perdían tras una pesada cortina negra que le pasó desapercibida la primera vez que estuvo allí.

Davor, quien captó sus presencias en cuanto traspasaron la puerta, les hizo una señal de reconocimiento acompañada de una sonrisa. Selenia siguió a Varulf, acercándose a la barra. El sueco solicitó una cerveza mediante señas.

—Te la llevo a la oficina, esperadme allí —dijo.

Selenia entró en lo que Davor llamaba oficina, que no era más que un pequeño cuarto atestado de objetos y papeles sin orden ni concierto. Varulf se dejó caer sobre un raído sillón que debió de ser verde en algún tiempo pretérito y, haciéndose con un mando, encendió el pequeño televisor instalado en la esquina más alejada, cambiando los canales uno tras otro. Ella, sin saber dónde colocarse, abrumada por el caótico desorden prefirió apoyarse junto a la puerta, la única porción de pared libre.

Un minuto después Davor hizo su aparición y entregó a Varulf una jarra de cerveza helada.

—Te va bien el negocio —dijo aceptándola.

—No voy a preguntarte qué hiciste en el Fotavtrycket porque los rumores sobre el brutal ataque por parte de una banda enemiga corren por el barrio como la mejor de las hojas informativas.

—No te quejes —respondió el sueco antes de dar un buen trago a su bebida—, es evidente que has salido ganando.

—No me quejo. Pero no deseo tener problemas. Recuerda que fui yo quien consiguió tu entrada.

—Tranquilo, Davor. No los tendrás. Si te sirve de consuelo esa invitación que recibiste sólo quedó en palabras. Además, no ha sobrevivido nadie para contarlo.

—Al menos, ¿obtuviste lo que buscabas?

—Por supuesto.

—Lo imaginaba. —Sonrió levemente antes de que sus cejas se juntaran sobre la nariz acentuando un buen puñado de arrugas—. Sé que eres extremadamente cuidadoso, pero tienes que prometerme que lo serás aún más. Esa gente es peligrosa.

—Claro, mamá.

—¿Mamá? No es una relación tan casta la que yo mantendría contigo. —La risa del sueco contagió a Davor—. Ahí tienes las llaves de la furgoneta que me has pedido, búscalas en el cajón.

Davor se dio la vuelta para salir cuando su mirada se cruzó con la de Selenia, quien la sostuvo con los brazos cruzados sobre el pecho, en actitud indolente. La observó, recorriéndola de arriba abajo con evaluadora lentitud.

Selenia acompañó el paseo de esa mirada sobre su cuerpo buscando algún problema en los tejanos o el jersey que la cubría.

—¡Hum! ¿Qué tal ha ido? —preguntó al fin el eslavo.

—Supongo que… ¿bien? —respondió sin entender a qué se refería exactamente.

—¡Bien! ¡Ja! ¡Ha dicho: bien! —exclamó perplejo. Selenia arqueó una ceja sin quitarle el ojo de encima—. Deja de lado esa postura de princesa remilgada que no te va nada y confiesa que has tocado el cielo. Cuando Varulf toma a una hembra la goza intensamente.

Sólo entonces, Selenia se irguió completamente, ofendida ante las palabras del licántropo:

—¿Pero qué mierdas dices?

Davor comenzó a reír, esta vez con más ganas, mientras comprobaba cómo la Pura lanzaba furibundas miradas a la espalda de Varulf. ¿Cómo había podido hablar con nadie sobre su…?

—Tranquila, cachorrita —dijo el sueco sin mirarla—, no le he dicho nada.

—Ni falta que hace —añadió Davor—. El *ruotsi* no comparte mi gusto por el chismorreo. Pero tampoco es necesario. Tu cuerpo, tu olor, todo en ti habla por sí mismo. Estás más relajada, más cómoda a su lado, diría yo. Ya no llevas esa estaca metida en el culo con la que entraste aquí la primera vez. No buscas enfrentamientos.

Selenia volvió a dejar que su espalda reposara sobre la pared.

—No sabía que para servir cervezas a un puñado de depravados borrachos se tuviera que ser diplomado en psicología canina.

—Tú también me caes bien, reina. En realidad te advertí que ocurriría. No te ofusques. Generalmente no apruebo sus compañías pero tú eres diferente. Eres... Como él. Puedo sentirlo.

Las palabras de Davor la sorprendieron aunque se cuidó mucho de demostrarlo.

—Sientes demasiadas cosas... Incluso las que no te incumben —dijo antes de salir del despacho, dejándolos solos.

Aun a través del ruidoso local le llegaron las carcajadas de Varulf. Apostaba a que se había estado mordiendo la lengua para no hacerlo antes. «Un punto para el jodido *ruotsi*», pensó y rio también a pesar suyo.

—Tiene genio —dijo Davor al sueco cuando éste consiguió serenar el humor.

—Lo tiene, sin duda —corroboró apagando el televisor y levantándose del sillón.

—Me gusta mucho.

El sueco se despidió con una palmada de agradecimiento y camaradería antes de salir en busca de la Pura.

«Eres como él», se repetía en su mente una y otra vez. ¿Cómo él? ¡No! Jamás podría ser como ese asno insensible. Inmediatamente después de ese pensamiento acudió el recuerdo de su extraño comportamiento al encontrarlo en la sacristía sobre la motocicleta y un revoloteo de alas de mariposa se le instaló en el vientre. «Estás más relajada... Más cómoda a su lado.» Sus cejas se unieron sobre los ojos, curvándose ligeramente hacia abajo. ¿De verdad Davor pensaba que se parecían? Selenia miró al rubio licántropo objeto de sus pensamientos y éste le devolvió la mirada acompañada de un guiño y una sonrisa torcida antes de hacerle un gesto con la cabeza como invitándola a que comenzaran la acción.

—Vamos, Lena, hay cosas que hacer —dijo antes de comenzar a caminar delante de ella, abriendo el camino.

Selenia tardó un segundo en reaccionar. «Lena», otra vez había usado el íntimo diminutivo.

Lo alcanzó ya en el exterior, contemplando, con aire crítico, la furgoneta gris que anunciaba una empresa de exterminación.

—Muy apropiado —murmuró con humor.

—¿Por qué me llamas así? —quiso saber Selenia.

—¿Cómo? —preguntó rodeando la furgoneta para abrir la puerta trasera e inspeccionar el interior.

—Lena —aclaró.

—¿No te gusta? —inquirió levantando la alfombrilla que cubría el habitáculo trasero.

—Sí, pero no es el caso.

—Entonces, ¿cuál es? —Satisfecho con el examen se retiró un poco para cerrar las puertas y Selenia retrocedió un paso evitando que la pisase.

—Los ajenos a mi familia no suelen llamarme por ese nombre. ¿Cómo es que tú lo usas? —preguntó siguiéndolo hacia la parte delantera donde Varulf ya levantaba el capó para echar un vistazo al motor.

—Bueno —se encogió de hombros—, es más corto que Selenia. ¿Te molesta que lo use? —Selenia no contestó inmediatamente y el sueco la miró mientras empujaba el portón hacia abajo para volver a cerrarlo.

De pie frente a él, lo encaró, mirándolo a los ojos con suspicacia y poniendo los brazos en jarras.

—¿No dices nada?

—¿Desde cuándo te importa lo que me molesta o no? —preguntó la Pura a degüello.

El sueco rio con humor antes de rodearle la cintura con un brazo de hierro y atraerla hacia su cuerpo para saborear sus labios. Selenia volvió a ser presa de la descarga que experimentaba todo su ser al notar la excitación del licántropo.

—No creas que así evitarás la respuesta —balbució Selenia.

—Es cierto —ronroneó—. No me importa en absoluto.

Selenia rodeó el cuello del sueco y lo besó profundamente. Las manos de Varulf volaron hasta el redondo y apetitoso trasero de Selenia y lo encerró con ellas. Ajenos a todo, no apreciaron que un par de hombres los miraban divertidos desde la puerta del Latin Kiss hasta que, a éstos, se unieron las risas de un par de mujeres.

Aparentemente indiferente por el espectáculo ofrecido y aunque su sentido común le pedía pasar inadvertida llamándola al orden, Selenia se deshizo del abrazo del sueco para murmurar justo encima de sus labios:

—No soy como tú. —dijo antes de encaminarse, rodeando la furgoneta con un sensual contoneo de caderas, hasta introducirse en el interior. ¡Libre!, gritaba su alma.

El cómico y fingido aullido de Varulf, que parecía disfrutar del momento de aplausos que arrancó a los presentes, le llegó justo cuando cerraba la puerta.

Capítulo 12

La angustia se apoderaba de Ingrid con cada minuto que pasaba mientras, encerrada en su despacho, sus manos volaban sobre la destructora de papel. Tenía que hacer desaparecer toda la documentación relativa a la compra de las mujeres proporcionadas durante meses por Kveld.

La noticia del asalto al Fotavtrycket había llegado avanzada la mañana y sin perder tiempo reunió todos los expedientes que hablaban de aquel mercado negro de carne humana. Al principio pensó en llevarlos a un lugar seguro en el edificio central. Se puso en contacto con el personal necesario y justo cuando preparaban el traslado, le llegó la orden de la destrucción. Existía un fichero informático de seguridad por lo que podía deshacerse del material tangible.

Maldiciendo por el tiempo malgastado buscando la forma de conservar la información, se puso manos a la obra.

Bolsas negras llenas de pequeños pedazos de papel se acumulaban junto a ella en el ordenado despacho, que en las primeras horas de la mañana engrosarían, con varios kilos, la materia prima del reciclaje.

Al menos, agradecía que la desagradable noticia hubiera llegado relativamente rápido y en poco tiempo consiguió tener todo el material.

—¡Maldito cacharro! —Exclamó golpeando la máquina que se había parado por recalentamiento una segunda vez.

Resoplando, a causa del inútil instrumento, recorrió los

tres pasos que la separaban de su mesa para comprobar con alivio que ya sólo faltaban diez expedientes por destruir.

En momentos como aquel era cuando echaba en falta ayuda. Un asistente que le facilitara el trabajo y se encargara de cosas como aquellas.

Sí. Eso sería lo próximo que exigiría. Después de todo, nadie había querido hacerse cargo de aquel puesto, ella fue la única con agallas para aceptarlo, sólo por ese detalle merecía una compensación.

Cuando tomó asiento, invirtiendo en descanso los diez minutos que necesitaría la máquina para volver a funcionar correctamente, sus ojos recayeron sobre la pequeña luz intermitente del intercomunicador.

—¿Algún mensaje? —preguntó al portero del edificio tras apretar el botón.

Erik debía de haberse ausentado un minuto. Ya le devolvería la llamada cuando viera que había contestado.

Un par de golpes en la puerta llamaron su atención. El portero parecía haber decidido comunicarle lo que fuera en persona, pero el imponente macho que apareció en el hueco de la puerta al abrirla, no se asemejaba en nada al anciano Erik. Con una sonrisa que podía pertenecer al mismísimo diablo y unos taladrantes y duros ojos verdes, la visita era del todo inesperada.

—¿En qué puedo ayudarle? —preguntó Ingrid tratando de que el licántropo no pudiera ver más allá del espacio que ocupaba su propio cuerpo en la entrada.

Varulf se arrellanó un poco más contra el marco.

—Me preguntaba... —paseó la mirada sobre el techo para llamar la atención hacia su rostro y aprovechando la distracción colocar un pie en el recorrido de la puerta— qué hacía esta noche la mayor suministradora de cuerpos para la investigación de la ciudad y vine a comprobarlo. —Terminó encogiéndose de hombros y mirándola a los ojos con frialdad.

—No tengo tiempo que perder en tonterías —respondió Ingrid antes de intentar cerrar la puerta.

La treta de Varulf dio resultado, antes de que la puerta tocara su pie colocó un brazo para evitar que se cerrara. Ingrid empujó aplicando más fuerza, pero le fue imposible salirse con la suya. Varulf entró caminando hacia ella, mirándola fijamente y obligándola a retroceder. Tras él hizo su aparición Selenia, quien se encargó de asegurar la entrada para que nadie más pudiera ver qué ocurría.

—¿Qué habéis hecho con Erik?

—Erik está… amarrado con cadenas y disfrutando de la inconsciencia en algún lugar del edificio. No te preocupes por él —contestó Selenia caminando hacia el escritorio.

—¿Qué queréis de mí? —preguntó entonces girando la cabeza nerviosamente tratando de no perder de vista los movimientos de ambos.

—En realidad, no se trata únicamente de ti —respondió echando una mirada a toda la superficie cubierta de expedientes.

—No os diré nada.

—¿Eso crees? —le inquirió Varulf arrinconándola contra la mesa—. «¿Y si te dijera que no es necesario que pronuncies ni una sola palabra?» —presionó en su mente.

Los ojos del sueco recayeron sobre una carpeta de cartulina simple. De su interior asomaba la fotografía de una atractiva joven rubia con ojos azules como el cielo. Reconoció la imagen de la chica que había visto en los recuerdos del humano muerto en el callejón junto al Fotavtrycket. Alargó una mano, sujetó la instantánea entre los dedos y la aplastó contra el rostro de Ingrid.

—¡Maldito hijo de…! —exclamó la licántropo.

—¿Qué me cuentas de ella?

—¡Sólo era una humana!

—Sí —respondió entre dientes—, una humana, hija de alguien. Una humana de un hombre que podía haber descubierto nuestro secreto.

—Eso es imposible.

—¿Imposible? Te sorprenderías de lo que es posible y lo que no. Para los humanos nuestra misma existencia es imposible y, sin embargo, estamos muy vivos.

—Aquí sólo hay expedientes de mujeres y datos médicos —informó Selenia—. Aunque por el volumen de esas bolsas, ha debido de estar muy ocupada destruyendo información.

—Quizá si la fuerzo un poco pueda extraer de su cabeza lo que queremos.

—¿Y arriesgarnos a que después encuentren su cuerpo reventado y comiencen una cacería a lo bestia? No. Déjala. Buscaremos un nuevo hilo del que tirar. Después de todo, no tenemos documentación con peso para acusarla. Seguramente deben de tener los datos informatizados. Conozco un buen *hacker*.

Varulf mostró una clara reticencia a soltar a la presa, empujándola asqueado.

—Te libras, de momento. Pero no pierdas de vista tu espalda. Acabaremos con esta mierda y tú serás una de las que caigan.

Sin añadir nada más, Varulf y Selenia abandonaron la estancia en guardia para, una vez en el exterior, correr hasta la furgoneta. Ingrid no tardaría en dar el paso hacia la siguiente parada de aquella noche.

—¡Es un Dominante, Patrik! ¡Oí su voz en mi cabeza! ¿Cómo demonios quieres que me tranquilice?

—Escúchame, Ingrid. Si algún agente estuviera metiendo el hocico en este tema, hubiera sido informado. Estoy muy bien relacionado y debido al secretismo de la investigación pocos son los que saben de ella. Los que conocen la grandeza de nuestro objetivo son altos cargos del Consejo, ellos nos protegen.

—¡Y una mierda! Tú no sabes por lo que he pasado esta noche. No pienso morir por esto, ¿me oyes bien? Antes cantaré que perder la vida.

—Está bien —aceptó Patrick—. Si es un Dominante como dices igual ha podido extraer algo de información sin que tú lo sepas. No está de más alertar a los que pueden hacer algo al respecto. ¿Crees que podrás llegar a la central sin problemas?

—Sí, creo que sí.

—De acuerdo. Avisaré de que vas para allá.

—Pero ¿qué nombre debo dar? No quiero tratar con subordinados.

—No lo harás, no te inquietes. Yo daré tu nombre para que te hagan pasar en cuanto llegues.

—Está bien.

—Explícales todo cuanto ha ocurrido, lo que han dicho y lo que has visto para que puedan actuar con rapidez.

—Por descontado. No quiero tener que mirar hacia atrás durante el resto de mi vida.
—No tendrás que hacerlo.
—¿Qué hago con los expedientes que no he podido destruir?
—¿Quedan muchos?
—Una decena.
—Llévalos contigo. Y tranquilízate, todo va bien.

Ingrid colgó el teléfono con el corazón desbocado. No, no todo iba bien. Su sexto sentido, aquel que siempre la avisaba cuando el peligro rondaba, le advertía de que el desastre no había hecho más que comenzar.

Sus nervios no se habían recuperado de la impresión ni la terrible sensación de oír a aquel licántropo dentro de su cerebro. En cuanto desaparecieron recurrió a quien sabía que podía ayudarla con más rapidez; Patrick, el investigador jefe del proyecto.

Apiló los expedientes sobre la mesa, comprobó a la carrera que portaba las llaves del coche en el bolso y salió a toda prisa del edificio mirando hacia todos lados.

—¿Para qué demonios necesitábamos una furgoneta?
—Nunca se sabe cómo van a reaccionar —explicó Varulf aludiendo a Ingrid—. Podríamos haber tenido que llevarla con nosotros. Transportar a una licántropo en un coche no es una buena idea. Pero, lo has hecho muy bien, recuérdame que te nomine para el Oscar a la mejor actriz —añadió sentándose tras el volante.
—No es difícil hacerme pasar por un oficial. —Selenia le sonrió—. Me han entrenado bien.
—¿También sabes cachear? —preguntó travieso.
—¿Por qué lo preguntas? ¿Estás armado? —Selenia le siguió el juego mirándolo con suspicacia.
—Desde luego…, hay algo duro en mis pantalones. —La burla bailaba en los ojos del sueco mientras no perdía de vista el exterior con una media sonrisa.
—Entonces no me quedará otro remedio que detenerte. —Selenia se encogió de hombros cómicamente.

—¡Ahí está! —exclamó sin alzar demasiado la voz mientras ponía en marcha el motor.

—Tendremos que dejar el cacheo para más tarde.

—¿Me lo prometes? —La sonrisa del sueco se hizo más evidente.

—¿Qué está haciendo? —comentó la Pura obviándolo y observando, en la oscuridad, a la licántropo agacharse tras el coche.

—Está cagada de miedo, se esconde. —Ingrid abrió la puerta trasera del vehículo e introdujo los expedientes que cargaba, mirando hacia atrás continuamente, antes de entrar y ponerlo en marcha—. A ver a dónde nos lleva. —Se dispuso a seguirla.

—Sea donde sea, podrá dar una buena descripción de ti —dijo entre risas Selenia—. Debe de tener tu rostro grabado en la retina.

—¿Celosa? —preguntó recordando el momento pasado en el Latin Kiss cuando en un arrebato besó a aquel humano. Sin poder evitarlo, su pie apretó el acelerador imaginando que éste era el cuello del hombre.

—No.

—Aunque lo estuvieras tampoco lo admitirías —anunció lanzándole una mirada de reojo.

—Cierto.

Varulf sonrió de nuevo de aquella forma que anunciaba una nueva pulla y Selenia la esperó divertida.

—Quizá Davor tenga razón.

—No, no la tiene. —Varulf rio con ganas al comprobar que la Pura había deducido rápida y acertadamente la alusión a la afirmación de Davor de que Selenia era como él.

—¿Por qué te molesta tanto que sea cierto? —En realidad a él sí comenzaba a molestarle que la Pura sintiera aquel rechazo, pero no iba a ponérselo tan fácil como para que lo notase.

—No me molesta.

—Mientes. —Y sonrió lanzándole una fugaz mirada de nuevo.

Selenia creyó que Varulf dejaría la conversación como estaba. Pero pasados varios minutos volvió al ataque.

—¿Qué hay en mí que te provoca tal aversión? ¿Tan mal modelo soy para que no quieras parecerte ni un poco?

—Creo que ya he sido muy explícita en esa cuestión —respondió aludiendo a anteriores discusiones.

—Las circunstancias en las que me has conocido no son las más idóneas para mostrarte mi lado más encantador —se defendió.

—Es agradable saber que tienes uno. Siempre que me crea tus palabras pues aún no se ha manifestado. Te lo recordaré la próxima vez que intentes manipularme. —Selenia echó un vistazo al exterior—. De todos modos, supongo que no puedes evitarlo —murmuró más para sí misma que para que él la oyera.

—¿Evitar qué?

—Comportarte como lo haces. Eres un Dominante. De todos los niveles de pureza vosotros sois los más irritables, prepotentes, egocéntricos…, ¿sigo?

—¡Uff!, no sé qué decir después de hacerme sentir tan halagado. —Ella le dedicó una mirada incrédula para observar cómo Varulf ponía los ojos en blanco—. Ya, ya, ya sé. Pero ponte en mi lugar un momento y dime qué harías tú.

Selenia vio que era el momento ideal para saber más acerca del misterioso sueco y el secreto con el que se envolvía.

—Me es imposible. Tienes que aceptar que no eres precisamente comunicativo. No sé cómo puedo responder a tu pregunta sin conocer tus…, ¿cómo lo has llamado? ¡Ah, sí! Circunstancias.

Varulf sopesó la respuesta de Selenia. No tenía más remedio que darle la razón si quería acercarla un poco más a él y a su causa. Se preguntó si era buen momento para compartir con ella su verdad. Desde esa mañana, después de despertar de aquel sueño extraño que tanto la había afectado, su comportamiento hacia él cambió sensiblemente. Pero, para evitar más discusiones innecesarias se había obligado a no invadir la mente de la Pura e indagar más profundamente sobre la causa exacta. Después de todo, habría más sueños y no podía espolear así su paciencia si quería mantener la paz.

—Mi situación es muy delicada —dijo al fin—. Y no carente de dificultad. Tú misma me calificaste de loco hace unas horas, cuando te confié que mi objetivo era el Consejo.

—No puedes negarme que es una locura.

—Eso depende de muchas cosas.

—Como por ejemplo... —lo animó.

—Como por ejemplo la información de la que dispongas, el apoyo con el que cuentes, un plan estudiado y bien trazado. Pero sobre todo, depende de la clase de licántropo que seas.

—¿Y qué clase de licántropo eres?

Varulf sonrió abiertamente.

—Te propongo algo: ¿por qué no me lo dices tú misma cuando todo termine?

—Tienes la esperanza de pasar por esto y acabar con vida. Eso está muy bien. Ser positivo siempre ayuda.

—Por supuesto. Al fin y al cabo es de lo que va todo esto.

—¿De positivismo? —intentó.

—De mantenerme con vida.

La forma en que Varulf pronunció aquellas palabras le produjo un escalofrío que erizó cada centímetro de su piel. Era como si realmente el objetivo final nada tuviera que ver con las humanas que estaban usando como cobayas de laboratorio. Sabía que tras aquel par de ojos de verde rabioso se ocultaba muchísimo más. Pero ¿por qué querrían matarlo?

Ahora sabía que el Consejo, o al menos algunos miembros, aquellos que estaban involucrados en la operación, no merecían la lealtad de la raza. Y era evidente que Varulf quería terminar con ellos, pero ¿sería por esa causa? ¿O por otra distinta?

—¿Qué hay de tu familia? —preguntó, pero Varulf no respondió de inmediato—. Has hablado de apoyo, ¿te referías a ellos?

El sueco pensó en Lycaón, Atrox, Amarok, Anpu y, naturalmente, en Koram. Sonrió..., el pimpollo.

—Tengo buenos amigos.

—¿Ya está? ¿Sólo amigos?

—En realidad son algo más que eso —dijo. Que ella tomara la respuesta como mejor le conviniera—. Parece que hemos llegado —anunció. «Salvado por la campana.»

Varulf detuvo la furgoneta a una distancia prudencial, cuidando que las sombras de la noche le ofrecieran el cobijo necesario.

Rescató unos prismáticos de la guantera y miró a su alrededor reconociendo el lugar como las afueras de Uppsala. Ingrid abandonó su vehículo y se encaminó a todo correr hacia un edificio de nueva construcción rodeado de pilares de hormigón armado que servían de sujeción a altas y, apostaba que, electrificadas vallas. Marcó un código en el receptor de la puerta metálica.

—Cero, ocho, cinco, siete, cinco, nueve, cinco —recitó Varulf.

—¿Ves los números?

—No, pero creo que ésa es la combinación siguiendo el movimiento de sus dedos.

—Esa o también; cero, dos, cinco, uno, cinco, tres, cinco —replicó Selenia—. Depende de si el teclado numérico corresponde a los usados para un teléfono o para un aparato electrónico —sonrió—, ya sabes, como el de un ordenador.

—Me has impresionado.

—No es nada —dijo quitándole importancia—. En cualquier caso, siguiendo el movimiento del dedo, ha dibujado sobre el teclado la forma de la runa Algiz.

—Algiz…

Varulf la miró por un momento, elogiando su perspicacia antes de volver a prestar atención a Ingrid, que una vez abierta la verja, se coló con rapidez desapareciendo en el interior, seguida por los objetivos de varias cámaras de seguridad.

No dejaba de ser paradójico a los ojos del sueco que Fenrir siguiera manteniendo, públicamente de esa forma, un símbolo al que no respetaba. El uso de la runa Algiz tenía poco que ver con la traición que fraguaba desde el pasado.

—Creo que hemos terminado aquí. Volvamos a casa.

—Usted debe de ser Ingrid. Patrick nos avisó de su llegada. ¿La han seguido?

—No. Creo que no.

—Está bien. Tome asiento por favor. ¿Puedo ofrecerle algo de beber? ¿Algo que la tranquilice? —Rebel conocía perfectamente la impresión que causaba tener al sueco frente a sí en un momento de flaqueza.

—No, gracias —respondió.

La mirada nerviosa de la licántropo repasó por enésima vez la amplia habitación.

—Bien —dijo acercando una silla al pequeño sofá donde Ingrid permanecía sentada, con una pila de expedientes sobre el regazo, inquieta a juzgar por el repiqueteo de sus dedos sobre las cartulinas—, cuénteme lo sucedido.

—Un macho acompañado de una hembra, irrumpieron esta noche en mi oficina. Me han acosado y temo por mi vida. Llamé a Patrik, él me dijo que ustedes me proporcionarían la protección que necesito —explicó atropelladamente.

—Sin duda, le ha indicado el lugar idóneo. Pero dígame, ¿cómo eran esos dos licántropos? ¿Podría darme alguna descripción?

—Desde luego. El tipo era de proporciones enormes aun en su faceta humana. Rubio, de inquietantes ojos verdes y rasgos indudablemente nórdicos. Se abrió paso en mi mente de una forma avasalladora.

—¿Está segura? —preguntó recordando la forma en que Fenrir también realizaba aquel jodido truco.

—Sí, lo estoy.

—Bien, prosiga. —La animó, esa sensación bien podría ser a causa del nerviosismo de la mujer. Varulf no podía tener tanto poder.

—A ella no la tuve mucho tiempo en mi ángulo de visión, pero también era alta, pelo largo, morena, ojos negros. Bien parecida. Creo que pertenecían a algún contingente militar por la forma en que hablaban. Fueron muy directos, sabían lo que estaban haciendo allí y lo que buscaban.

Ya no cabía duda. Le estaba hablando de Varulf y la mujer debía ser la licántropo infiltrada. La misma licántropo que no había informado de ese asalto, como tenía ordenado hacer.

—¿Se llevaron alguna información? ¿Algún documento? ¿Expedientes?

—No. Nada. Hablaron de contactar con un *hacker* para extraer la información de la red. El tipo habló de intentar obtenerla de mi cabeza. —No pudo controlar la repugnante sensación que la recorrió sólo al pensarlo.

—Está bien. —Rebel negó brevemente antes de abandonar su asiento y se encaminó hacia la mesa. Evidentemente la mujer no estaba en sus cabales, era imposible que Varulf poseyera tal virtud, Fenrir le habría advertido sobre ello.

—¿Qué debo hacer con esto? —preguntó Ingrid alzando los expedientes.

—¡Oh! Perdone mi despiste. Démelos.

Ingrid se levantó y caminó resuelta hacia Rebel

—¿Qué hay de mi protección? ¿Qué medidas van a tomar? —preguntó mientras se los entregaba. Rebel los recibió y se dio la vuelta un momento para depositarlos sobre la mesa.

Al instante siguiente, Ingrid sintió con desagradable sorpresa como la garra de un Rebel, transformado en bestia, la atravesaba brutalmente, destrozando tejidos a su paso. Antes de extraer la zarpa por completo y terminar con su vida, un interrogante colgó de los ojos de la hembra.

—No hay tiempo para explicaciones.

El cuerpo de Ingrid cayó sobre el pulido suelo y un gran charco de sangre comenzó a crecer a su alrededor. Rebel marcó el número necesario para hacer desaparecer aquel despojo lo más rápido posible. Mientras llegaban, entró en un cuarto adyacente y se vistió después de asearse.

Fenrir no tardaría en llegar. No veía el momento de explicarle lo sucedido. Después de eso, la orden de acabar con el sueco no se haría esperar y él la acataría gustoso.

Capítulo 13

—¿Qué ha ocurrido? —Al oír la voz de Fenrir, Rebel apagó el monitor del ordenador y se levantó de la silla. Ejecutó un saludo marcial que hubiera sido la envidia de cualquier soldado de alto rango e informó de lo sucedido con datos precisos.

Fenrir caminó con las manos enlazadas a la espalda mientras escuchaba. Con su eterna vestimenta, aquella especie de túnica con capucha que le proporcionaba el completo anonimato, los pasos resonaron como queriendo poner los puntos al término de cada frase.

—Has hecho bien —dijo cuando Rebel hubo terminado su relato—. Ingrid únicamente hubiera sido un estorbo. ¿Has revisado la intranet? ¿Ha habido algún movimiento extraño?

—No por el momento.

—Bien. —Fenrir continuó con su paseo arriba y abajo, completamente ajeno a Rebel que esperaba el momento idóneo para explicar su teoría.

—Si me permite, señor —intentó viendo que pasaban los minutos en completo silencio.

—¿Sí, Rebel?

—Creo que en ningún momento han tenido intención de llevarse nada. Ni siquiera intentarán entrar en la intranet.

—Explícate.

—Desde mi punto de vista, y teniendo en cuenta mi experiencia como estratega, podría casi asegurar que Varulf ha usado a Ingrid para que le muestre el camino hasta aquí. Si tenemos en cuenta el *modus operandi* del sueco, en caso de que Ingrid hubiera servido a otro propósito o a ninguno, él mismo la habría matado.

Fenrir reanudó su recorrido por la sala, bajo la mirada de un sonriente Rebel quien, muy orgulloso por su deducción, se atrevió a romper la quietud del cuerpo y balancearse sobre los talones con el torso completamente recto, en actitud engreída.

—Desde luego es una explicación plausible —dijo al fin—. Varulf no es idiota. Ha demostrado en sobradas ocasiones que es capaz de burlar planes muy elaborados. —Fenrir hizo una pausa antes de continuar—. Supongo que no recibimos tampoco notificación alguna de la agente infiltrada.

—Así es.

—Está bien —dijo mientras se acercaba a la salida—. Tome las medidas de seguridad pertinentes para repeler cualquier ataque o intruso. Pero no olvide que lo necesito vivo.

—¿Y la hembra?

—Si como creemos se ha pasado al bando contrario, ya no nos sirve de nada. Queda relevada del cargo —respondió mientras abría la puerta—. Mátenla.

—Una cosa más, señor.

—Dígame.

—Las explicaciones de Ingrid sobre el sueco me hicieron pensar que podría tratarse de un Dominante.

—¿Varulf un Dominante? Menuda patraña. Cumpla con las órdenes y deje de dar vueltas a los delirios de una hembra bajo los efectos de un ataque nervioso justificando su miedo.

—¡*Trece*! —exclamó Selenia mientras el pequeño perro se lanzaba a sus brazos con efusividad—. ¡Oh, sí! Nosotros también te hemos echado de menos.

—Unos más que otros —murmuró Varulf mirando al cielo y negando con la cabeza. ¿Cómo semejante bicho deforme podía tener a aquella licántropo a sus expensas con sólo un maldito ladrido?

Selenia, que había oído al sueco, no pudo menos que reír internamente. Dejó a *Trece* en el suelo y ayudó a Varulf a encender las lamparillas de gas.

—No enciendas demasiadas, lo bueno que tiene un cacheo es que no es necesaria la vista. Con las manos es suficiente. Eso sí, tendrás que emplearte a fondo. Voy armado hasta los dientes.

—¿De qué estás hablando? —Selenia lo miró brevemente con el ceño fruncido antes de volver la atención a la lamparilla que tenía entre manos, la actuación perfecta.

—Hablo de eso que me has prometido.

—No te he prometido nada. Tú hablaste, yo no contesté —dijo sin apartar la mirada de la pequeña llama.

Oyó los pasos del macho acercándose y sintió cómo sus piernas se debilitaban traicioneras. *Trece* se levantó en cuanto Varulf estuvo junto a ellos, mirándolo con un desafío en sus redondos y saltones ojos.

—¿Y qué hay de la frase mundialmente conocida que dice: el que calla otorga? —Varulf habló sin apartar la mirada del can.

Selenia sonrió a su pesar. Varulf estaba dispuesto a hacerla pasar por aquello, no se rendiría hasta conseguirlo y lo sabía. No obstante decidió que el sueco tendría que sudarlo un poco más. Siguió agachada frente a la lamparilla, aun estando ésta ya perfectamente encendida.

Trece inició un intento de gruñido que terminó antes de emerger de entre sus mandíbulas y, como si nada hubiera pasado, caminó con el rabito bamboleante apuntando al techo. Varulf sonrió satisfecho mientras sus ojos volvían al verde normal. A ese chucho enano solo le faltaba un poco de disciplina, hacerle saber quién mandaba allí, quién era el Alfa.

—Y hablando de silencios —dijo Selenia levantándose para dirigirse hasta el banco y deshacerse de la cazadora—. Has estado muy callado todo el viaje de vuelta. ¿Puedo preguntar la causa?

—Pensaba en cómo hacer esta vez para que te acostaras conmigo —respondió sonriendo mientras iba de nuevo a su encuentro.

—¿No tendrá algo que ver esa runa, verdad? Algiz —añadió para que no pudiera eludir la pregunta—. Fue lo último que pronunciaste.

—Si te va lo místico, sólo tienes que decirlo. Me encanta

probar cosas nuevas —contestó rodeándole la cintura con los brazos para acercarla a él con fuerza.

Volver a pensar en la runa y en misticismos trajo a la mente de Selenia el recuerdo de su último sueño y la sonrisa se desvaneció lentamente de los labios femeninos. «Encuentra al Hati, él sabrá qué hacer.»

—¿Ocurre algo?

—No —mintió recuperando el humor. Y antes de que Varulf quisiera averiguar más sobre lo que había ensombrecido su rostro por un momento, lo besó.

La conciencia de Selenia se reveló el mismo instante en que sus labios tocaron los del sueco. La había estado acorralando desde el principio para conseguir un paseo entre sábanas y, aunque intentó resistirse todo lo que pudo, al final sucumbió. La atracción y el mecanismo natural de la raza hacían imposible ignorar el poder de un macho superior a ella. Tratar de engañarse a sí misma diciendo que quizá de ese modo Varulf confiaría en ella lo suficiente para que le explicase el plan era de idiotas. «No te mientas», se dijo, «lo haces porque quieres, lo deseas.» ¡Joder! Tener que batallar entre su conciencia y la abrumadora sugestión con que Varulf la envolvía cada vez que se acercaba a ella era agotador.

Desde que comenzara todo aquello, había pasado por tantos estados de ánimo que ya no sabía qué demonios se suponía que debía hacer. Pero algo sí estaba claro en su cabeza: «Ellos me engañaron, me mintieron, me manipularon poniendo en peligro mi vida».

La rabia ante aquella verdad volvió a tomar fuerza en su interior y relegó al olvido cualquier otra cosa que no fueran las sensaciones que el sueco despertaba en ella. Lo empujó hacia atrás, hasta que la espalda del macho chocó con algo duro y frío y lo obligó a darse la vuelta.

—¡Vamos! ¡Las manos sobre el altar! ¡Piernas separadas! —exclamó mientras con la punta de metal forrado de sus botas golpeaba los tobillos del licántropo.

—Esto es genial. —Varulf reía a carcajadas.

—¿Genial? —repitió poniendo una mano sobre su cabeza para apretar y someterlo—. Si sigues por ese camino, amigo, voy a tener que esposarte.

—¿Crees que de esa forma tendrás algún poder sobre mí?

Selenia no cometió el error de responder a esa pregunta y, a cambio, pasó la mano libre entre las piernas del sueco y lo agarró por los testículos.

—¿Y de ésta? ¿Crees que ésta es la forma correcta?

Varulf emitió un ronroneo que sonó meloso en los oídos de la Pura.

—Sólo si lo haces sin ropa de por medio —proclamó con la voz grave por el deseo.

Selenia aflojó el puño y Varulf aprovechó el momento para cambiar las tornas. Ahora era ella quien estaba atrapada entre la losa del altar y el cuerpo duro y descomunal del licántropo. Su olor se hizo más intenso con la excitación y todo su ser respondió a ello como siempre ocurría.

—Creo que seré yo quien termine este trabajo —dijo volviéndola de espaldas y colocándola en la misma posición en la que él había estado un segundo antes—. Pero... —añadió—, esto me estorba.

Lo que entorpecía las manos del sueco no era otra cosa que la ropa que cubría a la hembra, y de un tirón desgarró sin problemas la camisa que cayó al suelo en silencio. No satisfecho del todo, pasó las manos alrededor de su cintura y desabrochó el pantalón.

—Así está mucho mejor.

Varulf no la obligó a mantenerse así, como había hecho ella. No usó la fuerza para que no pudiera escapar. Nada le impedía escabullirse de aquella postura denigrante para una militar pero, a la vez, terriblemente excitante. Sin que las manos del sueco abandonaran la piel femenina ni un momento, éstas volaron hasta sus pechos y se cerraron en torno al sostén, tiró suavemente hacia abajo y liberó los senos.

Podía sentir la dura erección apretada contra sus nalgas. Las caprichosas manos masculinas encerraron los globos gemelos antes de dedicar unas torturantes caricias a los pezones. Selenia se mordió el labio inferior de puro placer y su trasero se apretó aún más contra el miembro del macho.

—Si sigues por ese camino, amiga, voy a tener que esposarte —le susurró Varulf en la oreja antes de lamerla.

Acto seguido se encargó de bajarle los pantalones, arrastrándolos con el avance de sus manos sobre la piel de las piernas. Una lenta y atormentadora caricia que pensó no terminaría nunca. Necesitaba esas manos en otros lugares de su cuerpo con urgencia, sin embargo la ayudó a liberarse por completo de la prenda.

Después rompió el contacto y, por esos largos minutos, el deseo rugió insatisfecho y caprichoso suplicando atención.

Los dedos del sueco aparecieron en su ángulo de visión, colocándose sobre sus manos, sólo rozándola, como la caricia de un aleteo que, en ascenso, le recorrió los brazos, se paseó por la nuca y descendió toda la columna hasta llegar a los glúteos. Allí, dibujaron un extraño diseño y continuaron su vagar sinuoso por caderas y vientre. Jugaron juntos por un segundo alrededor del ombligo antes de separarse ya hacia lugares distantes y dispares; unos, hacia sus pechos y otros, hasta colarse bajo el tanga y enredarse en el vello del pubis. Para entonces Selenia había olvidado cualquier pensamiento real, su mente era un caos donde únicamente el deseo y el placer campaban a sus anchas y su cuerpo, más receptivo de lo que jamás había estado, era capaz de captar cualquier movimiento del macho, su aliento quemaba, su respiración la seducía, sus caricias, enloquecedoras, conseguían propagarse por su piel como ondas expansivas.

Las manos del licántropo crearon indecentes y novedosas formas de arrancarle jadeos, colándose entre los pliegues de su sexo y buscando la fuente del placer femenino. A aquel juego se unió entonces el ardor pulsante del duro sexo de Varulf, descansando malvadamente sobre el cóccix de la hembra.

—Creo que ahora puedo decir con total seguridad que no estás armada, ¿verdad cachorrita?

El enronquecido tono de voz del sueco le indicó el estricto control al que se estaba sometiendo y, a la vez, consiguió espabilarla un poco de la deliciosa ensoñación en la que la había sumergido. Aprovechó la lucidez para sorprenderlo y, asentando las manos en las caderas de Varulf, caminó en rápido ascenso por la pared del altar hasta saltar con una graciosa pirueta por encima y caer justo tras él.

—Mi turno —señaló tomándolo por las muñecas para colocarle las manos de nuevo sobre la superficie del altar.

Él mismo se había encargado de desvestirse y lo rodeó con los brazos, sintiendo las roncas carcajadas de Varulf en el perfecto y fuerte tórax.

—Es suficiente una comprobación visual para apreciar que no llevo armas.

—Eso depende de lo que puedas hacer con esto —dijo rodeando el inhiesto sexo del licántropo con los dedos.

—Déjame que te lo demuestre —sugirió volviéndose para encararla.

El momento de las tiernas y dulces caricias para agasajar a la hembra había pasado, se imponía la necesidad más cruda y ambos así lo exigieron. Varulf devoró la boca de Selenia con apremiante urgencia mientras, sin miramiento alguno, arrancaba de su cuerpo el tanga y el sostén que aún lo cubría y la tomaba por el trasero para alzarla. Ella, excitada ante el arrebato del macho, respondió con igual premura, rodeándole las caderas con las piernas. Así, colgada de su cuerpo, sintió cada centímetro del incandescente sexo de Varulf colarse en sus entrañas, invadiéndola, conquistando el tierno, húmedo y caliente interior.

El sueco se encaramó en el altar, quedando sentado sobre la sagrada mesa de eucaristía con un pie colgando a cada lado y con la Pura colgada del cuello, empalada sobre su miembro. Las manos de Selenia abandonaron entonces la nuca del macho para colocarlas sobre la superficie y obtener así una mayor libertad de movimiento. Varulf le permitía que ella llevara el mando y no iba a dejar pasar la oportunidad. Se movió sobre él con un rítmico y erótico baile pagano, ensartándose y retrocediendo cada vez, mientras a sus oídos llegaban los jadeos incontrolables del sueco. Sus pechos botaban salvajes con los pezones apuntando al cielo.

Justo cuando ella misma comenzaba a sentir los espasmos del orgasmo, Varulf, con los ojos entrecerrados y nublados por el placer, acarició con premeditación el clítoris expuesto ante él. El torrente de placer la desbordó por completo recorriéndola como un huracán descontrolado, arrancándole gritos de entre los labios, mientras él se dejaba ir, rugiendo y experimentando el mismo goce que su amante.

Υ

Podía verlo, casi podía olerlo, pero ¿dónde demonios estaba ese maldito lugar? Varulf dejó caer el martillo con fuerza sobre el corcho que cubría el suelo y sintió cómo la loseta se partía debajo.

—«¡Abre los ojos! No te dejes vencer. Necesito volver a buscar alguna pista, algo que me indique el lugar donde te encuentras» —ordenó pero la visión llegaba nebulosa y entrecortada—. «De acuerdo, está bien. De todos modos ya estoy más cerca. Resiste».

Respiró profundamente y dejó que la conexión mental se rompiera. No podía abusar de él de esa forma, estaba muy débil y someterlo a aquello aún lo debilitaba más. Pero era fuerte, Heimdall siempre lo había sido, tanto física como mentalmente. Conseguiría vivir hasta que pudiera llegar a él, donde quiera que lo tuvieran preso.

«¡Maldito Fenrir!», exclamó mientras otra descarga del martillo producía una nueva rotura en el enlosado. Le haría pagar muy cara su infamia.

Desde que consiguiera desarrollar aquella disciplina mantenía cierto contacto, aunque no muy asiduo, con él. Recordó el momento en que lo intentó la primera vez, desde luego Heimdall se había llevado un susto descomunal pensando que era Fenrir quien de nuevo se colaba en su mente para torturarlo, pero al reconocer su voz pudo sentir cómo la alegría y un tremendo descanso se adueñaban de su alma. «Conseguiré dar contigo.»

Ahora sabía dónde dar el primer golpe. El problema más grave era cómo burlar los sistemas de seguridad para introducirse en el perímetro y acceder al lugar exacto donde buscar la información que necesitaba. Al principio pensó que Ingrid podía llevarlo directamente hasta Fenrir pero ese desgraciado era inteligente y jamás ubicaría su lugar de reposo en el mismo sitio donde llevaba a cabo sus proyectos.

Trató de urdir un plan que llevar a cabo.

La primera puerta no sería problema, sabía la clave que debía marcar en el panel numérico; la runa Algiz. ¡Maldito cabrón! Casi podía adivinar una cruel y perversa sonrisa dibujada en la oscuridad que siempre presentaba como faz. Y después... Después tendría que ir buscando soluciones a los problemas que fueran surgiendo.

No le gustaba nada la improvisación, solía ser motivo de errores que podían terminar en una muerte prematura. Sin embargo, por más que lo deseara, no encontró otra manera de actuar. La falta de información era grande, pero estaba tan cerca...

Apretó la mano de nuevo alrededor del mango del martillo, pero esta vez se contuvo y lo dejó despacio sobre la mesa metálica, junto al resto de herramientas. Cogió el destornillador y volvió a agacharse para apretar algunos tornillos y terminar el trabajo. De nuevo en pie, apoyó las manos sobre la superficie pulida y dejó que el peso de su cuerpo descansara sobre los brazos, incluso se permitió dejar ir la cabeza hacia delante y respiró profundamente.

Siempre podía llevar a Selenia consigo, la hembra sería de gran ayuda en caso de que fuera necesario combatir. Pero, no podía permitirse que nada malo le ocurriera. Todos sus planes se vendrían abajo y demasiadas e importantes cosas dependían de que tuviera éxito en sus pesquisas. Las probabilidades de que pudieran herirla no eran demasiado altas. Era evidente que sabía cuidar de sí misma, sin embargo no se sentía tan generoso como para poner en juego esa posibilidad, aunque fuera mínima. No. Lo que tenía que hacer, lo haría solo.

Resuelto, se limpió con un trapo la mayor parte de la grasa de las manos, aunque el resultado no fue del todo apreciable y cogió el teléfono.

—Soy yo —dijo.

—Nadie más llama a esta línea —respondió Anpu al otro lado—. ¿Qué pasa?

—Necesito que tengas a Amarok localizable y dispuesto a salir hacia el lugar que le indique.

—Dalo por hecho. Aunque siempre puedo ir yo mismo.

—¡No! No quiero que pierdas de vista a Koram ni un segundo. Y desde luego no quiero aquí al pimpollo. Aún está verde y contestar a sus preguntas sería todo un reto para mi paciencia.

—Está bien. ¿Ya lo has localizado?

—Aún no. Pero tengo un lugar donde buscar la información necesaria. Iré esta noche. Necesitaré que estés alerta y con el troyano que ha diseñado Koram preparado.

—Está bien, pero creo que deberías hablar con ella y tratar de obtener la información por mediación suya.

—No. He conseguido que confíe en mí, pero no puedo pedirle tal cosa hasta que ella misma se haga las preguntas pertinentes. De lo contrario, podría obtener un resultado negativo.

—Supongo que tratar con las hembras fuera de una cama no es algo que lleves demasiado bien.

—En realidad, siempre hay momentos en los que disfrutar de un buen interludio —dijo entre risas.

—Estás disfrutando con esto, ¿eh?

—He de reconocer que no me disgusta —bromeó.

—Contactaré con Amarok tal como pides. Es posible que desee asegurar la protección de Galilahi y el muchacho humano durante su ausencia, así que agradecerá que se le informe con tiempo.

—Me parece justo.

Varulf cortó la comunicación y dejó el teléfono sobre la mesa cuidando de no volver la cabeza. Recogió el trapo y, sin mirar hacia el hueco de la puerta, dedicó el tiempo a frotar la parte exterior del motor para devolverle el brillo. Olía desde allí mismo el perfume que desprendía la Pura, exactamente igual que la otra vez en que lo espió. Podía apostar un ojo a que había oído toda la conversación.

¡Bien! Eso conseguiría que se hiciera preguntas y, con un poco de suerte, quizá animaría a su subconsciente a despertar de nuevo.

Selenia no sabía si estaba más enfadada por que el sueco estuviera tramando algo con lo que estaba altamente relacionada pero desconocía o, por que planeara el asalto del edificio sin contar con ella.

Hasta ese momento, había tenido claro que Varulf desconfiaba de su persona en muchos aspectos y, en realidad, no podía reprochárselo pues el sentimiento era recíproco. Sin embargo, por la conversación se podía deducir con facilidad que Varulf quería algún tipo de información que ella poseía y que se veía imposibilitado de preguntarle.

Teniendo en cuenta que él creía que su presencia era para

ayudarlo, era lógico que esperara de ella precisamente eso; ayuda. Pero ¿información? Para empezar, ¿de qué clase? La habían enviado para obtenerla y comunicarla, no le proporcionaron ninguna clase de dato que el sueco pudiera utilizar. ¡Joder, si hasta le habían borrado la memoria! Al menos ahora eso lo sabía. No obstante seguía queriendo que el sueco le confiara los planes a seguir, ahora ella también se sentía parte de ellos y creía justo conocer los pasos a seguir.

El pitido del iPhone la sacó de sus cavilaciones y fue rauda en su busca. Un nuevo mensaje, su corazón comenzó a latir rápidamente. ¿De quién sería esta vez?

> De: Ragnarok
> 22.00 horas. Sigtuna, tras el ayuntamiento.
> Objetivo: Encuentro con enlace y entregar información.

«Bien», se dijo mientras volvía a guardar el teléfono y sentía cómo la frialdad del cálculo se apoderaba de sus pensamientos. Varulf programaba largarse esa misma noche. ¡Perfecto! Si él tenía cosas que hacer, ella también. Veríamos quién de los dos conseguía su objetivo primero.

Capítulo 14

El día pasó sin más incidentes. Varulf consumió casi todas las horas metido en la sacristía trabajando en las motocicletas a las que, según aseguró, les hacía falta una buena revisión. Sabía perfectamente qué es lo que en realidad estaba haciendo, tejer su plan de acción para aquella noche, pero Selenia tampoco puso objeciones a que se recluyera allí ya que, de ese modo, no tendría que pasar por la inseguridad que le provocaba sentirse vigilada por el sueco.

Después de recibido el mensaje de Ragnarok aquella mañana, Varulf había asomado la cabeza y Selenia pudo advertir una sonrisa extraña en sus labios, como si el maldito vikingo supiera algo de la noticia que acaba de recibir y se complaciera con ello. Salió de su guarida en varias ocasiones más y ella se limitó a saludarlo con un cabeceo cortés, pero sin dejar de atender a *Trece*. El perro se comportaba de forma muy extraña desde la noche anterior, caminando con el rabo entre las piernas y temblando más de lo habitual.

A media tarde decidió que sería bueno para el chihuahua salir a dar un paseo. Aunque la iglesia era lo suficientemente grande para que correteara a sus anchas, quizá un poco de aire fresco les sentaría bien a ambos. Así que, informó a Varulf de su marcha.

Tal como supuso, cuando el aire libre azotó su rostro se sintió anímicamente liberada y con la mente más dispuesta para pensar con lucidez. Odiaba el frío pero debía reconocer que también despejaba las ideas. Mientras lanzaba un pedazo de madera que encontró por el camino para que *Trece* lo buscara, empleó el tiempo más que en pensar en qué diría al enlace, en hacer conjeturas sobre qué sería lo que Varulf no podía preguntarle antes de que ella misma se percatara de ello.

Varulf creía en ella como una militar entrenada que le había sido asignada por algún contacto que tenía en el Consejo para ayudarlo en su cruzada contra éstos. Lo más oportuno hubiera sido que le hiciera preguntas sobre sistemas de seguridad o formas de defensa. Ella misma le había hablado de la Jauría, el grupo de asalto especial. Era lógico que entonces el sueco se hubiera interesado en cómo repelerlos en caso de que se viera envuelto en un enfrentamiento contra ellos. Sin embargo, no lo hizo y justo en ese momento comenzó a preguntarse el porqué.

Se había cegado en tratar de extraerle información, tal como en principio era su cometido. Y, esa ceguera, le había impedido cuestionarse otra serie de cosas que ahora comenzaban a rondar por su cerebro.

¿En qué situación la dejaba todo eso?

Trató de extraer alguna conclusión sin conseguirlo. Se devanó los sesos, intentó encajar todas las piezas de aquel maldito rompecabezas sin conseguirlo. A decir verdad, a aquellas alturas no tenía ni puñetera idea de en qué situación se encontraba.

Aunque dos cosas estaban claras.

La primera y más importante; el Consejo estaba en su punto de mira desde el mismo momento en que se supo usada de aquella forma tan vil. Eso la convertía, irremediablemente, en aliada de Varulf. Un solo licántropo, por muy poderoso o Dominante que fuera, jamás sería capaz de conseguir su propósito, él mismo lo sabía, por eso necesitaba y usaba sus contactos, así que, ¿por qué no beneficiarse ella también de esa estrategia?

Y la segunda, Varulf y ella tenían una conversación pendiente.

Así las cosas, llamó a *Trece* y entraron de nuevo en la Iglesia cuando el sol ya estaba muy bajo. Llegaba al taller mecánico para tener esa charla con el sueco cuando éste, vestido completamente de negro y con el casco colgando de su brazo, salía de allí arrastrando su Suzuki Hayabusa. Se había recogido el cabello con una goma, señal de que tenía pensado «estrujar bien la oreja», como solía decirse en el argot motero.

—¿Ya te marchas? —preguntó sorprendida y a la vez un poco decepcionada al notar que tendría que posponer la conversación.

—No, sólo saco la moto para que haga sus necesidades fuera.

Selenia no supo si reír ante la ocurrencia o soltarle una colleja, y optó por obviarlo. Se agachó para coger a *Trece*, apartándose a un lado para dejarlo pasar.

—Que te diviertas —le dijo en el momento que salía por los portones pero su tono era poco sincero.

—Lo haré —contestó con un brillo helado en los ojos. Ya se alejaba cuando pareció reparar en algo y calzando el caballete volvió sobre sus pasos para añadir antes de cerrar—: Ten cuidado, Lena, muerta no me sirves de nada.

—Maldito hijo de… —masculló entre dientes.

«¿Cómo?», se preguntó mientras oía el motor de la motocicleta de Varulf alejarse. ¿Cómo demonios era posible que supiera…? ¡No! ¡Imposible! No se habría atrevido a fisgonear en su teléfono móvil.

Con ese último pensamiento dejó a *Trece* en el suelo y voló hasta la mochila que había dejado sobre uno de los bancos de madera. Todo estaba como debía, nada fuera de lugar. Aun así, olisqueó el interior y la funda de neopreno del aparato, buscando la impronta del olor del sueco. Nada. Pero si tampoco lo había sentido en la mente, ¿a qué venía eso?

«¡Cálmate!», se exigió. Quizá sólo se refería a que no saliera de la iglesia por si había problemas. No podía saber lo de su cita. Pensar que pudiera colarse en su cerebro sin que lo notara era una idea disparatada que la ponía muy nerviosa.

Dispuesta a no perder el tiempo pues deseaba estar de vuelta antes que él, Selenia llenó el cuenco de agua de *Trece* y lo dejó a buen recaudo en el interior del aseo. Se despidió del perro con un cariñoso gesto y agarró su mochila y cazadora para dirigirse a la sacristía en busca de la Ducatti.

La moto resplandecía y eso apartó momentáneamente el enfado con Varulf de su estado de ánimo. Le había pasado un paño y el rojo brillaba intensamente. Extrajo la llave de uno de los bolsillos y se puso el casco. Montó. Introdujo la llave mientras la giraba inmediatamente después, esperando sentir el rugido del motor. Pero éste no se produjo.

Un terrible presentimiento cruzó por su cabeza en una décima de segundo, calentándole la sangre en el proceso. Respiró profundamente, buscando calma y aspiró aire una segunda vez antes de darse la vuelta mientras exhalaba lentamente. Nada. *Out*. Fuera de servicio. *Caput*.

—¡No! —exclamó furiosa descargando el puño sobre el depósito—. ¡No! ¡No puede ser! ¡No se habrá atrevido!

Varulf conducía a toda velocidad mientras sonreía imaginando a Selenia maldiciéndole. Le tentaba muchísimo meterse en su cabeza y sentirlo de primera mano, pero eso sólo la enfadaría más y a él lo retrasaría.

Estaba seguro de que pronto descubriría qué era lo que fallaba en la Ducatti y pondría solución. Tenía claro cuando le jugó esa mala pasada que la Pura resolvería el problema. Comenzaba a conocerla y no era de las que tiraba la toalla con facilidad, aunque tenía que aprender a templar sus nervios. Poseía recursos suficientes y apostaba cualquier cosa a que aunque no consiguiera dar con la avería del arranque de la moto, algo que estaba seguro no ocurriría, escogería otro camino para salirse con la suya, como por ejemplo tomar prestada su Custom. De hecho, ya la había dejado preparada.

Oyó el momento exacto en que Selenia recibía el mensaje en su iPhone y justo entonces fue cuando realizó la conexión con su cerebro, aprovechando la guardia baja de la Pura. Los nervios que se apoderaban de ella cada vez que se encontraba en esa situación se convirtieron en un aliado impagable. De ese modo es como conoció la noticia de su cita en Sigtuna.

Él mismo, en su caso, también hubiera hecho lo imposible por asistir, así que no la culpaba en absoluto, necesitaba respuestas y aunque estaba seguro de que no las encontraría, acudir le serviría para ver en persona hasta qué punto estaban dispuestos a llegar para mantener todo cuando sucedía en secreto. Dejar a una Pura como Selenia disponer de la información que creían que tenía, no podía entrar en los planes de Fenrir de ninguna forma. De hecho, darse cuenta de esto la llevaría a tener la total seguridad de que aunque hubiera cumplido con las órdenes recibidas, su suerte habría sido la muerte de igual forma.

Se jugaba mucho sabiendo que esa noche Selenia se pondría en peligro pero confiaba plenamente en su fuerza y su capacidad para cuidar de sí misma. Y desde luego, le servía como excusa perfecta para evitar que lo acompañara. No era lo mismo enfrentarse a uno o dos licántropos que a un edificio entero lleno de ellos. Se encogió de hombros mentalmente, quizá en otro momento.

Cuando ya la exasperación la motivaba a olvidar la Ducatti y apropiarse temporalmente de la Custom de Varulf, Selenia encontró el escurridizo fusible en uno de los compartimentos de la caja de herramientas.

Saber cuál era el problema que impedía arrancar a la moto no fue difícil. Ningún tipo de corriente animaba sus entrañas, así que era evidente que el problema residía precisamente ahí.

Otra historia era desmontar el lugar donde debía insertarlo. Tuvo que emplear varios minutos hasta lograr desatornillar el sillín y acceder al terminal indicado y unos pocos más en volver a colocarlo todo en su lugar, mientras maldecía una y otra vez el nombre del licántropo.

Montó de nuevo sobre la moto y ejecutó los mismos movimientos que había realizado treinta minutos antes. Esta vez, para su tranquilidad mental, el motor arrancó sin problemas. Antes de darle gas y ya con la marcha metida, una idea traviesa asaltó su mente, sus ojos se volvieron por un momento para posarlos sobre la brillante y preciosa Customs de Varulf, su niña mimada. Echó un vistazo al reloj, no tenía tiempo. ¡Lástima! Le hubiera encantado devolverle el favor. Pero… ya tendría otra ocasión.

De momento, hasta donde le alcanzaba la vista, todo estaba convenientemente tranquilo. Ni un alma, de humano o licántropo, perturbaba la serenidad y el silencio de la noche.

Con la seguridad de la que siempre hacía gala, Varulf aulló con ganas alzando el rostro al cielo y se acercó hasta la entrada por la que accediera Ingrid la noche anterior. Alzó el dedo índice. «Algiz, el que lanza claros rayos. Dios de la luz», pensó mientras marcaba. Realmente Fenrir necesitaba una buena lección de humildad. Quizá eso le enseñaría a no usurpar identidades.

Justo cuando se oyó el chasquido metálico de apertura, el lobo al que había llamado se presentó, colocándose paciente junto a él.

—Buen chico —le dijo—. Adelante.

El lobo entró en el recinto husmeando primero junto a la verja y olvidándola al instante siguiente para adentrarse en el terreno colindante al edificio. Varulf aguardó tranquilamente junto a la puerta, sujetándola para que no volviera a cerrarse. Pasados poco minutos del merodeo del lobo observó cómo el vigilante aparecía cargando un arma con dardos tranquilizantes. Tal como imaginó, había alguien tras las pantallas que recogían las imágenes de las cámaras. Sólo entonces entró a toda velocidad y antes de que el tipo pudiera siquiera apretar el gatillo, lo sujetó desde atrás con fuerza, obligándolo a soltar el arma.

—De eso nada, hermano —dijo mientras forcejeaba con él para arrastrarlo hasta el interior del edificio.

El lobo los siguió en silencio.

La sala en la que el tipo ejercía sus funciones estaba únicamente iluminada por una lámpara de mesa sobre el mostrador donde una decena de pantallas mostraban el exterior, un ordenador y un panel con botones y luces. Lo obligó a pegarse a la pared contigua bajo la intensa y amenazadora mirada del lobo.

—Dime cómo se desactivan las alarmas —exigió sin dejar de mirar el panel.

El licántropo no dijo ni una palabra.

—Está bien. Te doy tres opciones, atento: la primera es que me lo dices de buen grado y no pasa nada. La segunda es que me lo dices mientras dejo que el lobo mastique tus huevos y, la tercera, es que me lo dices mientras mi garra atraviesa tu pecho y —se encogió de hombros—, dejo que el lobo mastique tus huevos. ¿Qué eliges? —Como para imprimir más veracidad a sus palabras el animal emitió un profundo gruñido.

—Está bien, está bien —dijo alzando los brazos y moviéndose lentamente para no alentar a ninguno de los dos a cumplir sus amenazas.

Varulf permitió que el vigilante se acercara lo suficiente para introducir un código en el teclado del ordenador y apretar varios botones del panel.

—Ya está.

—Perfecto. Y ahora dame un plano del edificio.

—No hay ningún plano.

—Entonces más vale que te relajes para lo que te espera. Si no quieres morir te sugiero que pienses rápidamente en la información que necesito —le advirtió mientras se introducía en se mente.

El tipo se retorció de dolor mientras Varulf se adentraba cada vez más en su cerebro, buscando los datos necesarios sobre las instalaciones. Sonrió al comprobar que aceptó su recomendación al dar fácilmente con lo que buscaba. Sólo cuando tuvo la seguridad de poder localizar la sala por donde pasaba toda la información del lugar, se retiró.

Con una sonrisa de medio lado, palmeó la espalda del vigilante mientras éste, aún con la cabeza entre las manos y los párpados apretados, boqueaba insistentemente.

—No ha estado mal —le dijo acercándose a su oído, antes de descargar un fuerte puñetazo que lo hizo desplomarse.

El lobo amenazó con lanzarse sobre él.

—Espera, amigo. No está muerto —le guiñó un ojo—. Pero hazme un favor, vigílalo por mí —le pidió rascándole el pelaje detrás de las orejas—. Si se mueve, es todo tuyo. Y ahora..., siguiente paso.

Nada más dejar a un lado la famosa piedra rúnica bajo el centenario roble que se alzaba como dando la bienvenida al visitante, se sucedieron las bajas edificaciones realizadas en madera, que formaban la bucólica y antigua ciudad de Sigtuna. Aunque pequeña, ésta soportaba una afluencia de turismo venido de todos los puntos del planeta para contemplar las ruinas de las antiquísimas iglesias y conocer el lugar donde se acuñó moneda en toda Suecia por primera vez. Por todo ello, muchos de los inmuebles, que a aquella hora permanecían cerrados, eran comercios, cafés, restaurantes y hoteles que ofrecían a la concurrencia descanso y los más elaborados y ricos manjares dignos de la antigua corte real que, antes de que la misma Estocolmo fuera fundada, eligió Sigtuna como lugar de residencia.

Selenia condujo a través de sus coloridas calles hasta vislumbrar el lugar donde se alzaba el ayuntamiento, famoso no por su arquitectura, como solía pasar con otras construcciones suecas, si no por su reducido tamaño.

Dejó su motocicleta junto a una de las farolas que proporcionaban algo de luz al terroso camino. Echó un vistazo al reloj que coronaba la entrada bajo el puntiagudo campanario y caminó rodeando el anaranjado edificio de ventanas verdes hasta la parte trasera. Llegaba diez minutos tarde a la cita y una nueva maldición emergió de entre sus labios.

Nada más parar junto a uno de los árboles sintió la molesta sensación de ser observada. Después de todo parecía que el enlace no se había marchado. Trató de averiguar dónde se ocultaba, examinando los alrededores desde allí, mientras ordenaba mentalmente las preguntas que conseguirían arrancarle las respuestas que buscaba. No podía ser demasiado brusca o el enlace desconfiaría.

Pocos segundos después apareció un licántropo alto y huesudo, ataviado con las ropas negras propias de los militares. Caminó lentamente hacia ella.

—Objetivo localizado —murmuró contra un *walkie talkie*.
—Proceda —dijo una voz desde el interior del aparato.

Nada más recibir la orden, el licántropo extrajo el arma reglamentaria de la funda sujeta a su muslo y comenzó a dispararle desde los diez metros de distancia que los separaban.

Sólo una vez se encontró abriendo una puerta equivocada, pronto dio con el sitio indicado y, con una sonrisa de satisfacción, entró en la sala sentándose frente a una enorme pantalla de plasma. Pero ¿dónde demonios estaba el maldito teclado?

Varulf hizo retroceder la silla dotada de ruedas, para poder asomarse bajo la mesa blanca tratando de encontrarlo.

Sin conseguirlo, volvió a erguirse e inspeccionó minuciosamente todo cuanto lo rodeaba. Las paredes de la estancia estaban cubiertas literalmente por enormes armarios RAC, donde minúsculos diodos verdes parpadeaban constantemente entre un apretado entramado de cables interconectados, algunos de los cuales se perdían bajo el suelo técnico.

Imperaba la necesidad de llamar a Anpu. Éste respondió directo al grano tal como esperaba.

—¿Ya has conectado la *blackberry* a la red?

—Dame un respiro, egipcio. No imaginas lo que hay aquí metido. Para empezar no sé dónde buscar ese puerto. Esto está lleno de chismes.

—Espera, avisaré a Koram, él podrá guiarte mejor que yo.

—Si no hay más remedio… —Varulf esperó.

—¿Quién es? —preguntó la voz del joven licántropo al otro lado.

—Tu peor pesadilla, pimpollo.

—¡Joder, Anpu, ya podías haberme dicho que era él! —se quejó al egipcio.

—¿Para negarte a atenderme? —sugirió Varulf.

—¿Lo dudas?

—La esperanza es lo último que se pierde.

—Apuesto a que ese virus que Anpu me pidió era para ti —resolvió malhumorado.

—Premio para el caballero.

—¿Y qué demonios quieres ahora?

—Que ayudes a un pobre licántropo en apuros informáticos.

—No sé qué me hace más gracia si lo del apuro o lo de pobre.

—Venga, pimpollo, no te hagas más de rogar.

—¿Yo, rogar? No me hagas reír —Koram hizo una pausa—. Te ayudaré porque me lo ha pedido Anpu.

—Está bien, pimpollo. Eso me vale.

—¡Y deja de llamarme así o colgaré inmediatamente!

—De acuerdo, de acuerdo. ¿Alguna petición idiota más?

—Vete a la mierda, Varulf.

—No te puedo complacer en eso. Pero ¿qué te parece si empezamos ya? Lo de «la noche es joven» sólo se aplica cuando se está disfrutando de algo y ahora mismo no es el caso, créeme.

—Dime lo que ves.

—Pues para empezar tengo delante de mí una pantalla gigante pero ni rastro del teclado.

—De acuerdo, mira en el marco, hay alguna pequeña cámara, un proyector, ¿algo?

—Tiene una cosa roja en el marco inferior, del tamaño de un ojo y, ¡sí! Un pequeño cristal sobre él que protege lo que parece un objetivo o algo así.

—Pasa la mano cerca de esa luz. Es una cédula fotoeléctrica.

Varulf hizo lo que Koram le pidió y como por arte magia la pantalla se iluminó e inmediatamente proyectó varios haces de luces que formaron el diseño de un teclado sobre la superficie de la mesa.

—¡Increíble! —exclamó.

—Bienvenido al siglo XXI —murmuró Koram con deje cansino.

—Está bien, qué hago ahora.

—Debes conectar la *blackberry* a un puerto USB. Localiza el servidor.

Varulf miró de nuevo a su alrededor paseando la vista por todos los armarios llenos de aparatos.

—¿Qué pinta tiene?

—¡Joder! ¿Se supone que voy a tener que describirte todos y cada uno de los modelos que existen en el mercado?

—Está bien, pimp... —El sueco se mordió la lengua a regañadientes antes de terminar, prometiéndose tener una charla con Koram en el futuro. Una charla que prometía ser muy interesante—. Seguiré los cables que conectan la pantalla.

Varulf se levantó y localizó inmediatamente un par de cables. Ambos se perdían bajo el suelo técnico introduciéndose por un agujero practicado en una de las losas de madera prensada. Claro, ¿cómo iba a ser tan fácil?

Metió un dedo y, haciendo palanca, levantó la primera losa. Siguió el cable hasta la siguiente. Realizando el mismo ejercicio, levantó la segunda. Uno de los cables terminaba enchufado en la red eléctrica. Bien, sólo era necesario averiguar dónde terminaba el otro. Dos losas más adelante, el cable volvía a emerger del inframundo eléctrico para terminar conectado a un enorme aparato negro y gris.

—Creo que ya lo tengo.

—Busca un puerto y enchufa el maldito teléfono. Yo haré el resto desde aquí.

—Bien.

Varulf siguió las instrucciones de Koram y esperó pacientemente durante varios minutos hasta que volvió a dar señales de vida.

—Ya está. Vía libre. Mira la pantalla, desde ahí puedes acceder a la red y los archivos, funciona como cualquier ordenador. Ahora deberías tener acceso ilimitado a la información que contenga el servidor.

—Magnífico.

—No es necesario que me des las gracias.

—No pensaba hacerlo, pimpollo. Dile a Anpu que ya volveré a contactar con él —respondió antes de colgar.

Colocando los dedos sobre aquel teclado de fantasía, Varulf rezó lo que recordaba para que los pocos conocimientos de informática que tenía le sirvieran de algo. Anotó mentalmente buscar tiempo para ponerse al día en la materia.

Afortunadamente el sistema que usaba la red era muy intuitivo y enseguida se encontró revisando los archivos que contenía. Ninguno de ellos llevaba el nombre de Heimdall, pero sí encontró uno con el nombre de Koram. Esperaba que el maldito pimpollo no pudiera tener acceso desde la *blackberry* y viera lo mismo que él. No le haría ningún bien.

Capítulo 15

La transformación física para cualquier licántropo siempre era dolorosa, pero si además se añadía el hecho de tener que hacerla en pleno avance se tornaba insoportable. Selenia gritó con una mezcla de terrible dolor y cólera que se transformó en rugido a la vez que las cuerdas vocales se le adaptaban a su nueva naturaleza. Sintió como cada una de sus articulaciones ardían al tener que soportar el doble esfuerzo de mantenerse en continuo y veloz movimiento, al tiempo que mutaban.

Una vez superado el horrible trance, se sintió libre de saltar hasta la copa del árbol más cercano para tener un segundo de respiro y echar un vistazo a la herida que había recibido en un costado. No era grave, sólo un feo rasguño en las costillas. El enlace aprovechó el momento para cambiar el cargador y continuar con la ráfaga de disparos.

¿Habrían descubierto su pequeña treta para tratar de recordar? Eso le hizo pensar en Narve, el médico que le había practicado el borrado de memoria y a quién había pedido ayuda para que le enviara los mensajes escritos por ella misma al iPhone que le proporcionaron. Esperaba de todo corazón que estuviera bien, si le ocurriera algo no se perdonaría haberlo implicado de aquella forma.

Observó al licántropo desde allí. El tipo aún no se había transformado, estaba claro que se sentía superior al disponer del arma. Los disparos comunes jamás podían terminar con un licántropo pero sí debilitar su fuerza y usar esa ventaja para acercarse y terminar el trabajo, un método muy utilizado entre los militares de su raza. Lamentablemente a ella no le habían suministrado ninguna cuando la abandonaron en aquella maldita furgoneta.

Pero él tampoco contaba con la furia que en ese instante ardía en las venas de la Pura. Arrancó de cuajo una rama y sin pensarlo dos veces la lanzó certeramente a la cabeza del enlace, consiguiendo que trastabillara, momento que aprovechó para saltar sobre él y arrancarle el arma de entre las manos de una potente patada. Proyectó entonces su garra hacia el pecho del soldado, pero éste supo reaccionar a tiempo y rodó sobre sí mismo haciéndola caer.

El crujido de huesos le advirtió que el licántropo abandonaba su forma humana. Con un rápido vistazo por el rabillo del ojo, comprobó que se preparaba para saltar sobre ella.

Recuperándose de la caída con rapidez, avanzó un par de pasos hasta la pared del ayuntamiento y corrió en vertical hacia arriba, saltando sobre el maldito asesino, volteando en el aire. Pero el macho dedujo la jugada antes de terminarla y, nada más tocar el suelo con las patas, recibió una poderosa patada trasera en mitad del pecho que la hizo volar de nuevo al menos tres metros.

El borrón oscuro que contemplaba el vigilante frente a sí cambió lentamente, adoptando la forma de un lobo que lo miraba con atención y le mostraba abiertamente su aversión, enseñándole sus proverbiales fauces acompañadas de un gruñido gutural. Recordando de inmediato lo que había ocurrido, trató por todos los medios de calmar sus nervios. Los ojos le escocían ante la inminente necesidad de transformarse pero estando aquel lobo a escasos centímetros de su garganta, no era una buena idea alarmarlo.

Respiró profundamente, el híbrido intentó moverse hacia la izquierda sin apartar los ojos ni un momento del maldito animal que no le daba tregua. Si tan sólo pudiera llegar hasta el cajón donde guardaba los dardos tranquilizantes…

Ayudándose de las manos, arrastró el trasero sin despegar la espalda de la pared. El lobo gruñó con un poco más de intensidad pero no hizo ademán de moverse. Ejecutó de nuevo el mismo movimiento hasta rozar con la punta de los dedos el tirador del cajón. Necesitó al menos tres intentos para conseguir abrirlo lo suficiente y colar una mano con rapidez.

Si calculaba bien, podría coger el dardo y apretar el botón de la alarma a un tiempo.

El lobo pareció leer sus pensamientos y se acercó un centímetro más a su cuello mientras la piel del morro se retraía mostrando, un poco más, los afilados colmillos. Comenzaba a darse cuenta de que no sería posible evitarlos.

—Vamos, amigo, tú y yo tenemos mucho en común —murmuró antes de hacer acopio de valor y realizar el movimiento con toda la rapidez de la que era capaz.

Sus dedos apenas rozaron el botón que hacía saltar la sirena de alarma cuando sintió cómo la mandíbula del lobo se hundía en su garganta con saña. El dolor hizo que la mano derecha fallara en la búsqueda del dardo que podía ser su salvación, mientras el animal tiraba con fuerza de la carne, desgarrándola. La sangre brotó abundante de la herida abierta y el lobo se lanzó a un segundo ataque. Al fin sus dedos se cerraron en torno al tranquilizante y con el último soplo de conciencia lo clavó en el animal que no se amedrentó ni soltó a su presa en ningún momento.

Una maldición soez escapó de los labios del sueco al contemplar cómo el sistema informático se bloqueaba por completo en el mismo momento en que la alarma sonó en todo el recinto. Recuperando la *blackberry* de un tirón corrió hacia la puerta de salida como alma que lleva el diablo. Pero dos pasos antes de llegar hasta ella, la puerta se abrió para dar paso a un licántropo que pensó que jamás volvería a ver en su vida, acompañado de cinco más.

—¿Rebel?

Ahora comprendía los intentos de acabar con su vida.

Conoció a Rebel cuando Atrox fue asediado por un par de Infectados con aires de grandeza. En aquel momento servía como mano derecha del antiguo Alfa de Londres, Wild. Un tipo muy inteligente pero que no supo ver a tiempo la rebelión que se cocía en sus filas encabezada por aquel hijo de perra. Ese traidor había hecho tratos con los Infectados en un intento por obtener a cambio poder y tierras. Sin embargo, su plan no salió según lo previsto y huyó como la rata de cloaca que era. No le costó demasiado dar con él cuando Atrox se hizo cargo de la manada inglesa, pero cometieron el error de dejarlo con vida, castigándolo únicamente con el destierro.

—Precisamente anoche me preguntaba cuánto tardarías en intentar una estupidez como ésta —dijo mientras el pequeño contingente que lo acompañaba rodeaba al sueco.

—Sí, he de reconocer que ha sido algo arriesgado, aunque no estúpido; como cuando acepté la petición de Atrox de no matarte. Veo que has sabido buscar una buena alcantarilla donde refugiarte. Un traidor sirviendo a otro de su misma calaña. Curioso..., me pregunto cuánto tardarás en jugársela o en jugártela él a ti.

—Da la casualidad de que perseguimos el mismo fin. Ya sabes que la necesidad hace grandes aliados —respondió con una sonrisa cínica.

—Sí, te has buscado un aliado que no dudará un segundo en arrancarte el corazón una vez que consiga lo que desea.

—No me subestimes, Varulf, no cometas ese error dos veces.

—¡Oh! ¡Por supuesto que no! No me hubiera sido posible mantenerme con vida durante tanto tiempo si subestimara a mis enemigos. Pero permíteme que te asegure que eres tú el único que está subestimando a alguien; a Fenrir. Tu jefe no será agradable contigo cuando lo sepa.

—Bueno, siempre puedo calmarlo entregándole tu cabeza en una bandeja de plata durante el desayuno de mañana. La tuya y la de..., ¿cómo se llama ella? Sí, ya recuerdo; Selenia. —Oír el nombre de la Pura consiguió que el cuerpo del sueco reaccionara tensándose. Rebel echó un vistazo a su reloj con frialdad—. Creo que a estas alturas ya debe de estar muerta.

—Yo que tú empezaría a rezar por tu alma porque como le haya pasado algo a ella, no habrá un sólo agujero en el mundo, por pequeño y oscuro que sea, donde puedas esconderte de mí.

—Eso siempre que puedas salir de aquí, algo que no ocurrirá —dijo manteniendo aquella odiosa sonrisa de superioridad—. Adelante, acabad con él.

Y

El maldito asesino, enviado por los que hasta entonces fueran sus superiores, era diestro en la lucha. Selenia atacaba y repelía sus intentos de arrancar sangre con habilidad, pero el enlace tampoco se quedaba atrás. Debía mantener la guardia siempre alerta, la balanza se inclinaría en el momento que se produjera una distracción por parte de alguno de los dos.

En el suelo, sobre su espalda, Selenia se preparó para esquivar la mole que suponía el cuerpo del licántropo que, en un salto descomunal, se abalanzó sobre ella para aplastarla. Rodó sobre sí misma en el último instante y ese segundo le sirvió para localizar el arma que había arrancado de sus manos y la rama que le había lanzado minutos antes.

«Si el error no se producía, ella lo provocaría», pensó reprimiendo una sonrisa de anticipación.

Asiendo ambas cosas, lanzó el arma hacia arriba, todo lo alto que pudo y se preparó para golpear al licántropo con saña, sujetando la madera con una de sus garras. Como había previsto, el macho ejecutó el movimiento contrario para desarmarla pero no contó con que su otro miembro ya esperaba recibir la pistola que caía gracias a la fuerza de la gravedad. Saltó, concentrando en las patas traseras toda la energía de su cuerpo, se alzó en el aire, recuperó la pistola y disparó al licántropo en la cabeza a quemarropa.

El cuerpo de éste se desplomó a sus pies, mientras con espasmódicos movimientos volvía a su forma humana. Sin esperar a que terminara la retro transformación, le hundió la garra en el pecho y arrancó su corazón con furia mientras escupía sobre su cuerpo.

—Hijo de perra.

Arrastró el cuerpo varios metros, hasta estar segura de ocultarlo en un lugar donde no sería encontrado. Lo abandonó el tiempo justo para correr tras su moto, recoger su mochila, vestirse y hacerse con la botella de líquido corrosivo. La examinó con mirada crítica, casi estaba agotado, usaría menos dosis. Excavó la tierra con rapidez y, después de dejar caer un par de gotas sobre la herida abierta, lo sepultó bajo ella. Una vez limpio el terreno de cualquier resto extraño para los humanos, volvió hasta su motocicleta echando un vistazo al reloj de nuevo.

Debía darse prisa, tenía que volver antes de que lo hiciera Varulf si quería evitar preguntas incómodas. Guardó la ropa destrozada por la transformación en la mochila como hacía siempre y se encaminó, montada en la Ducatti e hirviendo de furia todavía, de vuelta a la iglesia, soñando con una buena ducha.

Varulf vio como Rebel desaparecía a la vez que era rodeado por los cinco licántropos que lo habían acompañado hasta allí. Muy típico de él dejar el trabajo sucio a otros y escurrir el bulto.

Trató de concentrarse en cada uno de ellos, de proyectar adecuadamente los sentidos para anticiparse a los movimientos, como siempre hacía, sin embargo, una pequeña sombra enturbiaba su concentración como un gusano pernicioso. Una preocupación: Selenia. La incertidumbre se extendía por su ser estableciendo una prioridad distinta a la que comúnmente se instalaba frente a una buena pelea. Enfadado consigo mismo al comprender que la hembra lo afectaba más de lo debido, animó a los licántropos a atacarlo con la intención de volcar sobre ellos su frustración.

—Vamos, niñatos, no tengo toda la noche.

El primero en atacarlo fue el que estaba a su espalda tratando de golpearlo con una patada para empujarlo hacia delante y que sus compañeros hicieran el resto. Pero el sueco reaccionó a tiempo y, sujetándole el pie, se lo retorció hasta partírselo y obligarlo a girar sobre sí mismo, cayendo sobre el licántropo que tenía inmediatamente al lado. Los otros tres iniciaron la acometida en ese momento pero sólo uno de ellos logró encajarle un golpe en las costillas. Rugiendo, la bestia se abrió paso al instante, rasgándole las ropas. No les otorgó ni un segundo de ventaja y agarró a uno de ellos arrancándole el corazón en el mismo movimiento. Lo arrojó con fuerza contra el rostro del que había sacado su arma, logrando que trastabillara asqueado, al tiempo que pateaba el pecho de un tercero reventándolo en el acto. La sangre comenzó a cubrir el blanco inmaculado del suelo, convirtiéndolo en una macabra pista de patinaje.

Pensando en obtener algo de ropa de aquellos indeseables para poder volver rechazó un nuevo ataque del que parecía ser el más corpulento, extrajo el arma del último al que había matado y le disparó en la garganta. El tipo llevó las manos hasta la herida inmediatamente, eso lo mantendría ocupado durante un buen rato.

Sólo quedaban dos de los que preocuparse.

Uno ya había dejado su apariencia humana. Adelantándose al plan del licántropo que obviamente avanzaba la garra con fuerza para hacer blanco en el pecho del sueco, Varulf agarró al otro y lo usó cómo escudo. El desdichado abrió los ojos como platos al sentir como la zarpa de su compañero se hundía en él, traspasándolo. Sujetando aún al moribundo, apresó la garra de su asesino, impidiendo que pudiera extraerla del cuerpo del compañero y ejerció un potente tirón que lo arrastró hasta encontrarse con él gracias a la resbaladiza superficie que estaban pisando. Varulf giró alrededor de ellos y sorprendió al último arrancándole las vísceras desde atrás.

Volvió a la forma humana resollando y encaró al que aún quedaba con vida, desangrándose profusamente por la herida de la garganta.

—Me estás manchando la ropa, hermano —señaló agarrándolo para alzarlo.

El licántropo parecía un gran muñeco de trapo, sin fuerzas para presentar batalla. No le costó esfuerzo alguno quitarle la ropa y darle muerte.

La salida fue sin duda más rápida y enérgica que la entrada, aunque también más peligrosa. Nada más dejar la sala, tuvo que hacer frente a dos licántropos más que entorpecían la huída. Calándose la gorra hasta las cejas para ocultar los rasgos faciales cuanto le permitió la visera, carraspeó sonoramente llamando la atención de ambos por encima de la insistente alarma.

—Se ha ido hacia allí —dijo imprimiendo seguridad en sus gestos para tratar de convencerlos—. ¡Vamos, id tras él! ¡Es una orden!

Éstos se miraron antes de iniciar la carrera en la dirección que les indicó Varulf no sin antes reparar en la sangre que le empapaba el chaleco. La vestimenta, tomada prestada al enemigo, cumplía perfectamente con su función y, con una sonrisa pícara que curvó sus labios, siguió su camino hacia el exterior.

Afuera también empezó a notarse una actividad frenética. La alarma fue silenciada pero los focos arrojaban su potente luz sobre el pavimento, ni una hormiga podría moverse sin ser vista. Antes de salir quedando expuesto a un más que probable ataque, asomó levemente la cabeza para inspeccionar los alrededores.

Varios licántropos en formación salían en ese momento de otra puerta contigua a su izquierda. Aprovechando la oportunidad que se le presentaba, se unió a ellos, colocándose el último del grupo. El contingente marchaba con brío y en silencio; oteando, individualmente, cualquier indicio; buscando al intruso. El sueco representó su papel imitando al resto hasta dar una vuelta completa a la edificación. Esperó pacientemente a que pasaran junto al portón de la verja para escabullirse.

—¡Está escapando! ¡Mátenlo! —tronó la voz de Rebel.

Varulf se dio la vuelta para ver al traidor en la puerta del edificio, señalándolo sin dejar lugar a dudas sobre a quién debían matar. Siete pares de ojos brillantes se giraron para clavar las pupilas sobre él. El sueco sonrió y les dedicó un perfecto saludo marcial antes de saltar la puerta metálica y salir corriendo en pos de su Hayabusa.

Oyó el rugido de varios motores arrancar al mismo tiempo que él lo hacía. «Son como lapas», y la imagen de un licántropo con cascarón de crustáceo le hizo reír con ganas.

Las ruedas chirriaron cuando giró la máquina acelerando y frenando la rueda delantera simultáneamente, dejando la marca oscura de los neumáticos en la calzada. Se lanzó a la carrera sin dilación, envuelto en la nube blanquecina con olor a goma quemada. No había recorrido veinte metros cuando seis motos de gran cilindrada y un vehículo se unieron a la persecución.

—«Lena» —llamó, concentrándose en lograr la conexión mental—. «Lena...»

Capítulo 16

Selenia entró resoplando en la iglesia. La herida del costado escocía terriblemente y le echó un vistazo levantándose un poco la camiseta. Sólo era un rasguño, bastante feo eso sí, pero en unas horas no quedaría ni rastro. Había dejado la moto afuera, no se sentía con ganas de llevarla a rastras hasta la parte trasera. Aún notaba en su interior la ira bullendo a fuego lento. ¡Habían intentado matarla! ¡La querían muerta! Aunque bien pensado y teniendo en cuenta lo que recordaba, no entendía por qué se sorprendía. Era de esperar que un atajo de gusanos de aquella calaña efectuara un movimiento tan execrable como citarla para darle muerte.

Abrió la puerta del aseo para dejar salir a *Trece*. Éste, al notar que su dueña apenas si le dedicaba una mirada, rondó a su alrededor solicitando algo de atención.

—«Lena» —un leve susurro se coló en su mente como el aire moviendo una hoja al caer—. «Lena, concéntrate.» —Esta vez reconoció la voz, la voz grave del sueco—. «¡Lena!»

—«Te dije que...»

Varulf sintió una gran tranquilidad al oír su respuesta. Ella estaba bien.

—«¡No discutas, Selenia! No es el momento. Escúchame.»

—«Está bien» —respondió poniendo los ojos en blanco.

—«Llegaré ahí en unos treinta minutos más o menos, pero no llego solo. Traigo conmigo a varios indeseables caniches pegados al culo y...». —Hizo una pausa para soltar una maldición—. «Una mosca cojonera volando a mi alrededor. ¡Maldito cabrón!» —espetó.

—«¿Pero qué demonios estás haciendo? ¿Dónde estás?» —Selenia no entendía nada.

—«Conduciendo a casi doscientos por hora con seis motos, un coche y un helicóptero que se acaba de incorporar a la fiesta persiguiéndome. Necesito que prepares algo para cuando llegue ahí. ¿Puedo contar con ello?»

—«Claro. Dime qué debo hacer.»

—«Lo primero es que cojas lo indispensable, lo que puedas llevar sin problemas. Prepáralo rápidamente, sólo pararé para cambiar de moto, por eso necesito que la Custom esté encendida para cuando llegue y tú a punto para salir en ese mismo instante. ¿Entendido?»

—«Sí»

—«Bien, esa sólo es la primera parte, para la segunda tendré que explicarte los pasos a seguir.»

—«Espera un momento.» —Selenia imaginó que no sería nada fácil y no necesitaba tener a *Trece* entorpeciéndole el paso, así que lo metió en el aseo de nuevo—. «Lista.»

—«Buena chica.»

—«No me fastidies, vikingo» —dijo bufando mientras oía la risa del sueco.

—«Debes ir hasta el conjunto de árboles que bordea el camino que viene del norte hasta la iglesia, ¿te sitúas?»

—«Sí» —respondió con sequedad.

—«Hay cinco árboles a cada lado del camino. Si trazas una línea imaginaria de lado a lado, en el primero que encontraré al llegar y en el tercero, existe un dispositivo que hará estallar un par de bombas. Pero debes activarlos.»

—«¿Quieres decir que hemos pasado varias veces sobre bombas en nuestras salidas y entradas?»

—«Sí, eso es exactamente lo que quiero decir.»

—«¡Estás como una maldita cabra! ¡Tú…!» —estalló.

—«Ya basta, Lena. No hay tiempo para discusiones. No están activadas, son inofensivas hasta que se pone a punto el temporizador. Y ese temporizador no empieza su cuenta atrás hasta que los detectores que están enterrados registran peso. Eso es lo que tienes que hacer; ponerlos en marcha. Primero, el más alejado de la iglesia, luego el otro. Hay suficiente distancia entre ellos para que un segundo de diferencia baste. ¿Entendido?»

—«Sí.» —Selenia pensó que ya tendrían una buena charla al respecto. De momento seguiría sus instrucciones por el bien de ambos.

—«Ten mucho cuidado» —añadió, dejando entrever cierta preocupación—. «No quiero tener que recoger trocitos de ti cuando llegue. Tengo mucha prisa» —añadió esta vez con un tono divertido.

—«Que te den, Varulf.»

—«Bueno al menos cambia algo la cantinela… Cuando llegue quiero que estés esperándome detrás de la iglesia, montada y en marcha ya para partir a toda velocidad. Dudo que pueda deshacerme de toda esta escoria antes.»

—«Allí estaré» —aseguró y el fulgor de una señal verde golpeó su mente por espacio de un segundo.

¿Qué demonios sería?

Pestañeó un par de veces y se retiró el cabello de la cara para deshacerse de la imagen que aún mantenía fija en su cabeza aunque ya no pudiera verla. Tenía mucho que hacer y el tiempo contaba. ¡Vamos!

Corrió al máximo hasta unos metros antes del pequeño conjunto de árboles para reducir el paso después, haciendo memoria sobre la ubicación del detector de peso y sintiendo un escalofrío por todo el cuerpo. Durante el poco tiempo que llevaba con el sueco ya había tenido que enfrentarse a otro explosivo. Recordar cómo tuvieron que saltar por la ventana del apartamento mientras todo estallaba a sus espaldas le trajo a la mente de nuevo la excusa que después le dieron en aquel mensaje a su teléfono móvil. Un señuelo para asegurar su infiltración en la operación. ¡Ja! Cabrones, hijos de… Jamás había rehuido ni temido un combate cuerpo a cuerpo, pero las bombas… Eso era otro cantar, contra eso poco podía hacer.

Sus ojos barrieron el terreno, buscando los dispositivos. Varulf no había mencionado dónde se encontraban. Sólo reparó en la soga atada a una rama en mitad del camino. Si hubiera mantenido la boca cerrada seguramente no habría olvidado decirlo. Como por arte de magia la imagen de un pequeño cajetín con una pantalla digital enterrado junto al tronco de un árbol invadió su mente.

Automáticamente se puso manos a la obra, bendiciendo por primera vez el don del sueco. «Aunque probablemente será la última», se dijo.

Encontró el temporizador donde le había mostrado la fugaz imagen. Bien, si la idea era que explotaran después de su paso, para que fueran efectivos debía poner el primero a unos tres segundos y el siguiente a uno. Así, cuando el detector de peso registrara su entrada se iniciaría la cuenta atrás.

Una vez activados, volvió sobre sus pasos hasta la Ducatti que había dejado en la puerta. La puso en marcha y condujo hasta la parte de atrás, para bajarse e ir en busca de la Custom de Varulf. Eso le hizo preguntarse el porqué necesitaba aquella motocicleta si en ese momento se encontraba montando una. Se encogió de hombros, del mismo modo que hubiera hecho el sueco y giró la llave puesta en el contacto. Comenzaba a darse cuenta de que hacerse preguntas sobre el proceder del macho era una gran pérdida de tiempo y energía.

Dos minutos después, fue en busca de algo de ropa para ella que metió en la mochila no sin dificultad. Miró hacia el rincón donde Varulf dejó la suya cuando llegaron allí por primera vez, sin encontrarla. Dónde demonios la había metido era un misterio para ella. Pero era un licántropo de recursos, pensó sonriendo fríamente, acordándose de la jugarreta que le había hecho con su montura. Ya conseguiría encontrar algo que ponerse.

Se la colgó al hombro y fue a liberar a *Trece*.

El chihuahua la miró con ojos desconsolados en cuanto abrió la puerta.

—Lo siento, pequeño. Pero vas a tener que viajar con el hombre del saco. Yo no tengo dónde meterte —le dijo tomándolo en brazos y rascándole debajo de la mandíbula.

Lo llevó hasta la Custom y lo dejó con cuidado dentro de una de las grandes alforjas de piel tachonadas de metal en los bordes. En la otra metió su mochila, sería mucho más cómodo que llevarla a cuestas.

—No te muevas de ahí. Enseguida vuelvo —advirtió a la mascota.

Echó un vistazo a su reloj de pulsera mientras se encaminaba de nuevo hacia la puerta principal. El sueco venía desde Uppsala. Si se encontraba a mitad de camino cuando habló con ella, eso quería decir que en ese momento estaría aproximadamente a la altura de Sigtuna, de donde ella había venido. Por lo tanto, descontando el tiempo que empleó en cumplir con sus órdenes debían restar unos cinco minutos para que llegara.

Fueron los cinco minutos más largos de su vida. Incluso más que cuando tuvo que esperar durante horas formando ante el alto mando militar para ser admitida o rechazada, viendo como otros compañeros daban los dos pasos reglamentarios para abandonar la formación y acceder al mundo castrense.

En un par de ocasiones estuvo tentada de correr hacia los árboles de nuevo para asegurarse de que todo marchaba como era debido. No obstante, su sentido común le decía que no era adecuado hacer semejante tontería. ¡Ni que fuera la primera vez que formaba parte de algo así! ¡Por el amor del cielo!

Sabía que lo mejor era volver hasta las motos y esperarlo montada en la suya tal como la había advertido Varulf, así que caminó de nuevo hasta ellas. Cuando ya estaba sobre la Ducatti, a punto de ponerla en marcha, sus ojos volaron involuntariamente hasta la alforja donde había metido a *Trece*.

—*Trece*, pequeño... —lo llamó al no ver su hociquito salir al exterior—. ¿*Trece*?

Selenia desmontó y abrió la alforja para encontrar únicamente un arma que Varulf guardaba en ella.

—¡*Trece*! ¡Oh, no! ¡*Trece*! —gritó llamándolo.

Un ladrido lejano la advirtió de que se encontraba dentro de la iglesia.

—¡Maldita sea! ¡Perro malo! ¡Perro muy malo! —exclamó yendo a por él. Lo encontró parado en mitad del pasillo central.

Trece la recibió volviendo a ladrar y meneando la cola muy animadamente. Selenia se detuvo, si seguía caminando con la energía que requería el acelerado pulso de sus venas, probablemente el chihuahua interpretaría que deseaba perseguirlo.

—Ven bonito... Vamos, ven... —dijo curvando un poco la espalda y dotando a su voz de toda la dulzura de la que fue capaz. Necesitaba convencerlo de que ir a sus brazos era mejor idea que salir a jugar—. Ven, pequeñín... Vamos, *Trece*, ven conmigo. —El perro siguió moviendo la cola pero no hizo ademán de ir hacia ella. Sin erguirse, tomó la determinación de dar pequeños pasos para acercarse—. *Trece*..., vamos bonito, no tenemos tiempo para esto... —murmuró entre dientes sin dejar de sonreír.

Un zumbido lejano se abrió paso hasta ellos, *Trece* levantó las orejas y por fin dejó el rabo quieto y tieso. Selenia se irguió lentamente.

El helicóptero, no cabía duda.

—*Trece* por todos tus familiares perrunos, ven aquí —rogó.

Pero el can ya no tenía oídos para ella, sólo para aquel extraño ruido de aspas cortando el viento que se acercaba rápidamente. Un nuevo ladrido consiguió que Selenia volviera a posar sus ojos sobre el perro con determinación, sólo para ver cómo se lanzaba hacia el exterior llevado por la curiosidad.

Corrió tras él con desesperación, no podía dejar que siguiera empecinado en su huida y cayera presa de las bombas que había conectado. Justo en el momento en que de un gran salto caía en el suelo de la misma entrada de la iglesia y lo agarraba por las patas traseras vio llegar la comitiva que perseguía la gran Suzuki Hayabusa y, sobre ella, el rubio sueco de sus pesadillas.

Varulf forzó la máquina cuanto pudo, nada más ver aparecer la pequeña arboleda. Necesitaba separarse del contingente rodado si quería que todo saliera bien. Ahí estaba parte de su plan de escape. Con suerte quedarían al menos la mitad de sus perseguidores, esparcidos por doquier en pequeños pedacitos sanguinolentos para ser pasto de las alimañas nocturnas. Pero el motor estaba ya muy tocado debido a algún que otro disparo que había rozado piezas importantes. Uno incluso hizo blanco en el depósito, agujereándolo de extremo a extremo, aunque demasiado alto para perder combustible. No obstante, podía oler cómo una buena cantidad se evaporaba irremediablemente.

La necesidad de estar atento para esquivar las balas y los intentos de sus perseguidores de hacerlo caer le impidió ver como Selenia, tirada aún en el suelo, sujetando a *Trece* contra sí, miraba atónita su llegada. Sólo tenía ojos para franquear el primer par de árboles.

Pasó junto a ellos a velocidad vertiginosa y cuando estuvo a una distancia considerable frenó bruscamente. La parte trasera de la Suzuki derrapó levantando una gran nube de polvo. Tres segundos después, el vehículo atravesó el camino seguido por un par de motos. La explosión irrumpió en la noche como la erupción del Krakatoa acompañado de fuegos artificiales, obligándolo a protegerse los ojos. Selenia lo había hecho magníficamente. Echó un vistazo hacia la iglesia. ¿Pero qué mierda? ¡Joder!

—¡No deberías estar ahí! —exclamó, al instante la Pura se puso en movimiento y desapareció de su vista.

Sonriendo a su pesar, volvió a prestar atención a sus perseguidores, las otras cuatro motos trataban de buscar un lugar por el que sortear las llamas.

Una nueva ráfaga de disparos proveniente del helicóptero lo obligó a ejecutar un giro de muñeca para poner la moto en movimiento. Había llegado el momento de encargarse de ellos. El coche, volcado a causa de la explosión, serviría perfectamente a su propósito. Aceleró y se subió sobre él. La estructura crujió mientras iba siendo devorada por las llamas, pero consiguió hacerlo balancear hasta caer hacia el lado contrario para usarlo de trampolín.

Esperó, preparándose para saltar, hasta que el helicóptero se situó justo donde deseaba, frente a él. Se permitió el tiempo necesario, manteniendo a raya los nervios; las chispas volaban a su alrededor y alguna podía hacer diana sobre el depósito agujereado. Nadie dijo que meterse con el Consejo fuera aburrido.

Cuando el morro del artefacto volador lo apuntaba directamente y pudo ver el rostro de quienes iban dentro, apretó el freno y aceleró metiendo la marcha más potente, revolucionando el motor, luego lo soltó. Salió disparado, directo hacia el helicóptero, como un misil tierra aire. Calculando la distancia y la velocidad con precisión, sólo saltó de su montura cuando estuvo completamente seguro de que daría en el blanco. Durante la caída pensó que le estallaría el corazón por el ritmo frenético al que le latía. El fuerte encontronazo con el suelo ocurrió a la vez que su moto se incrustaba contra el aparato y rodó sobre sí mismo protegiéndose el cuerpo cuanto pudo de los pedazos de metal que volaron por todas partes.

Casi sin aliento, se puso en pie mientras la parte más pesada del pájaro caído se estrellaba contra el suelo y corrió hacia la iglesia como alma que lleva el diablo. No había tiempo que perder ni siquiera para echar un vistazo a su obra y regocijarse. Las cuatro motos restantes ya habían encontrado un lugar por el que esquivar las llamas y se preparaban para atravesarlas.

Selenia corría con *Trece* entre sus brazos hacia la Custom cuando una tremenda explosión seguida de un temblor bajo sus pies la frenó en seco. ¿Qué demonios...? Emprendió de nuevo la carrera a toda velocidad, introdujo a *Trece* otra vez en la alforja, con una mirada de advertencia que hablaba a las claras de lo que haría con él si volvía a escapar y montó sobre la Ducatti. Se cubrió la cabeza con el casco en menos de un segundo y giró la llave del contacto mientras echaba un vistazo hacia atrás. Varulf corría hacia ellos con todo el poder de sus piernas.

—¡Vamos! —exclamó.

Mientras los motores acusaban la aceleración, el estruendo de cuatro máquinas cruzando la iglesia se unió al ronroneante sonido.

—¿Adónde vamos?

—¡Sígueme! —gritó antes de acelerar.

En poco tiempo recorrían el asfalto en dirección norte.

Ambos sabían que juntos podían hacerles frente a los cuatro licántropos. Probablemente terminaría la contienda con alguna herida pero poco más que lamentar. El problema es que iban armados y de cuando en cuando alguna bala pasaba peligrosamente cerca de ellos. Las fuerzas de seguridad eran los únicos de la raza a los que se les permitía usar armas de fuego y todos, absolutamente todos, llevaban la reglamentaria; una pistola especialmente diseñada por sus ingenieros para herir considerablemente a las víctimas, ya que una arma común poco podía hacer frente al poder de un licántropo. Los proyectiles eran más pesados y de mayor calibre. No conseguían acabar con la vida de uno, pues para ello habría que aniquilar el corazón, pero sí restarle energía, potencia, fuerza…, para recibir después el golpe final.

Y estaba claro, por el modo en que apretaban los gatillos en cada oportunidad, que iban bien provistos de munición.

Varulf la advirtió sobre la encerrona que les estaban preparando, aunque ya se había percatado del movimiento que realizaban en ese momento. Intentaban cortarle el paso colocándola entre los dos. Aprovechando la vía de doble sentido, Selenia jugó al gato y el ratón durante el tiempo que pudo esperando que apareciera algún vehículo de gran tonelaje, pero únicamente se cruzaron con ellos dos o tres turismos que proclamaron su enfado apretando el claxon con exaltación.

El sueco, por su parte, guardaba un as en la manga. Levantó las piernas sobre el manillar de la moto para sujetarlo y no perder velocidad, echando el cuerpo hacia atrás, consiguió meter la mano en la alforja derecha. En menos de un segundo se encontró apuntando a uno de los que asediaba a Selenia con… ¿Pero qué narices…? ¡*Trece*! El maldito chucho temblaba como un pastel de gelatina cubierto de pelo marrón. Por un instante, estuvo tentado de estrellar contra el pavimento a aquella rata deforme, pero explicar a la Pura la desaparición del chihuahua sería mucho más peligroso que enfrentarse, él sólo, con los cuatro perseguidores armados hasta los dientes.

Una bala rasgó el aire a escasos centímetros de su cabeza. Volviendo los ojos hacia atrás, sin perder de vista a quien le disparaba, sujetó a *Trece* con el otro brazo e introdujo la mano libre de nuevo en la alforja. Esta vez sí, se hizo con su arma. Sin cambiar la posición, arqueó el cuello para tener mejor ángulo de visión y disparó, haciendo un blanco perfecto. Bajo la sorprendida mirada de su compañero, el licántropo salió despedido hacia atrás por el impacto de bala, la moto carente de conductor abandonó la carretera para estrellarse unos metros más adelante. Uno menos del que preocuparse.

Volvía a prestar atención a la situación de Selenia cuando el hostigamiento del otro motorista que lo seguía lo obligó a incorporarse. Metió a *Trece* en el interior de su cazadora y se enderezó sobre el manillar.

Selenia esperó pacientemente mientras los dos licántropos trataban de acorralarla, desacelerando. Aprovechó un momento en que uno de ellos se acercó demasiado, apuntándola para asegurar el disparo. Con nervios de acero, propinó una potente patada al lateral de la máquina. El licántropo perdió el control instantáneamente y aunque apretó el gatillo, el proyectil erró el blanco por varios centímetros. Tener una de las manos ocupadas en el arma le imposibilitó dominar la moto. Selenia aceleró con rapidez para impedir que se interpusiera en su camino y la hiciera caer con él.

Pero el respiro fue breve.

A su izquierda, el otro se preparaba para atacar de nuevo, esta vez, realizando sobre la moto un verdadero ejercicio circense. Varulf vio cómo el licántropo se transformaba dolorosamente pero con rapidez mientras se erguía sobre el asiento, dejando el manillar libre para saltar sobre Selenia. Si lograba hacerlo, hundir la zarpa y abrirse paso hasta su corazón no le sería difícil.

Con un sabor metálico en la boca y miles de pensamientos batallando en su mente por tomar el control de sus actos, aceleró a todo gas, llegó hasta ella y sujetándola del brazo tiró con fuerza. Selenia se encontró volando por los aires durante un segundo para caer sobre la moto del sueco, justo delante de él. La inercia que hizo que la Ducatti volcara hacia el lado contrario consiguió el resto. El tercer licántropo cayó rodando sobre la calzada, perdiéndose en la distancia.

—Podía habérmelas arreglado yo sola —se quejó.

—Claro —dijo Varulf con cierto tono irónico.

—Hubiera frenado en seco y ese hijo de perra habría besado el suelo. Lo tenía todo controlado.

—Por supuesto.

La complaciente respuesta no gustó a Selenia que mostró un mohín de enfado.

—Al menos, déjame que conduzca yo, después de todo estoy delante.

—Bien, yo me encargaré del que queda.

Varulf dejó que Selenia llevara la motocicleta y volvió la cabeza hacia atrás para localizar al único que aún les perseguía. ¿Dónde demonios se había metido?

—Se ha largado —comentó Selenia—. Vi que ponía pies en polvorosa cuando me obligaste a perder mi máquina. ¡Joder! ¡Me encantaba esa moto!

—Olvídala, ya encontraremos otra para ti —dijo mientras volvía a meter a *Trece* y la pistola en la alforja.

—¿Siempre te deshaces de las cosas con tanta facilidad? —La pregunta intentó ser irónica pero, como el sueco siempre hacía, la usó para otros menesteres.

—No siempre —oyó que le decía junto al oído mientras notaba cómo las manos masculinas recorrían su torso—. En realidad hay cosas de las que me cuesta desprenderme —dijo mientras volvía a ver el momento en que el último licántropo caído trataba de saltar sobre ella.

—Sí, como por ejemplo esa facilidad que muestras para crisparme los nervios.

—O para hacerte gemir de placer...

Las anchas manos ahora se posaron sobre los redondos senos de la Pura y ésta frunció el ceño tratando de concentrarse con más tesón en la carretera. La dureza del sexo masculino se hizo notar pegado a su trasero. No supo exactamente cuándo sucedió pero el sueco, en un alarde de idiotez extrema, se quitó el casco para posar los labios en la base de su cuello y mordisquearlo repetidamente.

—Hay veces que no sé si ese proceder tuyo es el resultado de la locura, la vanidad o de una rotunda e irreversible deficiencia mental.

La vibración que sintió a su espalda era el resultado de las carcajadas del sueco.

—Deja que sea yo quien se preocupe por mi estado psicológico, tú dedícate a conducir —dijo mientras lograba colar una mano bajo el pantalón de la licántropo.

—Me lo estás poniendo muy difícil —jadeó al sentir los juguetones dedos de Varulf abriéndose paso hasta su entrepierna.

Se maldijo interiormente, porque de nuevo, con sólo tocarla, volvía a sentir la necesidad de unirse a él.

El hormigueo que precedía a la completa neblina que se apoderaría de su mente se hizo patente, iniciándose en las piernas. El eco de su otro yo, ése que la impelía a gozar del rubio e imperioso licántropo, se abrió paso rápidamente, relegando cualquier otro pensamiento. El deseo impregnó como un veneno cada centímetro de su piel mientras Varulf continuaba con aquella peligrosa exploración a doscientos kilómetros por hora.

Los inquietos dedos no mostraron paciencia buscando la entrada a su interior y Selenia gruñó apretando los dientes. Cerró los puños en torno al manillar tratando de controlar el temblor que se apoderó de sus muslos.

—Ve hacia la izquierda —dijo con voz ronca—, casi hemos llegado.

Capítulo 17

El cómo llegaron hasta aquel lugar era algo que le sería totalmente imposible de explicar. Su mente y su cuerpo sólo respondían a las urgentes demandas de Varulf. Ni siquiera supo el momento en que el motor dejó de rugir y los jadeos de ambos reinaron en aquel espacio cerrado y oscuro.

Los ojos del sueco parecían iluminados y la desesperación con que la acariciaba encendía en ella la ardiente necesidad de complacerlo. Los dedos se convirtieron en garfios que arrancaron las ropas que los cubrían. Y llevados por aquella tempestad que los envolvía con un hambre voraz se abrazaron, abandonando la montura de cualquier forma. Varulf la alzó sin esfuerzo y ella rodeó su cintura con las piernas, anclándose a él con firmeza, como lo haría alguien arrastrado por una fuerte corriente a una roca. Los alientos se mezclaron y confundieron. Los labios danzaron con un rápido y complejo ritmo, saboreando la anticipación del placer que deseaban ofrecerse mutuamente. No hubo victorias ni rendiciones, sólo una acuciante necesidad de agotar cualquier recurso para satisfacer al animal que rugía en el interior de ambos.

Varulf lamió con aspereza el cuello de la hembra y la levantó un poco más para capturar uno de sus pechos con la boca, succionando sin delicadeza. La llevó en volandas hasta una pared cercana. El deseo era tan salvaje que no calculó el impulso y Selenia se golpeó la espalda contra ella. No había tiempo para la ternura ni los mimos, ni ninguno de los dos los quiso. Allí, ayudado por aquel punto de apoyo, el licántropo pudo mantenerla en alto con un solo brazo y dedicó el otro a reanudar el trabajo de dejarla completamente desnuda. Un destello verde escapó de sus ojos por una décima de segundo cuando por fin consiguió tenerla a su merced.

Selenia cerró los puños entorno al cabello del sueco mientras éste apretaba la mandíbula con fiereza y, lanzando un rugido gutural, se hundió en ella con ferocidad. El latido que sentía en el vientre se intensificó, amenazando con hacerla explotar de placer. El sonido de sus jadeos los envolvió como música. Las lenguas se acariciaron con intensidad tratando de extraer el sabor más íntimo de cada uno. Sus cuerpos se agitaron con fuertes espasmos, buscando la cúspide de aquella escarpada montaña, en una alocada carrera sin aliento, tratando de llegar hasta la cima en primer lugar.

Un rumor apenas perceptible entre aquel dúo magnífico de gemidos se coló subrepticiamente; un insignificante ruido deslizante; un siseo casi inaudible causado por la velocidad de la garra de Varulf, proyectada para hacer diana en el pecho del licántropo que creían huido, no interrumpió en ningún momento la tremenda sucesión de suspiros entrecortados que emergieron de la garganta de ambos cuando llegaron al orgasmo.

Selenia se desplomó sobre él, jadeando, notando todavía pequeños y placenteros estallidos en forma de leves convulsiones en el sexo, totalmente ajena al ataque repelido por su amante. Sólo cuando hubieron cesado, Varulf arrancó el corazón del sibilino licántropo. El cuerpo del muerto cayó sobre el pavimento adoptando una forma grotesca que apenas mereció una mirada de desprecio.

—¿Qué? —La potente voz de Rebel acompañada del estrepitoso puñetazo que descargó sobre la mesa, estalló en los oídos de los pocos licántropos que habían vuelto con vida de la persecución.

—Señor, hicimos... —comenzó uno de ellos, aunque interrumpió sus explicaciones ante la mano alzada de su comandante.

Rebel rodeó la mesa para eliminarla como obstáculo entre

ellos. Los ojos le escocían terriblemente y las uñas comenzaron a alargarse tomando el aspecto de garras con rapidez. Dándoles la espalda, apoyó las manos en la superficie intentando calmarse. No podía perder el control delante de sus subordinados, pero...

El charlatán volvió al ataque interpretando el gesto como una invitación.

—Es muy astuto y...

El desdichado no pudo terminar la frase. La garganta se le llenó con la sangre espesa que brotó inmediatamente por entre sus labios gorgoteando espeluznantemente antes de caer al suelo con el pecho abierto.

Rebel miró al resto mostrando el aún palpitante corazón del soldado en su zarpa.

—Éste es el destino que le espera al próximo que se atreva a contravenir mis órdenes —sentenció mientras dejaba caer el sangrante órgano a los pies de los dos licántropos que lo observaban con el rostro imperturbable.

Caminó alrededor de ellos lentamente. Pensando cada palabra. Su primera intención había sido matarlos a todos, terminar con quienes habían fracasado en la misión encomendada. Licántropos buenos para nada. Hubiera sido mucho más honorable para ellos terminar muertos durante la operación, caer en combate.

Era evidente que él mismo tendría que tomar las riendas para terminar con el maldito sueco del demonio. Sus entrañas se retorcieron como tocadas por el ácido de aquel pensamiento corrosivo. Odiaba al sueco con todo su ser y jamás encontraría el descanso hasta cumplir con su venganza. Debió matarlo con sus propias manos horas antes, cuando lo había tenido frente a frente, en lugar de respetar el código militar y dejar el trabajo para aquel atajo de inútiles.

No volvería a ocurrir. Se encontrarían de nuevo. Y entonces, se encargaría de dar muerte al insurrecto y a su putita.

—No voy a tolerar excusas. No voy a permitir que algo como lo que ha sucedido se vuelva a repetir. No quiero perros rastreadores, ¡quiero guerreros! ¡Quiero lobos que ejecuten un ataque efectivo! ¡Mi unidad debe ser de exterminadores! ¡Y este edificio, infranqueable! ¿Está claro?

—¡Sí, señor! —exclamaron.

—No volverá a mencionarse ni una sola palabra sobre esto. Nuestra derrota, ni el asalto del que hemos sido objeto, deben ser conocidos fuera de las alambradas que rodean este complejo —ordenó.

Rebel volvió a tomar asiento frente a su mesa, intentando centrarse en los documentos que tenía ante él.

—¡Lárguense antes de que cambie de parecer y mande cocinar sus hígados para comer! Y llévense ese despojo —bramó sin molestarse en mirarlos.

Mantuvo la postura a fuerza de determinación hasta que estuvo seguro de estar solo. Entonces y sólo entonces, dio rienda suelta a la rabia generada por la impotencia que bullía en sus venas y lanzó la mesa metálica contra la pared opuesta con la furia de un ciclón.

Después cogió el abrigo del colgador y se marchó rumbo a su guarida. Debía contactar con el ingeniero. El arma que había diseñado acabaría con la plaga sueca que amenazaba su destino de riqueza y poder.

Dejó atrás las máquinas dormidas después de la jornada laboral, acercándose a la puerta mal disimulada al final de la sala. Nada más abrirla, un olor a tierra húmeda asaltó su olfato provocándole un ataque de estornudos que se obligó a contener. Echó un vistazo. Allí todo estaba en silencio.

Se había encargado de dos guardias que rondaban la planta superior, y estaba segura de que allí habría más. El más mínimo ruido podría alertarlos.

Haciéndose con una pequeña bobina de hilo gastada, de todas las que había por el suelo, se coló por el hueco lenta y silenciosamente, usando el cilindro de plástico para interponerlo en el cierre. No podía permitirse el lujo de dejar que la puerta se cerrara sin saber si después podría abrirla para escapar. Un colgador del que pendían trajes, guantes y máscaras negras le dio la bienvenida al dejar ir el batiente con cuidado. Las examinó detenidamente, había todo lo necesario para ocultar la identidad de quien las vistiera además de evitar un posible contagio o intoxicación. En el suelo, una bombona provista de una pequeña manguera de aspersión casi la hizo caer.

La expectación por saber qué demonios había allí dentro era tan acuciante que casi prescinde de ponerse aquellas ropas. La impulsividad jamás era buena consejera. Se tomó el tiempo necesario para enfundarse traje, guantes y máscara antes de continuar. Ya lista, se adentró en el pasillo que discurría a su izquierda.

Lejos de allí, tras la puerta que había cruzado, todo estaba bien iluminado, pero no podía decir lo mismo de aquel lugar; alicatado en gris y con pequeñas bombillas mal colgadas cada muchos metros. Caminó por el estrecho corredor alerta ante cualquier posible sorpresa. Justo cuando comenzaba a pensar que todo estaba desierto, el chasquido de una cerradura aceleró el ritmo de su corazón.

Trató de abrir una puerta contigua sin conseguirlo. Aprovechó la buena distancia entre el techo y el marco superior de las puertas para saltar y quedar suspendida en el aire sólo por la fuerza de sus brazos y piernas, apuntalados contra las paredes. Desde su elevada posición, observó la salida de un humano. Éste se entretuvo en cerrar la puerta a su espalda. «Bien», pensó, nadie más había dentro. Probablemente era el último en retirarse.

Cuando el hombre hubo dado los primeros pasos hacia la salida, pareció cambiar de opinión y se detuvo. Selenia se preparó para atacar, deseando que el tipo continuara su camino sin más. Jamás le había gustado segar vidas innecesariamente, pero si dejarlo vivo significaba un peligro para ella, no dudaría en arrancarle el corazón. Además encontrar un humano trabajando para licántropos sólo podía significar una cosa: debía de ser la clase de desgraciado que vendería su alma al diablo por un poco de poder en forma de maldición. Si no lo mataba terminaría convertido en uno de aquellos inmundos Infectados. En el mismo instante en que ese pensamiento cruzaba por su mente, recordó la puerta que había dejado entreabierta para facilitarse la huida.

«Mala suerte, tío», se dijo antes de saltar sobre él y partirle el cuello rotándoselo con un movimiento seco.

Eliminada la amenaza, continuó hacia delante. En el último giro encontró una nueva puerta, esta vez equipada con una cerradura de seguridad por láser. Volvió sobre sus pasos hasta el cuerpo del caído y rebuscó entre sus ropas. Los ojos risueños del hombre la miraron desde la fotografía de una tarjeta identificativa, provista de un código de barras.

—Está bien, doctor Larsson —murmuró girando la tarjeta entre los dedos—. Espero que no tengas el acceso restringido.

De nuevo frente a la puerta pasó la tarjeta por el lector. El pequeño diodo continuó mostrándose rojo durante un segundo más, antes de cambiar al verde intenso. ¡Bingo!

Si había pensado que el olor a humedad era fuerte varios metros atrás, ahora resultaba insoportable y se alegró de que la mascarilla filtrara considerablemente el aire que respiraba.

Bajó por una escalera interrumpida varias veces por descansillos con más puertas a ambos lados. La curiosidad por saber qué escondían en las entrañas de la tierra era mayor con cada paso que daba. Por fin los escalones terminaron en una nueva puerta y Selenia realizó el mismo ejercicio de enseñar al lector el código de barras de la tarjeta.

«Buenas noches, doctor Larsson. Recuerde no violar la distancia de seguridad.» La inesperada grabación hizo que Selenia llevara la mano hacia el arma que colgaba de su muslo, extrayéndola de la cartuchera en el acto.

Abrió la puerta con el dedo sobre el gatillo. El martilleo de sus latidos casi le impedía oír algo más. Agachada y totalmente concentrada examinó el lugar antes de entrar.

La mala iluminación continuaba también allí, además del penetrante olor a humedad. No obstante, el color grisáceo que reinaba atrás daba paso al blanco más impoluto. A la derecha pudo entrever un enorme foco y, bajo éste, una camilla de grandes dimensiones armada en grueso acero y unos buenos kilos de cadenas a los pies. Junto a todo ello, sobre una mesa del mismo material, descansaban varios instrumentos quirúrgicos y tubos de ensayo.

Anonadada ante el inesperado quirófano giró la cabeza hacia la izquierda para encontrar una nueva camilla de igual tamaño sobre la que descansaba otro montón de cadenas.

No podía ver el fondo de la sala pero sí oír un constante goteo y bajo éste, lo que se le antojó una respiración lenta y entrecortada. Sin soltar el arma, empleó la mano libre para encender la linterna.

Barrotes. ¿Una celda?

En el suelo una línea roja marcaba la distancia de seguridad.

Ignorándola, se acercó despacio, iluminando cada recoveco. El calabozo estaba excavado a metro y medio por debajo del nivel de la sala y no había sido alicatado como el resto. De allí provenía el fuerte olor.

Sólo cuando estuvo junto a la jaula pudo ver lo que contenía, esa visión la horrorizó. Su interior se revolvió asqueado, rechazando aquello.

Allí había un licántropo, o lo que una vez fue un licántropo, pues a primera vista parecía más muerto que vivo. Lo observó, recorriendo todo su cuerpo con el haz de luz. Sus pies estaban hinchados y amoratados por la mala circulación sanguínea. Los tobillos y muñecas sujetos con gruesos grilletes. El cuerpo estirado sobre un manto pedregoso que la humedad se había encargado de cubrir ligeramente con el verdín herrumbroso del moho. Sucio y descuidado, el rostro de un hombre de avanzada edad, encubierta su identidad por una espesa barba, descansaba en una esquina cercana a los barrotes. Una gruesa argolla rodeaba su cuello y un goteo constante de agua le caía sobre la frente.

¿Qué horrendo pecado había cometido el licántropo para ser castigado de aquella forma espantosa? Sin duda era preferible morir. Habría sido un piadoso descanso para semejante tortura.

Creyéndolo de todos modos al borde de la muerte, Selenia le apuntó al corazón para otorgarle el reposo definitivo. Ningún licántropo merecía terminar el resto de sus días sufriendo aquel calvario.

—Hazlo. —El susurro llegó hasta ella cuando acariciaba ya el gatillo del arma para disparar.

—¿Puede hablar? ¿Puede moverse? —preguntó abandonando la idea y, apartando el punto de mira del cuerpo, lo enfocó con la linterna.

Selenia, segura de no correr riesgo biológico, se quitó la máscara para mirar sin estorbos al licántropo. Tenía abiertos los ojos de un hermoso azul profundo y la miraban con una dulzura que la impactó.

—No... —respondió con dificultad.

Algo se removió dentro de ella. Era necesario apartar aquel inclemente goteo de su cabeza. Si llevaba tanto tiempo allí metido como aparentaba, debía estar al borde de la locura. No imaginaba lo que suponía estar sometido a aquel tormento.

Recordando los utensilios que había visto en la sala, echó un vistazo a su espalda, buscando algo que recogiera el agua.

—Vuelvo enseguida —le dijo.

Vació un recipiente que contenía bisturíes y pinzas sobre la blanca sábana que cubría una de las camillas y lo miró con ojo crítico. Eso serviría.

Volvió nuevamente junto a él, colocando la linterna de modo que alumbrara el interior de la celda y pasó los brazos entre los barrotes para llegar donde se iniciaba el goteo. Se estiró todo lo que pudo, incluso clavó las puntas de los pies en el suelo para apretarse contra la celda ganando así algunos milímetros más, tanteando y buscando un lugar donde colocar el receptáculo. Sus dedos rozaron un saliente en la pared. La postura le dificultaba la visión pues, para poder alcanzarlo, la obligaba a mantener la mejilla aplastada contra las barras y los brazos completamente estirados. Sus ojos giraron para echar un rápido vistazo al preso que le devolvió la mirada con una mezcla de gratitud e impotencia. Con un último empujón, que produciría más tarde una fea rojez en el rostro, consiguió poner el recipiente en el lugar adecuado.

Se sentó, apoyando la espalda un momento contra los barrotes y soltó el aliento que había contenido durante la penosa maniobra.

—Gracias —murmuró el prisionero.

—No las merece —respondió.

Un millón de preguntas se agolpaban en su cerebro, exigiendo respuestas. Quién era ese licántropo, por qué lo mantenían preso y ¡en esas condiciones! Qué imperdonable falta había cometido para merecer aquel tratamiento. Pero sobre todo, a qué se debía el secretismo y las altas medidas de seguridad que rodeaban al recluso.

—¿Quién eres? ¿Por qué te encerraron de este... —la repulsión que sentía ante la tortura logró que le costara terminar de formular la pregunta— ...modo?

—Mi nombre es Heimdall.

No. No podía ser. Heimdall había muerto junto a su esposa hacía siglos, antes de que ella misma naciera, en el asalto al castillo de Skokloster organizado por Infectados. Aquel hecho produjo grandes desastres entre la organización de los licántropos. El Consejo tuvo que reunirse de forma urgente y extraordinaria para hacer frente a la tremenda situación y buscar soluciones. Fue entonces cuando se crearon las cámaras que velarían por el bienestar de los licántropos y regularían mediante comisiones de estudio e investigación, la economía y cada uno de los ámbitos necesarios para mantener una estructura sólida que ofreciera a la raza la seguridad que necesitaba para subsistir con el secreto que los rodeaba.

—Mientes. Heimdall murió.

—Eso os hicieron creer... —el licántropo hablaba con muchísima dificultad, pero pudo ver en sus ojos que comenzaba a recuperar parte de su energía—, pero no es cierto. Ellos son los que mienten.

—¿Quiénes son ellos?

—Fenrir y los suyos.

—No puede ser. Fenrir es un alto cargo del Consejo que...

—Que se alzó en su posición justo cuando se anunció mi muerte —terminó. Selenia trató de buscar una explicación—. ¿Acaso mostraron el cuerpo? ¿Se tomaron la molestia de investigar el crimen? ¿Ofrecieron pruebas?

—No. Pero...

—No hay peros, muchacha. Mataron a mi esposa, mi dulce Jarnvidor. —Heimdall sollozó al mencionar el nombre—. Todo por no hacer caso a mi hijo. Él me avisó y yo no quise escucharlo. Cuando supe lo que se fraguaba a mis espaldas ya fue demasiado tarde para mí y mi esposa. Intenté protegerlo otorgando a mi súbdito, Einar, un salvoconducto para que llevara lejos de estas tierras los documentos que hablaban sobre su nacimiento y poder. Sólo agradezco a los dioses que permitieran a mi hijo huir antes del desastre, eso lo mantuvo con vida.

Mientras el preso trataba de recuperar el aliento por el esfuerzo de ofrecer tantas explicaciones, Selenia apenas daba crédito a lo que oía. Algo le decía que cuanto le contaba aquel torturado licántropo contenía algo de verdad. Era imposible saber en qué proporción, pero ciertamente la versión ofrecida por el Consejo sobre la muerte de Heimdall y Jarnvidor cojeaba en varios aspectos. Y su alcurnia y palabras daban respuesta a las medidas tomadas para mantener en secreto aquel secuestro. No obstante, jamás había oído hablar de ese hijo al que mencionaba.

—Ningún escrito o documento menciona que tuvieras un hijo —afirmó aún reticente a creer.

Heimdall cerró los ojos por un segundo.

—Sí lo hay, pero como he dicho lo mandé lejos de las manos de Fenrir. Así es como mantuvimos el secreto de su nacimiento al grueso de la raza. Pero algunos miembros del Consejo, ese maldito Fenrir, lo acabaron descubriendo —se lamentó.

—Si es cierto que eres Heimdall, es imposible que tengas un hijo. Tu pureza y la de tu esposa lo impedían.

—Fue un regalo de los dioses concedido durante el único momento en que los licántropos pierden su poder y así su maldición queda inactiva, un eclipse. —Selenia abrió los ojos como platos ante la revelación—. El único descendiente entre dos Puros. El Hati. Él es la clave. Terminará con el reinado en la sombra de ese tirano. Y logrará la unión de toda la raza para hacerla poderosa e invulnerable.

»(...) El sol no calentará más, y la tierra se sumirá en un frío y violento caos. Tres inviernos seguirán sin sus veranos, y los hermanos se matarán entre sí por envidias y las batallas estarán a la orden del día. No se respetará ni al padre ni al hijo, ni en las matanzas ni en el incesto —recitó Heimdall.

—... Después de la persecución perpetua, que se ha llevado a cabo desde la creación del universo, el lobo Skoll y su hermano Hati finalmente devorarán a la diosa Sol y a Mani, la luna. Las estrellas desaparecerán de los cielos, sumiendo a la tierra en oscuridad. Y en estos tiempos cuando toda unión se romperá, la cadena y cada uno de sus eslabones serán destruidos —continuó Selenia.

—Es agradable saber que los jóvenes también conocen la leyenda.

Varulf la contempló durante más de una hora mientras Selenia se agitaba en sueños. Pronto obtendría los datos que necesitaba, ella los guardaba en su cerebro para él. Para entregárselos. Supo que había encontrado a Heimdall desde el momento en que tuvo su primera pesadilla.

Echó un nuevo vistazo a la cicatriz que la Pura mostraba en el costado. Sanaba perfectamente y con rapidez. La última mirada fue hacia la puerta, cerrada a cal y canto para impedir la entrada al pequeño «gremlin» que había viajado en la alforja de su moto. *Trece* ya lo molestó bastante mientras se deshacía del cuerpo del tipo que consiguió seguirlos y colarse en su guarida sin invitación. Ahora, arañaba la puerta repetidamente mientras Selenia dormía. Por más que pensara en ello, jamás entendería la razón por la que Selenia se mostraba tan protectora con esa mutación perruna.

Puso los ojos en blanco por un segundo y relajándose sobre la almohada, cruzó las manos bajo la cabeza. Se permitió cerrar los ojos cuando Selenia abandonaba la inquietud de sus recuerdos tan arduamente desenterrados y trató de dormir un poco antes de enfrentarse a lo que vendría unas horas más tarde, con su despertar.

Capítulo 18

Selenia se desperezó como una gata después de la siesta que sucede a una opípara comida. Sin embargo no había ingerido nada desde hacía horas.

Su cuerpo sentía otra clase de satisfacción que no tenía que ver con la alimentación. Echó un ojo al culpable de ello, tumbado a su lado y completamente dormido. Aunque, a decir verdad, Varulf no mostraba ni un ápice del relajamiento muscular propio de los durmientes. Incluso en ese estado de abandono, el sueco se mantenía alerta.

Repasó mentalmente su último sueño.

Al fin las piezas comenzaban a encajar. De alguna forma, había descubierto que no sólo era ella la engañada. Ni la única que debía sentirse estafada. Aquella mentira fue diseñada y ejecutada a gran escala. Ahora sabía el nombre del culpable: Fenrir.

Aquel malnacido, al que sus congéneres honraban como uno de los más antiguos y respetables miembros del Consejo, mantenía secuestrado a Heimdall, quien por derecho debía ser el Alfa de su raza. Un escalofrío la recorrió al recordar las condiciones en las que éste sobrevivía a duras penas.

Era de imperiosa necesidad encontrar a su hijo, el Hati, tal como le había solicitado. Aunque no tenía la más remota idea de por dónde empezar.

Suspiró y parte de su flequillo voló unos centímetros sobre la frente.

De momento se preocuparía por la prioridad más inminente: dar de comer a *Trece*. Después ya charlaría del tema con Varulf, quizá él pensara en algo. Si la creía...

Antes de dejar la cama, sus ojos tropezaron con algunas prendas que el licántropo le había dejado sobre una silla. «Qué considerado», pensó con un mohín, reparando en su vestimenta hecha jirones.

Sin hacer ruido, se puso la camiseta y el pantalón y, una vez en la puerta, empujó la manecilla muy despacio para no despertarlo. Era la primera vez que lo veía dormir después de varios días. Debía descansar, nadie era tan incombustible.

Encontró a *Trece* junto a la puerta, hecho un ovillo en el suelo. Su cuerpecito, aún durmiendo, mostraba un ligero temblor.

—Oh, mi pequeño. —Lo mimó levantándolo del suelo y acogiéndolo junto a su pecho. El chihuahua respondió a la caricia y los arrumacos con una mirada de adoración y sucesivos lametones—. Veamos si podemos encontrar la cocina y buscarte algo de comer.

El lugar era muy diferente al que habían compartido los últimos días. Aunque mantenía, como característica común, la tenue iluminación. Con una significativa diferencia, allí sí disponían de electricidad. Tres focos de poca intensidad empotrados en el suelo, ofrecían la luz justa.

Miró a su alrededor. Había salido a un vestíbulo circular al que daban diferentes estancias. La ausencia total de ventanas y decoración dotaba a las paredes de un aspecto impersonal. Se sintió como en el centro de un laberinto, en el que todas las vías de salida acababan en puertas cerradas.

Empezando por la derecha, abrió la habitación contigua a la de Varulf. Un aseo completo, de paredes grises con ducha de gran capacidad, como requería un cuerpo de las dimensiones de su dueño, le dio la bienvenida. Sonriendo mientras pensaba en la próxima que disfrutaría, cerró la puerta de nuevo antes de dirigirse hacia la siguiente. Tres dormitorios más, dotados de camas individuales, sin otro mobiliario que un pequeño arcón al pie de cada una de ellas.

La siguiente estancia que encontró debía de hacer las veces de salón, aunque únicamente un televisor y un sofá de tres cuerpos la amueblaban. Al fondo vio otra puerta. Caminó hasta ella y reconoció el espacio por donde habían llegado. Allí, el único sitio en el que podía gozarse de luz solar, yacían las motos, y a la derecha observó una mesa sobre la que descansaban herramientas y otros accesorios.

Volvió sobre sus pasos hasta el extraño vestíbulo.

En la puerta contigua encontró lo que andaba buscando: la cocina, de aspecto severo aunque funcional. Incluso *Trece* debió reconocer el lugar donde debían guardarse alimentos pues movió la pequeña cola con energía.

En la nevera sólo encontró botellas de agua y alguna que otra cerveza, nada sólido. Continuó con armarios metálicos hasta que dio con un paquete de galletas algo rancias pero que aún podían comerse. Dejó a *Trece* en el suelo y le ofreció un par de ellas antes de proseguir su inspección. Después de todo, quién sabía el tiempo que pasaría allí, mejor ir familiarizándose con el entorno.

Ya sólo quedaba una puerta por abrir y la miró con ojo crítico antes de poner la mano sobre la manecilla. Todas las anteriores eran de madera laminada, puertas normales, como las que podría encontrar en cualquier casa y aunque guardaba la misma apariencia que el resto, aquella en cuestión tenía una estructura mucho más sólida, más pesada. A primera vista nadie notaría la diferencia, pero otro detalle la distinguía como especial: estaba provista de cerradura.

Accionó la palanca que cedió sin oponer resistencia. Observó que la estancia poseía además otro sistema de seguridad: unas paredes de grosor especial que impedirían cualquier intento de atravesarlas.

—¿Qué demonios es esto? ¿Una habitación del pánico? —murmuró mientras empujaba para abrir la puerta lo suficiente y poder entrar.

Ante ella se reveló el sorprendente contenido.

A la derecha, un ordenador apagado con el consiguiente equipo periférico. Junto a éste, un par de armarios archivadores del que sobresalían algunos cajones abiertos que contenían un sinfín de expedientes. A la izquierda, una mesa y estanterías con más carpetas, libros y documentos que acusaban años de uso. Y, frente a ella, lo que más la impactó: un gran panel de corcho mostraba nueve fotografías en color con datos bajo cada una de ellas. Hubiera podido buscar explicación a todo ello, sabiendo lo que Varulf se traía entre manos, pero ver su propia imagen, mirándola desde una de aquellas fotos, le produjo una gran conmoción que dejó su mente en blanco durante varios segundos.

Caminó hacia ellas sin darse apenas cuenta de lo que hacía. Sus ojos pasaron por los nombres de los retratados: Amarok, Atrox, Manon, Koram, Lycaón, Anpu, Fenrir, Selenia y Corliss.

—Corliss ha sido la última en unirse al grupo, por eso está después de ti. —La voz del sueco la sorprendió desde atrás.

Selenia apenas se giró lo justo para verlo, sólo vestido con un pantalón de gimnasia se recostaba en la pared junto a la puerta, con los brazos cruzados sobre el imponente pecho. *Trece*, sin embargo, salió del lugar como si le faltara mundo.

—Bueno —continuó pensativo—, en realidad ha sido Galilahi, pero aún no es un licántropo, así que no cuenta —dijo, encogiéndose de hombros.

—¿Qué es esto?

—Kymlinge —respondió malinterpretándola intencionadamente—. Una estación fantasma. Estamos en la línea 11 del metro entre Hallonbergen y Kista. Compré toda esta área de bosque en los años setenta.

—¿Qué significa todo esto? —preguntó de nuevo con más énfasis y señalando el panel.

—¿Por qué crees que un montón de fotografías deben de tener algún significado especial?

—No intentes tomarme por idiota, Varulf. Ambos sabemos que no sería bueno para ninguno de los dos que me enfadara tanto como para marcharme.

—¿Ah, no?

—No. Ahora conozco tu guarida. Y supongo que no te gustaría que pudiera hacer algún trato con tus enemigos.

—No harías eso.

—¿Y por qué estás tan seguro?

—Porque también son los tuyos. ¿Acaso crees que la cicatriz del costado me ha pasado desapercibida? Intentaron matarte. Y es lo primero que harán en cuanto te pongas a tiro. Créeme, no esperarán a que abras la boca ni para tomar aire

—expuso arqueando una ceja dorada—. Además, sientes algo por mí.

Selenia puso los ojos en blanco antes de contestar.

—¿Quién ha hablado ahora, el tipo que manipula mentes ajenas o el ególatra recalcitrante que llevas dentro? —La furia hacía mella en su autocontrol.

—Eso no importa porque estoy en lo cierto. No lo has negado.

Selenia prefirió darse la vuelta y volver a fijar la vista en las fotografías, más para ocultarle al sueco lo que la afectaban sus palabras que para hacerlo sentirse ignorado.

En ese momento era difícil lidiar con las emociones que bullían en su interior. Por un lado estaba la ira al descubrir que Varulf tenía información sobre ella y, por otro, no podía negar que era cierto lo que decía. Al menos en lo que a la atracción física se trataba.

—¿Por eso estropeaste mi motocicleta? ¿Para impedir que fuera a la cita?

—En realidad no quería impedírtelo, sólo retrasarte. Y lo conseguí, ¿verdad?

—Sí.

—Te salvé la vida —sonrió con autocomplacencia.

—Bueno, habría mucho que discutir a ese respecto, ¿no crees?

—No, no lo creo. Sabiendo cómo piensas y, créeme, lo sé, hubieras llegado antes de hora al lugar. Te habrías confiado y con la guardia baja tu contrincante se hubiera acercado a ti. No habrías estado lo bastante atenta para rechazar el ataque, que debido a la proximidad seguramente sería mortal. De este modo, al llegar tarde, lo hiciste con todos tus sentidos alerta. Por eso reaccionaste a tiempo y esa bala sólo te rozó.

Ese razonamiento en vez de aplacar el enfado hizo que subiera un nivel en la escala.

—Dame las explicaciones que merezco —exigió sin apartar la vista de su propia fotografía—. ¿Qué pinto yo en todo esto? ¿Qué clase de información tienes sobre mí y desde cuándo?

—El «desde cuándo» en tu caso es muy relativo. Pero podemos empezar por tu primera petición: las explicaciones.

—¿Esta vez me dirás la verdad?

Varulf dejó su lugar junto a la pared para situarse frente a ella.

—Nunca te he mentido —aseguró con vehemencia, mirándola a los ojos.

Selenia no podía decir lo mismo. Ella sí lo hizo. «Pero fue antes de saber que los míos me utilizaban», se defendió internamente. Sin embargo, fue la primera en apartar la mirada de la verde intensa de Varulf.

—No voy a reprochártelo —dijo él.

—¿Cómo demonios…? —Selenia lo miró de reojo por un segundo mientras tomaba asiento en el único butacón que había, frente al ordenador—. ¿Otra vez te has colado en mi mente?

—No. Sólo interpreto tus gestos. Y sea lo que sea, no voy a reprochártelo. Creías hacer lo correcto.

—¡Basta! —exclamó liberando su ira, aunque aún no había decidido con quién estaba más cabreada y, en el lote, también se incluía ella. Enterró la cabeza entre las manos un momento, antes de volver a mirarlo—. Que no me has mentido… ¡Niega ahora que eres un Dominante!

—No lo soy.

En un arrebato irracional, Selenia se levantó rabiosa y caminó hacia la puerta. No necesitaba más mentiras, no quería otra explicación vaga e incoherente y, en ese momento, no estaba dispuesta a soportar las evasivas del sueco.

—¿Qué haces?

—Me voy —respondió ella—. Desde que te conocí tengo la sensación de haber cometido el mayor error de mi vida, pero aún estoy a tiempo de rectificar.

Varulf corrió hasta ella y la sujetó con fuerza de un brazo.

—No puedo dejar que te marches —dijo.

—Eso ya lo veremos. —Selenia ejecutó una magnífica finta que cambió las tornas y Varulf se encontró apresado contra la pared y con las crecientes garras de la Pura plantadas en su yugular.

Varulf sonrió de medio lado.

—Tienes mucho que aprender, pequeña Lena.

—¿Y vas a ser tú quien me enseñe?

—Desde luego —dijo antes de pisar con fuerza la bota de la

hembra y lanzarle un codazo en el esternón. La primera reacción de Selenia fue buscar un punto de apoyo y garantizar el equilibrio, pero Varulf se lo impedía manteniendo el pisotón y cayó sobre su trasero sin poder evitarlo.

—Si quieres matar a alguien, hazlo. No pierdas el tiempo charlando —dijo.

Después, extrajo algo del bolsillo de sus pantalones y se lo entregó.

—Quizá ésta sea la prueba que necesitas para aceptar mi palabra.

Selenia observó el objeto: una pesada sortija de oro amarillo oscuro con el grabado de la runa Algiz. Después miró a Varulf asombrada.

—¿Crees que el descubrimiento de esta sala ha sido fortuito, Selenia? ¿Crees que encontrar la puerta abierta ha sido por azar? ¿Crees que te he traído aquí, exponiendo el anonimato de este lugar frente a nuestros perseguidores, porque no tengo otro sitio al que acudir? —Varulf se agachó levemente y la ayudó a levantarse.

—¿A quién le has robado esto?

—¿Qué? —preguntó furioso soltando el brazo de la hembra—. ¡Esto es inaudito!

—¿Inaudito? —gritó también la Pura—. ¡Inaudito es esperar que crea cada una de tus palabras cuando jamás me has dado motivos para que confiara en ti!

—¡Ése sello es mío! ¡Mío por derecho! ¡Mío por rango! ¡Mío por sangre! —El bramido ronco de Varulf retumbó por toda la sala—. ¡Quieren arrebatarme todo lo demás pero no lo permitiré!

Varulf volvió a agarrarla, esta vez de la mano, tirando con fuerza para colocarla de nuevo frente al panel. Selenia se desasió con un tirón despectivo, pero permaneció junto a él, mirando las fotografías.

—Llevo planeando esto mucho tiempo y no voy a permitir que ahora, que he alcanzado una parte importante de mis objetivos, se malogre porque me recriminas no ser honesto contigo. Nunca he dado nada por perdido, ¿sabes? Cada uno de ellos —dijo señalando el panel—, pueden dar fe. Mira a Amarok por ejemplo.

Selenia miró al licántropo de rasgos indios. Poseía una mirada oscura como el ónix pero su aspecto franco otorgaba a su semblante una luz especial.

—Si no hubiera sido por mí, estaría muerto. Atrox. —El índice del sueco pasó a la siguiente fotografía—. Yo le he dado todo lo que tiene ahora, la felicidad completa y el respeto que jamás tuvo. Manon. —La hermosa mujer morena poseía una sonrisa triste en el momento en que la retrataron—. Si yo no hubiera intervenido, probablemente habría terminado en un psiquiátrico o algo peor. Todos y cada uno de ellos han ganado mucho con mi aparición en sus vidas, ninguno ha salido malparado.

—¿Y qué tuvieron que pagar a cambio? Puedes negarlo pero no eres precisamente altruista.

—¡No me juzgues, Selenia! ¡No eres quién para hacerlo! ¡No me conoces! ¡No sabes nada de mí! ¡Viniste para traicionarme, para matarme si te lo hubieran ordenado!

Varulf sabía que no estaba siendo justo con ella y apretó la mandíbula con fuerza. Pero era lo único que podía hacer para impedir que se fuera. Selenia era la clave. Ella tenía una información vital para él, aunque la Pura no lo sabía. Obtenerla, bien valía mostrarle hasta dónde estaba dispuesto a llegar para alcanzar su meta.

—Lo supiste desde el principio —dijo ella con el cuerpo tenso aunque trataba de ofrecer una apariencia controlada.

—Sí.

—Y no hiciste nada.

—No.

—¿Por qué?

—Porque en cierto modo, fui yo quien te colocó en esa situación. Quiero decir, yo pedí una infiltración de esa clase. Pero fueron otros quienes te eligieron entre las posibles opciones.

—Sé un poco más explícito.

—Has estado trabajando para mí, aunque lo ignorabas. No debías saberlo. Se encargaron de ello antes de que llegaras a manos de Fenrir. —Varulf pudo leer en el rostro de Selenia una absoluta incomprensión. Supo, de un vistazo, que no entendía nada de lo que le estaba diciendo, lo que era completamente normal.

—Siéntate, por favor —le rogó, esta vez con calma—. Trataré de explicártelo todo.

—¿Desde cuándo estás haciendo esto? —preguntó mirando al sueco quién tomaba asiento en el suelo, frente a ella.

—¿Qué?

—Manipular a los demás de este modo.

—Ya he perdido la cuenta —respondió con cansancio—. Todo comenzó cuando descubrí lo que se cocía bajo el mando de mi padre. Heimdall. —Selenia abrió los ojos desmesuradamente para mirarlo—. Reconoces el nombre, ¿verdad?

—¡Tú! ¿Tú eres su hijo? ¿El Hati?

—Así es. Por eso te he mostrado el sello. Tienes que reconocer la runa, la mencionaste. Creí que al verla recordarías.

—Y lo he hecho, pero ya no se qué es cierto y qué no.

—Comprendo.

—Por eso aseguras no ser un Dominante. —Selenia empezaba a entender—. Eres más que eso, ¡eres el nacido entre dos Puros!

—Sí.

—¡Pero tu padre…! ¡Tienes que hacer algo! ¡Está…!

—No es tan sencillo.

—¡Tienes que sacarlo de ahí! ¡No te haces una idea de las condiciones en las que vive!

—¡No, no lo sé! ¡Pero no puedo hacer nada aún! ¡Joder, Selenia! —De nuevo estaban gritándose y de ese modo no conseguiría aclarar nada con ella. Respiró profundamente antes de continuar—. Sé que deseas saber muchas cosas, pero permíteme que te lo explique todo, así tendrás una perspectiva más amplia de en lo que estás metida. Ten paciencia.

—Está bien, pero no entiendo cómo puedes estar tan tranquilo mientras…

—Basta ya, Lena —le rogó con voz cansada alzando los dedos de una mano frente a ella pero sin mirarla.

Selenia lo observó con nuevos ojos. En verdad el sueco poseía la entereza, la fuerza y la prestancia de un rey, aunque sus modales dejaban mucho que desear. Espoleando su ira, Varulf no ofrecería concesiones. Optó por darle unos minutos en beneficio de sí misma, de ese modo obtendría las respuestas que tanto deseaba.

—Todo esto comenzó cuando Fenrir, el Dominante que nació por aquel entonces, logró hacerse con un buen cargo en el Consejo. Fue conocido por su nueva visión de un futuro más firme y predominante para la raza. Se basaba en la superioridad de los licos sobre los humanos y en cómo podríamos usarlos en nuestro beneficio en varios campos; política, economía, ciencia... En poco tiempo y gracias a sus dotes de buen diplomático y el poder mental que poseía de nacimiento, logró grandes alianzas que apoyaron su causa. Mi padre jamás compartió sus ideales ni su forma horrible de ver a los humanos como si fueran seres inferiores. Heimdall siempre defendió que ambas razas podían coexistir, pero nuestra existencia debía permanecer en secreto para los humanos. La finalidad de Fenrir era la opuesta. Con el tiempo, tenía planeado que saliéramos a la luz y demostráramos nuestra supremacía sobre el mundo. O al menos, eso era lo que predicaba ante el público...

—Es decir, que en realidad buscaba otra cosa —le ayudó Selenia.

—Así es. Hasta entonces, nuestra vida era sencilla pero práctica. La expansión vikinga ya había comenzado. De ese modo poco a poco se fueron formando núcleos más o menos importantes, manadas, en diferentes puntos de Europa, Asia y África. No obstante, cada una de las manadas poseía un Alfa que recibía las pertinentes directrices de convivencia y comportamiento e informaba de cuanto acaecía al Consejo. El comercio nos rendía buenos beneficios que eran repartidos equitativamente para que todos pudieran llevar una vida pacífica y digna. Aunque siempre hubo insurrectos que fueron justamente juzgados.

—Comprendo.

—Heimdall es el primero de los Puros nacidos de los Originales primitivos. Mi madre también lo era. Quizá por eso, no fue extraño que terminaran uniendo sus vidas aunque ya se conocía la imposibilidad de tener descendencia. Precisamente por eso mi concepción fue una increíble sorpresa para ellos y se llevó con total hermetismo. Se proclamó la adopción de un lico recién nacido y huérfano para la pareja regente y, así fui presentado a la sociedad.

»Como heredero de Heimdall mi lugar debía estar junto a mi padre. Por ello, pronto me vi sumergido en aquella marea de política y diplomacia que suponía pertenecer al Consejo. Pero jamás me gustó y buscaba cualquier excusa para no acudir a las reuniones ni cumplir con mi cometido. Era joven, las correrías y la diversión eran mucho más atractivas cuando se gozaba de cierta posición social y mi padre tampoco insistió demasiado. Supongo que su indulgencia se debía a la necesidad de mantenerme lejos de ojos especulativos que pudieran notar en mí ciertas habilidades que no debería poseer. Así que, a cambio, me obligaba a estudiar los antiguos escritos, decía que conociendo el origen de la raza y lo que había sufrido para sobrevivir, aprendería a apreciar un poco más lo que habían conseguido y desearía ayudar a mantener aquel orden de cosas. Ése fue el motivo por el que pocos miembros del Consejo me conocieran personalmente y, por supuesto, el secreto de mi nacimiento era un dato que aún muchos menos tenían el honor de compartir. Pero cometieron un grave error.

—El registro de los Puros.

—Sí. Como sabes, todos los Puros deben pasar por el ritual que hace emerger su marca para ser censados.

—Sí, nunca he comprendido qué importa el nivel de pureza ni la jodida marca. Yo soy descendiente de dos Originales, mi pureza es la más alta, justo por debajo de los Dominantes. Una vez eres adulta de poco sirve. Además, no la he vuelto a sentir.

—Que no te importe. No es agradable.

—Continúa, por favor.

—Cuando apareció la mía, aquí, en la frente —señaló el lugar—, se formó un gran revuelo entre los asistentes al ritual. No obstante, mi padre pidió calma y el secretismo pertinente para mi seguridad. Los naguales se negaron argumentando que tan insólito hecho debía celebrarse incluso con festividades. Gracias a los dioses, lograron que no fuera así. Aunque, como Alfa superior de todos los licos, debió acatar las leyes que regían la raza y acceder a registrarme en los libros de las líneas de sangre, donde hicieron constar mi verdadera identidad como hijo de dos Puros y única excepción de la especie. Automáticamente los pocos historiadores y naguales enterados se pusieron a trabajar sobre el formidable acontecimiento. En seguida vieron similitudes con las sagradas escrituras, las leyendas y las profecías antiguas. Y ahí comenzó mi calvario.

Capítulo 19

Rebel llegó al hotel en menos de veinte minutos. Cruzó la puerta de entrada y se dirigió directamente hacia los ascensores. Mientras esperaba, el recepcionista lo observó con curiosidad pero una mirada bastó para que volviera a sus quehaceres. Su visita no tenía nada que ver con el placer. La persona con la que iba a encontrarse era un viejo conocido, no un amigo, sino un proveedor.

Vio sus ojos claros reflejados en el metal dorado que formaban los números de la habitación quinientos diecinueve, mientras golpeaba a la puerta con los nudillos un par de veces.

—Soy Smith —dijo usando el nombre clave por el que lo conocía el ingeniero.

La puerta se abrió lentamente:

—Adelante, señor Smith. —El conocido hombrecillo que le había suministrado armamento durante los últimos treinta años, mostraba las señales evidentes de la decadencia humana—. Me gustó recibir un nuevo encargo suyo, hacía tiempo que no sabía nada de usted. ¿Qué tal le va todo? —preguntó mirándolo por encima de sus gruesas gafas.

—Bien. ¿Ha tenido un buen vuelo?

—Magnífico. Viajar en primera es tan confortable. Ha sido usted muy considerado al tener en cuenta estos viejos huesos. Le estoy muy agradecido.

—No hay de qué.

—Parece que a usted el tiempo lo trata muchísimo mejor.

No ha cambiado nada desde la última vez que nos reunimos. —Ambos quedaron en silencio un segundo más. Rebel no estaba de humor para cortesías y el viejo ingeniero lo captó enseguida—. Sé que tiene usted prisa así que no le entretendré. Voy a buscar su encargo.

—Gracias.

El hombre abrió la puerta del armario y extrajo de ella una caja blanca decorada con un bonito lazo color rojo, emulando una envoltura de regalo.

—Tenga, señor, he terminado de montarla hace unos minutos. Pasar la aduana no ha sido nada fácil en los tiempos que corren.

—Me hago cargo. Mandaré que le ingresen una pequeña bonificación, por las molestias —dijo mientras abría la caja y apartaba una maraña de delgadas tiras de papeles de colores, para examinar el contenido con una sonrisa de satisfacción.

—¡Oh! Es usted muy amable, señor Smith.

—Es magnífica. Ha hecho un buen trabajo, como siempre —dijo mientras juzgaba el arma con mirada apreciativa—. A primera vista cumple con todos los requisitos que le pedí.

—En efecto. He de añadir que no ha sido nada fácil pero, como puede ver, tampoco imposible.

—Una vez que la pruebe haré que le envíen el billete de vuelta a casa —informó mientras volvía a cerrar la caja y ya se encaminaba hacia la salida—. Mientras tanto, disfrute de su estancia en Estocolmo.

—Así lo haré —contestó el viejo a la puerta ya cerrada.

—¿Puedo verla? —preguntó verdaderamente interesada.

Varulf le dedicó una mirada indescifrable. Selenia ya no mostraba las ganas de pelear de hacía unos minutos.

—Está bien…, no se diga que alguna vez le dije no a una hembra —dijo Varulf levantándose y llevándose los pulgares a la cinturilla del pantalón.

—¡Para! —La risa del sueco resonó en la habitación—. Eres insufrible.

—Anoche no decías eso. —Selenia supo encajar la broma y sonrió.

—Quiero ver tu marca.

—Ya la viste —respondió el sueco volviendo a sentarse—. Recuerda que me preguntaste sobre lo ocurrido con el portero del local de Kveld.

—Imagino que practicaste con él alguna de tus artes, pero no pude ver la marca, sólo un resplandor verde.

—Ya tendrás ocasión. Ahora que sabes quién soy no tendré que controlarme para evitar que surja.

—¿Cómo? ¿Me estás diciendo que tienes que esforzarte para ocultarla? —preguntó alucinada—. Es increíble.

—¿Por qué?

—Porque con el resto de nosotros ocurre lo contrario. Lo extraño es que aparezca.

—Mejor. No es agradable sentirte como un anuncio ambulante de Heineken.

Varulf se encogió de hombros. Siempre había poseído el don de leer las mentes de quien tenía frente a él, igual que hacían los Dominantes. Siendo más joven lo tomaba como un reto a superar ya que debía concentrarse mucho para lograrlo, pero el poder de hacerlo a más distancia surgió muchísimos años más tarde. De hecho, aún no lo controlaba completamente. Fue por entonces cuando notó también que su marca aparecía en los momentos más inesperados. Se encerró durante varios días hasta que logró someterla a su voluntad, aunque en ocasiones era casi imposible. Tratar de huir de Fenrir y preparar su regreso, operando desde las sombras, para ocupar el lugar que le pertenecía por derecho con un letrero luminoso en la frente, no era la mejor estrategia para pasar desapercibido.

—Vale. —Selenia se encogió de hombros imitando el gesto del sueco y Varulf no pudo reprimir una sonrisa—. ¿Y qué hay de Fenrir? ¿Cómo supo acerca de ti?

—Fue durante su estudio de los integrantes del Consejo. Fenrir puede ser un verdadero hijo de perra pero nunca ha dado muestras de ser estúpido. Cuando inició su carrera hacia lo alto, supo que necesitaría aliados y recurrió a los documentos de la raza para buscarlos. Estudio a cada uno de ellos, sus líneas de sangre, sus vidas y cómo habían llegado a ocupar el cargo que ostentaban. Y, por supuesto, recurrió también a los documentos para estudiar a su oponente: mi padre.

—Así es como supo que tú eras...

—En efecto.

Selenia permaneció en silencio durante unos segundos, absorta en alguna mancha del suelo. Carraspeó antes de hablar.

—Hay algo que no entiendo.

—Dispara.

—¿Por qué no haces con Fenrir lo que hiciste con el portero del Fotavtrycket? Lo olvidaría todo y se terminaría el problema.

—¿Por quién me tomas? ¿Por un satélite con armamento láser que puede disparar a cualquier blanco por muy escondido que esté en el planeta?

—Bueno...

—No puedo hacer eso. Es cierto que puedo comunicarme mentalmente a bastante distancia, pero tengo mis límites. Además, me es imposible hacerlo sin conocer el rostro del receptor y jamás se lo he visto.

—¿Cómo es posible?

—Desde el mismo momento en que Fenrir supo quién y qué era yo, tomó precauciones. ¡Imagínate lo que tiene que ser para un Dominante saber que hay alguien con más poder! Alguien que podría terminar con sus planes con sólo leerle la mente, encontrar las pruebas necesarias y hacer públicos sus trapos sucios.

—Por eso quiere matarte.

—Eso es lo que parece, ¿verdad?

—¿Me estás diciendo que no desea verte muerto? Yo lo desearía. —Varulf arqueó una irónica ceja—. Si estuviera en su lugar —aclaró atropelladamente.

—En realidad, sí, ése es el final que quiere para mí, después de robarme el alma, mi espíritu... —La hembra lo miró sin entender sus palabras—. Existen una serie de... ¿Cómo los llamó el indio? Rituales prohibidos o algo así, que mediante una oscura magia antigua permite a un lico inferior robar el poder de otro superior a él. Piensa lo que conseguiría. Además de terminar con su rival más peligroso, se alzaría como el más poderoso que existe en la raza.

—Pero jamás se ha oído que eso sea posible.

—Lo es, créeme. Fenrir lleva intentándolo desde hace muchos años, siglos diría yo. Algún día tienes que pedirle a Amarok que te explique la vida de su padre, lo convirtieron en Original precisamente para ese menester.

—Pero no es algo que todo el mundo sepa. Ni siquiera los naguales. Conozco a algunos y jamás mencionaron nada semejante.

—Por eso se llaman rituales prohibidos —se burló.

—No seas idiota.

—Durante los años de gobierno de mi padre, Fenrir se dedicaba al estudio de los antiguos escritos y supo de la existencia de una serie de documentos que lo explicaban todo.

—¿Los robó?

—No —rio Varulf—. No pudo hacerlo. Alguien se le adelantó.

—Explícame eso.

—Como te he dicho, yo también era asiduo a los archivos. Velkan, subordinado de Einar y un Original charlatán natural de los Cárpatos, era el encargado del registro de cuantos retiraban documentos para el estudio. Por él supe que alguien más, aparte de mí, se interesaba por los más antiguos. Fue por curiosidad al principio que comencé a investigar el proceso de documentación que llevaba Fenrir y más tarde, cuando descubrí lo que se proponía, ya me motivaba el mismo instinto de supervivencia.

»No podía estar seguro de nada, pero… Explicar a mi padre mis sospechas, no fue lo que se dice divertido. Aunque Fenrir jamás ocultó que fuera su oponente político en el Consejo, Heimdall siempre ha creído en la nobleza de espíritu de cuantos componen ese círculo.

—No te creyó.

—No.

—¿Y qué hiciste?

—Escapé cuando aún estaba a tiempo. No podía saber cuándo Fenrir iniciaría su ataque contra mí, así que puse pies en polvorosa antes de que fuera demasiado tarde.

—Bien hecho.

—Gracias. Lamentablemente acerté al pensar que ese cabrón no tardaría demasiado en dar el golpe. Lo hizo utilizando a los Infectados. Esos excrementos de gusano hacen cualquier cosa por el pago adecuado. No sé cómo, pero de algún modo, mi padre se percató de que algo andaba mal en Skoktoster. Extrajo los documentos que hablaban sobre mí y cualquier otro que sirviera para hacerme daño. Los entregó a Einar, su mejor amigo y confidente, un Híbrido completo por lo que no dependía de un amuleto, para que los llevara lo más lejos posible de Suecia.

—Mataron a tu madre.

—Lo sé y le arrancaré el corazón a ese hijo de puta por ello y por lo que le está haciendo a mi padre —sentenció apretando un puño como si tuviera el mismo corazón de Fenrir en él.

—Sabes dónde encontrarlo, cómo llegar hasta él, ¿por qué no lo has hecho ya?

—Porque tiene a mi padre. Antes tengo que sacarlo de donde está. Además, Fenrir es uno de los integrantes más importantes del Consejo, ¿cómo crees que sería recibido su asesino?

—Tienes razón.

—Pero nadie podrá rebatir a mi padre. Él es la prueba viviente de la conspiración de Fenrir.

—¿Por qué lo mantiene con vida entonces?

Varulf la miró casi con furia durante un segundo antes de levantarse y caminar hacia el panel de las fotografías para pararse frente a ellas.

—Por dos motivos: le viene perfecto para mantenerme a raya y, además, Heimdall es todo un misterio para él. Y para muchos —añadió—. Ten en cuenta que tuvo descendencia con otra Pura. —Varulf no ocultó el dolor que le producía hablar sobre ese tema y agachó la cabeza un par de minutos antes de recuperar la compostura. Selenia se acercó a él y puso una mano sobre su hombro para confortarlo—. Comprenderás que no es agradable saberse el causante de las desgracias familiares.

La Pura no contestó, prefirió ofrecerle el silencio como respuesta afirmativa. Respetó su postura y no intentó seguir hurgando en una herida que al parecer aún estaba abierta.

—¿Y qué me dices de ellos? ¿De mí? —preguntó haciendo un gesto con la cabeza hacia las fotografías—. Has dicho que formamos parte de algo.

Varulf no contestó a la pregunta inmediatamente. Giró sobre sus talones y ocupó la butaca tras el escritorio. Selenia permaneció de pie, observando atentamente cada uno de los rostros fotografiados.

—Cuando escapé —comenzó el sueco a su espalda—, estaba completamente solo. La noticia de la muerte de mis padres fue terrible, aunque no me pilló por sorpresa como puedes imaginar. Era aún muy joven, no sabía qué hacer ni a dónde ir. Vagabundeé durante años, incluso tuve que robar para sobrevivir. No confiaba en nadie y tampoco deseaba compañía de ninguna clase. Mi único pensamiento era la venganza pero al no tener los medios necesarios para ello, la impotencia no me dejaba salir de aquel círculo vicioso de odio, necesidad y dolor.

»Pasados varios años la angustia pareció apaciguarse un poco, al menos exteriormente ya que sentía su latido dentro de mí permanentemente. Un puñado de años más y ya apenas podía recordar una imagen nítida de mis queridos padres y la tristeza pudo más que ninguna otra cosa. Esos tiempos fueron muy duros, llenos de rencor hacia mi propia raza y hacia mí mismo por no haber intentado, con más empeño, hacerme oír por mi padre.

»Después, traté de unirme a alguna manada. No estamos hechos para estar solos ni aislados, nuestra propia naturaleza clama la compañía, formar comunidades. Pero mis intentos de llevar una vida tranquila y olvidarlo todo fueron en vano. Soy un Alfa, el Alfa con mayúsculas, se podría decir, e incluso ignorándolo, el instinto sí parece saberlo. Por eso jamás logre encajar mucho tiempo en una manada. Lo intenté muchísimas veces, en diferentes países, tantas que perdí la cuenta. Las hembras se excitaban únicamente con mi presencia, con mi olor. Y, los machos... Me veía involucrado en una pelea diaria hasta que decidía marcharme. Y vuelta a empezar.

Selenia sabía de lo que hablaba. Ella misma experimentaba esa atracción cada vez que Varulf se le aproximaba. Y si a ella, siendo Pura, le era imposible controlarla, podía imaginar en qué estado sumía la cercanía del sueco a hembras de rango inferior, sobre todo aquellas que no estuvieran emparejadas.

—Durante esos viajes —prosiguió—, una tarde en la que me alojé en una fonda en las costas de Galicia, di con alguien a quien jamás imaginé volver a ver. Einar.

—El confidente de tu padre —dijo Selenia volviendo a sentarse, esta vez en el suelo.

—Así es. Recuerdo que me impactó mucho más ver el estado de abandono en el que se encontraba que tropezármelo después de tantos años. Durante el tiempo que sirvió a mi padre siempre había mostrado el señorío que guardaba su sangre humana como señor de Tavastia, ahora estaba sucio, desnutrido y casi dado por completo al alcohol. Lo subí hasta la habitación y lo acomodé lo mejor que pude. Entre balbuceos, sin preguntarle nada, me habló de la noche en la que todo ocurrió y de cómo mi madre había muerto en los brazos de Heimdall. Él pudo verlo, escondido tras uno de los paneles que ocultaba una vía de escape que mi padre no quiso utilizar. Por él supe que no había muerto sino que lo mantenían preso aunque ignoraba el lugar. Y también supe por dónde comenzar a buscar y trazar el plan que llevo ejecutando desde entonces.

»Einar, había llevado los documentos a las costas de lo que después, con la llegada de Colón, se conoció como el Nuevo Mundo.

—¡América!

—Sí. Me contó su periplo hasta llegar a aquellas costas, tan similares a las nuestras debido al frío extremo. Me habló de sus habitantes, en particular de una; Nanue Nanook. Ella era chamán de la tribu Inuit que las habitaba y la había amado durante el poco tiempo que permaneció con ellos, o eso pude entender entre fuertes ataques de tos y balbuceos causados por la embriaguez. A ella entregó los documentos y allí debía buscarlos.

»Después de su relato decidí que encargar algo de alimento, para llenar su estómago, era lo mejor y me dio las gracias de una forma extraña. Le pregunté si me reconocía, si sabía quién era yo. Einar me miró con ojos vidriosos y retomó su narración.

»Cuando bajé, el tabernero me sonrió y halagó mi buena voluntad. Comentó que aquel hombre había llegado varios días atrás y no paraba de contar la misma historia a quien deseara escuchar. Sin duda estaba loco de atar. El alcohol, dijo, hacía estragos en la mente del que caía bajo su dominio. No debía perder tiempo ni dinero con ese pobre desgraciado. Eso me hizo pensar en cuántos habrían buscado a Einar y en que, si habían dado con él, como yo había hecho, quizá Fenrir también poseía la misma información.

—¿Lo ayudaste?

—Por supuesto. Era el único licántropo, después de cientos de años, que tenía alguna relación conmigo y que podía arrojar un poco más de luz sobre el asunto que me interesaba: vengarme y recuperar mi estatus.

»Tardé más de una semana en devolverle parte de su compostura. Aún recuerdo la mañana en la que abrió los ojos y por fin me miró con reconocimiento. Si te digo la verdad, ya había perdido la esperanza de encontrar un camino por ese lado. Sin embargo, cuando Einar me reconoció pensé que finalmente los dioses se apiadaban de mí y me enviaban algo de buena suerte.

—Jamás hubiera dicho que fueras creyente.

—Y no lo soy, sólo utilizo un poco de poesía para hacértelo más ameno —sonrió.

—Ya veo. —La sonrisa de Selenia fue de auténtico humor.

—Por mediación suya, conseguí afianzar el apoyo de algunos integrantes del Consejo que aún eran fieles a mi padre y que jamás creyeron la patraña de su asesinato a manos de Infectados. Gracias a ellos, tuve acceso a cierta información vital y a la riqueza personal de mi padre.

—De ahí que tengas propiedades.

—En efecto. Extraer sumas importantes de dinero habría llamado la atención de los aliados de Fenrir, así que las transacciones se realizan a través de agentes.

—Muy adecuado.

—Gracias.

—Continúa.

—Cuando estuvo todo a mi disposición, decidí que era el momento de comenzar a buscar los documentos. Bajo las indicaciones de Einar, viajé hasta América para localizar al descendiente de Nanue Nanook; Amarok.

»Como te he dicho antes, Einar y Nanue mantuvieron un romance durante el tiempo que estuvieron juntos, fruto de aquel interludio romántico nació una niña: Ideth.

—Extraño nombre para una nativa americana.

—En efecto, pero ten en cuenta que era mestiza, hija de un

sueco. No sólo su nombre era extraño, también heredó algunos rasgos físicos de su progenitor como unos hermosos ojos verdes y otros imposibles de captar a simple vista, debido a la maldición que guardaba el alma de éste; un amplio conocimiento del uso de las plantas para la curación y cierta inclinación por la magia.

»Aunque Einar se marchó para proteger el secreto del lugar donde se ocultaban los documentos tal como mi padre le había pedido, jamás dejó de recibir información de la mujer a la que aún amaba.

»A través de esas noticias que le llegaban periódicamente, Einar supo del emparejamiento de su hija con otro de nuestra especie: Attacullakulla. No hace demasiado supe que Attacullakulla había sido convertido en licántropo precisamente por Nanue.

—Qué curioso.

—Si tú lo dices. —Varulf se encogió de hombros antes de continuar.

—¿Quieres decir que hay gato encerrado?

—No puedo saberlo con seguridad, ya que Einar tomó todas las precauciones posibles, pero he llegado a la conclusión de que quizá llegara a producirse alguna filtración, un chivatazo, una traición. Es cierto que Nanue era bruja, chamán de su tribu, pero ¿cómo podía saber el procedimiento de convertir a un humano a nuestra raza? Piensa en ello.

—¿A través de los documentos?

—Puede ser. Ya te digo que no tengo pruebas. Pero da qué pensar, ¿verdad? —Selenia asintió—. Sea como fuere, la hija de Nanue, Ideth, terminó casada con ese hombre.

—¿Los padres de Amarok?

—En efecto. Cuando logré localizarlo me inundó la felicidad. Había dado con el guardián de los documentos ya que fueron pasando de Nanue a Ideth y a la muerte de ésta, a Amarok. Sin embargo, el destino me tenía preparado un nuevo obstáculo en el camino. Y de envergadura considerable, he de añadir.

»Attacullakulla había cometido el error de revelar su secreto a los humanos de la tribu a la que pertenecía y eso dio lugar, a la larga, a un terrible enfrentamiento.

—No debió hacerlo, los humanos nos temen.

—No fue ése el caso. En realidad los humanos exigían que se les concediera el mismo don para poder beneficiarse de nuestra fuerza y longevidad.

—Comprendo.

—La noche en la que llegué, Attacullakulla fue obligado a firmar un pacto que terminaría con su muerte para poder salvar la vida de su hijo, un Híbrido convertido, para que sirviera a la tribu como Skinwalker.

—¿Quién lo obligó? ¿Los humanos? ¡Imposible!

—El Consejo.

—¿Cómo? ¡Pero eso es un asesinato! ¡No es legal! ¡Es deleznable! ¡Lo vendieron!

—Así es, pero piensa en esa parte del Consejo que deseaba también hacerse con los documentos. El Pacto firmado, obligaba a que el cargo de Skinwalker se renovara cada cierto tiempo pasando de padre a hijo. Si no lograban arrebatárselos antes, sólo debían esperar a que ese cambio se produjera.

—¡Cielos! Les ayudarías, ¿verdad?

—No.

—¿No? ¿Cómo pudiste? ¡Deberías haber hecho algo! —Selenia estalló de indignación.

—¿Como qué?

—No sé. Rebelarte. Luchar. Ayudarles —dijo con aspavientos.

—Hubiera sido una estupidez. Salir de mi escondite sólo hubiera supuesto echar a perder todo lo que había logrado hasta el momento.

—¡Pero Attacullakulla murió! —exclamó enfadada.

—¡Muchos mueren durante una guerra! ¿Así libras las tuyas? ¿A cuántos has matado tú sin preguntarte si tenían una vida, una familia?

—Eso es un golpe bajo —acusó.

—La muerte de ese licántropo fue un daño colateral. Además, no intentes cargarme un asesinato del que jamás fui responsable. —Selenia no replicó—. Necesito que entiendas que es mucho más importante recuperar mi lugar que ir salvando las vidas que los secuaces de Fenrir ponen en peligro para lograr su objetivo. Eso fue lo que llevó a Attacullakulla a la muerte, salvar la vida de aquellos que después lo traicionaron.

—¿Qué hiciste entonces?

—Me limité a dejar que Amarok cumpliera con el último deseo de su padre.

—¿Cuál fue? —preguntó Selenia ya con un tono de voz más bajo.

—Vivir bajo la tutela de quien le había salvado la vida en el pasado: Atrox. El fotografiado en segundo lugar —dijo señalándolo.

Capitulo 20

—Ya había oído hablar de Atrox antes cuando, durante un tiempo, formé parte de la manada de Lycaón, el Alfa de Durango. Era un tipo muy extraño —dijo Varulf.
—¿A qué te refieres?
—Es un licántropo que odia lo que es, cosa habitual entre los Originales, pero disfruta con el poder que implica la maldición. No obstante, durante buena parte de su existencia ha deseado volver atrás en el tiempo y evitarla. Pero nunca antes conocí a nadie que odiara a los humanos más que él.
—Sí, es extraño. No entiendo cómo se puede desear volver a ser algo que odias.
—Tampoco yo. La mayoría de Originales pasan por esa fase, pero la superan transcurrido un tiempo. Aceptan su nueva naturaleza y tratan de adaptarse lo mejor posible. A Atrox le ha costado varios siglos.
—Pero por lo que dices lo ha conseguido.
—Bueno…, necesitó algún empujón que otro. Pero sí. Lo ha conseguido. O al menos eso creo.
—Bueno ya sé qué pinta Amarok en tus planes, es el poseedor de los documentos pero ¿qué pinta Atrox?
—Con Atrox gané dos integrantes del Consejo más para que me respaldaran. Además de mantener a Amarok bajo vigilancia.
—¿Dos?
—Así es, Atrox y Lycaón, el que fuera su amigo para más tarde ser enemigos. Esos dos han tenido un pasado verdadera-

mente enrevesado. Cuando entré a formar parte de la manada de Lycaón, Atrox ya había sido desterrado de tierras americanas por infligir una de las normas más antiguas del código de seguridad de la raza. Como Fenrir, Atrox sintió la necesidad de elevarse sobre la humanidad y trató de convencer a Lycaón para que apoyara su causa. Pero lo hizo de una forma equivocada, utilizando Infectados. Por entonces Lycaón ya formaba parte del Consejo y tuvo que hacer frente al ataque de Atrox por no ofrecerle su apoyo. Atrox fue reducido y desterrado.

—¿No lo mató?

—No. Según Lycaón el destierro es como una muerte en vida. Yo no lo comparto; muerto el perro se acabó la rabia.

—Sí, ya sé de esa tendencia tuya. Pero has dicho que Atrox salvó la vida del padre de Amarok. Es decir que compensó de algún modo su proceder.

—No creas. Es difícil controlar a un animal herido. Eso es Atrox en realidad. El espíritu de un lobo herido. Quizá por eso su personalidad es tan extraña y lo lleva a cometer actos que después mortifican su conciencia. Además, hay que añadir que en esa batalla en la que Lycaón se alzó como vencedor, Atrox perdió su amuleto. Ya sabes lo que ocurre cuando un Original no puede controlarse.

—Sí, puede ser terrible.

—Y lo fue. Atrox cometió auténticas crueldades durante el tiempo que no tuvo el suyo. Como la violación de una mujer.

—¿Qué? —No podía creer lo que estaba oyendo.

—El Consejo actuó con rapidez para cerrar la boca de aquella humana que, aunque terminó gravemente herida, no murió.

—Gracias a Dios.

—Créeme, hubiera sido mucho mejor para ella morir aquella noche que soportar lo que le vino después.

—¿Qué quieres decir?

—Gea, así se llamaba, dio a luz una niña, una Híbrida. Sobre Lycaón recayó la responsabilidad de mantener a esa mujer en silencio durante el resto de su vida. La internó en un psiquiátrico y la mantuvo permanentemente sedada. En este caso, matarla hubiera sido menos cruel. La pequeña fue dada en adopción.

—Y, ¿qué fue de ella?

—La bautizaron con el nombre de Manon. —Los ojos de Selenia volaron hasta el panel para clavarlos sobre la fotografía de la mujer morena y sus labios formaron un círculo perfecto—. Y era el nexo perfecto para reunir a los tres licántropos y forzarlos a que se unieran a mi causa.

—¿Forzarlos?

—Por llamarlo de algún modo que me facilite explicarte lo que hice. Ten en cuenta que yo no podía, ni puedo aún, ir descubriéndome alegremente frente a mis congéneres.

—¿Usaste a una niña?

—Quedó en el intento. En realidad la utilicé un poco más tarde, cuando ya era adulta.

—Pero lo intentaste.

—Sí, traté de hacerme con ella.

—¿Robarla?

—Algo así. Veamos. Manon era una niña Híbrida sin posibilidades de pasar por el ritual de unión de almas, es decir, con todos los números para convertirse en una humana loca de atar. Una locura que al final la llevaría a criar malvas. Así que, ¿por qué no darle un propósito a su vida? Si tenía que morir al menos que sirviera para algo.

—Eres un degenerado sin remisión —sentenció Selenia con una mueca de verdadera repulsión.

—¡Pero no lo hice!

—¡Lo intentaste!

—¡Le hubiera ofrecido una buena vida y quizá la posibilidad de pasar por el ritual! —Eso pareció apaciguar el ánimo de Selenia y continuó—: Apenas si la rocé pero esa madre suya de adopción era peor que las lobas cuidando de sus cachorros. La niña comenzó a llorar a pleno pulmón, yo estaba muy nervioso y la herí sin querer en la ceja izquierda. Quise curarla pero no había tiempo, tuve que escapar antes de que la mujer entrara en la maldita habitación.

»Después de aquel intento fallido, pasé varias noches devanándome los sesos, buscando una solución a la idea que no paraba de rondar por mi cabeza. El apoyo del Alfa de Durango era muy importante y mantener contento y controlado a Atrox, para que dejara ir a Amarok a cumplir su cometido, también era de vital importancia para mí. Pero debía hacerlo con sumo cuidado, sin levantar sus sospechas, que creyeran que lo que les ocurría era fortuito, un golpe del destino.

»Tenía que jugar mis cartas con astucia. Debía ser cauto, cultivar la paciencia.

—Desde que te conozco he aprendido que eres un formidable manipulador. —Varulf sonrió con satisfacción—. Pero también un capullo redomado. ¿Qué hiciste?

—Estudiar en profundidad el entorno de Manon. Observé a sus padres adoptivos. Recabé información sobre sus vidas y descubrí que el hombre era un maldito caza lobos.

»Hace un rato me has llamado degenerado, me va a gustar saber qué opinas de un individuo que corteja a la mujer que desea ser madre, sin tener capacidad para engendrar y la seduce para que, una vez juntos, adopte a la hija de un Original que más tarde usaría como cebo para nuestra raza.

—Te exijo que me digas quién es para matarlo con mis propias manos.

—Tranquila, ya está muerto.

—Un hijo de puta menos.

—Amén. —Selenia sonrió—. Manon siempre supo de la existencia de su verdadera madre, Gea. Estudió arqueología, buscando una fórmula para escapar de las pesadillas que poblaban sus sueños y no obsesionarse tratando de averiguar cómo y porqué su progenitora se encontraba en aquel estado. Y, claro está, me las ingenié para poner a su alcance toda clase de información sobre la carrera que le resultara atractiva. El caso es que, más tarde, no me fue difícil mover los hilos necesarios para poner frente a sus miras unas tierras donde sabía que encontraría un misterio. Unas tierras que pertenecían a Lycaón. La zona donde se había librado la batalla entre él y Atrox.

»La mantuve permanentemente vigilada desde que comenzaron los trabajos de excavación. Observando cada uno de sus pasos y sus hallazgos. Hacerme una idea de lo sucedido allí no me fue difícil, observando los cuerpos casi pude formar una imagen completa de la batalla. Seguir los movimientos de cada uno de los cabecillas. Yo sabía que Atrox había perdido allí su amuleto, así que era cuestión de tiempo que dieran con él. Pero debía adelantarme a ella para crear un vínculo entre sus vidas imposible de romper. Había llegado el momento de volver a intentarlo.

—¿Lo encontraste?

—Pues claro. Yo siempre consigo lo que me propongo.

—Ya veo.

—Era un anillo magnífico. Un rubí engarzado en oro que contenía el poder y el control de la maldición. Lo situé estratégicamente y me aseguré de que sólo ella pudiera encontrarlo. Y así fue. Después, sólo dejé que la atracción del anillo maldito hiciera el resto.

»Para Manon fue imposible dar parte de ese hallazgo. Como lo sería para cualquiera de sus características, una Híbrida sin ella saberlo. El alma maldita que contenía su cuerpo se sintió atraída por la fuerza del anillo inmediata e irremediablemente.

»Cuando lo tuvo entre las manos, supe que por fin había conseguido mi propósito. Manon y Lycaón terminarían por conocerse y, por supuesto, Atrox viajaría hasta Durango para recuperar su amuleto.

»Con lo que no conté fue con la atracción que surgió entre Lycaón y Manon. Pero tampoco me supuso ningún trastorno. Esos dos terminaron por formar una pareja. Atrox recuperó su anillo y conoció a la hija que jamás supo que tenía.

—Eso está muy bien.

—Además me sirvió para conocer en persona a cada uno de los que puedes ver en el panel.

—No sé si conocerte es bueno. Aún no lo he decidido.

—¿Y por qué no debería serlo?

—Porque utilizas a la gente. Los manipulas para conseguir tus metas. ¿Alguien te habló de la amistad alguna vez? Quizá si hubieras pedido lo que querías…

—No seas ingenua, Selenia. Ninguno de ellos habría movido un dedo para ayudar a un desconocido.

—No lo sabes. No lo has intentado. Te has limitado a perseguir tu objetivo sin pararte a pensar en que el resto podría salir malparado.

—¡Nadie ha salido malparado! Todos han recibido o recibirán algo a cambio.

—¿Y crees que es suficiente compensación por controlar

sus vidas de esa forma? —Sin darse cuenta ya habían comenzado una nueva discusión.

—No los he controlado, sólo los he dirigido hacia el camino correcto.

—¿Correcto para quién, Varulf?

—¡Ya te lo he dicho! ¡Yo no pedí verme en esta situación! —exclamó levantándose para marcharse—. ¡Querías saber la verdad! ¡Pues ahí la tienes! ¡Mi verdad!

—¿Adónde vas? No hemos terminado.

—Necesito un poco de aire fresco.

No llevaba ni cinco minutos tratando de arreglar una de las motocicletas que tenía afuera, cuando arrojó con furia las herramientas contra el suelo. Era imposible concentrarse en nada que no fuera Selenia y el modo reprobatorio con que lo miraba, cómo había rechazado su forma de proceder.

¿Qué demonios quería que hiciera? ¿Qué hubiera hecho ella en la misma situación? Varulf anduvo en círculo durante varios minutos, tratando de imaginar otros caminos distintos a los tomados.

¡Bah! Que se fuera al diablo. Debía comprender que no era un licántropo corriente, él era el Hati, el nacido de dos Puros, el que debía ostentar el cargo superior en los rangos de la raza. Tenía poderes con los que otros sólo soñaban, ¿debía sentirse culpable por ello? ¡No! ¡Se negaba rotundamente! ¿Cómo tener un arma así y no utilizarla? Había que ser un imbécil redomado para no hacerlo. Selenia no era tonta, así que estaba seguro que habría procedido del mismo modo.

¡Joder! El sueco se llevó las manos a la cabeza mientras la inclinaba hacia atrás buscando aliviar la tensión. ¿Por qué estaba intentando comprenderla? Las hembras no se le daban mal cuando de relaciones físicas se trataba, pero nunca había pasado de ese ámbito con ellas. ¿En qué estaría pensando cuando pidió un enlace así? ¡Cómo si no tuviera ya suficientes problemas!

Y para colmo de males, necesitaba que lo entendiera. Era primordial que Selenia participara de buen talante en lo que estaba haciendo. Que comprendiera la magnitud de todo cuanto se traía entre manos. El plan que había urdido, aunque ella pensara que no era el correcto, a su modo de ver era perfecto e infalible. Hasta el momento, todo había salido a pedir de boca.

Pero necesitaba la colaboración de Selenia para encontrar a su padre.

Los ojos del sueco volaron hacia la espada de acero que reposaba en una esquina y caminó hacia ella como atraído por un antiguo hechizo. Sus manos recorrieron la hoja bien calibrada, terminada en punta roma y acanalada por ambos lados, que él mismo había mantenido afilada y en buen estado. La empuñadura, protegida con piel cordada, era corta y perfecta para el manejo con una sola mano. Su mirada reposó por un segundo sobre el grabado del sello familiar, la runa Algiz.

La espada de su padre había sido un obsequio de Einar. No sabía cómo demonios consiguió hacerse con ella. Recordaba nítidamente el momento en que se la entregó: «Algún día esta espada volverá a reposar en el lugar que le corresponde, entre tú y tu reina. Hasta ese momento, guárdala bien».

Su reina... Los antiguos que le eran leales no hacían más que hablar de ese tema. Parecía como si fuera algo prioritario en sus vidas, más incluso que ayudar a Heimdall o recuperar el mando de la raza. Varulf apretó la mandíbula evidenciando el rechazo que sentía hacia ese pensamiento, pero no pudo evitar que la imagen de Selenia volviera a colarse en su mente.

—¡Por todos los diablos del infierno! —exclamó ejecutando un hermoso ejercicio de esgrima.

—¡Bravo! —aplaudió Selenia desde la puerta.

Varulf apenas le dedicó una ojeada antes de devolver la espada a su lugar. Selenia se acercó, seguida de su minúsculo guardián peludo y admiró el arma.

—Es muy hermosa.

—Sí. Lo es —contestó sin demasiado interés.

—Y pesada.

—Sólo en apariencia. En realidad no supera el kilo y medio.

—Qué interesante, a simple vista casi parecen quince. ¿Cuánto mide?

—¿Acaso estás considerando la posibilidad de usarla? —Selenia no participó del intento de Varulf por provocarla y no le quedó otra opción que responder a su pregunta—. Con la empuñadura, poco más de un metro. Es una espada de combate. Varulf volvió a recoger las herramientas y centrar su atención en la motocicleta—. Era… Es de mi padre —se corrigió antes de volver a quedar en silencio.

Selenia continuó mirando la magnífica obra de arte antigua. Pero pasados un par de minutos ya no la veía. Su cabeza aún se mantenía ocupada con las dudas que la habían asaltado desde que Varulf se había marchado de la sala.

Podía no estar de acuerdo con su modo de actuar o los planes que había trazado pero, tal como él había dicho, no era quién para juzgarlo. Ella, que había cometido error tras error. Que había llegado hasta él para traicionarlo y lo habría hecho si no hubiera sido por esos sueños extraños y los mensajes que se enviaba a sí misma. ¿Por qué todo era tan complicado? Había llegado a la conclusión de que quizá la única forma de combatir aquellas complejidades era precisamente el modo en que Varulf actuaba y dirigía su vida. Después de todo, era él quien estaba inmerso en aquel océano de dobles intenciones, peligros y traiciones. Quien debía decidir cómo o cuándo era el momento ideal para salvar a su padre. Y era el único que conocía a su rival tan perfectamente como para lograr adelantarse a sus intenciones.

Se permitió echarle un vistazo. El licántropo seguía entregado al trabajo de mecánico. Si quería llegar al fondo del asunto, si deseaba saber cuál era su papel en todo aquel tinglado de engaños, necesitaba que siguiera con su relato.

—Con tu permiso voy a asearme un poco.

—Estás en tu casa —dijo sin mirarla.

—Gracias.

Cuando estuvo seguro de que la Pura había desaparecido, Varulf volvió a dejar las herramientas en el suelo. Necesitaba descansar, desconectar de todo, saturar su cerebro de tanta información trivial como para que dejara de procesar otro tipo de datos. Y sabía cómo hacerlo.

Se encaminó hacia la sala de estar y se dejó caer pesadamente sobre el sofá. Agarró el mando de la televisión y comenzó a cambiar de canal repetidamente cada cinco segundos.

Para el que no supiera qué pretendía, aquel acto podía parecer un modo raro de llamar la atención o de sacar de sus casillas a cualquiera, sin embargo tenía un propósito para él: conseguir que su mente desconectara.

Pasados cinco minutos obtuvo cierta paz y bendijo el momento en que se descubrieron las ondas hertzianas y a Marconi por usarlas para un buen fin.

Pero la tranquilidad duró poco. Justo hasta el momento en que un pequeño engendro orejudo se sentó entre él y la pantalla para mirarlo fijamente.

—Si tuvieras la mitad de inteligencia que tu dueña te atribuye, no estarías aquí —le dijo al chihuahua.

Trece no movió ni un solo músculo. Se limitó a seguir mirándolo con fijeza proverbial.

Varulf optó por pasar del chucho y volver a fijar la vista en la pantalla, mientras su dedo índice se movía sobre los botones del mando. Entonces *Trece* despegó el trasero del suelo y de un gracioso salto se encaramó al sofá que estaba casi completamente ocupado por el inmenso cuerpo del licántropo.

—No insistas. No entiendo qué ve Lena en ti y desde luego estás loco si crees que obtendrás de mi algo parecido.

Pero *Trece* volvió a hacer caso omiso de las advertencias del sueco y se acomodó junto a él. Todo parecía ir bien hasta que un desagradable tufillo se coló por las fosas nasales del licántropo. El olor subió en intensidad hasta el punto de aferrarse con acidez en la garganta.

—¡Maldita babosa peluda! —exclamó cuando acertó a pensar que el asqueroso efluvio procedía del animal.

Varulf se abalanzó sobre él y consiguió sujetarlo con ambas manos, pero *Trece*, fue suficientemente rápido para mantener libres las dos extremidades delanteras y aferrarse con las uñas al tejido del sofá, tratando de escapar del sueco.

Justo cuando Varulf estaba a punto de taladrar las orejas del perro con sus colmillos, Selenia apareció en el vano de la puerta, con la cabeza envuelta en una toalla.

—¡Joder! ¡Varulf! ¡Suéltalo!

Capítulo 21

Varulf soltó el chihuahua a regañadientes y éste corrió con la cola y las orejas gachas hacia su dueña, que lo recogió y lo acunó junto al pecho. ¿Por qué sentiría tanto cariño por ese pedazo de carne peluda nada bueno y a él tenía que discutirle absolutamente todo? Estaba claro, los dioses pusieron a las hembras en el mundo para volver locos a los machos.

—¿Se puede saber qué te ha dado? —preguntó enfadada.

—Ese perro tuyo es un hijo de Satanás —respondió Varulf sin apartar los ojos de la mascota.

—¡Estás loco! *Trece* es muy dulce.

—¿Sí? Pues eso iba a hacer; probarlo a ver si realmente es tan dulce.

—¿Cómo puedes tenerle tanta inquina? ¡Jamás te ha hecho nada!

—¿Qué no? ¡Eso! —dijo señalándolo—. Es más mofeta que perro.

Selenia miró al chihuahua y después a Varulf alternativamente.

—¿Quieres decir que...? —preguntó con la risa pugnando por escapar de su garganta.

—Sí. Eso mismo quiero decir.

Las carcajadas resonaron estrepitosamente. Selenia reía y reía sin parar, llevándose la mano libre al abdomen dolorido por el esfuerzo. Varulf terminó riendo también sin poder evitarlo. *Trece* miraba hacia los dos con expresión de no entender nada, pero movió la cola con energía, al menos su dueña parecía contenta. Ella lo dejó nuevamente en el suelo y éste trotó feliz hasta salir de la habitación.

Cuando las risas se hubieron calmado, se produjo un silencio incómodo. Varulf carraspeó y volvió su atención a la pantalla del televisor. Selenia dedicó unos minutos a frotarse la cabeza con la toalla para secarse el pelo. Cuando pensó que si continuaba así terminaría doliéndole el cuero cabelludo, miró al licántropo.

—Me gustaría saber cómo acaba la historia —dijo sin rodeos.

—Pues yo no sé si quiero proseguir.

—Vamos, Varulf, no te hagas de rogar, me lo debes. —El sueco siguió sin mirarla. Ella robó el mando a distancia de su mano para apagar el televisor—. Prometo que no enjuiciaré ni censuraré tus actos.

Varulf la miró a los ojos, aquellos enormes y profundos ojos. Para ser sincero consigo mismo, no era su discusión lo que en realidad le molestaba, sino cómo reaccionaría cuando llegara a la parte en la que era la protagonista.

Si hasta el momento Selenia había sentido indignación por algunas cosas, no quería pensar cómo reaccionaría cuando supiera la verdad acerca de su intervención en el plan. Lo peor de todo, es que su importancia era máxima y aún no había terminado.

—No me preocupa que discutas o que declares que lo hubieras hecho de otro modo. En realidad, tú no lo has vivido, no lo has sufrido. Lo ves como un espectador que sólo puede suponer lo que yo he sentido o padecido.

—Supongo que tienes razón.

—La tengo —aseveró—. Te lo explicaré todo. Es necesario que lo sepas.

—¿Necesario?

—Sí, porque aún no has terminado, necesitaré tu ayuda.

—La tienes —dijo—. Te he ayudado desde el principio. Bueno —se corrigió—, desde que supe que me habían traicionado.

—Escúchame bien —dijo mirándola con intensidad—, lo que has hecho hasta ahora ha sido de vital importancia. Pero cuando termine mi relato, es posible que no lo entiendas o que creas que...

—No digas nada más. Continúa con la explicación y deja que yo lo valore cuando llegue el momento.

—Como quieras.

—De acuerdo. Sé cómo conseguiste el apoyo de Lycaón, pero y ¿Atrox? Dijiste que era un desterrado, cómo ha llegado a ser Alfa de una manada.

—Bueno, la idea que yo tenía al principio para lograrlo se vio truncada por un par de individuos que aparecieron en escena armando un lío tremendo en Inglaterra. Wild le pidió ayuda a Atrox, y a la muerte de aquel me aseguré de que le relevara en el cargo. Así es como llegó a Alfa.

—¿Te aseguraste? ¿Querrás decir que Wild se aseguró?

—Bueno —se encogió de hombros—, una vez dentro de un cerebro, si es receptivo se pueden implantar ideas, siempre que el individuo esté predispuesto a aceptarlas como propias. Wild estaba muy cansado.

—Comprendo.

—Para introducirlo en el Consejo, usé un poco a mis contactos. No fue complicado. Además, por el camino encontró el amor. —Varulf puso los ojos en blanco.

—Vaya, qué bonito.

—¿Sí? En fin… Conoció a Corliss, una humana exageradamente curiosa. También la has visto en el panel. Cuando me di cuenta de que Atrox sentía algo por ella, supe que sería el medio perfecto para tenerlo controlado. No me mires con esos ojos acusadores —dijo—. Apenas si tuve que intervenir un par de veces. Una vez con él para asustarlo un poco y otra con ella para que no temiera lo que descubriría. Nada que no hubiera ocurrido igualmente con un poco más de tiempo. Pero ya sabes que, tiempo es lo que menos me sobra. Sus destinos estaban entrelazados. Me vino bien ya que fue la excusa perfecta para que Amarok se sintiera fuera de lugar junto a Atrox y deseara volver a su tierra.

—Donde estaban los documentos que buscabas —dedujo.

—En efecto. Además me ocupé de salvar la vida del indio ya que como te he contado tenía que cumplir con el Pacto que firmara su padre tiempo atrás. Por eso ahora me debe un favor que me cobraré en breve.

—Es decir, que no me equivoqué al pensar que no haces nada gratuitamente.

—Esto es una batalla de intereses, Selenia. Ni más ni menos.

—Ya veo —dijo aunque se aseguró de ofrecer una sonrisa conciliadora—. ¿Y el resto?

—¿El resto? —preguntó.

—Sí. Me has hablado de tres de los fotografiados en el panel, cinco si cuento a las hembras, ¿cómo has dicho que se llamaban? ¡Ah!, sí, Manon y Corliss. Pero hay más.

—Supongo que te refieres a Anpu, Koram y a esa fotografía desenfocada.

—Tú sabrás. —Se encogió de hombros.

—La última, en la que apenas puede distinguirse una figura difusa, es un intento de Einar por fotografiar a Fenrir. Fallido como supondrás. Se cuida muy bien de no mostrarse demasiado en público y, siempre que lo hace, se asegura de que lo envuelvan las sombras.

»Los otros dos son algo aparte pero también han jugado un papel importante a la hora de elegir a Lycaón como integrante de ese grupo, ya que Anpu es un gran amigo suyo y Koram estaba, por aquel entonces, a su cargo o algo parecido.

—¿Estaba? ¿Ya no lo está?

—No, ahora es Anpu quien está con él. Es nagual. Y uno de los más poderosos he de añadir. Por eso es el más indicado para ese trabajo.

—¿Por qué? ¿Koram es peligroso?

—¿El pimpollo peligroso? —Varulf se carcajeó brevemente—. No —terminó con una sonrisa.

—Entonces no entiendo…

—Es lo único que puedo hacer para protegerlo.

—¿Protegerlo? ¿De quién?

—De Fenrir, por supuesto. Si de alguna manera Fenrir se enterara de que Koram vive y lograse echarle el guante, lo usaría en mi contra del mismo modo que hace con mi padre.

—¿Es parte de tu familia?

—Sí.

—Pero tú no puedes…, es imposible que tú… —Varulf volvió a reír a carcajadas, pero esta vez más sonoras—. Dime que no es lo que pienso.

—No es lo que piensas.

—De acuerdo. —Selenia pareció satisfecha e incluso ridículamente aliviada—. Bueno, no es necesaria tanta risa a mi costa, después de saber que eres algo que según las leyes naturales de nuestra raza es imposible que exista, no puedes recriminarme que pensara que pudieses tener hijos.

—Sí, supongo que tienes razón. Soy un bicho raro.

—Lo eres —aseguró Selenia—, en más de un sentido.

—Pero no soy el único que existe —apuntó.

—No puede haber más como tú —dijo emulando un gesto de espanto.

—No, como yo no hay más. Soy único e irrepetible.

—Gracias a los dioses. No sé si el mundo sería capaz de soportarlo.

—¿Y tú?

—No, tampoco yo lo sería. Fíjate en que tú sólo te has bastado para poner el mundo del revés a muchos de los nuestros. Incluida yo misma.

—¿De verdad? ¿Crees que tu mundo está del revés?

—Sí. Hasta que apareciste, yo sólo era una soldado dispuesta a sacar adelante una operación.

Varulf cambió la postura que había mantenido hasta el momento, medio reclinado en el sofá, para sentarse erguido a su lado y mirarla fijamente.

—¿Eras o creías ser?

La pregunta consiguió que el vello de la nuca de Selenia se erizara ligeramente y sintiera un vacío en el estómago que nada tenía que ver con la falta de alimento. En ese momento olvidó que había tratado de firmar una tregua con él.

—¿Estás insinuando algo, Varulf? —El interpelado notó cierto tono belicoso en su voz y volvió a recostarse, dejando que transcurrieran un puñado de segundos, sin mirarla, antes de contestar.

—Los que saben de mi condición me llaman señor. —Dicho esto la miró de reojo, observando cada una de sus reacciones.

—Jamás he llamado ni llamaré señor a alguien con quien me haya acostado —respondió con rotundidad, totalmente indignada.

—Estás asustada, puedo notarlo. Y sin embargo has sido rápida y aguda con tu respuesta. Te entrenaron bien.

—¿Esto sólo ha sido una prueba?

—¿Qué te hace pensar eso?
—Tu comentario. —Varulf sonrió de aquella forma peligrosa en que solía hacerlo. Selenia se cuadró de hombros y respiró profundamente—. Ya has terminado con todos. Me has dado la explicación para cada una de las fotografías de tu dichoso panel. Sólo falto yo.
—En efecto. Sólo faltas tú.
—¿Y bien?
Varulf se levantó y paseó delante del sofá, de un lado a otro.
—Puede que lo que oigas no te guste demasiado.
—Ya contaba con eso.
—Incluso que te sientas estafada.
—Conozco esa sensación.
—Es posible que... —Varulf dejó de caminar y se paró justo frente a ella para inclinarse ligeramente, acercando su rostro al de la Pura—, no creas ni una sola palabra de lo que te voy a contar.
—Está bien —suspiró—. Estoy preparada. Adelante.
—De acuerdo. Veamos. ¿Por dónde comenzar esto?
—¿Qué tal por el principio?
—No. Sólo conseguiría complicarte las cosas. Empecemos por el momento en que nos encontramos en Kulturhuset. Creo que será mejor así.
»Si no estoy equivocado, llegaste hasta mí con la orden expresa de infiltrarte para extraerme información relativa a mis planes. Pero con la particularidad de no recordarlo. ¿Me equivoco?
—Supongo que mentirte no serviría de nada. Además ya hemos hablado de eso.
—Cierto, lo hemos hecho. Como sabes yo esperaba que alguien acudiera a mí para ayudarme a realizar parte de mi plan. Alguien que debía ser un aliado. Uno de los míos.
—Sí. Me tomaste como tal.
—No. No te tomé como tal. Era a ti a quien esperaba. Tú eres de los míos. —«Sólo que no sabía que fuera a ser una hembra y, mucho menos, que fuera a ser precisamente ella», pensó mientras le daba la espalda y se mesaba el cabello.
—Imposible. Si fuera de los tuyos jamás me hubieran encargado esta misión.

—Eso ya lo tuvieron en cuenta cuando te prepararon para que te introdujeras en el bando contrario.

—¡Mierda! No entiendo nada.

Varulf giró sobre sus talones para volver a mirarla y se acuclilló frente a ella.

—¿Qué recuerdas acerca del SIN?

—No sé qué demonios es el SIN.

—El Sistema Invasivo Neuronal. Has debido recordarlo. Sé que lo recuerdas.

El eco de un dolor punzante, como una evocación del tormento que había pasado durante las primeras horas después de despertar en aquella furgoneta, volvió a su mente en ese preciso instante.

—Me hicieron algo. Eh… Mi memoria…, he soñado que… —murmuró llevándose las manos a las sienes.

—Sí. Narve se hizo cargo de tu intervención.

—¿Lo conoces? ¿Conoces a Narve? —preguntó mirándolo a los ojos un momento.

—No personalmente. Pero es de los nuestros. Se juega mucho diariamente trabajando entre ellos.

—Borraron mi memoria —dijo apretando los párpados y con la frente arrugada, esforzándose por recordar.

—Eso es lo que creen. Pero Narve sólo la cambió de lugar. Por eso están aflorando mediante tus sueños.

—Pensé que estaba loca. Pensé que…

—Imagino que no ha sido agradable.

—Pero ¿por qué? ¿Por qué yo…?

—Sólo era cuestión de tiempo que intentaran algo así, infiltrar a un topo entre nosotros. Lo suficientemente cercano para poder incluso matarme si fuera necesario aunque eso contrariara los planes que tiene Fenrir para mí. Nos adelantamos suministrándole el topo. Tú, una agente doble por así decirlo.

»Creamos un historial nuevo para ti y entraste a formar parte de sus filas. Tu experiencia y tu pericia consiguieron llamar su atención lo suficiente como para que te eligiera. Pero durante el proceso tú llevaste a cabo otra misión que te fue implantada… —Varulf buscó la palabra adecuada para que ella pudiera comprenderlo y no alarmarla más de lo necesario—. Digamos, mediante un sistema subliminal: localizar el paradero de Heimdall. Lo conseguiste, descubriste dónde lo ocultaban, incluso lograste hablar con él.

—Entonces, ellos no me traicionaron. No me utilizaron. En realidad yo...

—Eso es.

Por alguna razón que Varulf no comprendía ese hecho hizo que Selenia se sintiera un poco mejor consigo misma. No había sido víctima de un engaño, en realidad era ella la que había llevado la sartén por el mango desde el principio.

—Me dijo que te buscara —afirmó con los ojos muy abiertos.

—Sí.

—¿Él sabía que yo...?

—No. Puedo hablarle pero sin saber si me comprende, ver lo que él ve durante unos segundos. No puede comunicarse conmigo aunque no comprendo por qué —dijo evidenciando la frustración que sentía—. Hay algo que impide que él se concentre lo suficiente para permitirme la conexión mental completa.

—El goteo... —murmuró.

—¿Qué?

—El goteo —repitió—. Le aplican un goteo constante sobre la cabeza. Recuerdo que pensé que eso volvería loco a cualquiera.

—¡Joder! —Su ira amenazaba con desbordarse de nuevo. Respiró profundamente, no era momento de dejarse llevar por los impulsos irracionales—. ¿Qué más recuerdas?

Selenia trató de concentrarse todo lo que pudo, pero el dolor volvía a hacerse presente, cada vez con más intensidad.

—Únicamente mi conversación con él y cómo escapé de allí.

—¿Pero sabes dónde está? ¿Sabrías darme alguna pista? ¿Algo que pueda utilizar para llegar hasta él?

—No. Aún no he llegado a esa parte —dijo apesadumbrada.

—Explícate.

—Es como si recordara hacia atrás —intentó hacerle entender—. Digamos que lo primero que recordé fue lo último que viví.

—¿Y qué fue?

—Soñé que me montaba en un coche, el vehículo con el que había llegado hasta allí. Me sentía estafada, engañada, traicionada. Fue poco antes de dar mi consentimiento para que borraran mi memoria y aceptar esta misión. Urdí un plan para recordar. Recibo mensajes en mi IPhone para no cometer errores y hacer algo que vaya contra mis principios.

—¿Cómo matarme? —preguntó arqueando una ceja y sonriendo de medio lado.

—Bueno, para serte sincera me he sentido tentada en alguna ocasión.

—Por la forma en que jadeas cuando nos acostamos juntos, jamás lo hubiera dicho.

—Eso es porque finjo de maravilla. Como has dicho, me entrenaron muy bien. —Ambos rieron con ganas. Necesitaban descargar tensiones y ésa era una forma como otra cualquiera—. ¿Qué vamos a hacer? ¿Cómo sacaremos a tu padre de esa espantosa prisión?

Varulf volvió a erguirse y caminó de nuevo, pensando seriamente en la cuestión. Selenia se limitó a observar su ir y venir.

—Tendremos que esperar a que recuerdes cómo llegaste —dijo después de un par de minutos.

—¡Pero no sabemos cuándo ocurrirá!

—Tarde o temprano lo soñarás, igual que has soñado todo lo demás —dijo mientras apoyaba las manos en la parte superior del marco de la puerta y hundía la cabeza entre los hombros.

—¿Y si no lo hago? ¿Y si por algún motivo falla? ¿Qué pasará con Heimdall? ¿Qué pasará con todo? —evidenció mirando la formidable espalda del sueco.

—Tendremos que confiar en que ocurrirá. No hay otro modo.

Selenia apretó los puños de pura impotencia. ¿Acaso todo por lo que había pasado ahora no serviría para nada? ¿Y si, precisamente por la necesidad de recordar, esa parte no la soñaba? ¿Y si tardaba demasiado? ¿Y si para cuando lo hiciera ya era tarde? En ese momento recordó lo ocurrido unos días antes.

—¡Sí lo hay! —exclamó—. ¡Lo hay!

—No quiero ni que pienses en esa posibilidad —respondió Varulf al momento, señal de que esa misma idea había pasado por su mente primero.

Selenia se levantó antes de volver a dirigirse a él, mostrándole así la emoción que la embargaba.

—¿Entonces de qué sirve todo lo que has hecho? ¿Y por lo que yo he pasado? ¿De qué sirve el don que tienes? Ese poder sobre la mente...

Varulf volvió a mirarla y la agarró por los hombros con fuerza.

—¡Ya viste lo que le ocurrió a aquel humano del callejón! ¡Reventó por dentro cuando busqué la información que necesitaba en su cerebro! ¿Eso es lo que quieres? ¿Ése es el final que deseas para ti? ¡No voy a hacerlo!

Selenia no respondió. Un tenso silencio se apoderó de ambos.

—Esperaremos —dijo Varulf antes de retirarse y dejarla a solas con sus pensamientos.

Capítulo 22

Varulf caminó inquieto, arriba y abajo, en el espacio que hacía las veces de taller mecánico. Parecía un lobo enjaulado y así era como se sentía. Tanto trabajo, tanto esfuerzo, tantos problemas resueltos y ahora se encontraba con aquel escollo insalvable.

En comparación con todo lo que había pasado ya y lo que estaba aún por ocurrir, era un maldito guijarro frente a una montaña de escombros. Una jodida piedrecilla que, en otras circunstancias, podía patear y seguir adelante sin ni siquiera dignarse a mirar hacia atrás.

Pero la piedrecilla en cuestión no era insignificante. Era Selenia. Ahí radicaba la gran diferencia. Maldijo cien veces a Einar por elegirla a ella como enlace. ¿En qué demonios estaba pensando ese viejo lobo?

A su mente acudieron los momentos compartidos con la Pura. Las pullas lanzadas, recogidas y vueltas a disparar. Las tensiones, las risas, incluso el placer compartido.

«¡Joder!», exclamó furioso mientras de una patada lanzaba un destornillador contra la pared de enfrente.

¿Qué demonios le estaba pasando? ¿Desde cuándo tenía conciencia? ¿Acaso la convivencia con los otros lo había convertido en un jodido blandengue? ¡No! ¡Se negaba rotundamente! ¡Él era el Hati! ¡El cabrón que siempre se había reído a costa de los que habían cambiado la espada por la sartén! ¡El que había urdido un plan tan perfecto y bien hilado como para que nada escapara a su control! ¿En qué narices estaba pensando cuando decidió que ella debía saberlo todo? ¿En qué le beneficiaba eso? ¡Mierda! Tendría que haber aprendido ya que muchas veces la ignorancia de los demás era una bendición para él.

Era su olor. Su aroma que lo envolvía cada vez que estaba cerca. Ese perfume dulzón de su piel que lo animaba a seducirla. ¡Sí! ¡Eso era! ¡No podía ser otra cosa! ¡Sólo esa maldita atracción sexual entre dos licántropos de alto rango! ¡Impensable que él hubiera caído en las jodidas y enmarañadas redes de...! ¡Dioses! ¡No quería ni pensarlo!

Necesitaba escapar de allí.

Se apresuró hasta su alcoba, escogió algo con que cubrirse el torso. Y su cazadora. Tenía que salir al exterior, sus nervios y su mente exigían velocidad, requerían montar en la motocicleta y alejarse de Selenia durante un par de horas para no sentir su presencia ahogándole los pensamientos, dando al traste con sus objetivos. Únicamente así podría pensar con claridad y tomar la decisión correcta.

Justo cuando estaba a punto de girar la llave de contacto, el teléfono móvil vibró con la entrada de una llamada.

—¿Varulf? —se escuchó al otro lado.

—Sí, Manon, soy yo.

—Ya hemos terminado. Siento haber tardado más de lo habitual pero ha sido bastante complicado. Esto es como un rompecabezas y ha costado mucho encajar todas las piezas.

—¿Y bien? ¿Cuál es la conclusión?

—Todo apunta a que la historia es cierta, Varulf. La nave de Nydam es mucho más pequeña y rudimentaria que las embarcaciones vikingas. Parecida a las *snekkes* pero mucho más antigua. La diferencia más notable es que las vikingas podían navegar tanto a remo como a vela. Ésta no tiene velamen. Pero el diseño es el mismo, aunque con modificaciones en el casco. Estoy segura de estar ante el abuelo del *drakkar*. La historia de tu padre es auténtica.

—Gracias por tu ayuda, Manon.

—¿Estás bien?

—¿Por qué no debería estarlo?

—Porque aún no has intentado flirtear conmigo o bromear

con la virilidad de mi esposo. Y, si te conozco lo suficiente, ésa es señal inequívoca de que algo no marcha contigo.

—Todo va bien —respondió—. ¿Cuándo regresas a casa?

—Hoy mismo.

—Me hubiera gustado agradecerte este favor personalmente.

—Quizá en otra ocasión.

—De acuerdo, yo pagaré el motel. Saluda al calzonazos de tu marido de mi parte —dijo antes de colgar sin poder esconder una sonrisa.

Selenia permaneció en la pequeña salita unos minutos más después de haber oido el motor y, en consecuencia, la salida de Varulf. ¿O era más correcto llamarlo huída?

Desde allí le había sido imposible ignorar el ruido que hacían sus botas mientras caminaba airado de un lado a otro.

Sin embargo, las emociones que la embargaron a ella fueron algo distintas.

La primera en manifestarse había sido el alivio. Aunque pareciera extraño, la consoló saber que sus instintos no fallaron y en ningún momento fue traicionada. Ése había sido su objetivo. También desapareció el extraño hormigueo que pululaba en su interior cada vez que caía en la nebulosa de deseo con que el sueco la envolvía cuando la tocaba. Ahora se sentía menos culpable.

No existían tales traiciones por parte de nadie, sólo operaciones encubiertas. Desde el principio fue consciente de estar haciendo lo correcto.

Pero, con ese pensamiento, apareció una sombra que enturbió esa grata impresión. Algo no cuadraba.

Si, como le explicó Varulf, ella había sido infiltrada entre las tropas enemigas para llevar a cabo precisamente esa acción, la de encontrar a Heimdall, ¿cómo es que en su sueño se sentía tan indignada? En teoría, si había ejecutado el plan con éxito, debía sentir euforia y satisfacción, no esa ira y la decepción consecuente. ¿Por qué no recordaba haber sido escogida para ello? ¿Por qué se sentía engañada? Esa emoción jamás se daba en una operación clandestina pues el sujeto era consciente de estar realizando la misión que le había sido encomendada.

Intentó por todos los medios encontrar una respuesta a aquella incógnita que, a medida que reflexionaba, se le antojaba cada vez más fundamental. Quiso convencerse a sí misma de que Varulf tenía una explicación, pero tal como estaba el humor del sueco, dudaba incluso de la manera correcta en que debería formular la pregunta.

Trece apareció y comenzó a olisquearle los pies hasta que Selenia lo cogió en brazos y comenzó a rascarle bajo las orejas inconscientemente. El pequeño chihuahua, lamió su mano cariñosamente.

«*Trece*», pensó.

—Tú siempre has sabido quién era yo, ¿verdad? Me reconociste nada más entrar en el apartamento. Si hubiera sido una extraña nunca hubieras venido a mí. —El perro la miró con aquellos pequeños y oscuros ojos saltones.

Al menos había encontrado una respuesta por sí misma aunque no recordara el momento en que adquirió el can. ¿Sería capaz de conseguir el resto del mismo modo?

«Sí», se dijo. Recordando cómo empezó todo. Necesitaba saber qué había pasado antes de entrar en el lugar donde retenían a Heimdall. ¿Cómo se había sentido? ¿Qué había pensado? ¿Qué había hecho? Dedujo que sería el único modo de saber a ciencia cierta la verdad absoluta.

Tenía que hacer lo posible por convencer a Varulf de que penetrara en su mente. Para que extrajera esa información. De improviso, sintió algo demasiado cercano a la ternura por la forma en que se había negado terminantemente a hacerlo, aún siendo ambos conscientes de que era el medio más rápido y efectivo. A su manera no era el monstruo que él se empeñaba en mostrar. Después de todo, ninguno de los dos era tan insensible como querían aparentar.

Sabía los riesgos que corría, recordaba perfectamente el rostro del humano demudado por el dolor y la forma en que murió. Pero tenía que haber una manera de paliar, aunque fuera en algunos grados, ese dolor. Quizá la invasión del sueco fue demasiado rápida debido a que el humano estaba al borde de la muerte. ¿Qué le había dicho al respecto? Algo como que no tenía tiempo de hablar con él para que trajera al plano consciente la información que necesitaba.

Ahí estaba la clave. Esa era la forma de hacerlo. Y así lo plantearía.

Sin desmontar, con un pie anclado sobre la grava, Varulf dejó sus ojos vagar a placer sobre el precioso panorama que ofrecían las pequeñas islas que componían Estocolmo, mientras esperaba la llamada de Anpu con la respuesta requerida. Por más que lo intentara no podía tomar una decisión con respecto a Selenia y eso lo mantenía en duro conflicto consigo mismo.

Por un lado, primaba el hecho de obtener la información que se encontraba oculta en su cerebro. Y por el otro, no dejaba de pensar en el daño cerebral que podría producirle su exploración. El problema radicaba en que no era información que ella pudiera ofrecerle por mucho que lo deseara ya que no la recordaba. Así que el método de traerla a un nivel consciente era una baza con la que no podía contar. No existía. Eso precisamente era lo que la ponía en peligro.

No dejaba de preguntarse qué hubiera hecho en caso de que el sujeto fuera otro distinto a la Pura. La respuesta era siempre la misma: entrar sin importar en qué estado quedaría el individuo.

En realidad, así es como debía proceder y lo sabía. La importancia de recuperar a su padre para poder, después, atacar directamente al núcleo podrido del Consejo era muchísimo más grande que cualquier baja que dejara por el camino. El bienestar de la raza justificaba esas pérdidas.

La vibración del teléfono le advirtió de la llamada y se apresuró a contestar.

—Amarok ya se ha puesto en camino —informó Anpu sin más preámbulos.

—Perfecto.

—Quizá debieras esperarte a que llegue para intentar la intrusión en el cerebro de Selenia. Al menos si ocurre algo, él podría ayudarla a recuperarse.

—Créeme cuando te digo que después de eso, poco hay que recuperar. El indio no podría hacer nada por ella.

—En todo caso, buena suerte.

—Gracias —respondió antes de colgar.

Puso el motor en marcha y se encaminó hacia la estación fantasma. Trataría de plantearle la cuestión a Selenia lo mejor posible, pero no podía ignorar que debía realizar esa invasión a su mente.

El destino le imponía una dura prueba y jamás había reculado frente a nada. Su lugar y su rango, todo por lo que había pasado, todos los que habían caído en beneficio del resto, eran demasiado importantes para no honrar su sacrificio. Sería como escupir sobre sus tumbas y no estaba dispuesto a que esas vidas se perdieran en balde sólo porque había descubierto... «Que tengo conciencia», se dijo a sí mismo, ya que admitir cualquier otra cosa era impensable.

Había estado deambulando por las inacabadas instalaciones de la estación abandonada. Aunque aún quedaban restos de andamios, todo estaba más o menos ordenado y colocado en el lugar debido pero con una considerable capa de polvo extendiéndose infinita. Tanto era así, que en las huellas que iban dejando sus botas a cada paso, podía verse el dibujo de las suelas con todo detalle. También las pequeñas patitas de *Trece* dejaron un sinuoso dibujo que se entrelazaba con el suyo. Comparando el lugar con otras estaciones de la red de metro, famosas por sus artísticas decoraciones espectaculares, ésta parecía salida de una película de terror de los años setenta.

Hasta que sus ojos dieron con un bonito, aunque obsoleto, tren formado por ocho blancos y relucientes vagones. Sorprendida, se acercó lentamente y se asomó al interior. El espacio no mostraba el abandono que campaba en la estación, como si Varulf se hubiera ocupado de mantenerlo limpio y en perfecto estado de conservación.

—*Silverpilen* —dijo el sueco tras ella.

Selenia dio un respingo ante la inesperada aparición del sueco.

—¡Joder, Varulf! Tienes que dejar de hacer eso o me matarás —respondió Selenia. La mano que había ido a buscar el arma que hubiera llevado en otras circunstancias, viajó hasta posarse sobre el pecho agitado.

Varulf se cuidó de no mostrar emoción alguna ante el comentario de la Pura, aunque estaba seguro de que había sido consciente de que la broma era de muy mal gusto teniendo en cuenta lo que les esperaba. A cambio se encogió de hombros y caminó hasta llegar junto a ella.

—¿Es otra de tus compras? —preguntó Selenia sin dejar de admirar uno de los vagones.

—En realidad, ya estaba aquí cuando llegué. Funcionaba, así que no vi la necesidad de deshacerme de él. Los pocos que lo han visto lo llaman *Silverpilen*.

—La flecha plateada —tradujo ella.

—Así es. Este pequeño tren ha dado pie a una leyenda urbana muy conocida en la ciudad. Con la capacidad cerebral que tienen los humanos y no utilizan ni una cuarta parte... —comentó—. Creen que es un tren fantasma, uno de esos trastos malditos que recoge pasajeros después de las doce y sólo se apean de él cuando ya están muertos.

—¿Un holandés errante sobre vías?

—Algo así.

—¿Y cómo es que lo han visto?

—Alguna vez lo he utilizado como transporte, pero siempre cuando la red de metro ya había terminado su jornada laboral. Quizá algún operario despistado, algún vagabundo...

—Entiendo.

Varulf empezó a caminar de vuelta al interior y Selenia lo siguió, tomando a *Trece* en brazos y paseando a su lado.

—¿Dónde has estado? —El sueco la miró sin contestar. Y tampoco supo cómo interpretar la mirada con que la obsequió.

Varulf pensó que esa pregunta se parecía demasiado a las que haría alguien con potestad suficiente sobre uno. Pero, que él supiera, era muy libre de ir donde quisiera sin tener que rendir cuentas a nadie.

—Bueno deduzco que no quieres decírmelo —comentó. Tampoco así logró arrancarles ni un solo sonido a aquellos labios apretados—. Supongo que los tejemanejes de la realeza no deben ser de interés para los simples plebeyos —añadió con el propósito de molestarlo.

—Buen intento, cachorrita. Pero esa técnica conmigo no te funcionará —dijo adivinando las intenciones de la Pura, no obstante su cerebro estaba demasiado ocupado con el modo en que le plantearía la cuestión que tenían pendiente como para buscar una réplica más al estilo de la que ella esperaba.

—¿Qué técnica? —Preguntó arqueando una ceja como él lo hacía.

—La que contigo es efectiva al cien por cien.

—Entonces supongo que tendré que olvidarla y probar con alguna más seductora como la tortura con la piedra.[1] —Ni así logró algo parecido a una mueca que sugiriera una sonrisa—. Está bien —dijo componiendo un rictus serio—, ¿qué ocurre?

—Ya lo sabes.

Por supuesto que Selenia lo sabía, pero no podía imaginar una razón para que al sueco le afectara tanto.

Habían llegado de nuevo al espacio reservado como taller y Varulf siguió caminando hasta entrar en la salita. Por la puerta abierta Selenia vio varias bolsas con alimentos que descansaban en el suelo de la cocina y hasta allí fue a husmear el chihuahua.

—¿Y vas a estar con esa cara de amargado hasta que te diga por fin lo que he soñado? No es propio de ti —dijo a su espalda sin esperar reacción alguna.

—¿Y qué narices sabes tú sobre lo que es o no propio de mí? —espetó de pronto encarándose a ella en tono furioso. Selenia lo miró con el ceño fruncido, más por no entender a qué venía esa explosión de ira que al enfado—. ¡Hasta hace unos días no sabías de mi existencia! ¡Hasta ayer mismo, ni siquiera sabías quién era en realidad! ¡No te haces una idea de todo lo que he tenido que soportar! ¡De lo que no he podido disfrutar! ¡No te imaginas lo que es vivir inmerso en este hermetismo! ¡De lo que supone tener que luchar para recuperar algo que te corresponde por derecho sin saber con certeza si ocurrirá algún día! ¡De saberte siempre solo aun estando rodeado de miles! ¡De las veces que me he preguntado si valía la pena con-

---

1. Tortura medieval en la que se suspende a la víctima del techo y se ata a sus genitales una cuerda cuya longitud no llegue al suelo. Se sujeta una piedra en el otro extremo y se deja caer bruscamente, produciendo un horrible dolor. *(N. de la A.)*

tinuar! ¡De la cantidad de momentos en los que me hubiera gustado mandar todo a la mierda y olvidarme de todos!

Los ojos del licántropo se encendieron con un verde intenso y en su frente comenzó a aparecer la marca que lo distinguía como un ser especial; el Puro por excelencia. Probablemente en otro momento, Selenia la hubiera observado fascinada.

—No, no sé todo eso que has dicho. Ni quiero imaginarlo. Pero no trates de cargar sobre mí el peso de tus actos. Eso te corresponde sólo a ti llevarlo, exactamente igual que esa corona que tanto deseas calzarte —respondió, controlando el tono para hacer el mejor mutis de su vida y desaparecer.

Pero Varulf no estaba dispuesto a permitírselo y la sujetó para impedirle la huida.

—Éste es uno de ellos —le dijo mucho más calmado aunque con un vestigio de ira vibrando en sus palabras.

—Lo siento pero no te comprendo.

—Éste es uno de esos momentos en los que lo mandaría todo a la mierda, ¿entiendes? —La soltó pero mantuvo el contacto con los ojos para asegurarse de que no se marcharía.

Y entonces la besó. Tiró con fuerza hacia él y, en un latido, Selenia se encontró con el muro férreo de su pecho. No fue un beso tierno ni acariciador. Fue un beso lleno de necesidad, de pasión. Sujetándola por la nuca, devoró su boca con saña y rudeza, sorbiendo fuertemente el labio inferior antes de soltarla.

Selenia lo miró largamente en completo silencio mientras la marca desaparecía. Parecía un héroe vencido, sin ganas de continuar en la lucha, sin la chispa que siempre había iluminado sus ojos. Pero, entre sus palabras y sus actos, entre su confesión, Selenia supo vislumbrar algo, un indicio que le proporcionó el valor suficiente que necesitaba, que pedía a gritos. Varulf no era de los que hablaban de amor, ni de los que te sorprendían con un ramo de flores a la puerta de casa. No lo avergonzaría forzándolo a algo así pues esa forma de actuar tampoco estaba en la naturaleza de la Pura. No obstante, en lugar de utilizar aquello que acababa de descubrir, buscó la mejor forma de hacerlo, la evidencia que jamás podría negar.

—La vida de tu padre está sobre el tapete, Varulf. Y no creo que quieras jugar con eso. Ahora —continuó conduciéndolo al sofá para poder sentarse uno frente al otro—, haz lo que debes hacer. Trataré de abrir mi mente todo cuanto pueda.

La invasión del sueco no se hizo esperar. Pero esta vez, a diferencia de aquella primera cuando se conocieron, no hubo el agudo e inmediato dolor que casi la hizo retorcerse. No obstante, tampoco fue algo agradable. Al menos al principio. Cuando ya hubiera apostado a que todo el proceso sería así, descubrió que estaba equivocada.

Empezó como una punzada lejana que fue subiendo en intensidad a medida que sentía cómo la presencia del sueco se adentraba en lo más profundo de sus pensamientos. Como si una flecha se abriera paso atravesándole el cerebro para girar, ajena a cualquier ley natural, y volver sobre sus pasos para traspasarla de nuevo antes de explotar. Fue como si miles de pequeñas y ardientes esquirlas cayeran sobre su mente, incendiándola desde el interior. Entonces, reaccionó el instinto de supervivencia tratando de expulsar la entidad extraña que la saqueaba sin miramientos con toda la fuerza de la que fue capaz. Cuando la presión apareció comenzó a gritar, aunque le fue imposible oírse a sí misma. Sus oídos registraban únicamente el rugido feroz de la sangre fluyendo salvaje a medida que sentía como si sus ojos desearan escapar de la prisión de las cuencas oculares. Apretó los párpados de forma instintiva como para impedir que sucediera, hundiendo las uñas en sus manos hasta sentir la humedad de la sangre escapando de los puños.

Varulf tembló cuando los gritos de la Pura alcanzaron un nivel desgarrador mientras veía sus súplicas entre los recuerdos de los últimos días vividos juntos. En su mente descubrió esos pequeños detalles de la convivencia que habían sido más relevantes para ella. Se vio a sí mismo de un modo diferente, de la forma en que ella lo percibía. Y se sorprendió al comprobar hasta qué punto había buscado explicaciones y excusas para su comportamiento, fueran o no adecuados. Por primera vez experimentó la duda, se preguntó si estaba haciendo lo correcto, si realmente el fin justificaba los medios.

—«Lo siento, Lena».

Escuchar la voz de Varulf fue como encontrar algo familiar en un caos de sufrimiento, una pequeña llama en una oscuridad de espantoso dolor y se aferró a ella con desesperación. El saqueador no era tal, recordó que ella misma había dado su consentimiento y la presión disminuyó notablemente aunque no desapareció.

Varulf sintió el esfuerzo que estaba haciendo Selenia por mantener la cordura en medio del calvario que estaba pasando. Sintió en su propio ser lo que suponía aquello que le estaba haciendo a su mente.

Durante la exploración del cerebro de Selenia, Varulf descubrió con facilidad facetas de la Pura que aún desconocía. La conoció mucho más allá de lo que ella jamás estaría dispuesta a admitir. Pero ni rastro de lo que buscaba.

Allí, en el lugar donde se almacenan los recuerdos, Varulf se afanaba en removerlo todo, sin encontrar ni rastro de lo que necesitaba.

Selenia gritó de nuevo cuando el sueco se acercó a una densa negrura. De sus ojos cerrados escaparon lágrimas de sangre. El rugido en los oídos pasó a un insoportable estruendo. Las venas de su rostro se inflamaron dotando a su piel de un color purpúreo. La presión que Selenia soportaba estaba llegando a un límite muy peligroso, si permanecía más tiempo allí probablemente la perdería para siempre. Pero esa oscuridad latente en el subconsciente tenía que significar algo.

—«Lena, sé que puedes oírme. Sigue así. No te abandones al dolor. Eres la licántropo más fuerte y valiente que he conocido. ¡Vamos! No quiero perderte. No así. Aguanta un poco más.»

No supo de dónde sacó las fuerzas necesarias para continuar. Varulf notó cuando la Pura se aferró a sus hombros, clavándoles las garras profundamente y, sin perder más tiempo, se adentró en aquel abismo de negrura infinita. Un aluvión de imágenes inundó la mente de la hembra. Gritó por última vez y los músculos de su cuerpo perdieron tensión. Cayó hacia delante, golpeando con la cabeza el pecho de Varulf.

Capítulo 23

Supo que algo se cocía a sus espaldas mientras mantenía uno de aquellos desagradables enfrentamientos con Wanja.
 Desde su llegada a la base todo había ido sobre ruedas. Se implicó en todas las acciones y trabajó muy duro, pero otros soldados hicieron lo mismo a lo largo de su carrera militar sin alcanzar la posición a la que ascendió ella en cuestión de un año. No obstante jamás dudó de merecerlo.
 Su entrenamiento había sido exhaustivo y su capacidad y estados físico y mental inmejorables. Tenía muy claras cuáles eran las características más valoradas aplicándose en ellas hasta perfeccionarlas. Todo ello le sirvió para ganarse el respeto de sus compañeros y que sus superiores se fijaran en ella, poniéndola al frente de un grupo más numeroso cada vez. Así es como fue progresando en su carrera, desplazándose hasta Estocolmo para liderar uno de los pocos comandos existentes encargados de la seguridad del Consejo.
 Hasta que logró conseguir aquella operación: infiltrarse y conseguir información de un individuo que colaboraba activamente en la organización de un comando terrorista destinado a asesinar a los miembros del Consejo. Se requería a alguien de lealtad incuestionable y probada experiencia en operaciones encubiertas y de asalto. Que la seleccionaran para ello, le produjo gran satisfacción pues significaba que su trabajo era valorado como esperaba.
 Sin embargo, aquella licántropo se paseaba por las instala-

ciones de los soldados como si fuera la comandante en jefe, algo que, siendo ella quien estaba al mando, no iba a tolerar. Wanja se encargaba únicamente del papeleo administrativo y de mantener la línea de comunicación entre la base y el alto mando sin ninguna otra potestad.

—Nunca, ¿me oyes? Nunca más te atrevas a ordenar nada a uno de mis subordinados. Si deseas alguna cosa, te dirigirás a mí y yo decidiré si podemos perder el tiempo en tus tonterías. Los soldados no están para hacerte de lacayos.

—¡No me hables de esa manera! ¿Acaso no sabes a quién te diriges?

—Mi nivel y rango me dan derecho a hablarte como quiera, Wanja. De hecho, tú también estás bajo mi autoridad. Te crees por encima de todo por estar emparentada con miembros del Consejo y porque jamás me ha gustado actuar como perro policía. Pero, aquí, en este cuartel, mando yo. No vuelvas a olvidarlo.

—¿Tú? —El bello rostro de Wanja se deformó con repulsión—. Tú no eres nadie. Sólo una soldado condecorada con aires de grandeza que cree saberlo todo. Pues sorpresa, no sabes nada. Te crees escogida por tu valía para algo grande. Para servir con honor a tus superiores, pero no tienes ni la más remota idea de lo que te va a ocurrir. Eres un simple títere que cree que obedece órdenes ciegamente sin cuestionarse nunca nada, eso es lo que eres. Por eso te han elegido. Hicieron un buen trabajo de lavado de cerebro contigo, preciosa.

—Estás resentida. Hablas desde la ignorancia.

—No, querida. Hablo desde el lugar que me corresponde. Lugar en el que obtengo mucha más información de la que tú jamás tendrás.

Dicho esto, Wanja se marchó sonriendo con suficiencia, dejándola en un estado de conmoción.

La forma en que hablaba sobre la misión indicaba que Wanja conocía ciertos aspectos de ésta, lo cual no le gustó en absoluto.

Recordó el momento en que firmó el documento aceptando ejecutar la operación Ragnarok. En él se especificaba que tendría que pasar por una pequeña intervención que eliminaría parte de su memoria para, en caso de ser descubierta, no *poder revelar información útil al enemigo. Asimismo, puntualizaban las distintas fases de la operación y el equipamiento preciso, incluido la adjudicación de un piso franco en Gamla Stand. El resto del texto era común a todas las órdenes llegadas directamente del Consejo.*

Aunque confiaba plenamente en sus superiores, la charla con Wanja tuvo como resultado que esa noche apenas pudiera pegar ojo especulando acerca del comentario sobre el mérito de su elección. Decidió que antes de pasar por la intervención debía estar segura de sí misma y de lo que estaba a punto de hacer. Se levantó, de madrugada todavía, para dirigirse a las oficinas anexas al complejo militar donde Wanja desempeñaba su trabajo.

Revolvió archivos, cajones y papeles. Nada parecía estar fuera de lugar ni ser lo bastante sospechoso para dar visos de veracidad a las palabras de la licántropo. Todo estaba en el orden acostumbrado.

Se sentó en la butaca, cansada aunque algo más tranquila, diciéndose a sí misma que Wanja no tenía fundamento alguno para las acusaciones lanzadas, cuando sus ojos recayeron sobre el chivato encendido del equipo informático. La pantalla se encontraba apagada pero el aparato permanecía en funcionamiento. Pulsó el botón de encendido y vio que estaba recibiendo, en ese mismo momento, un pedido muy extraño. Aunque lo que más llamó su atención fue el nombre clave de la operación a la que debía cargarse aquella partida: Ragnarok.

En la nota se requerían pesadas cadenas de buen calibre, numeroso instrumental médico y suficientes vituallas para alimentar a un regimiento.

Sin saber qué iba a encontrar, tecleó comenzando una búsqueda exhaustiva de cualquier entrada que contuviera como clave «Ragnarok». La respuesta del ordenador no pudo menos que sorprenderla. Un largo listado de pedidos similares solicitando material, víveres, personal... ¿Qué demonios era aquello? Creía estar al corriente de cuanto concernía a la operación, sin embargo en ningún momento le habían informado de la existencia de una base específica de seguimiento.

Dispuesta a averiguar las causas de todo aquel secretismo decidió que investigaría el lugar dónde se haría la entre-

ga del material solicitado. Memorizó la dirección y, al alba, salió de las instalaciones para alquilar el vehículo que la llevaría allí.

Condujo desde Uppsala hasta llegar el polígono industrial. Encontró fácilmente la nave señalada como destino de las entregas. Las persianas de todos los edificios circundantes permanecían cerradas a aquella hora tan temprana, así que esperó a que comenzara la actividad cotidiana confiando en que ésta le procurara alguna información interesante.

Aunque más que información trajo sorpresas. Jamás, hubiera creído lo que vio. Wanja se encontraba allí, reunida y discutiendo acaloradamente con un licántropo al que sólo había visto una vez en el tiempo que llevaba en las instalaciones militares. El sujeto, alto y muy delgado, con edad suficiente para haber vivido demasiado, miraba a la licántropo con el ceño fruncido y le gritaba de forma desaforada, aunque Wanja no pareció amilanarse en ningún momento.

Esperó, oculta en el vehículo durante toda la jornada, hasta que el personal desapareció de su vista y la quietud envolvió de nuevo el complejo de naves industriales. Sólo entonces se decidió a entrar.

Ya antes de abrir los ojos, supo que Varulf estaba allí. De hecho podría jurar que llevaba horas, pues su olor saturaba el ambiente. Lo que no supo fue cómo había llegado hasta la cama. Que ella recordara, todo había comenzado en el sofá de la sala.

—Toma un poco de agua. Supongo que tendrás hambre, llevas durmiendo más de doce horas seguidas, pero es mejor que bebas unos sorbos antes de meter nada sólido en tus tripas, teniendo en cuenta que vomitaste toda la bilis cuando te levanté para trasladarte aquí.

—¿Te vomité encima? —preguntó después de hacer caso al sueco y tragar algo de líquido.

—Sí.

—Supongo que debo decir: bien por mí —dijo, dejando caer la cabeza de nuevo sobre la almohada y cerrando los ojos por un segundo que evidenció el dolor que aún sentía.

Varulf sonrió y las comisuras de sus ojos se arrugaron dando fe de que la sonrisa era genuina.

—Me hubiera encantado estar presente para ver eso —comentó una voz desde el marco de la puerta.

—No me cabe la menor duda —respondió Varulf.

Selenia giró lentamente el rostro para ver al indio de las fotografías y del que le había hablado.

—Tú debes de ser Amarok, el nagual.

—En efecto. Encantado de conocerte, Selenia.

—¡Oh! Yo también estoy encantada. Disculpa que no me levante. —El tono irónico pareció conseguir un conato de sonrisa en el indio—. No me dijiste que tendríamos visita —añadió dirigiéndose al anfitrión.

—No me diste tregua, cachorrita.

—No me llames así si no quieres que te patee el culo, vikingo. —Aunque la sonrisa que comenzó a esbozar se vio truncada por un brusco aumento del dolor—. Joder, siento como si tuviera la cabeza repleta de agujas pinchándome el cerebro.

—Tu cuerpo estará recuperado en pocas horas, el dolor irá desapareciendo más lentamente —informó el indio.

—Muy alentador —murmuró la hembra con una mueca de disgusto.

—Al menos no has muerto —señaló Amarok antes de desaparecer sin ver la mirada ceñuda que lanzó Varulf en su dirección.

—Lo conseguimos —dijo satisfecha.

—Lo conseguiste —corrigió el sueco guiñándole un ojo con complicidad.

—¿Y bien?

—Descansa un poco más —dijo Varulf levantándose de la silla junto a la cama en la que había permanecido todo el tiempo—. Volver a revivir los recuerdos ahora no te hará ningún bien. Te traerá más dolor. Ya hablaremos de ello cuanto estés recuperada.

—Pero…

—Nada de peros, Lena. Descansa, soldado —dijo—. Es una orden.

—Vete al infierno —balbució la hembra con una leve sonrisa, antes de volver a caer en la inconsciencia del sueño.

Varulf salió de la habitación para encontrarse con Amarok.

—Al menos tiene imaginación para mandarme a lugares distintos —dijo encogiéndose de hombros y haciendo alusión al lugar donde todos sin excepción lo mandaban en más de una ocasión.

Caminaron juntos hasta la cocina y el indio siguió con el brebaje que estaba preparando para la Pura y que la ayudaría a recuperarse.

—La someteré a un examen para valorar si ha sufrido daños internos cuando sienta menos dolor.

—Está bien. Si hay daños trataré de reparar lo que esté en mi mano. Aunque conseguí que la hemorragia cesara con rapidez. Una vez que el recuerdo comenzó a brotar ya no necesité hurgar más.

—Hablas de ella como si te refirieras a una de tus motos —comentó mostrando el disgusto que le provocaban los métodos del sueco—. Espero que no la obligaras a pasar por eso. Es demasiado brutal, incluso para ti.

—No la obligué. En realidad no hizo falta. Ella lo quiso.

—Sabiendo de lo que eres capaz, eso tampoco aclara mucho las cosas. Pero supongo que no es de mi incumbencia.

—¿Ves? En eso estamos de acuerdo —señaló abriendo la nevera y cogiendo un bocado que masticó.

—¿Qué piensas hacer ahora?

—Pues —comenzó abriendo una lata de cerveza—, sentarme en el sofá y descansar un par de horas. Pero siento decirte que sólo hay sitio para uno de los dos, así que tendrás que buscarte otro lugar. —Abandonó la cocina con la idea de tumbarse.

—Varulf —llamó Amarok—. No pienso dejar solos a Galilahi y al niño demasiado tiempo, así que más te vale que vayas trabajando en lo que sea que tienes entre manos para sacar a tu padre de donde lo tengan secuestrado.

—Si ves que me duermo, no me despiertes —respondió alzando una mano y moviendo los dedos en señal de despedida.

Rebel esperó hasta que la sala de tiro quedó completamente vacía. Revisó cada uno de los compartimentos individuales para asegurarse de que no quedaba ningún rezagado terminando de recoger las pistolas reglamentarias, antes de volver al último; el que había elegido para probar el arma diseñada siguiendo sus instrucciones.

Apretó el botón y cuando estuvieron a su altura, observó detenidamente las perforaciones que las balas normales habían dejado en las dianas utilizadas por el anterior tirador. Sólo un par de palabras acudieron a su mente para definirlas: pobres ineptos. Los proyectiles que usaban, aunque de buen calibre, eran fabricados también por los humanos. Para ellos resultaban fatales. Pero para un licántropo…

No. A un lico era necesario meterle un buen puñado de ellas en el cuerpo para que comenzara a debilitarse. Y nunca, terminarían produciéndole la muerte. Existían otras armas en el mercado que quizá sí lo mataran pero eran demasiado pesadas o incómodas para su manejo y transporte.

Abrió el pequeño maletín donde guardaba la pieza. Contempló el trabajo artesanal y los proyectiles explosivos de calibre sesenta, alineados debajo, con morbosa adoración. Cuando estaba a punto de extraerla con la reverencia que merecía, el chirrido de las bisagras de la puerta exterior le advirtió que alguien había entrado. Cerró el maletín de nuevo maldiciendo su mala fortuna y ocultó el arma bajo la repisa, buscando el ángulo menos iluminado. Volvió a ponerse las gafas de protección y empuñó la reglamentaria simulando prepararse para disparar a las dianas. En ese momento la puerta de acceso a la sala insonorizada se abrió para dar la bienvenida a Fenrir, quien caminó despacio mientras los bajos de su sempiterna túnica se balanceaban con cada paso.

Rebel dejó de nuevo el arma, las gafas y la protección para los oídos sobre la repisa y se cuadró frente a su superior.

—Señor.

—Vamos, amigo mío, no es necesaria tanta formalidad —dijo Fenrir palmeándole la espalda un par de veces—. Encontrarle no ha sido fácil. No sabía que gustara de la práctica de tiro.

—Es la manera correcta de mantenerse en forma, señor.

—Cierto y también una válvula de escape para las tensiones, ¿no le parece?

—Así es, señor —respondió intentando no mostrar nada que pudiera hacerlo desconfiar.

Fenrir extrajo un arma de entre sus ropajes y la sopesó antes de estirar el brazo perpendicularmente al rostro y apuntar a una de las dianas.

—Debería protegerse los oídos y los ojos, señor. Sobre todo los oídos.

—¡Oh! No pienso disparar y le agradecería que usted tampoco lo hiciera —añadió señalándose los pabellones auditivos—. En realidad, jamás he necesitado nada parecido a esto para templar los nervios. Todo cuanto he ordenado siempre ha sido cumplido a rajatabla.

—Es tranquilizador saberlo, señor.

Fenrir emitió un sonido que pretendía ser algo semejante a una risa, aunque jamás se podía estar seguro, ya que la capucha mantenía una oscuridad permanente alrededor de su rostro.

—Hasta estos últimos días. —Rebel experimentó una gran inquietud en su interior, como si su estómago contuviera la quinta de las siete plagas que asolaron Egipto. Desde que lo vio aparecer, presintió que su presencia allí, no se debía ni a la cortesía ni al azar—. ¿Existe la posibilidad de que sepa algo acerca de la información que me ha llegado esta mañana?

—¿Qué clase de información, señor?

—Verá, mi querido amigo, esta mañana planeaba dedicar el día a cuestiones puramente políticas. El Consejo tiene pensado reunirse en breve y necesito realizar una exposición convincente sobre los resultados de nuestra investigación. Ya sabe a qué me refiero… —Rebel asintió—. Para ello me he puesto en contacto con nuestro centro de investigación y cuál ha sido mi sorpresa cuando me han informado sobre la desaparición de uno de los doctores encargados del estudio de los embriones experimentales: Larsson.

Todas las alarmas se dispararon dentro de Rebel. Recordó el momento en que Wanja, varios días atrás, hizo desplazar a un equipo de seguridad precisamente hasta allá con la loca idea de que alguien había estado husmeando en su escritorio. Discutieron acaloradamente. La hembra le montaba aquellas escenas a menudo, la mayor parte de las veces exagerando las cosas sólo para llamar la atención y reafirmar su autoridad como familiar de Fenrir. Sin embargo, comenzaba a pensar que aquella vez, tuvo algo de razón. No obstante, la muy hija de perra no informó de la desaparición del doctor en ninguna de las conversaciones que habían mantenido, sin duda para forzar la situación en la que ahora se encontraba.

—Es la primera noticia que tengo al respecto, señor. No obstante, es probable que se haya tomado algún descanso debido a la cantidad excesiva de horas que pasan encerrados allí.

Fenrir estudió su rostro valorando la reacción en los gestos, para decidir si realmente decía la verdad. Pasado un largo minuto pareció convencerse y dio un paso atrás.

—Eso fue lo que pensé. Y por eso me tomé la libertad de enviar a alguien de confianza a indagar. Sorprendentemente no hay constancia de la salida de dicho doctor. Sólo de la entrada.

—Ciertamente es extraño, señor. Pondré un grupo de licántropos a su disposición para que investiguen el asunto.

—Eso me complace, Rebel. —El tono de Fenrir sugería una sonrisa de frialdad—. No obstante, no dejo de preguntarme...

—¿Sí, mi señor?

—Si este insólito caso no tendrá algo que ver con el asalto que sufrimos la noche pasada en las instalaciones militares de las que usted está a cargo. Ya sabe que me refiero a la central.

Justo en ese momento, las langostas que habían estado dándose un festín en sus tripas migraron hasta su garganta.

—Señor..., yo...

—Relájese, Rebel —dijo aún con aquel tono frío mientras palmeaba una vez más su espalda—, es usted un licántropo con muchísima experiencia a sus espaldas. Estoy seguro de que puede expresarse mucho mejor que con un par de balbuceos.

Rebel carraspeó y tragó saliva con dificultad antes de poder coordinar dos palabras seguidas. Si hablaba sobre la identidad del asaltante, podía considerarse muerto.

—Ya sabe cómo actúan esos rebeldes —comenzó—. Uno de ellos intentó colarse en las instalaciones amenazando al centinela, pero pudimos repeler la intrusión antes de que se produjera. Sólo quedó en una refriega sin importancia, no quise molestarlo con esa minucia. Recibimos amenazas casi a diario —se excusó.

—Entiendo —dijo después de un rato, aunque Rebel no supo discernir si lo decía en serio—. Wanja siempre tiende a exagerar las cosas.

—Las hembras suelen hacerlo, señor.

—De todas formas me quedaré mucho más tranquilo si investiga los hechos como si fueran uno solo. Inmediatamente. Para descartar la posibilidad. Ya conoce el procedimiento.

—Por supuesto, señor.

—Y, Rebel, más vale que lo que me ha contado acerca del asalto sea cierto. Para mí tampoco es agradable tener que penetrar en mentes ajenas, pero no tengo que recordarle lo fácil que me resultaría descubrir si me miente.

—Por supuesto que no, señor.

—Si no es mucho pedir, desearía que me acompañe hasta la salida. Estos pasillos me parecen todos iguales.

—No faltaba más —dijo señalándole el camino para que le precediera. De ese modo pudo recuperar el maletín y esconderlo bajo la chaqueta para no suscitar más preguntas embarazosas.

Capítulo 24

*L*evantarse de la cama no fue nada fácil. Tuvo que hacerlo despacio, pues al primer intento experimentó un mareo que casi la tumba en el suelo. Esperaba que, después de tantas horas, su cabeza ya se hubiera recuperado y pudiera moverse normalmente. Era evidente que estaba equivocada.

Terminaba de vestirse con las ropas que, una vez más, Varulf le había dejado junto a la cama cuando escuchó un par de golpes en la puerta.

—Adelante.

Amarok se acercó a ella con un vaso entre las manos y se lo ofreció.

—Bebe, te sentirás mejor.

—¿Qué es?

—Sólo una combinación de hierbas de acción analgésica. Hará que el dolor desaparezca más rápidamente.

—Sabe a rayos —dijo con una mueca después de probar un sorbo.

—Valora qué es mejor: el dolor o el mal sabor.

—Visto así... —Selenia miró de nuevo el contenido con ojo crítico y lo tragó de un tirón antes de devolverle el vaso al *cherokee*, componiendo un cómico gesto de disgusto.

—Buena chica —dijo antes de darse la vuelta para dejarla a solas de nuevo.

—¿Nunca sonríes? —La pregunta consiguió que Amarok se detuviera y girara el rostro para mirarla.

—Sólo cuando tengo motivos.

—Supongo que tu estancia aquí no es voluntaria.

Amarok esperó un segundo antes de contestar.

—Deduzco por tus palabras que sabes más acerca de mi situación de lo que deberías.

—Varulf me lo ha explicado todo.

—Para el sueco, la palabra «todo» tiene un significado distinto que para el resto de los mortales —comentó apoyando la espalda en el marco de la puerta.

—¿Qué quieres decir?

—No importa —negó con la cabeza—. ¿Qué haces aquí? Con él.

—Buscar respuestas. Quiero saber la verdad.

Amarok abandonó el apoyo, como si de repente recordara algo que debía hacer sin perder tiempo.

—Pues tendrás que esperar a que vuelva —dijo antes de desaparecer de su vista.

Selenia lo siguió hasta la cocina. No deseaba estar sola. *Trece* meneó la cola al verla y ladró contento al otro macho que había sido tan amable con él.

—¿Y tú?

—¿Yo qué? —preguntó llenando el cuenco de agua del can y dejándoselo cerca.

—Sé que le debes un favor pero ¿cuál es tu función aquí?

—Soy nagual. Ayudaré a Heimdall a recuperarse cuando lo rescatemos de la prisión donde lo retienen. —Selenia arrugó el ceño ante la respuesta.

El indio se extrañó de que no formulara más preguntas y que, de pronto, pareciera estar a miles de años luz de distancia.

—¿Ocurre algo?

—¿De dónde has venido? —preguntó entonces.

—¿Cómo?

—¿Desde dónde te has desplazado? ¿De dónde has venido?

—¿Importa?

—Tu respuesta me aclarará una duda. Nada más, sólo es importante para mí —dijo ante la reticencia del *cherokee* a desvelar su procedencia.

—Desde México. Me alojo en las cuevas del Cerro de los Remedios con mi esposa y un niño humano.

—¿Cuándo llegaste?
—¿Aquí?
—Sí.
—A tiempo para ayudarte. No sé a dónde quieres llegar.
—Sé más explícito, por favor.
—Según dijo Varulf, una hora después de que perdieras el conocimiento.

Por alguna razón, su respuesta le provocó tan evidente tensión que Amarok temió que, a pesar del remedio ingerido, el dolor de cabeza volvería postrándola de nuevo.

Se acercó a ella con preocupación y cogió su mano para conducirla de nuevo al dormitorio.

—No es conveniente que te alteres, al menos durante un par de horas, hasta que estés recuperada casi por completo. Lástima que aquí no entre la luz del sol, Akycha[2] te ayudaría.

—En este momento no es reposo lo que necesito, sino...

—¡Vaya! —dijo Varulf que llegaba en ese momento—. ¿Intentando echar una cana al aire, indio?

—...desmembrar a ese perro rubio mentiroso —terminó Selenia.

Amarok hizo oídos sordos al comentario del sueco y no pudo evitar una sonrisa ante las palabras de Selenia. Dejó a la Pura, pues parecía vérselas bastante bien con el dolor que sentía y se cruzó de brazos mirándolos a ambos.

Selenia clavó la vista en el sueco como si pudiera incinerarlo con los ojos.

—¿Me he perdido algo? —preguntó ignorante de la indignación que bullía a fuego vivo en el interior de la hembra.

Las pupilas de Selenia cambiaron del negro al rojo en un instante y en su blanca dentadura los caninos comenzaron a despuntar amenazantes.

—¡Falso perro sarnoso! ¡Babosa rastrera y desagradecida!

—¿Qué le has dado, indio? —preguntó arqueando una ceja en su dirección.

Amarok alzó las manos y negó con la cabeza en señal de inocencia absoluta antes de volver a cruzarlas sobre el pecho.

---

2. Espíritu femenino del sol, de la tribu Inuit. *(N. de la A.)*

Selenia avanzó un paso y descargó una potente bofetada en la mejilla del sueco.

—¡Mentiroso! ¡Farsante! —volvió a gritar.

—Me han acusado de muchas cosas en mi vida, pero siempre he sabido la razón. —En su tono ya no se advertía la jocosidad de la que había hecho gala un segundo antes.

—¡Fingiste que no querías buscar en mi mente sólo para que yo me compadeciera de ti y tus circunstancias y tener vía libre sin que la conciencia te carcomiera por dentro! ¡Esperaremos! ¡Esa fue tu respuesta cuando yo lo sugerí! ¿Por qué no aceptaste entonces? ¡Ya tenías pensado hacerlo, lo tenías todo preparado, ¿verdad?! ¡Sabías que yo insistiría! ¡Pero no, tenías que jugar con las emociones y los sentimientos de los demás! ¡Con eso es con lo que disfrutas en realidad! —Selenia se llevó una mano a la sien, tratando de aliviar el dolor sin conseguirlo.

—No fue así —se defendió.

—¡Me hablaste de lo malditamente complicado que era para ti todo esto, de cómo te había jodido la vida! ¡De cómo hubo momentos en los que pensaste olvidarlo todo y marcharte lejos! ¡Me hiciste creer que te importaba, que por eso no querías hacerme pasar por ello! ¡Me mentiste! ¡Lo tenías todo calculado! ¡Bravo, Varulf! ¡No solo eres un hijo de perra, también eres un gran actor!

—¡Estás equivocada! —exclamó Varulf para hacerse oír.

Selenia giró ciento ochenta grados y se metió en el dormitorio, cerrando de un portazo tan violento que resonó en los oídos de los machos como si fuera a derrumbarse el techo.

—¿De qué narices habéis hablado? ¿Qué mentira le has contado? —rugió al indio.

—¿Conoces el cuento de *Pedro y el lobo*?[3]

—¡Yo no he mentido a nadie!

—Pero tampoco dices toda la verdad. —Fue el turno de Varulf para escupir llamas por los ojos—. No intentes pagarlo conmigo, sueco. Mi deuda contigo es de otra índole —dijo antes de volver a encerrarse en la cocina.

---

3. Cuento popular ruso cuya moraleja es enseñar cómo, si mientes, al final nadie te creerá cuando lo necesites. (N. de la A.)

Y

Caminar arriba y abajo por el taller se estaba convirtiendo en una rutina. ¡Y lo odiaba! Esa sensación de no saber qué hacer ni cómo comportarse era irritante de por sí.

Desde muy joven tuvo claro que mantener una relación demasiado larga con una hembra era inconveniente. ¡Joder, si lo había visto en las vidas de sus colaboradores! ¡A dos palmos de sus narices! Y no era lo mismo intervenir para que estas relaciones se produjeran y de paso beneficiarse, que sufrirlo en las propias carnes. No, padecerlo era muchísimo peor. Era como haberse tragado un parásito que te corroyera por dentro, alimentándose de cada una de tus decisiones. Como una tenia gorda y asquerosa, instalada en el cerebro, que engullera cada una de las palabras de la hembra hasta volverte un loco o un botarate.

Lo peor de todo es que se sentía estúpidamente culpable del malestar de Selenia. Y eso aún lo ponía más furioso pues, pensándolo fríamente, ¡él no era responsable de que lo hubiera malinterpretado! ¡Ella había sacado sus propias conclusiones sin esperar explicaciones!

¡Pero maldito fuera!, en realidad la Pura tenía algo de razón. Aunque nunca tuvo intención de jugar con emociones o sentimientos, de cualquier modo había tomado la decisión de introducirse en su mente, fueran cuales fueran las consecuencias. Bien, pues ahí las tenía. Ahora tocaba decidir si merecía la pena afrontarlas.

Si pensaba como debía, es decir, como lo había estado haciendo desde que encontró a Einar en aquella taberna, dejaría que la Pura se calmara por sí misma. Intentaría deshacerse de aquella sensación enfermiza que lo embargaba cada vez que estaban juntos. Lucharía contra la desquiciante urgencia de sentirla cerca, de que lo comprendiese, de obtener su aprobación para todo lo hecho y lo que estaba por hacer. Haría frente a la delirante necesidad de protegerla que parecía haberse instalado en sus entrañas desde el día en que la encontró en aquel bar del Kulturhuset, aunque ella no necesitase ni quisiera ser protegida. Incluso en ese momento, cuando era consciente de que él había provocado ese peligro.

Maldiciendo a sus ancestros en varios idiomas, Varulf se encaminó decidido hasta el dormitorio. Cuando tomaba impulso para empujar la puerta con todas sus fuerzas aunque reventara los goznes, Amarok apareció en el pasillo y lo miró negando con la cabeza antes de suspirar y volver a desaparecer. El sueco, recompuso sus ropas, respiró profundamente y llamó un par de veces con los nudillos.

Selenia asomó con semblante relajado que cambió al instante, tornándose frío y evidentemente enfadado, al ver que no era el indio quien llamaba a su puerta. Intentó volver a cerrarla en sus narices pero el pie del sueco se lo impidió. Selenia lo miró un momento fijamente y apretando los labios, abrió un poco más la puerta sólo para intentar cerrarla con más fuerza, a sabiendas de que el pie seguiría allí para recibir el golpe.

—¡Joder! —exclamó Varulf.

—Si no te largas no me conformaré sólo con eso.

—Quiero hablar contigo —dijo entrando de un empellón y cerrando tras él.

—¡Ja! Tú no hablas, ordenas, mientes, impones, ¡maquinas! —exclamó con aspavientos—. Pero no hablas.

—¡No te he mentido!

—¿Ah, no? ¿Y cómo llamas a lo que has hecho? ¿A hacerme creer que sentías algo por mí?

—Sólo porque me preocupaba el estado en el que terminaras no quiere decir que...

—¡Oh, pobrecita Lena! ¡Puede quedar lela de por vida o morir! —exclamó en un tono teatral—. ¿Qué es eso? ¿Compasión?

—No, tampoco es compasión.

—¡Claro que no! ¡Tú no puedes sentir compasión por nadie! ¡Tienes una piedra negra y afilada donde deberías tener el corazón!

—¡Maldita sea, Selenia!

—¿Qué vas a decirme ahora, Varulf? ¿Que no quiero entenderte? ¿Que no comprendo la importancia de lo que tienes entre manos? ¿Que la vida de unos pocos vale menos que el bienestar de muchos? ¡Era mi vida la que estaba en peligro!

—¡Y por eso dudé tanto! ¡Por eso me negué cuando lo sugeriste por primera vez! ¡Y por eso traté de controlar hasta el último instante todo cuanto te ocurría mientras estaba conectado a ti! ¡Por eso sentí que me hundiría en la oscura miseria si algo te ocurría!

—¿Y qué se supone que debo hacer? ¿Darte las gracias por perdonarme la vida?

Varulf clavó los ojos en los de la hembra, intentando hacerle ver que era completamente sincero con ella.

—No hay nada que agradecer, lo hice porque... —El sueco enmudeció.

—¿Por qué? —Selenia se acercó a él sin apartar la mirada de aquel verde tormentoso que ahora teñía las pupilas del macho—. ¿Por qué, Varulf?

Los dedos del sueco se cerraron en dos duros y apretados puños a los costados de su cuerpo. Los labios tensados en una fina línea de terquedad. Incluso en los tendones del cuello, Selenia advirtió la tirantez a la que estaba sometiendo su cuerpo.

—Esto es una jodida pérdida de tiempo. Me marcho —masculló ella yendo hacia la puerta.

Sólo entonces Varulf giró en redondo.

—Mi padre aún está en apuros. Si te importa algo todo por lo que hemos pasado, me ayudarás a sacarlo de allí.

—¿Y un nuevo reto basado en mi conciencia? —preguntó sin dignarse a mirarlo.

—No. Te estoy pidiendo ayuda.

Esta vez fue Selenia quién tardó algo más de lo habitual en contestarle.

—Lo pensaré.

—¿Lo pensarás?

—Es la única respuesta que puedo ofrecerte en este momento.

Trabajaba sobre el plano que había trazado basándose en los datos extraídos de la mente de Selenia donde localizar la ubicación exacta de la nave y calcular el tiempo con precisión para llevar a cabo el rescate, cuando la voz de Davor llegó hasta sus oídos murmurando *Another town, another train* de Abba.

—*Cuando despiertes sé que llorarás. Y las palabras que escribí para decir adiós, no te consolarán para nada* —cantaba—.

Pero con el tiempo comprenderás, que los sueños que soñamos, eran de arena. Para un holgazán inútil como yo, vivir es ser libre —continuó en un tono más alto cuando dio con él.

—Por favor, Davor. No es el momento, ni estoy de humor.

Davor abrió los ojos desmesuradamente. La respuesta de Varulf era totalmente contraria a su modo de actuar con él. El *ruotsi* nunca rechazaría unos minutos de diversión ni aunque tuviera entre sus manos la salvación del mundo. Era capaz de manejar ambas cosas y gozar del momento.

—¿Problemas? —preguntó mirándole desde el vano de la puerta, ataviado con una de aquellas horribles camisas hawaianas y sonriéndole satisfecho.

—Algo así, sí.

—¿Y la hembra? No la he visto.

—Ella es el problema.

—*Yo era celosa antes de que nos conociéramos. Ahora cada mujer que veo es una amenaza potencial. Y soy posesiva, eso no es bueno* —siguió cantando, pero esta vez tomando la letra de *Lay all your love on me*—. *No vayas gastando tu emoción, deposita todo tu amor en mí* —terminó, con las manos sobre el pecho y dotando a la canción con un sostenido tono grave para finalizar, que no le pegaba en absoluto—. Al menos he logrado arrancarte una sonrisa. Aquí tienes los planos de la nave que me has pedido. Aún están calentitos —añadió, colocándole un gran papel doblado sobre la mesa.

—Gracias pero me distraes de lo que debo hacer.

—Me tomaré eso como un halago.

—Tómalo como quieras pero vete de aquí.

—Sabes cómo acabar con las ilusiones de un pobre licántropo —dijo mostrando un fingido mohín—. ¿Me das al menos un besito de despedida?

—Vete, Davor —volvió a decirle pero esta vez acompañando las palabras con un suave empujón.

—Está bien. Quizá después, cuando acabes con tus obligaciones.

—Ni lo sueñes —dijo sin despegar los ojos de los papeles.

—Hasta luego, bomboncito mío. —Esperó a que Varulf ofreciera una réplica, pero al ver que no se producía, continuó travieso: Perla de Oriente. Rey de la casa. Pastelito. Cuchi-cuchi.

—¡Davor! —rugió.

—Vale, vale. Ya me voy.

Amarok volvía de ofrecerle a Selenia la última dosis de la medicina que le había preparado cuando se encontró con Davor en el pasillo. Éste se lo quedó mirando como embobado y comenzó a canturrear.

—*Dame, dame, dame tu amor esta nocheee...*

—¿Quién eres?

—Desde este mismo momento, tu seguro servidor. Maravilla de la naturaleza.

—Es Davor —informó Selenia desde atrás—. Amigo de Varulf. De confianza —añadió.

—Si es así, bienvenido —respondió Amarok antes de volver a la cocina.

Selenia se acercó con *Trece* siguiéndole los pasos.

—¡Oh! ¡Qué hermoso perrito! ¡Ven bonito, ven! —Cuando *Trece* aceptó la invitación, Davor se deshizo en mimos con el chihuahua que ladró evidentemente complacido—. Después de tantos años, no conocía esta faceta del *ruotsi*. No sabía que tuviera un perro como éste, ese chico guarda muchas sorpresas.

—En realidad, es mío.

—¡Hum! Ya me parecía a mí.

—¿A qué se debe tu visita, Davor?

—Vine a traerle los planos de una nave que me pidió hace unas horas. Ha tenido suerte, generalmente esas naves sufren modificaciones según el fin para el que las alquilen, pero estos en particular llevan años pagando religiosamente su cuota mensual.

—Eso nos proporcionará una información más o menos fiable.

—Sí, aunque de todos modos te tiene a ti. —Selenia mostró incredulidad antes de un severo enfado—. No se lo reproches, querida. Varulf jamás me ha ocultado nada.

—Ven, demos un paseo —dijo caminando hacia los túneles que llevaban al exterior, lejos de los oídos del sueco—. ¿Sabes quién es? ¿Lo que es?

—¡Por supuesto! —dijo con un ademán como para quitarle importancia—. ¿Quién crees que ha sido su punto de conexión con la ciudad cuando se ha ausentado?

—Entiendo.

—Lo conozco muy bien. Por eso me ha sorprendido encontrarlo tan conmocionado por lo que sea que le has hecho —dijo mirándola de reojo.

—¡Yo no le he hecho nada! ¡Él me mintió! Y no es capaz de reconocerlo.

—Perdona que no te crea. Varulf, jamás miente.

—Pues conmigo ha roto todas las reglas.

Davor arrugó los labios hacia un lado mientras se golpeó el mentón con el dedo índice.

—Quizá ahí tengas parte de razón. Sí, es muy probable. Eso explicaría el estado emocional en que se encuentra.

—Es decir, que me crees, admites que estoy en lo cierto cuando afirmo que me ha mentido.

—No, querida.

—Lo siento, Davor, pero no te sigo.

—No quiero ofenderte, bonita, pero es normal, eres demasiado…, simple —Davor sonrió ante el sonido de desprecio que emitieron los labios de Selenia—. No me interpretes mal. Quiero decir que para comprenderlo debes ir un poco más allá de la forma en que tú actuarías para afrontar una circunstancia.

—¿Pensar como él?

—Más o menos, sí. Aunque es complicado ya que su mente funciona de un modo mucho más complejo. Verás, frente a un problema generalmente se nos abren diferentes caminos a tomar para su resolución, opciones que debemos valorar y sopesar para decidirnos por el más correcto o el que implique menos pérdidas. Un humano, por ejemplo, vería entre tres o cuatro, quizá menos, no lo sé. Un licántropo, probablemente encuentre hasta seis. Pero Varulf, ¡oh! Él es capaz de ver cada una de las posibilidades que existen.

—Eso volvería loco a cualquiera —murmuró Selenia algo reticente a admitir las palabras de Davor como ciertas.

—En efecto. A cualquiera, pero no a él. Él es capaz de hacer lo imposible: confeccionar una nueva opción a partir de las diferentes posibilidades. Eso le permite tomar el más correcto, beneficioso y que produce la menor cantidad de pérdidas.

—¿Y qué demonios tiene que ver eso para que me haya mentido?

—Ésa no es la pregunta correcta.
—¡Ah!, ¿no?
—No. La cuestión es, ¿qué has hecho para que él se encuentre en ese estado de insatisfacción consigo mismo? Cuando lo he visto, me ha dado la sensación de que no era capaz de mantener el equilibrio habitual; el control del entorno. Creo no equivocarme al decir que le has roto los esquemas.
—Que yo, ¿qué?
—Cuando el *ruotsi* toma una decisión, ha sido tras un minucioso estudio, lo cual impide que después sufra remordimientos. Asume las consecuencias y los posibles daños colaterales. Todo está perfectamente calculado. Pero… creo que en lo que respecta a ti no puede ser imparcial como debe y eso le lleva a dudar de su criterio.

Selenia rio en sonoras carcajadas sin humor.

—¿Y esa es la conclusión que has sacado sólo con verle unos minutos?

—Lo conozco perfectamente, querida, y nunca, jamás, lo he visto vacilar. Ni siquiera cuando ha tenido que sacrificar vidas —dijo mirándola fijamente—. Algo ha cambiado en él, pequeña. Y tú eres la responsable.

Capítulo 25

*F*enrir tomaba una copa de vino, paladeándolo con fruición, mientras consideraba el momento más apropiado para dar muerte a Rebel. No necesitaba del uso de su poder para saber que aquel licántropo le ocultaba algo. Y no cualquier cosa.

Según la información que había proporcionado Wanja sobre el asalto sufrido en el recinto militar, se habían movilizado varias motos, un Jeep e incluso un helicóptero para perseguir al intruso. Transportes que no habían vuelto a su lugar de origen. Perdidos. Destrozados. Por tanto, era más que evidente que el insurrecto no había sido un rebelde cualquiera. Su identidad debía ser muchísimo más importante, tanto como… Varulf.

Lo que le corroía por dentro no era que Rebel le hubiera mentido, pues era lo suficientemente inteligente para imaginar que contándole lo ocurrido, el fracaso estrepitoso en sus obligaciones, hubiera terminado administrándole un mortal y doloroso castigo. En realidad, la pregunta que no cesaba de hacerse era qué información podría haberse llevado su enemigo.

Conocía perfectamente cuál era el punto débil de Varulf: su padre. Y sabía, que tarde o temprano intentaría rescatarlo. Por eso, en la central no se guardaban datos que proporcionaran alguna pista sobre su localización. Y eran Wanja y él mismo quienes se encargaban de los suministros o cualquier otro aspecto relacionado con el centro de experimentación. Únicamente Rebel conocía el lugar exacto de la nave, pero el licántropo guardaba contra el sueco casi el mismo veneno que animaban sus propias entrañas.

Sí, casi el mismo, pero no igual. Aunque ambos deseaban verlo muerto, Fenrir tenía unos planes muy especiales para el sueco, antes de que su cuerpo pereciera. Planes importantes y por los que había estado luchando tenazmente día tras días, durante todos aquellos años. Por eso no permitiría que el afán de revancha de un ridículo y completamente prescindible militar interfiriera en ellos.

Después de esperar varias horas dentro del vehículo, soportando el tenso silencio del sueco, por fin la noche cayó sobre el polígono dando el pistoletazo de salida, a la acción que estaban por emprender. En el exterior no se habían apreciado movimientos que pudieran sugerir un refuerzo en la seguridad del edificio. Sin embargo, como militar experimentado sabía que debía estar preparada para cualquier eventualidad.

—Es el momento —murmuró Varulf hacia el microauricular que Davor les había instalado a los cuatro para poder comunicarse entre ellos—. Recordad, sólo Selenia y yo entraremos, vosotros esperareis en la azotea a nuestra salida. Si tuviéramos que cambiar los planes os aviso sobre la marcha.

Selenia repasó mentalmente el camino recorrido la primera vez que estuvo allí, para asegurarse de que su memoria no le jugaría una mala pasada. No dejaba de plantearse cuestiones acerca de posibles detalles que quizá había pasado por alto al volverle los recuerdos mediante el sueño. Palmeó el bolsillo donde había guardado la tarjeta de acceso del doctor Larsson para comprobar, un vez más, que la llevaba consigo. Si los planes de Varulf no se cumplían, la necesitarían para salir de allí.

—¿Preparada?
—Sí —respondió.

Varulf notó cierto titubeo en la Pura que echó una ojeada por la ventanilla hacia el vehículo de Amarok y Davor, muchos metros atrás.

—Tranquila, yo también sé el camino, lo vi en tu cabeza.
—De acuerdo.
—Bien, adelante —dijo dirigiéndose a todos.

Abandonaron el coche y caminaron agazapados la distancia que los separaba del almacén, dando un buen rodeo hasta llegar a la parte trasera. Lanzando un gancho para anclar la cuerda, obtuvieron el medio por el que subir a la azotea y en pocos minutos aparecieron también Amarok y Davor, éste último resoplando.

—Ya no estoy para estos trotes —resolló.

—Si el plan no salicra según lo establecido, tenéis vía libre para escapar. Nos reuniríamos con vosotros en la estación —explicó Varulf recogiendo la cuerda y poniéndola a disposición de los otros dos para que la usaran en la huida.

—De acuerdo.

El sueco no añadió más y levantó la trampilla despacio, con el tacto suficiente para que no emitiera ruido alguno y entrando por el hueco abierto en primer lugar.

—Mi turno —dijo Selenia antes de seguir los pasos de Varulf.

El interior estaba despejado e iniciaron el descenso con cuidado, alertas ante cualquier obstáculo que pudieran encontrar. Todo estaba extrañamente silencioso.

—«Esto está muy solitario» —pensó Selenia sabiendo que el sueco ya se había introducido en su cerebro.

—«¿Por qué?»

—«Debería haber al menos dos guardias.»

—«Quizá les hayan dado el día libre o estén descansando» —respondió mientras le sonreía a sabiendas de que la Pura entendería la broma.

—«¿Juntos?» —evidenció alzando una ceja—. En fin, de todos modos es lo que esperabas.

Llegaron hasta el sistema de aire en pocos minutos gracias a los planos que había memorizado Varulf. Con cuidado, desatornilló la rejilla y la depositó lentamente en el suelo apoyándola contra la pared.

—«Las damas primero.»

Selenia se coló en la ancha tubería y reptó hasta la primera intersección. Varulf se entretuvo un instante en recolocar la rejilla de forma que pudiera extraerla fácilmente después. La hembra esperó hasta que el sueco la alcanzara, rebasando el cruce de tuberías para seguir.

—«A la derecha» —le informó alumbrando desde atrás con la linterna—. «Ahí se inicia el descenso.»

—«De acuerdo.» —Selenia continuó hacia delante.

—«¡Un momento!» —exclamó Varulf antes de que tomara el desvío.

—«¿Qué ocurre?»

—«Nada. Sólo quería ver un momento más tu trasero en esta posición. Es realmente una preciosidad»

Selenia hubiera deseado que aquel comentario hiriera su sensibilidad, sobre todo teniendo en cuenta que Varulf podía notarlo estando como estaba conectado a su mente. Sin embargo, la traidora emoción fue un poco de risa traviesa, de aquella que significaba que le había gustado su apreciación. Para colmo de males, vio el reflejo de su rostro en el metal mostrando una ligera sonrisa. Enfadada consigo misma, sacó la lengua rechazando aquella expresión y continuó para acometer el descenso, ansiosa por acabar cuanto antes y salir de allí.

—«No puedes engañarme. Te ha gustado» —dijo Varulf minutos después.

—«No sé de qué hablas» —respondió mientras descendían al último nivel.

—«De mi piropo.»

—«Tienes un concepto muy extraño de esa palabra.»

—«Te concedo eso pero, te ha gustado.»

—«No creo que éste sea el momento ni el lugar más apropiado para flirtear. Además, sigo enfadada contigo.»

—«Pero menos que antes.»

—«No. Exactamente igual que antes.»

—«Eso no es cierto. No sé qué has estado hablando con Davor pero aprecio en tu mente un ligero cambio en la percepción de eso que creías que era una mentira. No te mentí y ahora estás considerando creerme.»

—«Ahora no estoy considerando nada. Sólo quiero terminar con esto y largarme. Hemos llegado» —anunció.

Selenia se colocó de lado, pegándose a la pared metálica cuanto pudo para dejar vía libre a Varulf en pos de alcanzar la rejilla de salida. El sueco empleó varios minutos en echar una buena ojeada al exterior para asegurarse de que no encontraría problemas.

Mientras golpeaba la reja para hacerla saltar, Selenia formuló la pregunta que rondaba por su mente:

—«Si no tenías planeado buscar en mi mente, hacerme pasar por ese calvario, ¿cómo es que solicitaste la ayuda del indio? Su viaje hasta aquí tuvo que ser planificado con anterioridad debido a la distancia.»

Varulf al fin entendió el origen del enfado de la Pura.

—«Te dije que Amarok me debía algo. Y me lo cobré. Lo necesito para que pueda recuperar físicamente a mi padre. No sé en qué estado lo encontraré después de todo lo que ha debido de soportar. Llegó en el momento justo de ayudarte lo cual agradezco, pero fue una simple coincidencia.» —La explicación pareció satisfacer a Selenia y no formuló más preguntas, algo que Varulf agradeció profundamente—. «Yo podría intentarlo solo a través de su cerebro pero aún no he conseguido dominar correctamente esa técnica y no pienso jugarme la vida de Heimdall practicando. Esto ya está» —informó mientras, de un rápido movimiento, alcanzaba el metal laminado antes de que éste tocara el suelo.

—«Pero lo hiciste conmigo.» —Varulf la miró fijamente durante un segundo—. «Amarok me dijo que en cierto modo sigo viva gracias a ti. Evitaste el derrame cerebral que hubiera terminado con mi vida».

—«Ya me lo agradecerás en otro momento» —dijo saliendo de aquel agujero.

—«No pensaba hacerlo. También fuiste el causante de que existiera ese riesgo.»

Selenia estiró las piernas un momento, contenta de volver a estar en posición erguida y haber salido de la opresiva tubería. Miró a su alrededor. Todo estaba exactamente como la primera vez que pisó aquella sala. A su izquierda, seguían las camillas vestidas de blanco y el aterrador instrumental quirúrgico que recordaba. A la derecha, los negros barrotes tras los cuales Heimdall había estado preso tantos años.

Caminó hacia allí con Varulf pisándole los talones, sabiendo de antemano que no encontraría nada. En efecto, nadie había tras las rejas, en el agujero infecto y húmedo.

Varulf se aferró a los barrotes mientras la adrenalina animaba su sangre haciendo que las venas se hincharan y una siniestra sonrisa se instalaba en sus labios. La alarma comenzó a sonar.

—Dime una cosa, si estabas tan seguro de que Heimdall ya no estaría aquí, ¿por qué narices hemos bajado por esas malditas tuberías?

—Hay que dar realismo al rescate, cachorrita.

—Entiendo.

—Empezar la lucha desde aquí nos proporciona una gran ventaja. El largo pasillo de bajada realizará las veces de embudo para ellos.

—Además de tener una buena perspectiva de mi trasero —murmuró con los brazos cruzados sobre el pecho. Varulf rio.

—Eso tamb…

No pudo terminar la frase pues la puerta, tras ellos, se abrió de pronto rebotando con fuerza en la pared y dando paso a cinco licántropos armados. Pero Varulf no les dio demasiado tiempo para que las apuntaban, ya que de pronto y animado por la fuerza de la transformación, arrancó la reja de la celda como si estuviera hecha de regaliz y la lanzó contra el pequeño contingente tumbándolos.

Selenia tardó sólo tres segundos más en completar su cambio. Para entonces, Varulf ya había saltado sobre los hierros, aplastando a los cuatro licántropos que no habían podido salir de aquella trampa. Viendo que sólo dejó uno para ella, corrió hacia éste evitando un disparo y le arrancó el corazón sin esfuerzo antes de seguir al sueco por el pasillo.

El ascenso fue muchísimo más rápido que la bajada por la tubería de ventilación. Aunque también con más dificultades añadidas debido a que Varulf tuvo que ir abriéndose paso literalmente, mientras que ella se dedicó a arrancar las vísceras a cuantos terminaban reventados bajo las patas del licántropo o con miembros cercenados por sus garras. Cada pocos pasos, un nuevo grupo de militares se encontraban con unas mortales zarpas y mandíbulas que no cesaban en su empeño de arrebatar vidas. Las paredes grises terminaron llenas de viscosa sangre resbaladiza y los escalones completamente cubiertos de cuerpos destrozados y pedazos de carne imposibles de identificar. Era como ascender la escalera de un infierno *gore* completamente real.

Tras la última puerta encontraron algo similar a lo que ya esperaban, con ligeros, pero significativos cambios.

A diferencia del momento en que entraron, la estancia superior estaba bien iluminada por los fluorescentes que colgaban de los cables metálicos asegurados al techo. En el pasillo central un grupo numeroso de militares les apuntaban y, al final de aquella hilera mortal, Rebel los esperaba con un inconsciente Heimdall a sus pies.

Selenia echó un vistazo a Varulf que, a su lado y en posición de ataque con las garras dispuestas y las patas bien asentadas en el suelo, respiraba aceleradamente a juzgar por el vaivén de su pecho. Un rugido emergió de la garganta del macho como advertencia a Rebel. Éste no hizo otra cosa que seguir apuntándolo con un arma, de cañón considerablemente largo y ancho, que jamás había visto.

—Volvemos a vernos. —Un nuevo rugido aún más sonoro fue la contestación del sueco—. Comienza a resultarme extremadamente irritante encontrarte en lugares a los que no has sido invitado.

—Suéltalo. —El tono de los licántropos una vez estaban transformados era siempre grave, pero la forma en que Varulf había hablado consiguió erizar el pelo de la nuca de la hembra que pudo observar cómo, a excepción de Rebel, el resto de los licántropos allí presentes parpadearon con rapidez acusando la misma sensación de miedo que ella había sentido.

—Tienes también la odiosa costumbre de dar órdenes cuando tu situación no es la más ventajosa, ¿no crees? Alguien debería haberte educado en ese aspecto. De momento…, sugiero que abandones tu cuerpo animal.

Varulf no hizo ademán de cambiar. Selenia dudó de que pudiera hacerlo aunque quisiera. Rebel, envalentonado por el despliegue de medios y por tener a Heimdall evidentemente drogado junto a él, agarró a este último por la cabellera y tiró hacia atrás para mostrarle a Varulf el semblante de su progenitor.

—Has venido a por él, ¿no? ¿Vas a jugarte ahora su vida?

—¿Qué quieres? —preguntó el sueco.

—¿Eso es un indicio de entendimiento? —Varulf no contestó—. Lo tomaré como un sí. ¿Qué te parece un cambio? Su vida por la tuya.

—¡Ni lo sueñes! —exclamó Selenia.

—¡Ah! La hembra... La putita que enviamos para que se introdujera en las líneas enemigas. He de reconocer que la idea era buena, pero es evidente que las furcias siempre terminarán en la cama de aquel que mejor las folle. —Selenia tardó un sólo segundo en prepararse para saltar sobre él, pero Varulf se lo impidió—. Sí. Es mejor que hagas caso a tu chulo y no hagas ninguna tontería.

Varulf no contestó. En cambio Selenia sí sintió que estaba atento a todos los detalles que los rodeaban, y recordando la conversación con Davor, dedujo que calculaba las posibilidades de las que disponía.

—¡Vamos, Varulf! Se me termina la paciencia —dijo tirando un poco más de la cabellera de Heimdall.

—No. No hay trato.

—Está bien, tú lo has decidido. ¡Vosotros! Llevaos a este despojo.

Un grupo de soldados que esperaban en la puerta cargaron el peso de Heimdall, metiéndolo en una gran furgoneta negra. Sólo cuando oyeron el sonido del motor alejándose, Rebel amartilló el arma del averno, encañonando directamente al corazón del sueco.

—Voy a disfrutar con esto.

Varulf esperó hasta el último segundo para saltar a la vez que un brillo plateado volaba desde el techo del almacén directo hacia Rebel, que no vio el cuchillo hasta que la hoja se insertó limpiamente en la muñeca de la mano con la que sostenía el arma. El proyectil ya disparado impactó contra la pared y estalló dejando un buen boquete en el ladrillo.

Rebel recuperó el arma caída en el suelo para disparar hacia el lugar de donde había venido el cuchillo. Selenia aprovechó la distracción y que un grupo de licántropos fue en pos de apresar a Varulf, para matar a un par de soldados con un ejercicio de eficacia letal.

Varulf luchaba contra los otros sin darles tregua. Por cada herida que recibía, infligía otra prácticamente mortal. Pero, incluso para él, eran demasiados y Rebel ya volvía a apuntar contra el lugar donde se estaba produciendo la pelea. Selenia no dudó en prepararse para saltar sobre Rebel y desviar el tiro de nuevo, pero no fue necesario pues otro licántropo, de cuyo pecho colgaban las plumas que lucía Amarok, impactó contra su espalda y Rebel fue despedido varios metros más allá. Por la puerta exterior abierta, Selenia también observó que Davor los esperaba con el coche en marcha.

Amarok corrió a auxiliar a Varulf en la pelea y pronto consiguió terminar con cuatro soldados más. Selenia mientras tanto, se encargó de asestar varios golpes a Rebel, manteniéndolo a raya y lejos de un par de soldados que trataron de ayudarlo. No obstante, Rebel aprovechó una pequeña distracción de la Pura para asestarle una fuerte patada en el tórax, lanzándola contra una de las máquinas. Selenia se golpeó en la cabeza que comenzó a sangrar profusamente.

—«Maldito hijo de perra, juro que te mataré de la peor forma posible» —oyó Rebel en su mente y no tuvo duda alguna de que esa voz provenía de Varulf, quién aún en encarnizada pelea no despegaba las pupilas de su persona.

—Un Dominante... —murmuró Rebel—. No puede ser.

Recordó las palabras de Ingrid antes de que la matara y la forma en que él mismo las había desestimado. Con ello, también el inmenso dolor al que le había sometido Fenrir en una ocasión regresó a él con fuerza y no pudo reprimir el temblor en los dedos. Rememorar esa agonía fue como volver a vivirla aún peor al saber que Varulf no tendría inconveniente alguno en alargar el sufrimiento hasta la muerte.

—«No. No un Dominante. Soy el Mánagarm. El Hati. Lo que has sentido con Fenrir es insignificante —apuntó Varulf—. Después de que pase por tu mente, llorarás sangre, hijo de puta. Pagarás con tu vida todo lo que has hecho.»

Rebel comenzó a retroceder sin dejar de mirar, perplejo, al sueco que en ese momento arrancaba un palpitante corazón. Su cerebro daba vueltas y vueltas buscando respuestas. Siempre había considerado que Varulf era un Puro, pero nunca imaginó que estuviera dotado con ese tremendo poder. El temblor que sentía en los dedos recorrió todo su cuerpo, invitándolo a salir de allí lo más rápido posible. Enfrentarse cara a cara con semejante ser era de locos. Debía retirarse y planificarlo de otro modo. Un enfrentamiento que estaba fuera de lugar, si deseaba seguir vivo una vez hubiese terminado.

El número de militares se veía cada vez más reducido. Para los que no se atrevían a entrar en combate, tampoco era posible hacer blanco alguno en los cuerpos de Varulf o Amarok y prefirieron huir antes de encontrar la muerte. Selenia se recuperó del impacto y aspiró aire de pronto, llenando los pulmones, antes de comenzar a toser. Palpó la herida abierta en la parte trasera de la cabeza.

Para entonces, Varulf recibió de parte de Amarok la señal de que podía arreglárselas solo y saltó en pos de atrapar a Rebel. Éste, con el terror circulando por sus venas intentó escapar, corriendo y disparando a ciegas hacia atrás con la esperanza de matar al sueco, pero lo único que consiguió fue hacer un par de dianas en la maquinaria que quedó hecha añicos debido a la naturaleza explosiva de los proyectiles. Selenia, adivinando las intenciones cobardes del militar, logró llegar hasta la puerta antes que él.

—No tan deprisa, señor —dijo escupiendo la palabra con evidente asco.

—Apártate de mi camino, ramera. —La apuntó con el arma y apretó el gatillo pero ninguna bala surgió del cargador ya agotado.

Colérico, lanzó la pistola contra ella. Los nervios y la necesidad de escapar lo más rápido posible le impidieron hacer blanco. La transformación fue rápida y las ropas que hasta ese momento lo habían cubierto, cayeron tras él hecha girones. Se preparaba para luchar contra la Pura con el propósito de escapar, cuando sintió la presencia de Varulf tras él.

—«¿De nuevo tratando de escurrir el bulto?» —El sueco miró a Selenia hasta que ella confirmó que se encontraba bien con un simple asentimiento—. «Tú también tienes una odiosa costumbre, Rebel: la misma de la que hacen gala los cobardes. Lamentablemente, ya es tarde para aplicarte un correctivo.»

—Lucharé contra ti si no usas tu poder —dijo girándose para enfrentarlo.

—¿Ahora quieres hacerte el héroe? ¿Morir con honor? —preguntó dando un paso hacia él—. ¿Cómo vas a luchar contra mi si el miedo te impide moverte?

—Si me matas, jamás tendrás a Heimdall. Se lo han llevado lejos de aquí —respondió Rebel, mientras caminaba hacia atrás.

—¿Y crees que me será difícil buscar esa información en tu cerebro?

—¡No puedes hacer eso! ¡Es imposible! —dijo mientras el temblor recorrió las patas del traidor.

—¡Oh! Ya lo creo que puedo. Pero tranquilo, hermano. No voy a hacerlo. Sé perfectamente a dónde lo han llevado. Contaba con ello. —Varulf percibió un nuevo ingrediente en las emociones que bullían dentro del licántropo: la incertidumbre antes de la comprensión.

—Has urdido todo esto sólo para atraparme.

—Si quieres pensar eso, no seré yo quien te saque de tu error. No obstante, admito que terminar contigo era una parte del plan. Como has dicho, comenzaba a ser muy irritante encontrarte en cualquier sitio.

—¡Sabías que estaría aquí! ¡Sabías que estaría esperándote!

—El cazador, cazado. La verdad es que es muy sencillo adivinar tus pasos antes incluso de que se te ocurran. Sólo he tenido que esperar el tiempo suficiente para que pasara.

—Tú mataste al doctor, ¿no es verdad? Lo hiciste sólo para traerme hasta aquí en cuanto descubriéramos su falta.

—Vamos, Rebel, eres mucho más listo que eso. Piensa un poco, si hubiera sido yo, ¿no crees que habría aprovechado el momento para rescatar a Heimdall? Ese detalle, la muerte del buen doctor, se lo debemos agradecer a Lena, aquí presente. —Selenia asintió hacia el sueco—. Un pequeño desliz, desde luego, pero que ha resultado ser muy provechoso.

—Fenrir te matará.

—Ambos sabemos que no desea tal cosa —respondió.

—Entonces tendré que intentarlo yo.

Varulf vio el enorme cuchillo que empuñaba Rebel tras contemplarlo ejecutar una voltereta en el aire y caer sobre las ropas que habían cubierto su cuerpo en estado humano. Transformado en licántropo sus garras ya eran lo suficientemente mortales por sí mismas, pero añadiendo a éstas una hoja bien templada y afilada, la zarpa se convirtió en un instrumento letal con el que era mejor no encontrarse.

Rebel caminó lateralmente alrededor del sueco, buscando el

lugar y el momento propicio para atacar. Estudiando los potenciales puntos débiles de su contrincante.

Varulf no se movió, permitiéndole verlo desde todos los ángulos pero sin perder ni un segundo el control. Otorgándole la posibilidad de que encontrara el valor necesario para atacar y después derribar esa expectativa de esperanza de un plumazo. No merecía más que eso.

Rebel vio algo de sangre brotar de las heridas que habían logrado infligir a Valruf los soldados durante la pelea. Poder observarlo así, tan físicamente vulnerable, exactamente igual que él mismo, hizo que el terror que había sentido al escuchar la voz de aquel licántropo en su cabeza comenzara a esfumarse poco a poco. Como si únicamente hubiera sido un espejismo, algo irreal, imaginado. «Puedo matarlo», se dijo, «puede morir.»

—«La cuestión es, ¿tendrás las suficientes agallas para hacerlo?»

Oír otra vez la voz de Varulf devolvió los temores que había creído desaparecidos y de nuevo la necesidad de huir galopó veloz por sus venas impulsada con cada latido del corazón.

Los labios del sueco se curvaron en una sonrisa funesta.

—«El Consejo está plagado de insectos como tú, cegados por el poder son capaces de cometer cualquier crimen. Incluso de aliarse con Infectados tal como hiciste en el pasado. Tampoco con ellos tendré compasión. Eres un maldito cobarde, Rebel. Y como tal vas a morir.»

El dolor se inició en ese mismo instante, atravesándolo de medio a medio. Pudo entrever, por las rendijas de los párpados tensados, la luz proveniente de la señal que se formaba en la frente del sueco. Cayó de rodillas frente a él. Suplicando para sí el final del tormento. Varulf se introdujo más adentro buscando una imagen. Jamás había tenido intención de mantener una pelea cuerpo a cuerpo con él. Rebel había tenido contacto directo con Fenrir, era posible que conociera su rostro y, si así era, Varulf lo encontraría. Eso primaba por encima del deseo de atravesarlo con sus propias garras.

Escuchó los ruegos del militar, el grito ahogado de su alma pidiendo que cesara el dolor.

La sangre comenzó a brotar por sus ojos, tal como Varulf le había prometido. Para cuando se derrumbó en el suelo, la apariencia animal ya lo había abandonado, el poder de la bestia lo relegó a su suerte. Se apretó las sienes en un intento infructuoso por aliviar el terrible sufrimiento. La temperatura de su cuerpo se elevó varios grados. Sintió arder su cabeza como si de ésta se desprendieran llamas y su masa gris hirviera como lava. Los labios se tiñeron del carmesí que continuó emergiendo también por la nariz. Su piel adquirió un tono rojo intenso antes de llegar al azulado de las venas completamente hinchadas.

Entonces, su corazón dejó de latir.

Selenia sintió el momento exacto en que eso ocurrió y aun siendo consciente de lo que el militar representaba, no pudo más que sentir lástima por él.

—Es suficiente —dijo, dejando una mano sobre el hombro de Varulf.

—No. No he podido verle la cara a Fenrir.

Selenia insistió tomando la feroz mandíbula del sueco entre sus garras.

—Quizá él tampoco. Al menos conseguimos lo que vinimos a hacer aquí —dijo sosteniendo su mirada verde lima.

—Sí —dijo al fin—. Vayamos a por esa hembra.

Capitulo 26

*R*ebel tardaba demasiado en informar del éxito de la operación, el arresto de Varulf. Mientras conducía hacia su despacho, Wanja no cesaba de mirar, inquieta, el mudo teléfono que descansaba sobre el asiento del copiloto. Ese inepto vejestorio no quiso hacerle caso cuando solicitó reforzar la seguridad del centro aludiendo que más soldados por la zona alertarían al personal de los almacenes colindantes. Le molestaba sobremanera que un insignificante licántropo se creyera con autoridad suficiente para ignorar sus demandas.

Ella era Wanja, directamente relacionada por línea de sangre con Fenrir. Tenían la misma madre. Y aunque a ella le tocaba ser la ilegítima, igualmente era digna de respeto y consideración. Su posición era mucho más elevada que la de cualquier soldado, por mucho rango que éste poseyera. Fenrir trabajaba directamente con ella. Sobre ella recaía la responsabilidad del centro de experimentación y sólo por eso, debió creerla cuando le advirtió que alguien había estado fisgando entre sus documentos.

Desde luego, ella sí tomó medidas en cuanto a la seguridad de su despacho. Lo que había sucedido no volvería a repetirse, aunque era imposible saber con qué datos se había hecho el intruso. Y naturalmente también había informado convenientemente a Fenrir.

Estaba segura que su hermanastro pondría en su lugar a ese tipejo imbuido de presunción. Fenrir no era de los que dejaban las cosas a medias. No obstante, seguía sin comprender la razón por la que no descartaba a colaboradores de esa calaña y emprendía la acción directamente por sus propios medios. Como Dominante, su poder era inigualable. Ningún licántropo en su sano juicio trataría de ir contra su voluntad. Así se lo había planteado en la última ocasión en la que hablaron. Pero naturalmente, Fenrir tenía razón al apuntar que era un prestigioso miembro del Consejo y no debía mancharse las manos de sangre. No podían permitirse el lujo de que cayera sobre él ninguna clase de duda en cuanto a su integridad y moral.

Juntos terminarían sus experimentos y mostrarían los magníficos resultados reproductivos. Después de eso, el Consejo otorgaría a Fenrir el lugar que merecía como presidente de la insigne Sala y ese maldito sueco y su padre serían prescindibles.

Después de abandonar el coche, subió con rapidez las escaleras y entró en su despacho. Sólo cuando cerró la puerta tras ella, sintió una presencia extraña. Intentó girar el pomo para salir pero un golpe seco sobre la puerta, para inmovilizarla, le impidió abrirla.

Levantó los ojos encontrándose con dos pupilas verdes mirándola directamente mientras una hilera de blancos dientes le sonreía.

—Bienvenida, Wanja. Te agradecemos que no nos hayas hecho esperar demasiado.

La voz de aquella Pura estúpida con la que discutía a menudo antes de que su hermanastro la utilizara como conejillo de indias en la SIN la sobresaltó. La traidora que se había aliado con el enemigo y que Rebel debía matar esa misma noche. Giró el rostro hacia su mesa y Selenia encendió la pequeña lámpara para que pudieran verse.

—Rebel ha fracasado, pero cuando Fenrir ponga las manos sobre ti... —dijo Wanja caminando con una aplastante seguridad hacia su mesa.

—Fenrir no va a poner las manos sobre nadie, por el momento.

—¡Levántate de mi sillón! —exclamó tomándola por el brazo con fuerza para tratar de expulsarla de allí.

Selenia la agarró por el codo con la mano libre y la obligó a doblar la espina dorsal hasta que se golpeó el rostro fuertemente contra la superficie de la mesa.

—Cuidado, bonita, puedes tropezar.

Varulf no pudo reprimir una sonrisa mientras contemplaba la escena, recostado contra la puerta cruzado de brazos.

Wanja pasó la lengua por sus labios y sintió el sabor de la sangre. Su sangre.

—¿Vas a matarme? —preguntó al sentir que cerraban unas gruesas esposas alrededor de sus muñecas.

—Vas a acompañarnos —respondió la Pura.

—Fenrir no parará hasta dar conmigo.

—¡Oh! No te preocupes —dijo Varulf encogiéndose de hombros y acercándose con una inyección sedante entre los dedos—. Nos ocuparemos de indicarle el lugar donde podrá encontrarte.

Selenia acompañaba a Amarok, mientras éste examinaba a la Wanja que, encadenada a la pared del taller, aún no se había recuperado de la droga administrada.

—¿Nos pasamos con la dosis? —preguntó al indio aunque su rostro no mostró preocupación alguna.

—No. No creo que tarde en despertar.

—Vale —dijo antes de girar sobre sus talones y caminar hacia la moto que Varulf había terminado de arreglar para ella.

El sueco había hecho un buen trabajo en la máquina. Giró la llave y el motor se puso en funcionamiento al instante emitiendo un sonido ronco y vibrante. ¡Magnífico! Apretó el freno trasero y le dio algo de gas comprobando la aceleración. Sonrió. Era perfecta. Varulf le había proporcionado un medio de transporte de primera. Y, por alguna razón, al pensar en su partida, sintió un peso extraño en el pecho.

Volvió a silenciar el motor y dejó reposar su peso sobre los brazos durante un momento, tratando de dejar la mente en blanco.

Debió de pasar más tiempo del que imaginó, pues al volver a las dependencias de la estación, Amarok ya se había marchado y Wanja despertaba de su inconsciencia.

La licántropo miró a su alrededor e incluso tiró de las cadenas para comprobar si eran tan seguras como parecían. Sólo cuando asimiló que no había escapatoria posible, miró a Selenia.

—¿Qué lugar es éste?

—Uno como otro cualquiera. No te preocupes, para ti será de paso.

—¿Me vais a trasladar?

—No. Te entregaremos a Fenrir. Esta noche.

—¿Y pensáis tenerme así hasta entonces?

—No. Puedo soltarte y echar unas manos de cartas, mientras charlamos sobre la crisis mundial. O mejor, sobre cómo vamos a terminar con el imperio de terror que tu hermanastro ha montado a espaldas de la raza.

—Fenrir es un gran licántropo que persigue la gran esperanza para la raza —aseguró muy enfadada—. Sólo los necios como tú no pueden verlo.

Selenia, con las manos cruzadas a su espalda, caminó hacia ella despacio. Se plantó justo delante y la miró durante un par de minutos, en silencio.

—Si te digo la verdad, Wanja, al principio, antes de descubrir el alcance de lo que había aceptado al consentir someterme a aquella intervención y trabajar de espía infiltrado, sólo me caías mal. Como sabes, me cabreaba sobremanera que trataras de imponerte sobre cualquier soldado, incluidos los de rango superior; que alardearas de conocer todos los aspectos de las operaciones; o que, simplemente, miraras por encima del hombro incluso a aquellos que te superaban en muchos aspectos y que habían ganado su posición gracias a su esfuerzo. Después, cuando supe la envergadura de la mentira que mantenéis, cuando fui consciente de cómo me habíais utilizado para que protegiera con mi vida el atroz tormento al que teníais sometido a Heimdall, la gran mentira que habíais urdido para cubrir el asesinato de su esposa y su secuestro, sentí desprecio. Desprecio y cólera. Y, desde luego, un deseo terrible de arrancaros el corazón con mis propias manos. Así que no me hables de esperanzas, no me hables de lo que puedo o no puedo ver y desde luego no te atrevas a llamarme necia, pues lo único que tengo delante ahora es a una repugnante alimaña que no merece ni el maldito aire que respira.

—Los grandes logros requieren grandes sacrificios, no importa lo atroces que sean.

—Sólo una mente enferma puede pensar de ese modo.

—¡Tú eres una Pura! ¡Deberías aplaudir lo que perseguimos! ¡Deberías estar orgullosa y agradecida por lo que estamos haciendo! ¡El estudio de la reproducción entre diferentes niveles de nuestra raza ayudará a las Puras como tú a no tener que escoger entre el amor y la necesidad de procrear!

—¿Eso es lo que pretendéis? ¿Romper las reglas de nuestra maldición? ¿A cambio de qué, Wanja? ¿Cuántos humanos y licántropos han muerto durante ese proceso? ¿Compensan esas muertes inocentes la elección de pareja entre las Puras? ¿Habéis pensado qué ocurriría con el equilibrio de la raza? ¿Y nuestro secreto? ¿Crees que se podría mantener de igual forma cuando el número de nacidos Puros fuera más alto? ¡Por no hablar de los Dominantes! ¿Qué pasaría con los licántropos de rango inferior? ¿Crees que no serían sometidos? ¡La naturaleza de nuestra maldición estableció esa norma de concepción por una razón!

—¡No se puede ser Dios sin pagar un alto precio! ¡Esas muertes eran necesarias!

Si el pulso de Selenia había aumentado su ritmo considerablemente, escuchar aquellas afirmaciones provocó en ella el conocido escozor en las pupilas.

—¿Y engañar a toda la raza también? Ocultáis que tras la imagen del Consejo, algo que debería ser un modelo a seguir por todos los licántropos, ¡una institución en la que creen!, se esconde la depravación más absoluta. ¡Estás tan engañada como todos ellos! ¡Fenrir únicamente persigue el poder supremo para sí mismo! ¡Le importa una mierda el bienestar de todos los demás!

—Lena —la llamó Varulf desde la puerta.

—¡Hijo del demonio! —exclamó Wanja retorciéndose para tratar de llegar hasta él—. ¡Fenrir te matará!

Selenia se giró para mirarlo y pudo ver el rojo incandescente en sus ojos, gracias a Dios había llegado a tiempo. Lo observó mientras caminaba hasta él con paso ligero.

—¿Cuánto tiempo llevas ahí?

—Eso no importa, tus gritos pueden oírse a kilómetros de

distancia —observó cómo sus ojos volvían al negro natural y un ligero rubor teñía sus mejillas—. Acompáñame.

Varulf mantuvo la puerta abierta hasta que Selenia la traspasó.

—Supongo que me dejé llevar —dijo siguiendo al sueco hacia el sofá.

—No es necesario que te disculpes.

—No lo estaba haciendo. Si me hubieras dejado... —murmuró apretando la mandíbula.

—La hubieras matado, no me cabe duda. Por eso he decidido intervenir.

—¿Ahora te preocupa una muerte más o menos? —La pose con los brazos en jarras acentuó el tono sarcástico que utilizó.

—¿Y a ti? ¿Te preocupan ahora menos que antes? —respondió del mismo modo—. Sé que después te hubieras arrepentido. Supongo que has notado que no tiene ni idea de lo que en realidad ocurre.

—Eso no la convierte en inocente. Es consciente de la terrible situación de Heimdall y lo aprueba. Es sencillamente repugnante, no puedo imaginar la cantidad de torturas que ha debido padecer.

—Prefiero no pensar en ello.

—Supongo que para ti debe de ser doloroso.

—Más de lo que imaginas. Tú, al igual que ella, tampoco conoces el verdadero propósito de esos experimentos reproductivos.

—¿Qué quieres decir?

Varulf se llevó una mano hacia el cabello para retirárselo del rostro, mientras se daba tiempo en pensar cómo explicárselo.

—Ya sabes que Fenrir desea el poder que yo poseo. Desea ser lo que represento, ingiriendo mi corazón mediante el ritual, para convertirse en lo que los nativos como Amarok conocen como Wendigo.

—Por eso te necesita vivo. Pero no comprendo qué relación tiene eso con los supuestos estudios de reproducción de los que ha hablado Wanja.

—Es muy simple. Fenrir ha intentado por todos los medios conseguir que Heimdall fertilizara a otra hembra, para obtener a otro Hati, ya que no puede capturarme.

—¿Qué? —Selenia no podía dar crédito a lo que estaba escuchando.

—Por eso lo ha sometido a miles de pruebas. Lo ha intentado con todos los niveles de pureza entre las licántropos hembras. Incluso con humanas. ¿Recuerdas el suministro que obtenían por medio de Kveld, verdad?

—Sí.

—Ése es en realidad el objetivo de Fenrir.

—Gracias a los dioses hemos podido frenarlo a tiempo.

—No estoy tan seguro —dijo pasando las palmas de las manos por su rostro para despejarlo.

Selenia se puso en pie de un salto.

—¿Tienes un… hermano? ¿Hermanastro? —se corrigió—. ¡Koram! ¡Ése es el familiar del que hablamos! —recordó.

—Así es. Aunque te pido que guardes ese secreto pues ni él mismo lo sabe y así debe ser por el momento.

—Pero debes decírselo, si Fenrir…

—No sabe si tuvo éxito. Obtuvo un nacimiento pero a todas luces era un Híbrido normal y corriente así que lo desechó. Con muy pocos años de vida lo abandonaron a su suerte en un bosque. Me encargué de que fuera atendido por Lycaón, dejándolo en un lugar donde sabía que lo encontraría. Ahora está vigilado y cuidado por Anpu.

—Deberías decirle que es tu hermano.

—¿Decírselo? ¿Al pimpollo? Le daría un pasmo. No me soporta —admitió con humor.

—Eso no es una novedad —dijo Selenia alzando una cómica ceja.

Varulf permaneció en silencio por espacio de varios minutos. Selenia prefirió respetarlo y no añadió nada más.

—Mi padre tampoco sabe que tiene otro hijo.

—Estará orgulloso de ti cuando sepa que lo has protegido.

Cuando le informaron de que todas sus órdenes se habían llevado a cabo sin incidentes, se levantó del sillón en el que reposaba meditando acerca de lo ocurrido la noche anterior. Antes de salir, se cubrió convenientemente la cabeza, como siempre hacía, mientras echaba un vistazo al elaborado reloj de péndulo. Quedaban diez minutos para las once y media, si se daba prisa, no tendría que rodear las salas de exposición pública para llegar a su destino.

Eligió el camino más recto, atravesando las puertas decoradas con motivos dorados y las salas repletas con miles de hermosas obras de arte, dirigiéndose al otro extremo del palacio. Una sombra negra deslizándose a través de siglos y siglos de cultura y belleza.

Cuando llegó a la habitación, en la planta superior, la más alejada de la entrada principal, respiró profundamente. Para Fenrir, saber que Heimdall había vuelto a cruzar aquel umbral, tenerlo tan cerca, en su propia casa, no era en absoluto agradable aunque tampoco era que su persona le produjera sentimiento alguno. Era un simple Puro, alguien por debajo de su rango. No obstante, la incomodidad venía originada por cierto sentimiento de derrota.

Fenrir consiguió arrebatarle todo cuando le había pertenecido alguna vez. Lo había obligado a ver una realidad que desconocía arrebatándole las bondades y beneficios intrínsecos del cargo que ostentaba. Un cargo que no le correspondía. Heimdall podía ser el más antiguo anciano, Fenrir era el superior.

Únicamente él, como Dominante, poseía la fuerza y el poder necesarios para situar a su raza por encima de la humana. Los licántropos, bajo su mando, serían los dueños y señores del mundo.

Muchos, entre los miembros del Consejo, habían entendido la grandeza de su visión. Comprendieron que el don que les había sido otorgado no podía ser usado únicamente para subsistir bajo un manto de secretismo impuesto por un atajo de eminentes viejos decrépitos.

Después, por un golpe fortuito del destino, supo de la existencia de ese… Varulf. El hijo nacido entre dos Puros. Alguien que podía terminar con su grandioso plan.

Empujó las hojas de la puerta lo suficiente para pasar entre ellas, antes de volver a cerrarlas a su espalda. Allí estaba él; Heimdall, tumbado en el suelo sobre una elegante alfombra del siglo XVI. Aunque su rostro ya no mostraba la entereza y prepotencia que había lucido antaño. Las pruebas a las que estuvo sometido se habían encargado de mermar considerable y visiblemente el poderoso cuerpo curtido por antiguas batallas.

—Sigue sedado según sus órdenes, mi señor —le informó el guardián.

—Excelente. ¿Y el otro?

—No sabemos si logrará reponerse al derrame cerebral. Por el momento continúa en estado vegetativo y el nagual duda seriamente que lo supere.

—Está bien. Puede retirarse.

El licántropo lo saludó con un asentimiento de cabeza antes de dejarlo a solas con Heimdall.

—Hérulo —lo llamó—. ¿Puedes oírme?

Heimdall ni siquiera hizo ademán de mirarlo, sus ojos carecían de la vitalidad de un ser animado.

—Quizá es mejor así —se dijo.

Apartó la vista de aquel desecho en vida y abrió una ventana cercana para respirar un poco del aire fresco de la mañana, mientras consideraba qué hacer con los cuerpos de ambos licántropos. Tener allí a Heimdall suponía sujetar por la hoja una espada de doble filo. Ése había sido uno de los motivos, además del puramente estratégico, por el que jamás lo ocultó entre las paredes del palacio. Se exponía a que su secreto más peligroso fuera descubierto. El crimen cometido tantos años atrás.

No obstante, no podía obviar que era el reclamo perfecto para atraer a Varulf. Heimdall era el cebo exclusivo para cazar al sueco, siempre que jugara bien sus cartas.

Selenia, sentada en el suelo de la cocina, con la espalda apoyada en la pared, rascaba inconscientemente la cabeza de *Trece* con más fuerza de la necesaria, mientras oía los gritos e insultos de Wanja, aun con la puerta cerrada. La pequeña mascota lanzaba malhumoradas miradas a su dueña y trató de escabullirse de su abrazo, sin conseguirlo.

—Conseguirás dejarlo calvo en esa zona —advirtió Amarok sin apartar los ojos de la talla que realizaba con un trozo de madera.

—¡Oh! —Selenia dejó de mover los dedos sobre *Trece* y se disculpó con unos cariñosos golpecitos en el lomo—. ¿No podemos hacerla callar de algún modo? Estoy a punto de ir hasta allí para desencajarle la mandíbula.

—Aún quedan suficientes horas como para que la hembra pueda recuperarse de una nueva dosis de tranquilizante —sugirió el indio.

—Hazlo. No lo soporto más.

—Está bien. Pero tú se lo harás saber a Varulf.

—Me parece justo.

Cuando por fin los gritos cesaron, Selenia respiró profundamente mientras cerraba los ojos para dar la bienvenida a ese temporal descanso. Dejó a *Trece*, que parecía muy cómodo en compañía de Amarok y se encaminó hacia la sala donde Varulf trabajaba.

Golpeó la puerta con los nudillos y ante la ausencia de respuesta optó por entrar. Encontró al sueco con la marca de su pureza visible en la frente y totalmente concentrado en algún punto lejano. Dedicó unos minutos a examinarla. Era muy similar a la suya pero con significativos cambios.

La marca de un Puro de nivel superior mostraba la circunferencia de una luna llena atravesada por tres zarpazos. Los Dominantes ostentaban el mismo diseño aunque con la diferencia de un cuarto rasguño. La marca de Varulf se distinguía del resto por poseer cinco, además de algo semejante a unas llamas en la parte inferior de la circunferencia.

Cuando hubo satisfecho su curiosidad esperó a que el sueco volviera a la realidad pero le fue imposible despegar la mirada de su rostro y de su torso. El maldito licántropo tenía la costumbre de pasearse a medio vestir y, conociendo su naturaleza retorcida, se preguntó si no lo hacía precisamente porque sabía cuánto la trastornaba la visión de su cuerpo desnudo.

Tanto como licántropo como por su carrera en la milicia, Selenia siempre había pensado que estaba más que acostumbrada a tener ante sí la desnudez de otros. Incluso la propia la llevaba con total naturalidad. Sin embargo, todo cambiaba cuando se trataba del condenado sueco del demonio. Tanto su fisonomía como el poder que flotaba a su alrededor parecían estar pensados para volverla loca, para minar su determinación de no caer bajo su influjo. Pero la batalla contra la naturaleza de su raza estaba más que perdida.

Y para colmo de males comenzaba a entenderlo, a comprender sus decisiones. Varulf era el Hati, el Alfa de Alfas. Estaba en su propia carne la necesidad de posicionarse en el lugar que le correspondía por nacimiento. Podía discutir con él, podía no estar de acuerdo con sus actos pero también reconocía que jamás había sido cruel, que, tal como había indicado en una ocasión, todos habían sacado algún beneficio en el proceso.

Así la sorprendió Varulf y Selenia reaccionó con un significativo salto hacia atrás.

—Al menos yo no oculto mi interés por tu físico —dijo al volver en sí.

—Quizá deberías hacerlo para no incomodar al personal —respondió Selenia irguiéndose y retirándose de él varios pasos.

—Me importa un comino el personal, es a ti a quien prefiero incomodar.

Selenia notó en el ambiente el aroma del sueco. Sin duda su cercanía y la expresión de su rostro al observarle, casi rayando la adoración, lo habían excitado.

—¿Qué estabas haciendo? —acertó a preguntar para desviar su atención hacia otros temas.

—Intento entrar en la mente de Heimdall.

—¿Lo has conseguido?

—Creo que sí pero no he sacado nada en claro. No he podido comunicarme con él. Supongo que sigue drogado y eso lo imposibilita.

—Lo siento.

—No importa. Al menos ya está donde lo quería. Hasta ahora, Fenrir lo ha mantenido lejos de él, creando dos puntos de ataque. Sabiendo que rescatar a mi padre sería mi prioridad frente a la opción de acabar con él. Con esta jugada, he conseguido desbaratar su estrategia. Lo he obligado a tenerlo cerca para proteger el secreto de su crimen. Con la muerte de Rebel y el secuestro de Wanja le será imposible delegar esa responsabilidad en otros.

—¿Vas a canjear a Wanja por tu padre? ¿Así es como piensas conseguir que salga de su guarida?

—No. Fenrir ahora no se separará de Heimdall por nada del mundo. Ni siquiera por su hermanastra. Wanja nos servirá como medio para mermar la seguridad de Skokloster. Le informaremos del lugar donde podrá recuperarla y enviará buena parte de los soldados que le son fieles. No puede saber dónde atacaré y después de lo sucedido en el centro de investigación, no se arriesgará a enviar sólo un puñado. Tendrá que cubrir ambos frentes y se asegurará de que sean los suficientes para capturarnos. Eso provocará una considerable reducción de personal en Skokloster y, por lo tanto, una pelea más justa para nosotros.

—Divide y vencerás.

—Exacto. Le daremos a probar el mismo plato que él ha estado sirviendo desde hace tanto tiempo. Crearemos dos puntos de ataque.

Selenia caminó hasta el panel de fotografías sin verlas.

—Esta noche recuperarás a tu padre y terminarás con Fenrir. Será el fin de tu odisea.

—Y tú te marcharás —dijo muy cerca de ella, justo a su espalda.

Selenia sintió el calor de las manos de Varulf sobre sus hombros.

—Varulf... —Una queja intentó escapar de entre sus labios. Una queja que quedó silenciada en el aire, envuelta entre el potente aroma del sueco.

—¿Lena? —contestó el sueco con tono travieso.

Capítulo 27

La impertinente nariz de Varulf se coló entre la cascada de pelo negro, haciéndole cosquillas en la nuca y produciéndole el conocido hormigueo en la parte interna de los muslos. Su respiración se hizo más profunda mientras los fuertes brazos masculinos rodeaban su cintura y la atraía hasta el poderoso pecho.

—No puedes hacerme esto. —Pero mientras sus labios pronunciaban esas palabras, ya había dejado caer la cabeza hacia atrás para ofrecerle al sueco un mejor acceso a su cuerpo.

—Claro que puedo —murmuró en su oído acariciándole los pechos por encima de la fina camiseta que los cubría.

—No tienes dignidad y consigues que yo olvide la mía.

—Eso no es un problema ni una excusa con suficiente peso para que la tenga en cuenta. Prueba con otra —ofreció mientras mordisqueaba la suave piel del cuello.

—Te odio.

—No es verdad, te excito, te cabreo, te enciendo. Me deseas pero no me odias.

—Eso es lo que quieres creer. Eres como un niño que no acepta la realidad. Insufrible e inmaduro —recriminó entre suaves jadeos.

—Y, sin embargo, la verdad es que no quieres marcharte.

—Sí quiero.

—Olvidas que he estado dentro de tu cabeza. No puedes negarme lo que sientes aunque todavía no quieras aceptarlo ni para ti misma.

Sus manos quemaban al contacto con la piel mientras se abrían paso bajo el sujetador.

—No sé qué esperas de mí.

—No espero nada. Me vale con lo que hay. Siempre he vivido planeando el futuro, ya es tiempo de que empiece a disfrutar del presente.

—No eres justo —volvió a quejarse al notar los pulgares acariciar sus pezones en círculos.

—Jamás he dicho que lo fuera.

—No puedes chantajearme de esta forma. Estoy en considerable desventaja, yo no puedo entrar en tu mente.

Varulf la tomó por las caderas, la hizo girar entre sus brazos y la desnudó de cintura para arriba.

—No te hace falta, soy completamente sincero contigo —dijo antes de lamer uno de los senos.

—No sé qué puedo esperar de ti —logró decir a duras penas, aferrada fuertemente a los hombros del macho—. No sé… qué sientes.

—Siento que estoy contigo como con mis zapatillas viejas, ¿te vale? —declaró tan cerca de sus labios que podía casi paladear su sabor.

—Bésame. Y ya te diré después si con eso me basta.

Varulf la besó, manteniendo por unos segundos aquella sonrisa malintencionada que lo hacía irresistible. Acarició con la lengua cada uno de los recovecos de la boca de Selenia, saboreando su dulzor y exigiendo la respuesta deseada. Los sentidos de la hembra se agudizaron provocados por los roces de la lengua de Varulf que la exploraban con seguridad implacable, entregándose a él. Las manos recorrieron la espalda masculina, deleitándose ante su fortaleza y envergadura.

El sueco abandonó su boca para perderse en la suavidad del cuello y hundir el rostro en la curva de los hombros, sin dejar de acariciarla con los labios, emprendiendo un camino de sensaciones, con la punta de la lengua. Sin dejar de tocarla ni un solo instante, Varulf se apoderó de sus pechos nuevamente encerrándolos entre las manos con dureza, provocando un exquisito dolor.

Selenia ya completamente abandonada al placer, lo agarró por el trasero, introduciendo sus manos dentro del pantalón de éste y apretó los duros glúteos, acercándolo todavía más a ella, notando en su vientre la protuberancia y dureza del miembro masculino, expresando así el deseo que sentía. Antes de que pudiera darse cuenta el sueco ya empujaba sus pantalones hacia abajo para tenerla completamente desnuda a su merced. Coló los dedos bajo la pequeña ropa interior, perdiéndose en el sexo femenino e impregnándolos con su humedad. Selenia dejó escapar un jadeo por la íntima caricia. Aquello lo volvió completamente loco y se apoderó de su boca a la vez que la penetraba rudamente otra vez. La respuesta de ella estuvo exactamente al mismo nivel, intentando hacerlo suyo, rodeándole el cuello con sus brazos, perdiéndose en la pasión desenfrenada que se provocaban mutuamente, mordiéndole los labios en un acto de completo arrebato.

Varulf la levantó por las caderas, alzándola hasta sentarla sobre la única mesa que había en la sala. Necesitaba hundirse en ella con urgencia, notarla a su alrededor, sentir el miembro prisionero de su sexo. Sin paciencia para quitarse la única prenda que lo cubría, la rasgó sin compasión y antes de que Selenia pudiera darse cuenta se hundió en ella con un rugido de satisfacción, notándola suave y caliente. Muy caliente y deliciosamente estrecha.

—«Lena...»

Selenia lo rodeó con las piernas y coló una mano entre sus cuerpos, sujetándolo por la verga, acariciándolo mientras se perdía dentro de ella una y otra vez. Un gruñido de placer surgió de la garganta del sueco que emprendió un nuevo ataque contra sus pechos, martirizando los endurecidos pezones con los dientes. La lujuria se adueñó de sus cuerpos, haciéndolos temblar, las convulsiones eran cada vez más fuertes y el ritmo más acelerado. Gemidos incontrolados emergieron de entre sus labios, mientras se devoraban. Hambrientos.

Enloquecida de placer, Selenia abandonó las caricias en el sexo masculino para abrazarlo, arañándolo en el proceso, mordiéndolo en el hombro izquierdo, mientras Varulf seguía entrando en ella con vigor hasta que el orgasmo estalló en sus cuerpos con espasmos de placer incontenibles.

En toda su vida no recordaba haber dormido tanto ni despertado con aquella tranquilidad que la invitaba a desperezar el cuerpo nada más abrir los ojos. Era algo a lo que una podía acostumbrarse muy rápidamente.

Después de la maratón de sexo a la que Varulf sometió a su cuerpo, iniciada en la sala del ordenador y terminada un par de horas después en su dormitorio, se rindió al sueño saciada y satisfecha. El sueco podía tener muchos defectos pero estaba más que claro que el sexo era una de sus virtudes más sobresalientes.

Aunque era evidente que tenía otras muchas igual de valiosas. Sabía escuchar. A su manera, había sido amable con ella, incluso en los momentos en que habían discutido y ella le había escupido veneno. Tenía una personalidad arrolladora. La había protegido, aun cuando ella no lo deseara o no pensara que tal protección fuera necesaria. La hacía reír, hasta de sí misma cuando la situación había sido tan seria que lo más lógico habría sido pensar que el humor estaba fuera de lugar.

Recordó, reprimiendo nuevas risas, el momento en que salieron de la sala a hurtadillas, desnudos y a toda velocidad hacia la habitación. Como dos cómplices escapando de una buena travesura. Varulf andaba tras ella, propinándole pequeñas palmaditas en el trasero para que fuera más rápida. En ese instante se terminó la idea original de hacerlo en silencio, pues rompieron en escandalosas carcajadas. Supuso que Amarok tuvo que oírlos, estaba segura. Pero el indio era, ante todo, muy discreto y no apareció en ningún momento.

No tenía ni la más mínima idea de cuánto tiempo había dormido, así que optó por no demorarse más y se levantó dispuesta a iniciar la jornada. La operación de aquella noche era la más crucial de las realizadas y necesitaría de una buena planificación y sincronización para evitar errores que podían costarles la vida.

Imaginó que el primer lugar donde encontraría a alguien sería en la cocina, allí solía refugiarse Amarok. Sin embargo, cuando llegó no había ni rastro del indio. Fue entonces hasta el taller para comprobar el estado de Wanja y allí lo encontró, acompañado de *Trece* que le seguía los pasos como si fuera su sombra. Amarok, agachado junto al licántropo que aún acusaba los efectos de la droga, verificaba las constantes vitales de la hembra.

—No tardará en recuperarse —dijo y respiró hondo antes de continuar—. Varulf se marchó hace como una hora. Estuvo enviando un mensaje sobre el secuestro de Wanja y realizando algunas llamadas, después se largó sin dar más explicaciones. ¿Has dormido bien? —preguntó sin mirarla.

—¿Cómo sabes que estoy aquí?

—Mis oídos se han acostumbrado a distinguir los sonidos del bosque y registran con rapidez cualquier cambio que se produzca en mi entorno —explicó mientras caminaba hacia ella, seguido del chihuahua, volviendo al interior.

—Debe de ser maravilloso vivir en un lugar así —comentó mientras se agachó para acariciar la cabeza de *Trece* que la miraba con la cola en movimiento.

—Lo prefiero al bullicio de la ciudad. Y Galilahi también.

—¿Siempre habéis vivido en esas cuevas que mencionaste?

—No. Antes de acomodarnos allí, pasamos un tiempo cerca del mar. Pero sólo fue de paso. Para que ella y Malcom pudieran verlo —explicó y sus ojos se iluminaron al hablar de su esposa.

—Debes quererlos mucho.

—Los amo. Daría mi vida por ellos sin dudar un sólo instante. —Amarok comprobó que sus palabras habían afectado a la Pura de un modo extraño.

Generalmente las hembras solían mostrar algún gesto de ternura cuando un macho exponía así sus sentimientos, sin embargo, por un fugaz segundo, el semblante de Selenia reflejó incredulidad y algo que el indio sólo pudo interpretar como tristeza.

—¿Ocurre algo? —quiso saber.

Selenia supo que componer la imagen de control con la que disfrazó su rostro no consiguió engañar al indio, así que decidió sincerarse.

—Únicamente me ha sorprendido que se pueda llegar a amar de esa forma. Es hermoso y a la vez… —buscó la palabra más cercana a lo que sentía— trágico.

—Es una manera de verlo, desde luego —concedió.

—¿No estás de acuerdo?

—Si supieras por todo lo que he pasado a lo largo de mi vida y las razones, quizá pudieras entender mejor mis palabras.

—Es posible. —Sin embargo a su rostro volvió aquel delgado velo de desazón.

Amarok la miró por espacio de varios segundos antes de girar sobre sus talones y entrar en la cocina.

—Selenia, ¿has estado enamorada alguna vez? ¿Enamorada de verdad? —preguntó el indio aún dándole la espalda.

Selenia agradeció el gesto que le otorgaba cierta intimidad para responder, como los cristianos cuando se refugiaban tras un entramado de madera en el confesionario, lejos del rostro de su confesor.

—He sentido atracción, si es a lo que te refieres.

—La atracción está bien. Es lo que suele aparecer en primer lugar. Pero más tarde se convierte en algo más profundo y afloran los sentimientos y las emociones —explicó Amarok intuyendo lo que le ocurría a la Pura—. Sientes algo por Varulf, ¿verdad? —Selenia evitó contestar a la pregunta y sólo entonces Amarok la miró brevemente—. El sueco puede ser un verdadero hijo de perra cuando se lo propone, pero no tiene mal fondo. Es implacable pero no es cruel. No debes tener miedo a lo que sientes.

—No es miedo —se atrevió a decir.

—¿No?

—No. Pero Varulf es…, más que un Dominante y yo una Pura.

—¿Es lo natural no? Quiero decir; que te sientas atraída por un macho superior.

—Nunca he consentido que un macho me imponga su voluntad —resumió.

—Entiendo.

—No sería una relación equitativa.

—Con Varulf jamás podría serlo —aseguró el indio pensando en la naturaleza maquinadora del sueco—. Sin embargo, jamás he visto que imponga su voluntad, tal como tú lo has descrito. Te sugestiona lo suficiente para que pienses que ha sido decisión tuya. Con lo cual, si no lo cazas en un renuncio…

—Es un inmaduro incapaz de reconocer nada —sentenció cruzando los brazos sobre el pecho.

Amarok recordó la discusión que presenció en la que Selenia trató de sonsacar al sueco el verdadero motivo de sus acciones.

—¿Has pensado que quizá esté igual de confundido que tú?

Amarok esperó la respuesta aunque ésta no llegó. Cuando ya estaba por formular la cuestión de otro modo, ofreciendo alguna explicación, Davor apareció tambaleándose, boqueando y con heridas sangrantes.

Alarmados, Selenia y Amarok corrieron en su ayuda y entre ambos lo llevaron hasta un dormitorio.

—Han asaltado el Latin Kiss —explicó.

Varulf observó la central cerca de Upsala, desde el mismo lugar donde se había ocultado la vez anterior. La actividad era escasa. Evidentemente Fenrir ya había movido ficha tal como esperaba, agotando sus recursos.

Caminó, siempre oculto, alrededor de la edificación calculando con cuánto transporte rodado se encontrarían, aunque le era imposible saber a qué puntos habían sido destinados. Quizá si hubiera pedido a Selenia que lo acompañara ella podría conjeturar en base a ese dato, pues estaba seguro de que sabría el número inicial con que contaba cada instalación.

Pensar en la hembra lo hizo sentirse extraño. Jamás antes había notado tal afinidad con otra licántropo. Había pasado con ella momentos de risas y de discusiones y, ¡por todos los demonios que le gustaba cuando la veía furiosa! Sus relaciones anteriores se habían basado únicamente en el sexo. Nunca se había tomado la molestia de conocer, ni brevemente, a ninguna de sus compañeras de cama. Y realmente tampoco es que hubiera encontrado nada especial en ellas como para sentir esa necesidad. Pero Selenia era diferente en muchos aspectos: no se rebajaba, luchaba hasta el final, defendía sus opiniones a capa y espada, tenía un sentido de la justicia y del deber equiparable al suyo. Y entre sábanas... ¡Demonios, era perfecta! Todo en ella lo hacía sentirse cómodo, sin embargo, esa misma sensación era la que conseguía ponerlo nervioso cuando pensaba en ello.

Recordó el día en que la conoció. Lo miró directamente a

los ojos, aguantándole la mirada incluso al ser informada de quién era él y quién era ella en realidad. Cuando Einar quedó en silencio después de su presentación, Selenia se cruzó de brazos, dejando el peso de su cuerpo descansar sobre una pierna, gesto que remarcó el atractivo de sus caderas. Sonrió rememorando cómo se tensó su entrepierna sólo con aquel inocente movimiento de la hembra.

Después su recuerdo viajó al momento en que volvió a verla en Kulturhuset. Ella se había acercado a él, hablándole directamente aunque no lo reconoció, como era de esperar. Una vez pudo sobreponerse a la sorpresa inicial, de nuevo la excitación más agresiva se apoderó de su cuerpo.

¡Y por el infierno que hasta sentía ganas de volver sólo para aspirar su aroma de nuevo!

Ya había decidido desandar el camino hasta casa cuando advirtió una sombra sobre el suelo en la parte trasera del edificio. Provocó una semitransformación para beneficiarse de un mejor sentido de la vista y el olfato y le sorprendió descubrir al lobo que lo había ayudado en su anterior visita.

El pobre animal, antes libre, ahora estaba atado con una soga, sin tan siquiera un poco de agua y mostraba señales de haber sido golpeado violentamente. Varulf, maldiciendo, trató de comunicarse con él y reaccionó buscándolo con los ojos, cabizbajo y dolorido, sin fuerza para moverse. Apretó los labios, reprimiendo el deseo de estrangular al verdugo y comenzó a idear una forma de sacarlo de allí.

«Tranquilo, hermano. No me iré sin ti.»

Acomodaron a Davor en la primera habitación y Amarok se apresuró hasta la cocina para preparar un emplasto que aplicar a las heridas. Selenia observó los rasguños en la cara y las manos, aunque su ropa sólo mostraba alguna rotura en las rodillas, las cuales aparecían destrozadas.

—¿Qué ha pasado?

—La verdad es que no sabría decirte. Acababa de llegar a casa para recoger algunas cosas que podríamos necesitar esta noche, cuando oí ruido en el local. Vivo en el piso de arriba, ¿sabes?

—Continúa —lo animó Selenia para que no se anduviese por las ramas.

—Pensando que las chicas habían llegado, bajé para recibirlas y comentarles cuatro cosas que debían tener presentes durante mi ausencia; como no entrar en mi despacho, por ejemplo. No me gusta que nadie remueva mis cosas.

—A nadie le gusta.

—Me encontraba a medio camino, en la escalera que desciende directamente de mi apartamento, cuando supe que no podían ser ellas. El local estaba a oscuras; si hubieran sido las chicas lo primero que hubieran hecho es encender la luz, ¿verdad?

—Verdad —convino.

—Continué bajando despacio, intentando no delatarme. Oí cómo varios machos hablaban entre ellos pero no pude entender qué decían, aunque para mí estuvo claro que trataban de organizarse. Justo cuando llegaba a los últimos escalones para echar un vistazo, uno de ellos apareció en el hueco de la escalera. ¡Casi se me para el corazón! Era enorme y feroz. Muy atractivo también —añadió en otro tono—, todo hay que decirlo, pero terriblemente feroz —repitió volviendo a dejar que el miedo se apoderara de su voz—. Di media vuelta y comencé a subir de nuevo para escapar.

—¿Te vio? ¿El macho te vio?

—No lo sé —sollozó.

—Entonces, ¿cómo te has hecho eso? —Señaló las heridas— ¿No te atacaron?

—No —dijo con espanto en la mirada—. Estas heridas me las hice tratando de salir por una de las ventanas de mi apartamento. La bolsa con el material que quería traer se enganchó en algún sitio cuando ya me encontraba fuera con quince metros de caída libre debajo de mí. Intenté que se soltara pero se rompió el asa y caí de bruces contra el asfalto.

Selenia cerró los ojos, concentrando todas sus fuerzas y su autocontrol en no soltar la carcajada que pugnaba por liberarse.

—¡Oh, querida! No te aflijas. Me repondré —aseguró, tomándole las manos y dando ligeros toquecitos sobre ellas con las suyas.

Selenia tensó los labios para mordérselos, mientras bajaba la cabeza hasta tocarse el cuello con el mentón, para evitar que Davor pudiera notar el esfuerzo que estaba realizando. Gracias a los dioses, Amarok apareció en la estancia y aprovechó para salir a toda velocidad.

—Pobrecita, está realmente afectada —oyó que le decía al indio.

Con esto último, la Pura corrió hasta encerrarse en la sala del televisor y dio rienda suelta a su hilaridad. Cuando logró serenarse volvió a abrir, sintiéndose algo culpable por la situación. En realidad lo ocurrido era muy serio, pero la imagen del gran licántropo eslavo colgando del edificio, únicamente agarrado a las asas de una bolsa de equipaje, pudo con ella.

Varulf hizo su entrada cuando la hembra comenzaba a preguntarse si el plan de aquella noche se había pospuesto.

—¿Dónde está Amarok?

—Atendiendo a Davor. Han atacado el Latin Kiss.

—¿Quiénes? —Mientras Selenia le relataba lo ocurrido, el indio volvió con un cuenco vacío entre las manos—. ¿Davor está bien?

—Se ha partido las rótulas pero se repondrá. Aunque dudo que pueda acompañarnos esta noche. Necesitará varias horas para que el hueso se suelde.

—Tendré que variar un poco los planes, pero tiene que ser esta noche. Fenrir ya ha movido ficha para protegerse, si dispone de más tiempo es posible que consiga desaparecer.

—Nos las arreglaremos —aseguró Selenia—. Yo puedo encargarme de la zorra de ahí afuera. Tú debes llevarte a Amarok para ayudar a tu padre.

—Sólo si estás completamente recuperada —puso como condición.

—¿Te pareció que no lo estaba hace un par de horas? —preguntó la Pura con una negra ceja arqueada.

Varulf sonrió de medio lado antes de volver su atención a Amarok.

—Vuelve a llenar eso que llevas de tu pasta mágica, hermano. Tenemos otro paciente. Y tú —dijo a Selenia—, prepárate. Saldremos todos en media hora.

—Una vez la entrega de Wanja esté terminada yo podría...
—Selenia no quería perderse el asalto a Skokloster.
—No. —Fue la contestación que recibió del sueco quien ya caminaba hacia el exterior seguido de Amarok.

Capítulo 28

—No conseguiréis nada. Vuestro plan está destinado al fracaso —espetó Wanja mientras Selenia aseguraba por segunda y última vez las cadenas que la mantenían bien sujeta al primer vagón.

El *Silverpilen*, como había llamado Varulf al tren que descansaba en aquella estación fantasma, volaba sobre las vías a velocidad máxima. El sueco había hecho un buen trabajo manteniéndolo en magníficas condiciones de uso. Acababan de pasar por la antepenúltima estación de su recorrido, en pocos minutos llegarían a su destino.

—¿Qué te hace pensar eso?

—Fenrir tiene un ejército con el que defenderse. Mi hermanastro os aplastará antes de que ni tan siquiera os acerquéis.

—Es una lástima que no puedas ver nuestra derrota —dijo Selenia.

Wanja aprovechó la cercanía de la Pura para escupirle. Selenia se limpió la saliva con el dorso de la manga antes de erguirse sonriendo. Cerró la cremallera de la cazadora y cogió el casco entre las manos.

—Nos veremos en el infierno, zorra —dijo la presa.

—Quizá en alguna ocasión, pero te prometo que incluso allí volveré a matarte —se despidió encogiéndose de hombros—. Que tengas un buen último viaje.

Selenia corrió hacia el vagón de cola. La imagen que le devolvían las ventanillas debido al fondo negro del túnel era la de una mancha roja que se desplazaba rauda atravesando el tren de punta a punta.

Varulf había programado el recorrido para que la «flecha plateada» fuera perdiendo velocidad a medida que llegaba al final de la línea. Pero Selenia no estaba de acuerdo y, en silencio, observando el proceder del sueco, aprendió a modificarlo para que esa merma de velocidad no se produjera. El tren se estrellaría en pocos minutos y la explosión terminaría también con el contingente enviado allí. No estaba dispuesta a que los soldados tuvieran vía libre, nada más recoger a Wanja sana y salva, para volver hasta Skokloster y sorprenderlos por la retaguardia.

Tenía muy claro que la decisión del sueco sobre entregar con vida a Wanja la había causado ella con sus continuos reproches por las muertes acaecidas desde que comenzara su cruzada contra Fenrir. Y no consentiría que algo así ocasionara el fracaso de la misión o la muerte de alguno de los suyos.

Abrió la portezuela y tuvo que sujetarse con fuerza cuando un vaivén del vagón casi consiguió que perdiera el equilibrio. Agarrándose a las barras volvió sobre sus pasos y montó sobre la moto que puso en funcionamiento al instante. Imprimiendo velocidad, se lanzó hacia la negrura del túnel justo en el momento en que atravesaban la penúltima estación.

Desde donde se encontraban escondidos, observando los movimientos de los soldados con los que Fenrir se protegía, Varulf dejó vagar la vista sobre las avenidas de tilos y el precioso manto de césped verde que cubría el enorme jardín que rodeaba el castillo de Skokloster. Casi pudo recordar a su madre, recogiendo manzanas y castañas de los árboles mientras el frío viento de otoño enredaba su rubia cabellera.

—¿Es nostalgia eso que veo? —preguntó Amarok en tono burlesco.

—No. Eso que ves es el castillo de Skokloster y sus jardines —respondió el sueco con la rapidez acostumbrada.

—No hay nada de malo en mostrar emociones. Te haría un poco más humano.

—No tengo ninguna intención de parecer humano —respondió sin apartar la mirada de las idas y venidas de los soldados—. Jamás lo he sido y no voy a adoptar costumbres que nada tienen que ver conmigo.

—Quizá me esté acostumbrando demasiado a la forma de hablar de Galilahi, quería decir que te haría un poco más cercano. Ya sabes, más accesible.

—¿Y en qué podría beneficiarme eso?

—Quizá en evitar que Selenia se marche —respondió el indio a quemarropa.

Sólo entonces Varulf apartó los ojos de los jardines y sus alrededores para mirar a Amarok directamente a los ojos. El jodido *cherokee* había puesto el dedo sobre la llaga sin titubeos. Observó su rostro, buscando en él alguna señal que le diera pistas sobre lo que motivaban aquellas palabras. Los ojos negros del indio no se apartaron de los verdes en ningún momento, soportando el escrutinio del sueco con voluntad, impasible.

—Dime una cosa, indio, ¿cuándo pasaste por la metamorfosis que te convirtió de guerrero en alcahueta?

—No seas más imbécil de lo acostumbrado, sueco. Admite que esa hembra te importa.

La tensión entre ambos licántropos era palpable. Varulf no iba a permitir que nadie se inmiscuyera en lo que podía o no sentir hacia Selenia y Amarok no estaba dispuesto a que los caprichos de un inmaduro Varulf hicieran daño a una hembra con el valor necesario para afrontar una situación tan dura como la que había pasado. Si existía una que pudiera soportar la terquedad y difícil personalidad del sueco, esa era Selenia.

—Sabes que si no le proporcionas algo a lo que agarrarse se marchará y es muy probable que no vuelvas a verla jamás —continuó Amarok.

—No tienes ni idea, indio. Selenia puede marcharse pero volverá a mí le guste o no. Es su destino. Soy su destino.

—Tienes razón, no puedo saber qué ha ideado tu retorcida mente. Pero Selenia no es de las que dan su brazo a torcer con facilidad. Es una guerrera, igual que tú. Cometes un error creyendo que puede haber algo que la obligará a aceptarte contra su voluntad. —La frente del sueco se arrugó ligeramente ante la exposición de Amarok y éste aprovechó para atacar de nuevo—. Si no le dices lo que sientes, la perderás.

—Ella ya sabe lo que hay —dijo terminando de fruncir el ceño y volviendo a dirigir la vista hacia el horizonte.

—¡Por todos los dioses! Debes de ser el cruce entre un lobo y una jodida mula.

—¡Maldita sea! ¡No pienso ponerme de rodillas a implorarle para que no se marche! —exclamó siseando—. No soy de esa clase.

—Tampoco creo que Selenia aceptara algo así.

—Se reiría en mi cara.

—En eso estamos de acuerdo. Y aunque me gustaría estar presente en ese momento, creo que no es la forma correcta en que debes abrirle tu corazón.

—¿Y qué narices sugieres? Ya le he dicho que me siento muy cómodo a su lado y por lo visto tampoco eso le basta.

Varulf respiró con algo de tranquilidad al ver que Amarok pensaba en ello sin dar réplica y volvía a prestar atención a los movimientos de los soldados. Parecía que al fin el indio se había convencido de que, tal como lo veía él, había hecho todo lo posible para mantener a Selenia a su lado.

—También estás cómodo cuando te tumbas en el sofá —murmuró.

—¡Joder, indio! Estoy pensando en matarte y terminar con esta conversación de una vez por todas.

—Es muy interesante ver que no soportas tu propia manera de tratar al resto.

—¿Te estás vengando? ¿Por eso has decidido tocarme los huevos de esta manera?

—Si quisiera vengarme no te habría mencionado el problema, sueco. Dejaría que Selenia se marchara y vivieras amargado el resto de tus días pensando en que quizá, si te hubieras sincerado con ella, todo sería distinto.

El camino de vuelta, montada en la motocicleta a toda velocidad por los túneles del metro, transcurrió sin incidentes. Lo único que se podía objetar como inconveniente era el humo y el calor procedentes de la explosión del tren. Todo había salido a pedir de boca a juzgar por el estruendo que acusó al estrellarse. Ningún bicho viviente podría salir de allí tal como calculó.

Esperaba que a Varulf y Amarok les fuera igual de bien y alcanzaran su objetivo sin problemas. ¡Maldito cabezón!, ella aún tenía tiempo de sobra para desplazarse hasta Skokloster y luchar junto a ellos tal como sugirió antes de partir. La parte del plan que ambos llevarían a cabo era mucho más compleja y llena de riesgos.

Pensó en Davor, estaría solo y, podía estar segura, atacado de los nervios, haciéndose miles de preguntas. Al menos era portadora de buenas noticias.

Subió la moto por la rampa de acceso saliendo de la hondonada donde discurrían las vías y desmontó. Desde allí todo parecía tranquilo. Caminó por los pasillos interiores deprisa, deseando ver una sonrisa en el rostro del licántropo eslavo cuando le explicara sus peripecias para hacer estrellar el tren. Pero encontrar el taller de Varulf patas arriba, puso en alerta todos sus sentidos.

La visión de aquel caos le recordó inmediatamente el asalto al Latin Kiss. Ahora comprendía el objetivo de aquella intrusión y por qué no atacaron a Davor. Lo habían usado. Después de todo, era evidente que sí tendría un poco de lucha cuerpo a cuerpo sin haber de recorrer los kilómetros que la separaban del castillo.

El corazón comenzó a bombear con fuerza al imaginar al licántropo muerto. Con las rodillas destrozadas, seguro que le había sido imposible defenderse aunque no tuviera nada que hacer frente a un grupo numeroso. Davor no era diestro en la pelea.

Oculta entre un montón de escombros, cerró los ojos con fuerza para exorcizar aquella visión. Debía ser optimista, quizá los oyó y logró esconderse o encerrarse en la habitación de Varulf, aquella que parecía reforzada para resistir ataques.

Una consecución de ruidos y algún cristal roto la advirtieron de que no estaba sola. Tal como esperaba según el procedimiento a seguir, muerto Davor o no, tuvieron que dejar a un par de individuos haciendo guardia. Bien, ya había localizado a uno de ellos, sólo debía asegurarse de dónde situar al otro.

Se preparaba para abandonar el precario escondite cuando algo, enterrado bajo tornillos, tuercas y las herramientas del sueco, brilló llamando su atención. Con muchísimo cuidado, extrajo la espada lentamente hasta que pudo empuñarla. Como afirmó Varulf, era realmente liviana y muy manejable. Armada con ella, se irguió lo suficiente para poder caminar y acercarse hasta la puerta entreabierta. Rogó a los dioses para que el intruso, que aún ocupaba la cocina entretenido en vaciar el contenido de la nevera, se colocara en lugar visible desde aquel ángulo.

Selenia observó al licántropo de cabellos negros en su ir y venir, pero la arquitectura redonda del distribuidor le impedía tener una visión clara para poder apuntar correctamente. Existían demasiadas posibilidades de error. Esperó unos minutos hasta que, por fin, el tipo pareció satisfecho con el botín obtenido y cerró la puerta del frigorífico.

Era el momento.

Lanzó la espada con todas sus fuerzas y ésta voló recta y directa hacia su objetivo. Cuando un esbozo de sonrisa acariciaba sus labios celebrando la hazaña, un objeto lanzado con fuerza brutal, salido de dios sabía dónde, impactó contra la hoja desviándola de su trayectoria.

—¡Davor, ponte a cubierto!

¿Davor? ¿Pero no se suponía que aquellos hijos de perra lo habían matado?

—¿Davor? —exclamó Selenia.

—¡Quietos! ¡Quietos! —se oyó gritar al eslavo—. ¡Es Selenia!

—¿La Pura? —preguntaron desde la cocina.

—Muéstrate, Selenia, no somos enemigos.

—¡Soltad a Davor primero!

—Estoy bien, pequeña. No estoy preso —dijo apareciendo en su ángulo de visión.

—¿Quiénes son? —preguntó con un ademán de la cabeza cuando tuvo a Davor frente a ella.

—Anpu y Koram —la respuesta pareció tranquilizarla y se relajó visiblemente—. Ven conmigo. No hay peligro.

Selenia aceptó la mano del eslavo y salió de su escondite para entrar en el distribuidor. Allí el caos era menos evidente, no obstante existían señales claras de una lucha reciente. No había quedado ni un solo cristal intacto y el sofá ahora descansaba, hecho trizas, en mitad de la estancia.

Desde la cocina el rostro joven y sonriente del licántropo de pelo negro y los ojos azules más oscuros que había visto en su vida la saludó con un guiño. El otro, de iris del color del ámbar y tez más tostada, le ofreció la mano para estrechársela.

—Es un placer y un honor conocerla, señora —dijo.

—Mi nombre es Selenia y no soy señora de nadie —afirmó respondiendo al saludo—. ¿Qué ha pasado aquí?

—Llegamos justo a tiempo de impedir que se llevaran a Davor.

—Los tipos del Latin Kiss, ¿no? —Davor asintió apesadumbrado—. Te siguieron, por eso no hicieron nada por atraparte.

—Sí —murmuró.

—Varulf me llamó hace varias horas para que sirviera de apoyo en Skokloster —explicó Anpu—. Pensaba dejar a Koram aquí antes de dirigirme al castillo.

—Bien, ya que has venido para eso, vamos, pongámonos en camino.

—¿Adónde crees que vas? —exclamó Davor colocándose frente a ella, bloqueándole la salida.

—A Skokloster, por supuesto.

—Pero Varulf dijo que…

—Me importa una mierda lo que diga Varulf, no me quedaré de brazos cruzados mientras su orgullo de macho consigue que lo maten.

El joven Koram irrumpió en carcajadas y los labios del egipcio se curvaron en una sonrisa.

—¿Qué te hace tanta gracia, pimpollo? —preguntó recordando el apelativo que usaba el sueco para referirse a él.

La hilaridad del joven licántropo terminó de pronto al escuchar aquella palabra. Masculló una serie de improperios dirigidos a Varulf mientras se daba la vuelta para darles la espalda y atacar la comida que había apilado sobre la mesa.

—¿Cómo habéis llegado hasta aquí? —quiso saber Selenia.

—Alquilamos un coche en el aeropuerto, lo necesitaremos para transportar a Heimdall —respondió el egipcio.

—Bien. Vamos, yo iré en moto, sólo tienes que seguirme.

—De acuerdo.

—Davor, descansa esas rodillas para que terminen de curar. Koram se quedará contigo para ayudarte en lo que necesites.

—¿Qué? —Se quejó el joven emergiendo de la cocina como un ciclón—. ¡De eso nada! ¡No soy la niñera! ¡Os acompañaré a Skokloster!

—No vamos a tener tiempo de cuidar de ti, así que te quedas y compórtate como un buen chico, deja esto para los más experimentados.

—¡Maldita sea! ¡Soy un licántropo adulto! ¡No es la primera lucha que enfrento!

—Estás hablando con un militar de alto rango, Koram —advirtió Anpu con voz queda—, demuéstrale el respeto que debes.

—Quiero ayudaros.

Selenia y Anpu intercambiaron una mirada y el egipcio supo al instante que la Pura estaba al tanto de todo lo referente al joven. No podían arriesgarse a llevar a Koram al lugar donde encontrarían a Fenrir. Si algo salía mal, era como ponerle el objetivo que perseguía en bandeja de plata.

—Si de verdad deseas ayudar, debes quedarte. No se admite más discusión —sentenció la hembra.

Los ojos azul marino de Koram despidieron fuego mientras sus manos se cerraban en duros puños.

—Koram… —dijo Anpu en tono de advertencia.

—¡De acuerdo! ¡Maldita sea! —exclamó golpeando la puerta de la cocina que colgaba precariamente de sus goznes.

Capítulo 29

Mientras Amarok acababa con la vida de un soldado, Varulf extraía la zarpa del pecho de otro. La palpitante y resbalosa víscera se movió unos segundos más entre sus garras antes de quedar inerte. Arrastraron los cuerpos bajo uno de los grandes setos que rodeaban los jardines y avanzaron unos metros más silenciosamente.

La charla mantenida con el indio no animaba a Varulf a comunicarse de ninguna forma, mucho menos mentalmente pues con sus palabras acudiría, sin lugar a dudas, la imagen de Lena. Ya tenía bastante con el extraño hormigueo que no abandonaba sus tripas desde que volviera a tenerla frente a sí. Por mucho que insistiera, aclarar algo con Selenia sería considerablemente más complejo de lo que el indio pudiera imaginar. Existían circunstancias entre ellos que Amarok desconocía y de las que no estaba dispuesto a hablar con nadie que no fuera la Pura. Otro tema distinto sería cómo lo tomaría ella. Algo le decía que tendría que hacerlo con un tacto especial.

Amarok siguió a Varulf hasta ocultarse tras un grupo de arbustos junto a los cuales, un par de soldados esperaban a dos que se acercaban para relevarlos de la primera ronda de vigilancia. Pronto empezaron a conversar. El indio imaginó que Varulf esperaría a que alguno de ellos comentara algo acerca de la posición de Fenrir o su rehén, sin embargo el rubio sueco no tenía intención de perder el tiempo y supo el momento exacto en que penetraba en la mente de uno de ellos cuando éste arrugó la frente y se llevó una mano a la cabeza como para despejarla.

Dispuesto a atacar en caso de que los descubrieran, vio cómo el tipo se recuperó con cierta rapidez sin levantar las sospechas de sus acompañantes. Amarok clavó entonces los ojos en Varulf buscando una confirmación acerca de sus pesquisas. Éste le respondió con un guiño y un movimiento de cabeza para indicarle que le siguiera.

Llegaron, no sin dificultades, a la parte trasera de la pequeña iglesia cisterciense, rodeando el pequeño cementerio que la presidía. Una vez allí Varulf levantó una trampilla que pasaba inadvertida a cualquiera que no supiera de su existencia.

—¿Ya sabes dónde lo tienen? —preguntó en cuanto el sueco volvió a cerrarla tras ellos.

—Aún no, esos tipos no tienen ni la más remota idea de lo que en realidad se cuece aquí dentro.

—¿Qué hacemos entonces?

—Continuar con el plan previsto. Vamos, tenemos que subir por aquí, este túnel nos llevará directos al interior del castillo —indicó—, pronto recibiremos la visita que estaba esperando.

—¿Visita?

—Claro, indio. ¿Creías que íbamos a hacer esto solos tú y yo? Selenia y Anpu están al caer. Su llegada obligará a la guardia a intentar detenerlos, eso los mantendrá ocupados un rato.

—Pero dijiste a la Pura que...

—Si hay algo que la distingue es la terquedad, basta con decirle lo que no puede hacer, para que se tire de cabeza a la piscina y demostrar que el resto del mundo estaba equivocado.

—Sabías que vendría desde el principio.

—En realidad contaba con ello. Cuando supe del asalto al Latin Kiss imaginé para qué había servido, así que cambié los planes originales y llamé a Anpu indicándole que se dirigiera hacia la estación fantasma y ayudara a Davor en caso de asalto. Una vez llegara Selenia, Anpu la acompañaría hasta aquí. Sabía que vendría de todos modos, así que maté dos pájaros de un tiro y me aseguré de que viniera acompañada.

—Si se lo hubieras pedido lo habría hecho igual, no tenías que emplear esas artes tuyas con ella.

—Pero está acostumbrada a ser ella quien da las órdenes, puede decir lo que le plazca pero no le agrada recibirlas. Al menos no de mí. Si ha procedido tal como creo, a estas horas Wanja y los soldados que envió Fenrir a recogerla deben de estar criando malvas, me aseguré de que observara con atención cómo se manipulaban los mandos del tren, así que no tenemos que preocuparnos por un ataque sorpresivo. Como ves, se obtiene mucho más de Lena cuando cree que las ideas proceden de ella.

—Veo que la conoces mejor de lo que pensaba —sonrió Amarok, aunque no quisiera reconocerlo la Pura había calado hondo en el aguerrido sueco.

—Das por supuesto demasiadas cosas, hermano —sonrió admitiéndolo.

Anpu dejó el coche justo tras la motocicleta de Selenia. Ésta se acercó con el casco entre las manos y lo dejó caer en los asientos traseros.

—Vamos —dijo.

—Un momento —dijo el egipcio cerrando los ojos por un instante.

—¿Qué pasa?

—Nos vendrá bien un poco de ayuda —dijo con el tono de voz que precedía a la transformación, sin embargo su cuerpo no cambió del todo.

Cuando Anpu abrió los ojos, mostraban un brillante color dorado que parecía desprender luz. Selenia consiguió cerrar la boca cuando éste la miró.

—Pronto acudirán varias manadas de lobos.

—Está bien. Adelante.

Avanzaron hacia los jardines sin hablar. Anpu no apartaba aquella mirada espeluznante del lugar donde ya se apreciaban varias parejas de licántropos patrullando la zona. Selenia se obligó a dejar de lanzar fugaces miradas al ceño fruncido del egipcio y a concentrarse en la batalla que comenzaría en escasos segundos.

Apenas caminaron unos metros hasta llegar junto al monumento levantado en memoria de Magnus Brahe, cuando se sintieron rodeados de varios soldados. Selenia adoptó de inmediato la posición de combate, mientras Anpu se detuvo junto a ella, pero permaneció totalmente erguido y con la atención puesta en dios sabría qué lugar del cielo. De entre sus labios comenzaron a emerger una serie de palabras extrañas, desconocidas para ella. El cielo pareció estremecerse empezando a cubrirse de oscuras nubes de tormenta. La letanía del egipcio se tornó más amenazadora, elevando el tono hasta convertirlo en una orden imposible de ignorar. Un fuerte viento sopló, revolviéndole la raída chaqueta antes de tornarse más insistente y violento.

—No te apartes de mí —le dijo entonces.

Uno de los soldados avanzó hacia ellos y con la advertencia de Anpu en mente, dejó que éste se acercara más de lo debido. Atónita vio como el egipcio levantaba su mano y el viento envolvió a aquel tipo hasta elevarlo del suelo y lanzarlo contra el robusto tronco de uno de los cercanos tilos. Otros siguieron al primero, reduciendo a la mitad el número de soldados iniciales.

Los que quedaron titubearon antes de dar otro paso hacia ellos, sin embargo alguien gritó «al ataque» y éstos reaccionaron acatando la orden sin más dilación. Selenia buscó los ojos del egipcio, necesitaba una señal que le indicara cómo proceder. Anpu asintió y ya no hubo nada en el mundo que impidiera a la Pura dar rienda suelta a su venganza.

Se contorsionó dolorosamente mientras dejaba que el animal tomara las riendas del cuerpo y la mente, transformándose en la bestia que habitaba en sus entrañas desde su misma concepción, sin restricciones, sin límites. La señal de rango apareció entonces en su pecho, amplia y manifiesta.

Anpu no pudo menos que admirarla, pocas veces podía contemplarse a una hembra Pura en toda su gloria antes de la batalla. Era todo un espectáculo. La belleza de su apariencia humana era incomparable, pero una vez ésta desaparecía bajo la piel del licántropo, la elegancia de sus formas se transformaba en arrolladora potencia y energía destructora. Incluso el aroma que desprendió la distinguía como un ser excepcional. Selenia era, sin duda, la elegida. La destinada a acompañar al Hati, la única que poseía el poder de la maldición a tal nivel que podría, casi, igualarse a él.

Y

—¡Por todos los dioses! —masculló Amarok, mientras junto a Varulf observaban el exterior escondidos dentro de Skokloster.

Anpu, ya transformado en licántropo y con los elementos bajo control, repelía el ataque de los soldados que se acercaban y, Selenia, haciendo alarde de su destreza en la batalla, terminaba con la vida de uno tras otro como si fuera la enviada de la muerte en la tierra.

—¡Es magnífica!

—Es mía —aseveró Varulf con una sonrisa maliciosa en los labios al tiempo que sentía la excitación corriendo por sus venas.

El grito de alarma de algunos soldados que se ocupaban de la vigilancia del primer piso no tardó en llegar y, a excepción de cuatro de ellos, el resto de los que acudieron se precipitó, por la barroca entrada de techos abovedados hacia el exterior donde se desarrollaba la lucha.

—Adelante, tenemos vía libre —informó el sueco.

En cuanto abandonaron el escondite, dos de los soldados que habían quedado en la recepción atacaron inmediatamente. La transformación fue rápida y dolorosa pero Varulf se lanzó sobre ellos como un obús y antes de que Amarok pudiera extraer uno de sus cuchillos, había desmembrado al primero y la sangre salpicaba de rojo la blancura de las paredes. Extraerle el corazón al siguiente sólo le llevó un segundo más.

Dos nuevos atacantes cayeron desde la balconada interior, partiendo en dos las baldosas que quedaron bajo sus pezuñas. Varulf sólo tuvo que lanzar las garras, adoptando la figura de la cruz, para penetrar en los torsos de ambos licántropos y arrancarles las vísceras.

El indio se encogió de hombros, no serían los únicos que encontraran. Acababa de hacerse esa reflexión a sí mismo cuando un grupo más numeroso entró procedente del patio interior del castillo, sorprendiéndolos en el pasadizo que rodeaba la zona.

Amarok no tardó ni un segundo en saltar para encaramarse a una de las gruesas columnas, mientras Varulf lanzaba mandobles con las zarpas abiertas, desgarrando la carne que encontraban a su paso. Parecía inmerso en una locura psicópata que le impedía hacer cualquier otra cosa que no fuera matar. El indio, en uso de la disciplina que mejor dominaba, saltaba sobre ellos dándoles muerte uno tras otro.

El oscuro sumidero que se encontraba en el centro del patio, pensado para recoger el agua de lluvia, únicamente recibió la sangre viscosa de los caídos en el combate. No obstante, no se quedaron para admirar aquella obra del infierno.

Varulf volvió sobre sus pasos para ascender los escalones trabajados en madera que llevaban al primer piso. Sobre cada uno de ellos, quedó impresa una huella sanguinolenta.

El huracán sueco abrió las puertas de las estancias privadas parándose únicamente dos segundos en cada una para verificar si alguien se escondía en ellas. Las pulidas planchas de madera pulcramente barnizadas rebelaron magníficos tesoros en forma de tapices, lienzos y artículos de plata entre la suntuosidad del refinado mobiliario. Amarok pudo hacerse una idea de la vida que había llevado Varulf hasta el momento de su huida del castillo y supo que para alguien acostumbrado a aquellas riquezas y comodidades no habría sido nada fácil sobrevivir. Lo comparó con un animal criado en cautividad al que habían abierto las puertas del mundo que había conocido hasta entonces, a otro más peligroso y difícil. No obstante la fiera que se escondía bajo la piel del joven que fue antaño, no dejó que nada ni nadie terminara con él, transformándolo en el más brutal enemigo de aquellos que hicieron de su vida un completo caos.

—Vamos, por aquí —indicó sin mirarlo.

Amarok siguió los pasos del sueco, atravesando estancias hasta dar con una donde se quedó parado con el pomo aún entre las garras.

—Han estado aquí —informó husmeando el ambiente y sus ojos brillaron antes de añadir—. Ese hijo de puta ha estado mancillando esta habitación durante todos estos años.

El indio echó un vistazo sobre el robusto hombro del licántropo. La habitación, cubiertos sus suelos con exquisitas alfombras, guardaba en sus líneas una especial belleza. Una magnífica chimenea con relieves dorados presidía la estancia luciendo el mismo elegante diseño del techo del siglo xv, desde el cual un bello dragón azul de alas moradas sostenía entre sus fauces la gran y elaborada lámpara. Varios cuadros de incalculable valor daban vida y color a los marcos de pan de oro. En el centro, cuatro sillas también doradas y hermosamente tapizadas rodeaban la pequeña aunque robusta mesa de madera. Incluso el cortinaje hablaba de la nobleza y amor con el que había sido decorado y Amarok supo reconocer, en pequeños detalles, pinceladas de feminidad.

—Era de alguien querido, ¿verdad? Una mujer.

—De mi madre —dijo mientras alzaba un puño para apretarlo duramente.

Un grupo de soldados que debía de estar patrullando los alrededores, apareció surgido de entre la maleza. Pero ninguno de sus integrantes llegó a pisar un solo centímetro del jardín. La manada de lobos que había prometido el egipcio llegó en el momento exacto para impedirlo. Sometidos a la voluntad de Anpu, los animales parecían salidos del mismísimo averno. Gruñían amenazadores antes de lanzarse a la yugular de sus víctimas, cayendo varios de ellos sobre cada soldado. Algunos lograron quitárselos de encima, otros recurrieron a las armas de fuego pero varios terminaron seriamente heridos y sin fuerzas para volver a presentar batalla. De aquellos que lograban recuperarse y luchar se encargaba una violenta ráfaga de viento que los alzaba en el aire para lanzarlos contra los cañones que apuntaban hacia las costas del lago Mälaren.

A pocos metros de la entrada principal, Selenia continuaba su letal avance, dejando la muerte tras sus pasos. Cuerpos destrozados, vísceras y sangre campaban por todo el terreno donde el tierno césped comenzaba a brotar con la primavera. El idílico paisaje de paz y elegancia que ofrecían los alrededores del castillo, se había convertido en el escenario de un matadero dantesco.

La Pura, rechazó el ataque de tres individuos que le cayeron, casi encima, desde las ventanas del segundo piso. Volteando hacia atrás sobre sí misma, consiguió ganar algo de terreno para poder enfrentarlos uno a uno. Aquel trío no tenía nada que hacer contra ella en igualdad de condiciones. Su cuerpo, libre de las limitaciones del físico humano y totalmente entregado a la brutalidad de su transformación, era un arma perfecta e infalible. Cada movimiento estaba pensado para matar, cada zarpazo arrancaba sangre y carne de sus enemigos, no había posibilidad de escapar indemne de aquellas garras y las mortales fauces con las que las acompañaban. Quizá por ese motivo, el último de los soldados reculó al ver cómo los que le precedían encontraban la muerte segura y corrió hacia el interior del castillo tratando de escapar. Pero la bestia que dominaba a Selenia en aquel momento no daba cuartel y antes de que pudiera alcanzar la escalinata de entrada, atravesó el pecho del tipo desde atrás, con una de sus zarpas.

En ese momento otro licántropo saltó sobre ella, encaramándose a su espalda. La columna de la hembra se curvó hacia atrás describiendo un arco imposible y sus patas inferiores avanzaron varios pasos involuntariamente al recibir el golpe. Los peligrosos colmillos de su enemigo buscaron un lugar donde alojarse pero Selenia no estaba dispuesta a que probara su sangre. Llenando de aire los pulmones, conjugó toda la energía de su cuerpo en las patas y saltó dejándose caer hacia atrás violentamente, aplastando al que había osado atacarla de aquella forma. No obstante y aunque el golpe fue devastador, el licántropo se incorporó cuando la Pura rodó sobre sí para escapar y trató de volver a caer sobre ella. Pero lo único que recibió fue la garra de Selenia incrustada en las costillas y apretando su corazón aún dentro del pecho. La sangre se derramó a lo largo de la extremidad hasta llegar al suelo. Con ayuda de las patas traseras lo lanzó lejos y volvió a ponerse en pie para seguir avanzando.

En el interior del castillo, Varulf y Amarok seguían en la incansable búsqueda de Heimdall y Fenrir. De vuelta al patio interior, los ojos del sueco destilaban furioso veneno a medida que pasaban los minutos sin dar con ellos. Hasta que una voz se coló en su mente.

—«Bienvenido, hijo del Puro.»

—Fenrir —masculló con la mandíbula apretada. Los potentes músculos del cuerpo del licántropo se tensaron y parecieron crecer. Amarok no tuvo que preguntar para saber qué ocurría—. Ten cuidado, tiene que estar cerca.

—«Haces muy bien en advertir a tu compañero indio. El nieto de Einar, si no me equivoco. Su hallazgo fue toda una sorpresa, he de reconocer. Sobre todo después del trabajo que me costó dar con su padre y transformarlo. Attacullakulla hubiera sido un magnífico Wendigo.»

—Maldito hijo de puta.

Amarok observó atento cuanto les rodeaba buscando algún detalle que delatara la posición de Fenrir sin conseguirlo pero ajeno a las palabras que éste dirigía al sueco.

De pronto la figura de la hembra se dibujó al final del pasillo. Selenia avanzaba hacia ellos con paso firme y determinación en la mirada. Varulf también la vio llegar. No intercambiaron palabra alguna, no fue necesario. Sus miradas se cruzaron por un solo segundo con total complicidad y la hembra se detuvo antes de llegar junto a ellos para no delatar su posición.

—¡Sal de tu escondite Fenrir, y sólo así quizá considere matarte sin sufrimiento! —exclamó Varulf.

—«¿De verdad crees que te lo voy a poner tan fácil?»

—¿De verdad crees que no acabaré contigo sea de la forma que sea?

—«Olvidas que tengo a Heimdall.»

—Eso no me impedirá matarte.

—«Dudo que tu padre no signifique nada para ti después de todo lo que has hecho por recuperarlo.»

—Estás cerca. De otro modo no podrías comunicarte conmigo. Tu poder es limitado, Dominante. El mío, no. Puedes tener a mi padre pero no podrás matarlo si entro en ti antes de que suceda.

—«¿Sabes? Tienes toda la razón. Debo eliminar estorbos.»

En ese momento la sombra de una túnica apareció en una de las ventanas de los torreones y un gran bulto se precipitó desde lo alto cayendo hacia ellos.

—¡Ahora! —gritó Varulf a la vez que entraba en la mente de la hembra para ofrecerle la visión que él tenía de la situación.

Selenia corrió a toda velocidad hacia el exterior del patio, seguida por Varulf para separarse al llegar allí. La Pura ejecutó un magnífico salto y recogió el cuerpo de Heimdall entre sus brazos antes de que éste se estrellara contra el suelo. Mientras, Varulf, ascendía por la pared clavando las garras de puro acero en el enlucido. Al llegar a su destino, no encontró nada, tal como esperaba. Pero, desde allí, sólo un camino podía tomarse.

Corrió con toda la potencia de la que era capaz, siguió el rastro guiándose por su olfato, cruzando pasillos y habitaciones, como el suspiro de un alma enloquecida.

Al llegar a la biblioteca dejó de hacerlo. Aquel lugar estaba completamente impregnado del olor del Dominante pero también fue evidente para sus sentidos que otros licántropos pululaban por el lugar. Los pasillos que se formaban por alineación de las gruesas librerías de madera y cristal estaban en total oscuridad. Los grandes globos terráqueos podrían ocultar tras ellos a un enemigo. Varulf escudriñó el interior alerta ante cualquier amenaza.

—¡Fenrir! ¡Sé que estás aquí! Puedes rodearte de toda la fuerza militar que desees, lograré mi propósito y brindaré por ello bebiendo tu sangre.

La risa pérfida del Dominante estalló en su mente antes de que varios individuos aparecieran vestidos con las túnicas negras que siempre veía cuando intentaba visualizar la imagen de Fenrir en la mente de otros. Fue tan desconcertante que se sintió como en el centro de una sala de espejos, era imposible saber cuál era el verdadero.

Pero estaba tan cerca… La ira y la necesidad de venganza que había estado acumulando durante tantos siglos volvieron a él, golpeándolo en el pecho y devolviéndole la energía que sintió renacer en las mismísimas entrañas. Cerró las garras en puños, apretando con vehemencia e inspiró profundamente varias veces sintiendo ardor en los pulmones.

—Has lanzado a mi padre al vacío. Todos pagaréis por ello.

La señal del Hati apareció vibrante en la frente de Varulf, iluminando levemente su rostro con aquel haz verdoso. Los ojos se tornaron aún más brillantes y el morro se recogió hacia atrás mostrando las letales mandíbulas. El corazón latía con rapidez y la sangre galopaba por sus venas exigiendo justicia, reclamando muerte.

Tomó aire y emitió un aullido ronco, semejante a un largo gruñido, con todas sus fuerzas. Lanzó fuera de sí todo el poder que la pureza de su maldición le otorgaba, entrando en las mentes de cuantos había en la sala. Las figuras, vestidas de negro, comenzaron a retorcerse de dolor llevándose las manos a la cabeza. Algo se liberó dentro del sueco y ya no hubo nada real a su alrededor. Lo material, todo lo meramente tangible quedó relegado a un segundo plano. Únicamente existía él, su rival y aquellos que se interponían en su camino hacia el objetivo marcado. La potencia de la energía con la que mantenía bajo control a los individuos aumentó considerablemente y la sangre brotó abundante por los hocicos, orejas y ojos.

Así lo habían obligado a vivir, rodeado de dolor. Ahora les tocaba sufrir a ellos. Sería él quien proporcionara los gritos y la angustia de cuanto estaba cerca. Rompió la quietud de sus movimientos, avanzando lentamente mientras los fantoches disfrazados de Fenrir caían como moscas, reventados por dentro, con el corazón muerto por una excesiva actividad para llevar el líquido vital hasta la cabeza.

Continuó avanzando hasta que volvió a encontrarse en la puerta que daba al exterior.

Amarok y Lena estaban allí, con un débil y casi moribundo Heimdall en sus brazos, Anpu parecía recobrarse de algún mal, pero todos contemplaron al mismísimo Dios de la muerte emerger de sus antiguos dominios entre la torrencial tormenta que se había desatado.

Pero ni rastro de Fenrir.

Un movimiento a lo lejos, al final de aquel jardín cubierto de cuerpos inertes, llamó su atención y se lanzó hacia allí a toda velocidad. El resto de licántropos no pudieron seguirlo, imposible de alcanzar aquella fuerza que animara sus miembros para impulsarse hacia delante. Puñados de barro y pedazos de carne volaron hacia atrás lanzados desde las patas traseras, por el loco avance del Hati.

Un nuevo licántropo con los ropajes de Fenrir no tuvo oportunidad de escapar y terminó entre las garras del sueco que, cegado por una mortal sed de sangre, le destrozó el pecho, primero horadándolo para después abrirlo en canal enteramente.

Sólo entonces se permitió retirar la capucha que cubría su faz. Y un profundo y espeluznante aullido de furia nacido de su garganta rasgó el cielo nocturno.

Los labios casi inexistentes, los rasgos duros y los abiertos párpados del caído rebelaron los ojos descoloridos de aquel que había abandonado a petición de Lena, creyéndolo ya muerto. El traidor a los suyos: Rebel.

«En otra ocasión, jovencito», rezaba en una nota en blanco salpicada de sangre, prendida de los ropajes.

Fenrir había escapado.

Capítulo 30

Habían pasado horas desde que Varulf, ya recuperado de la inconsciencia que permitió la huida de Fenrir, acompañado de Amarok y Anpu, se encerraron en una de las habitaciones de la estación junto a Heimdall.

Mientras tanto, Koram y Davor viendo que Selenia era incapaz de estarse quieta, la ayudaron a recoger un poco aquel caos de escombros y lograron darle un aire algo más habitable al lugar. Imposible recuperarlo hasta su estado original, pero al menos el ejercicio consiguió que la hembra terminara de agotar sus energías y accediera a los ruegos del eslavo para que tomara una ducha relajante.

Dejó que el agua corriera desde la frente por todo su cuerpo devolviéndole parte de raciocinio. Le había costado más de lo acostumbrado retornar a su apariencia física y apenas sí recordaba retazos de la sanguinaria contienda. «Lo necesario», se dijo mientras se encogía de hombros. Dándose cuenta de que comenzaba a hacerlo muy a menudo, el gesto la hizo sonreír a su pesar. Aún poniendo todo de su parte para evitarlo, el sueco había logrado dejar su marca en ella.

Pero una mancha de tristeza comenzaba a extenderse por su interior. Todo había terminado, nada quedaba por hacer allí. Su presencia ya no era necesaria y antes de que tuviera que hacer pasar a nadie por el amargo trago de despedirla, ella misma se marcharía.

Efectivamente Varulf había dejado en ella otra cosa además

de aquel gesto de burlón inconformismo, algo que jamás antes había conocido; el anhelo de sentirse amada. El deseo carnal unido a una emoción mucho más profunda.

Algo parecido al fracaso por no lograr lo mismo, por no conseguir que el sueco albergara un sentimiento más importante que la gratitud, arraigó en su corazón profundamente.

Pero era una Pura, una hembra licántropo con tal integridad racial en su sangre que jamás se doblegaría a rogar nada a nadie. Ni siquiera a él. Su misma esencia se lo impedía. No le bastaba que él se sintiera cómodo con ella. Cómodo podía estarse igual con aquellas zapatillas viejas a las que aludió.

Mientras pasaba una toalla por la piel para quitar el exceso de agua, unas pequeñas patitas rasgaron la puerta y aceleró los movimientos para terminar de vestirse. *Trece* requería su atención. Se sentía culpable por no haber podido cumplir con sus obligaciones para con él en los últimos días y no deseaba retrasar más las caricias y mimos que se merecía.

El pequeño chihuahua se lanzó a sus brazos de un salto en cuanto ella se los ofreció y lamió su cara con tremenda alegría. Selenia no pudo menos que reír ante aquel asalto de cariño indiscriminado.

—Basta, *Trece*, basta —sonreía.

Un poco más animada por las caricias del can, Selenia caminó hacia el distribuidor circular. Amarok salía de la cocina con uno de sus extraños brebajes entre las manos y la pregunta pugnó por salir de entre sus labios.

—Aunque dudo que vuelva a ser el que era, hemos logrado salvarlo —le dijo antes incluso de que pronunciara las palabras.

—Gracias, Amarok.

El indio le sonrió con amabilidad, pero algo en los ojos de la Pura impidió que siguiera su camino. «Es mía», recordó las palabras de Varulf y la total firmeza con que las pronunció, como una verdad incuestionable. Selenia notó que la observaba en silencio, con preocupación. Se sintió algo incómoda y sonrió adoptando un gesto de completa ignorancia antes de alzar una ceja a modo de interrogación.

—No hagas ninguna tontería de la que puedas arrepentirte antes de hablar con él —dijo al fin.

Selenia sonrió para disimular la sorpresa que le provocó el acierto del indio.

—Sabes mucho acerca de las hembras, ¿verdad? —respondió en tono socarrón para quitarle hierro al asunto y tratar de alejar a Amarok de aquel tema que sólo a ella le incumbía.

—No. Pero como alguien profundamente enamorado, sé reconocer un corazón roto cuando lo veo.

Selenia tardó unos segundos en contestar, impactada por la sinceridad del indio.

—No te preocupes, amigo. Ve, lleva eso a Heimdall. Él es lo único que importa ahora.

Amarok se dirigió hacia la habitación y durante el par de segundos que la puerta estuvo abierta, las miradas del sueco y la Pura se cruzaron, encontrándose más allá del tiempo y el espacio.

La llegada de Einar acompañado de varios miembros del Consejo no se hizo esperar demasiado. La noticia de la recuperación de Heimdall fue acogida con un gozo indescifrable por parte de su antiguo amigo y consejero. No así entre las filas de los partidarios de Fenrir, que movidos por la vergüenza y el miedo a ser objeto de investigación sobre sus actividades, desaparecieron sin dejar rastro, buscando refugio en los oscuros agujeros que ellos mismos habían creado y de los que habían sacado beneficio en el pasado.

Después de que el antiguo señor de Tavastia compartiera algunas palabras con Heimdall y varias miradas de reojo con Amarok, que no cesaba de taladrarlo con las negras pupilas, dejó a sus acompañantes junto a Varulf y los naguales en la habitación. Más tarde tendrían oportunidad de hablar con tranquilidad.

Selenia lo encontró mientras éste saludaba efusivamente a Koram que encajaba los abrazos y los amigables golpes en la espalda con estoicidad, sin saber exactamente el porqué de tanta efusividad. La Pura arrugó la frente mientras lo observaba. La estampa hubiera resultado graciosa si el semblante de aquel licántropo no le resultara conocido pero no conseguía situarlo, le era imposible saber cuándo o dónde los habían presentado.

—¡Mi señora! —exclamó yendo hacia ella y, realizando una magnífica reverencia, le tomó la mano para besársela, lo cual hizo que Selenia sintiera más desasosiego por no recordarlo—. ¡Recibe mi enhorabuena por el magnífico trabajo que has realizado! Ninguna otra lo hubiera conseguido.

«Mi señora», así se había dirigido a ella Anpu en el momento en que se conocieron.

—Perdóneme pero... no sé... —respondió tratando de recordarlo.

—Oh, por el amor del cielo. —Einar frunció el ceño al ver la incertidumbre pintada en el rostro de la hembra—. Aún no te los han devuelto. Comprendo tu desconcierto, te ruego que sepas aceptar mis disculpas.

—¿Nos conocemos?

—En efecto, así es. Aunque me temo que no puedes recordarlo —respondió evidentemente incómodo.

Aquellas palabras despertaron la sospecha que ya había tenido varios días atrás cuando llegó a la conclusión de que *Trece* le pertenecía antes de que toda aquella locura comenzara.

Pensar en el perro fue como un conjuro que lo trajo hasta ellos. Intentando tener algo de tiempo para ordenar el aluvión de confusos sentimientos que la embargaron, se agachó para tomarlo entre sus brazos.

—Me alegra comprobar que *Trece* se encuentra en perfecto estado. —El animalillo movió la cola con energía—. Y feliz por lo que veo —sonrió Einar.

Antes de que pudiera formular la pregunta que trataba de escapar de sus labios, el sonido de la puerta al cerrarse llamó la atención de ambos. Varulf, aún con los cabellos cubiertos de sangre seca, se acercó. Selenia fue incapaz de descifrar ni uno sólo de sus pensamientos pues mantenía el rostro inescrutable.

—Aún no se lo has dicho —dijo Einar dirigiéndose a Varulf con evidente tono acusatorio.

—No —confirmó éste.

—A estas alturas ella debería saberlo. Está en su derecho. —Varulf no rebatió sus palabras—. ¿Has pensado dos veces lo que estás haciendo?

—Preocúpate más por hablar con tu nieto, Einar. Tú sí le

debes unas palabras a Amarok —atacó el sueco para consternación del licántropo—. Este tema no es de tu incumbencia.

—¿Qué no es de mi…? —Einar no podía creer lo que estaba oyendo— . Maldita sea Varulf, no puedes… ¡Debes decírselo! ¡Debes llevarla para que pueda recuperarlos!

—¡Basta ya! —gritó Selenia mirando a uno y a otro consiguiendo dejarlos perplejos—. Basta ya de hablar entre vosotros como si yo no estuviera presente. ¡Me enerva!

—Lo siento, mi señora. Yo…

—Mi nombre es Selenia. No es necesario que me trate de…

—Sí, es necesario —rebatió Varulf antes de que ella pudiera terminar.

—Que mi rango como militar sea de los más altos no significa que alguien como él, completamente relacionado con altos cargos del Consejo, deba guardarme esa consideración —discutió la Pura.

—¡Maldita sea, Lena! Si digo que debe ser así, ¡así debe ser! —Los ojos del sueco no admitían más objeciones al respecto.

El rostro de Selenia enrojeció hasta la raíz del negro cabello. Comprendió que estaba en lo cierto al pensar que jamás podría compartir algo más profundo con aquel licántropo. Era imposible. Apretó los puños para no abofetearlo delante de Einar quien no merecía ser testigo de semejante espectáculo.

No obstante decidió que le dejaría clara su postura.

—Veo que aunque no te han presentado oficialmente como tal, ya has tomado posesión del cargo que te pertenece como Alfa de todos los licántropos. Enhorabuena, Varulf. Y adiós, ya has logrado tu objetivo y, por tanto, aquí termina nuestro acuerdo.

Esas fueron las últimas palabras que le dedicó antes de girar sobre sus talones y desaparecer de su vista, seguida de un alarmado Einar.

Al día siguiente la noticia ya corría en boca de todos los licántropos que habitaban Estocolmo, y Selenia imaginaba que también en otras ciudades.

La necesidad de alojarse en algún lugar, debido a que su

apartamento había desaparecido con la explosión, la llevó a aceptar la oferta de Davor. No es que le agradara particularmente hacerlo, no deseaba ser un estorbo y el piso que ocupaba el esclavo era, por sus dimensiones, más bien un estudio. No obstante Davor no admitió negativas, incluso le ofreció algunas ropas de las chicas que trabajaban en el Latin Kiss.

Un golpe en la puerta la sacó de sus cavilaciones mientras se enfundaba un jersey y un vaquero muy usado a toda prisa y corría hacia la puerta. El rostro sonriente de Davor apareció tras ella.

—El coche ha llegado —le informó—. Einar te llevará.

—Gracias, Davor. *Trece* tiene todo lo que necesitará durante esta noche. Verás que es un perrito muy bueno y muy cariñoso, no te dará problemas.

—Nos haremos mutua compañía, quédate tranquila. Si quieres que te acompañe puedo dejar a las chicas a cargo del local durante un par de horas —se brindó con voz atribulada, mientras esperaba a que se calzara.

Selenia se incorporó y posó sus manos sobre los hombros del licántropo.

—Has demostrado ser un gran amigo, Davor, no quiero crearte más problemas.

—No me has creado ninguno. Ha sido un placer y un honor compartir contigo estos días —contestó—. Te echaré de menos, pequeña —añadió abrazándola con verdadero cariño y tristeza.

—¡Davor! —Sonrió sorprendida ante el gesto del esclavo—. Volveremos a vernos, te lo aseguro. Cuida del gruñón de Varulf, va a necesitar a los suyos cerca. Pero jamás le digas que te lo pedí a menos que quieras que te saque los ojos —rio.

—Es a ti a quien necesita a su lado.

—No insistas, por favor.

—¿Irás al menos a la ceremonia que han organizado en su honor cuando tome posesión de su cargo?

—Aún no lo he decidido. Primero he de recuperar mi verdadera identidad. Necesito llenar los agujeros negros de mi memoria.

—Cuídate mucho, pequeña. ¿Me lo prometes?

—Claro, Davor. Yo también te extrañaré —se despidió mientras volvía a abrazarlo.

Selenia descendió por la escalera y atravesó el Latin Kiss. No pudo evitar recordar la primera vez que estuvo allí. Apenas habían pasado unos días y, sin embargo, parecía que hubieran sido meses. Sus ojos buscaron el lugar donde se apoyó Varulf, retándola con la mirada, mientras aquella morena voluptuosa se acercaba. Algo se removió en su interior, apretó los dientes y continuó su camino hacia el exterior.

Nada más verla aparecer, Einar salió del coche para abrirle la puerta.

—Gracias, Einar, pero no era necesario.

El macho sonrió con amabilidad y cerró la puerta con suavidad en cuanto ella se acomodó en el asiento.

—Llegaremos enseguida. Las instalaciones donde tenemos guardada la primera SIM no están lejos. El mismo operador que llevó a cabo la extracción se encargará de reinsertar los recuerdos de aquel día —informó una vez hubo puesto el coche en marcha.

—Bien.

—¿Preocupada?

—Sí, no voy a mentirte.

—También lo estabas la primera vez.

Selenia suspiró pero no sintió la necesidad de continuar con la conversación. No quería pensar en nada, sólo llegar a su destino y conocer las horas del pasado que guardaba en su memoria alguien que no conocía.

Capítulo 31

Nunca le gustó demasiado la soledad, pero en aquel momento tampoco deseaba tener compañía.

Trataba de mantener los nervios bajo control, pero ahí estaban, removiéndose inquietos en su estómago. Y, teniendo en cuenta que había sido elegida para llevar a cabo una operación de riesgo de la que aún desconocía los términos, no podía ser de otra forma. Perdió el hilo de las veces que contó las baldosas que alicataban la pared de enfrente. Eran quinientas diecinueve, ni una más ni una menos. Todas las veces, el recuento había arrojado el mismo resultado.

Cuando decidió que se había cansado del color blanco y comenzaba a contar las grises del suelo, la puerta se abrió, dando paso a su superior acompañado de dos licántropos machos a los que jamás había visto.

El primero, de edad avanzada y sonrisa franca, caminaba con la solemnidad de un cargo importante. El segundo, corpulento y de una belleza salvaje, clavó los ojos verdes en ella haciéndola sentir como si, en lugar de llevar puesto el uniforme reglamentario, la cubriera una simple bolsa de plástico transparente.

Se levantó para ejecutar con limpieza el saludo que correspondía y obtuvo miradas de aprobación por parte de dos de ellos. El último, aquel extraño y hermoso licántropo macho, expresó enfado con un simple gesto del rostro y una mirada severa hacia los otros dos.

—Descanse, soldado —ordenó su superior.

—Creo, coronel, que debería ofrecerle el respeto y deferencia que merece desde ahora —dijo el licántropo de más edad al notar en el joven lo mismo que ella había visto.

—Por supuesto, señor. Pero antes debería usted hablar con ella pues aún no ha sido informada. Desde su ingreso aquí, consideré necesario guardar silencio para proteger su integridad y su correcta formación militar.

—Una decisión muy acertada, coronel. —Selenia observó sin comprender mientras su superior se cuadraba ante ellos—. Confiamos en que mantenga ese silencio hasta que reciba la contraorden. Comprenderá que esa información en manos del enemigo, significaría un terrible peligro para ella.

—Por supuesto, así se hará. Mi lealtad es inquebrantable. Si fuera necesario, el secreto morirá conmigo.

El licántropo mayor asintió con amabilidad.

—Márchese —pronunció el joven de melena rubia por primera vez. Su voz, grave y rotunda, no admitía réplicas.

El coronel volvió a cuadrarse frente a él, esta vez con más ímpetu si cabe:

—Mi señor... —se despidió antes de desaparecer de la estancia.

Sólo cuando la puerta se hubo cerrado de nuevo tras el coronel, el más anciano se le acercó.

—¿Nos sentamos? —indicó adelantando una mano para que lo hiciera ella en primer lugar.

—Preferiría seguir de pie, si no le importa.

No es que desconfiara de su coronel, pero estar encerrada allí con dos desconocidos no tranquilizaba ni un ápice el remolino que se le había formado en las tripas. Aunque le sorprendió que sus palabras provocaron dos reacciones diferentes. El macho que le había ofrecido asiento sonrió con algo parecido a la sorpresa y, el otro, el joven de ojos verde lima, arqueó una burlona ceja y curvó los labios hacia el mismo lado, en una evidente muestra de humor.

—Está bien. Con todos mis respetos, yo sí lo haré.

Selenia prefirió mirar hacia el mayor mientras esperaba a que se acomodara y ofreciera la explicación que necesitaba. Sentirse observada por el gran licántropo rubio, quien permaneció de pie desnudándola con la mirada descaradamente, no la ayudaba a calmarse y se preguntó qué ocurriría si lo mandaba a paseo mientras conversaba con el otro macho.

—Te preguntarás quiénes somos y qué hacemos aquí. —Selenia asintió—. Mi nombre es Einar, señor de Tavastia y amigo y confidente de nuestro desaparecido Heimdall.

Selenia volvió a cuadrarse para el saludo de reglamento.

—No, no, no, no —rio Einar—. No es necesario que hagas eso. No tú. —Selenia notó que el macho lanzaba una fugaz mirada hacia el otro—. Hemos venido para darte a conocer algo que se ha mantenido en secreto desde tu nacimiento. Queremos que comprendas que esto se ha hecho para salvaguardar tu propia vida.

Selenia asintió pero prefirió no decir nada y esperar a que el licántropo continuara. Entonces, Einar extrajo de sus ropajes un papel doblado con mimo. Lo desplegó y volvió a hablar.

—Naciste en Palermo. Descendiente del cruce entre dos Originales, lo cual te brinda el mayor rango de pureza en una hembra de nuestra especie. Tus progenitores, llevados por la lealtad a la causa, sellaron tu destino desde tu nacimiento, tal como manda la tradición y las escrituras. No obstante, a excepción de unos pocos elegidos entre los que me encuentro, se ha mantenido en secreto para el resto de la raza.

»Tu formación militar no fue algo elegido por ti, sino por un antiguo nagual que, con la información necesaria, nos proporcionó una guía para que, una vez llegados a este momento, poseyeras en tu haber todo cuanto necesitarías.

—Me gusta lo que hago y lo hago bien —dijo.

—Desde luego —asintió—. El coronel nos ha ofrecido un gran informe de tus brillantes logros profesionales que, por otra parte, confirman lo que el nagual vaticinó.

—Es un honor para mí brindar mi vida y mis conocimientos en favor del bienestar de la raza. —Por esas palabras recibió gestos de aprobación y admiración por parte de ambos licántropos.

—Y desde luego, creo hablar por el Consejo en pleno al decir que tienes todo nuestro agradecimiento —asintió enfatizando sus palabras—. Pero tu destino no es servir a la raza de ese modo, te espera uno mucho más importante. —Selenia no pudo controlar la mirada interrogativa que escapó de sus ojos—. Selenia —continuó Einar—, estás destinada a ser la consorte del Alfa por excelencia, el nacido con el mayor nivel de pureza de toda la raza.

Aquellas palabras provocaron varias reacciones involuntarias en su interior. El nerviosismo que hasta aquel momento padecía no fue nada comparado con lo que experimentó después de oírlas. Fue como recibir un imaginario pero tremendo derechazo en mitad del pecho. Su respiración se aceleró y la corriente sanguínea amenazó con hacerle estallar las venas. Inmediatamente sintió cómo los ojos le escocían y comenzaba su transformación.

—Cálmate, Selenia. Te ruego que te controles —pidió Einar mientras lanzaba rápidas y evidentes miradas de preocupación al licántropo más joven.

Selenia tomó aire profundamente para después expulsarlo todo vaciando completamente los pulmones. Repitió el proceso varias veces hasta que su corazón volvió a un ritmo menos peligroso.

—No —dijo simplemente cuando pudo articular palabra.

—Lo siento, Selenia, pero no puedo entenderte.

—No lo haré. No pienso compartir mi vida con alguien al que ni siquiera conozco —dijo con contundencia.

—Bueno eso tiene fácil solución. Por eso está aquí él —indicó Einar sonriendo y elevando una mano para tenderla hacia el rubio licántropo—. Selenia, tengo el honor de presentarte a Varulf.

Selenia giró los ojos de nuevo hacia el imponente licántropo que había permanecido en silencio durante toda la conversación. Vestido con una cazadora negra, un pantalón vaquero muy desgastado y unas botas que aparentaban pesar medio quintal, desde luego no presentaba la imagen de ser nada de lo que Einar afirmaba. Sin embargo, debía admitir que era un macho impresionante e irradiaba un poder inequívocamente letal. Podía apreciar su olor, un aroma indescriptible que espoleaba todo su interior, tentando sus sentidos, retándola a que se acercara. ¡Alarma! Recordó las palabras que había oído a sus padres en varias ocasiones acerca de las relaciones entre licántropos de distinto rango: «Lena, jamás tendrás una relación más satisfactoria que la compartida con un licántropo de nivel superior». Y las que ella lanzaba como respuesta en cada ocasión: «Soy perfectamente capaz de controlar mis instintos».

Varulf siguió con la mirada el escrutinio de la hembra. Era realmente hermosa, una beldad oculta bajo el uniforme militar. Era fuerte y poseía carácter, podía notarlo en el tono de su voz y eso le gustó. El sondeo al que la había sometido arrojó un poco de luz con respecto a su personalidad, pequeños detalles que el informe del coronel no mencionaba. Sus ondas mentales eran muy semejantes a las propias y se sorprendió al notar que podía conectar con ella en un plano que hasta ahora le resultaba desconocido; su mente era como un libro abierto para él.

La hembra se empeñaba en buscarle algún defecto, algo que se opusiera por completo a lo que su subconsciente registraba. Einar no podía verlo y ella se obcecaba en ocultarlo incluso para sí misma, pero para Varulf estuvo claro que se sentía muy atraída hacia él. Incluso excitada. Tuvo que controlar las carcajadas que amenazaban con hacerle perder la compostura mientras contemplaba la forma en que ella seguía mirándolo.

Cuando dio por terminado su examen volvió a encarar a Einar.

—No hay nada que me obligue a hacerlo, ¿verdad?
—En realidad no, pero...
—Discúlpeme pero no hay peros. No lo haré y es mi última palabra.

Selenia se cuadró ante ambos y se dirigió con paso seguro hacia la salida. ¿Unirse a un licántropo de por vida así? ¿Sin más? ¿Sólo por su linaje? ¿Únicamente porque un nagual idiota lo había dicho? Ni hablar. Y menos con aquel que parecía llevar escrita la palabra «peligro» sobre la frente. Su intuición le advertía de que no era buena idea.

—¡Es tu destino, Selenia, no deberías ignorar eso! —dijo Einar en un tono más alto para que lo oyera con claridad cuando ya posaba su mano sobre la maneta de la puerta.

—Es el destino que otros eligieron para mí, no el que yo deseo —dijo sin mirarlos antes de salir.

Selenia respiró con cierta libertad. Se le antojó que sus pulmones no habían trabajado del mismo modo desde que entró en aquella habitación. Ningún sonido traspasó la puerta, los dos machos seguían en silencio.

Soltó la manecilla que aún mantenía sujeta con una de sus manos y comenzó a caminar por el pasillo, sin saber exactamente a dónde ir. Un subordinado pasó junto a ella ocultando algo entre los brazos.

—¡Alto soldado! —ordenó. El interpelado frenó en seco y la saludó—. ¿Qué esconde ahí?

—Es sólo un pequeño perro que se ha colado en las instalaciones. Lo llevaba al portero para que se encargara de hacerlo llegar a la perrera.

Selenia miró al pequeño chihuahua que no dejaba de temblar violentamente. Sus dos pequeños ojos oscuros la miraron con una tremenda tristeza.

—Entréguemelo.

Selenia observó que el soldado titubeaba, dudando por un momento sobre qué debía hacer. Algo pareció afectarle significativamente pues se llevó una mano con violencia hacia la cabeza y arrugó el ceño mientras apretaba los dientes.

—¿Se encuentra bien, soldado? —preguntó mirando hacia ambos lados del pasillo para buscar ayuda.

Fue entonces cuando volvió a ver al licántropo llamado Varulf, parado a varios metros de ellos.

—Estoy bien..., creo. Tenga. —Le entregó al pequeño perro—. Es todo suyo —dijo antes de marcharse.

Selenia acogió al chihuahua entre los brazos y el animal se arrebujó acercándose más a su cuerpo. Al otro lado del pasillo, Varulf le sonrió enigmáticamente antes de girarse para abordar la salida del cuartel.

Intentó quitarse de la cabeza la imagen de aquel tipo mientras caminaba hacia los barracones, dejaría allí al pequeño perro. Se le antojó que el chihuahua parecía tan indefenso como ella se sentía en aquel momento. Vulnerables pero reales. Podrían cuidarse el uno al otro. Ya pensaría en un nombre para él.

Una vez estuvo satisfecha con el rincón que preparó para el chihuahua, solicitó una entrevista con el coronel. Debían aclarar algunas cosas. El soldado encargado de realizar las veces de secretario se levantó y se cuadró frente a ella nada más verla entrar.

—He pedido una entrevista con el coronel.

—Lo siento pero en este momento está ocupado. Si lo desea puedo avisarla en cuando esté libre.

—No es necesario, esperaré.

Selenia tomó asiento y no habían pasado ni cinco minutos cuando la puerta se abrió para dar paso a Einar seguido de su coronel. Su presencia no pasó desapercibida al licántropo que la saludó con cordialidad antes de marcharse.

—Adelante, Selenia. Debemos hablar sobre una operación importante que llevarás a cabo.

—Memoria restaurada.

»Retirando instrumental.

»Constantes vitales de los pacientes, estabilizados: ritmos cardiacos moderados y regulares, respiraciones normales.

»Desactivando sistema.

Sólo cuando el SIM se desconectó por completo y se procedió al desbloqueo de las puertas, pudo acceder al interior de la sala. Tenuemente iluminada en ese momento para facilitar un despertar relajado a los dos intervenidos, toda la actividad terminó en el momento en que el médico se despidió con un saludo silencioso de Einar.

El lico se acercó despacio situándose entre las camillas y se acomodó en el sillón giratorio que hasta el momento había ocupado el facultativo. Observó a ambos pacientes evaluando su apariencia. A primera vista, todo parecía en perfecto estado, sin embargo era necesario esperar a que despertaran para comprobar el éxito de la operación.

Selenia había pasado tres veces por aquella máquina, la primera fue precisamente aquel día, cuando se conocieron. Y, aunque antes de nada tomaron la precaución de hacer las pruebas correspondientes para asegurar que no corría peligro alguno, no podían estar seguros al cien por cien de que no hubiera complicaciones posteriores. Sólo un examen médico, que pasaría más tarde, lo confirmaría.

Pasaron un par de horas hasta que los párpados de Selenia comenzaron a registrar algún movimiento. Einar se incorporó un poco para acercarse más a ella. Deseaba proporcionarle la seguridad de un rostro conocido cuando despertara.

—Está bien, mi señora. Ya ha pasado todo.

—Qué manía tenéis con esa maldita palabra —murmuró entre dientes, cerrando los ojos por espacio de unos segundos y arrancando una sonrisa de los labios de Einar.

—¿Cómo te encuentras?

—Como si todo el regimiento hubiera estado pateando mi cabeza durante horas —dijo llevándose las manos lentamente a las sienes para aplicar un ligero masaje circular.

—Descansa entonces. Ya hablaremos más tarde —ofreció levantándose del sillón.

—No te vayas, por favor. La vez anterior desperté sola y no es agradable.

Einar volvió a dejar caer su peso en el asiento y sonrió con algo parecido a la ternura.

Desde que vio a Selenia por primera vez, no paraba de pensar en esa hija que dejó tantos años atrás y a la que jamás conoció. Los dioses tenían reservados muy diferentes y tortuosos caminos para todos ellos.

Quizá por ese motivo no pudo cerrar los ojos ante lo que reconocía como la felicidad de la hembra junto a Varulf.

—Supongo que tienes algunas preguntas que hacerme. Así que esperaré hasta que estés en condiciones de formularlas.

Selenia respiró relajada y pausadamente.

—Sólo dime una cosa. —La Pura hizo una pausa antes de continuar—: ¿El coronel puso alguna objeción cuando sugeriste que yo fuera la elegida para infiltrarme en el bando contrario?

Einar no pudo ocultar la sorpresa que le produjo las palabras de Selenia. Había relacionado a la perfección todo lo ocurrido con aquella visita al coronel antes de que comenzara la operación espía. La hembra sonrió satisfecha.

—¿Por qué lo hiciste, Einar? ¿Por qué decidiste que yo debía ser quien ayudara a Varulf a lograr su objetivo, a encontrar a su padre?

—Porque el informe que el coronel ofreció reflejaba a una licántropo con los requisitos precisos para lograrlo —respondió mirándola directamente a los ojos—, experiencia, fortaleza, carácter, voluntad, inteligencia y, lo más importante, corazón. Confié en tus posibilidades desde el momento en que te tuve frente a mí. Y no me equivoqué. Además… —continuó volviendo a reposar el cuerpo en el respaldo del sillón—, era primordial que os conocierais.

—Comprendo.

—No puedes enfadarte conmigo por eso, Selenia —dijo levantándose—. Eres quien eres, por mucho que te lo niegues. Y Varulf…, él jamás hubiera dado su aprobación a ese enlace. Sé que es un macho complicado y difícil pero…

—Me lo dices o me lo cuentas.

—Necesitabais tiempo para conoceros, para daros cuenta de que estáis hechos el uno para el otro. —Se tomó un respiro y continuó—. Quiero que sepas que todo estaba perfectamente milimetrado, no corrías peligro real en ningún momento. Una vez que Varulf te vio en el Kulturhuset y supo quién eras, tuvo muy claro que debía protegerte a toda costa. Él jamás hubiera permitido que te ocurriera nada.

—Te equivocas —respondió recordando la forma en que la engatusó para que ella misma se ofreciera a aquella intrusión en su cerebro que podía provocarle la muerte.

—Sé a lo que te refieres, estoy al tanto de todo. Y no puedo excusarme en su nombre. Pero quiero que sepas que jamás fue su intención recurrir a engaños contigo. Después de tu marcha, él también desapareció. No he sabido nada más desde entonces. Espero que cumpla con su obligación y esté presente esta noche para el acto frente al Consejo. Ahora que la purga se ha completado es necesario que asuma su posición.

Selenia no contestó, se limitó a cerrar los ojos aunque no durmió. Einar se encaminó hacia la salida pero antes de alcanzarla volvió a oír las palabras de la Pura.

—En tal caso, tendremos que obligarlo. —Einar se giró y sonrió con ilusión antes de desandar sus pasos y volver al lado de Selenia—. No podemos dejar que ese caprichoso sueco juegue con todo lo que hemos tenido que pasar para llegar hasta aquí —sentenció guiñándole un ojo.

Varulf se paseó arriba y abajo por la sala privada de su padre en Skokloster. Había llegado hacía unos minutos después de recibir un mensaje en el teléfono móvil que no pudo ignorar. Mientras conducía por la avenida de tilos hacia la enorme y cuadrada construcción, no pudo evitar sonreír al volver a verla libre de los despojos que la batalla contra Fenrir había causado. En apenas dos días, el equipo de limpieza y recuperación había conseguido devolverle su magnífica imagen.

Heimdall miraba a su hijo fingiendo preocupación. Varulf podía ser un misterio para muchos, pero a él no lo engañaba. Estaba tan nervioso que era incapaz de ver que, en realidad, Heimdall se lo pasaba en grande.

—Repite eso de nuevo —pidió a su padre.

—Einar se entrevistó con Selenia —dijo haciéndose el loco.

—¡Eso ya lo sé, padre! Me refería a lo que dijo ella.

—¡Oh!, está bien. Dijo, con estas mismas palabras, que serías un jodido cobarde si no te presentabas esta noche para tomar posesión de tu cargo públicamente.

—¿Qué más?

—Que te retaba a una carrera en moto, si ella ganaba acudirías a la cita frente al Consejo —Varulf no dijo nada, parecía considerar la oferta pero Heimdall no estaba dispuesto a que su hijo pasara el resto de su vida maldiciéndose por una decisión equivocada. Era el Hati y únicamente había una cosa que podía arrastrarlo en la dirección que él deseaba: el instinto del animal que inundaba sus venas—. Esa hembra es magnífica. Si tuviera unos cuantos años menos no dejaría que se me escapase. Tiene que ser una fabulosa amante y después de tanto tiempo sin…

La mirada de advertencia asesina que le lanzó Varulf, casi le hizo olvidar el control y estallar en carcajadas.

—Está bien. ¿Cuándo llegará?

—¡Oh! ¿No te lo he dicho? Hace unas horas que está aquí —dijo sonriendo.

—¿Qué? —exclamó a voz en grito.

—Sí, está abajo, en el museo de vehículos. Con Einar.

—De acuerdo, vamos.

—Adelántate tú, hijo, no podría seguir tu ritmo aunque quisiera. —Heimdall ya no pudo contenerse y dejó escapar una risilla amortiguada.

Varulf no necesitó más para encaminarse hacia el lugar con determinación.

En pocos minutos entraba al museo y clavaba, en Selenia, la mirada verde más tormentosa que ella le hubiera visto jamás.

Sin decir palabra, Selenia se acomodó sobre una Ducatti. Varulf arrastró una de las motocicletas junto a la de Pura. Ambos pusieron el motor en funcionamiento y se colocaron el casco.

—La carrera será hasta el final del jardín para dar la vuelta alrededor del monolito y volver aquí, ¿de acuerdo? —Los dos contrincantes alzaron el pulgar hacia Einar, en señal de aprobación—. Bien. Tres. Dos. Uno. ¡Adelante!

La máquina de Selenia se lanzó a todo gas hacia la primera meta. Sin embargo, Varulf sólo consiguió que una gran mancha de carburante creciera con rapidez a sus pies. Cuando fue consciente de la encerrona, rio a carcajada limpia mientras Selenia volvía hacia ellos con toda la tranquilidad del mundo.

Varulf desmontó cuando ella lo hizo y esperó a que se quitara el casco con una sonrisa lobuna aún en los labios.

—Has perdido, machote —dijo Selenia cruzando los brazos sobre el pecho.

—Has hecho trampa.

—Te la debía. Y siempre pago mis deudas. —Varulf sonrió con humor recordando el momento en que manipuló la montura de la Pura en el pasado—. Alegaste que fue en mi beneficio, para que llegara alerta a la cita con aquel asesino y que, gracias a ello, salvé la vida —explicó—. Bien, yo lo he hecho para que no eches a perder la tuya. Debes ocupar tu lugar como Alfa. No puedes privar a la raza del Hati. Ni el Hati debe dar la espalda a sus súbditos.

—¿Y si hubiese elegido otra motocicleta? —preguntó el sueco refiriéndose a las motos y acercándose a ella.

—Las manipulé todas —sonrió Selenia satisfecha.

—Buen trabajo, cachorrita —ronroneó tomándola por las caderas para acercarla a él con ímpetu.

Selenia sintió, como siempre que aspiraba su aroma de forma tan cercana, que su cuerpo reaccionaba involuntariamente.

—Tuve un buen maestro, vikingo —acertó a decir antes de que Varulf se apoderara de su boca para devorarla con la necesidad que ella también sintió crecer en sus entrañas.

Si unos días atrás Varulf se enfadó consigo mismo por caer en la telaraña del amor, durante aquellas odiosas últimas horas sin Selenia se sintió permanentemente furioso por no haber admitido en su mente lo que su corazón ya sabía.

Continuó besándola, en un abrazo íntimo, demostrándole con sus actos y con todo el cuerpo cuanto su misma esencia era incapaz de expresar con palabras. Y, para sí, bendijo el día en que ambos conocieron personalmente el rostro del que sería su destino.

Epílogo

Una semana más tarde Selenia se encontraba en las escalinatas exteriores de la entrada a Skokloster para recibir a una visita. El viento se arremolinó en sus cabellos, haciéndolos volar.

Siguió con los ojos la imagen de un pequeño coche negro hasta que aparcó a unos metros de ella. La puerta se abrió y Davor, ataviado con una de aquellas horribles camisas hawaianas, emergió de su interior.

—¡*Trece*! —exclamó Selenia al ver que el pequeño chihuahua se lanzaba en picado de los brazos de Davor al suelo para correr hacia ella.

Movía la cola a velocidad vertiginosa, tanto que la hembra pensó que llegaría a despegar las delgadas patitas del suelo y Selenia se agachó para cogerlo, mientras el animalillo se deshacía en lametazos.

—Davor… —Sonrió al abrazarlo, plantándole en la mejilla un generoso beso de bienvenida.

—Mi señora… —dijo Davor una vez liberado del abrazo de la Pura y ejecutando una hermosa reverencia.

—¡Ah, no! De eso nada —se quejo Selenia tomándolo del hombro para alzarlo.

Aún no se había acostumbrado a aquellas exageradas muestras de respeto y sabía que pasarían años hasta que lo hiciera, si es que alguna vez ocurría. Pasó un brazo alrededor de los hombros del esclavo y lo condujo hacia el interior del castillo.

—Varulf está a punto de llegar. Le alegrará verte. No tuvimos oportunidad de hablar contigo durante el acto del Consejo —se excusó.

—No tiene importancia, querida. Sólo puedo agradeceros que me hayáis invitado —respondió—. ¡Pero mira esto! ¡Es increíble!

Caminaban por las salas en dirección a la estancia de Heimdall cuando el alma frívola y divertida del eslavo se puso en funcionamiento posando los ojos como platos sobre las maravillosas obras de arte, acompañando las exclamaciones con aspavientos. Selenia rio divertida.

—¡Si me dices que este lugar tiene un sistema acústico lo suficientemente bueno para honrar a Abba, me mudo a vivir con vosotros!

—¡Cuando quieras! Aquí hay habitaciones como para albergar a un regimiento.

La risa de ambos resonó por toda la estancia.

—Oh, no, querida. No. Sólo bromeaba. Alguien como yo jamás podría vivir aquí. Estoy acostumbrado a mi cuchitril y mis chicas de moral distraída. Además, no podría dormir pensando en que te estás beneficiando a mi hombre —dijo adelantando el labio inferior. Selenia rio a carcajadas—. Espero que estos lujos y la vida acomodada no hayan cambiado a mi sueco favorito. Dime que aún es un salvaje en la cama.

—No te quepa duda —siguió riendo la Pura.

Davor respiró fingiendo alivio:

—Me quitas un peso de encima.

Selenia golpeó la puerta con los nudillos antes de abrir. Heimdall, ya muy recuperado, los recibió con una amistosa sonrisa.

—Adelante, adelante —animó—. Pasad.

—Ya sé de quién ha heredado Varulf esa imponente presencia —murmuró Davor—. Por todos los dioses…

Selenia procedió a hacer las presentaciones y, en seguida, ambos se enfrascaron en una animada conversación. Heimdall deseaba conocer todos los aspectos de la vida de su hijo y no había nadie mejor que Davor para ofrecerle aquella información. Y el eslavo, que había quedado prendado inmediatamente por el magnetismo del Puro, no pudo menos que complacerlo en todo cuanto pidió.

La Pura cerró la puerta despacio, con *Trece* aún en los brazos, para dejarlos a solas.

Caminaba por el patio interior del castillo cuando vio aparecer a Varulf en el otro extremo del corredor. El licántropo aceleró el paso y rodeó el cuerpo de la Pura besándola con intensidad. Selenia notó la dura protuberancia de su sexo en el bajo vientre.

—Mira a quien tenemos aquí —dijo Selenia dejando al chihuahua en el suelo con una pícara sonrisa en la mirada, conociendo la poca paciencia que Varulf otorgaba a las muestras de rechazo del pequeño can.

Pero sorprendentemente la expresión de Varulf no fue la de fastidio tal como esperaba, sino que sus labios se curvaron en aquella sonrisa que anunciaba algo inesperado.

—Eso me recuerda que aún no conoces a alguien... —dijo antes de llenar de aire sus pulmones y silbar con fuerza.

En segundos, la figura de un enorme animal se dibujó al fondo del pasillo, corriendo hacia ellos hasta que se paró junto a las piernas del sueco. Varulf palmeó la cabeza del lobo que lo había ayudado en su solitario asalto a las instalaciones de Rebel y que encontró atado y malherido días más tarde. Selenia contempló cómo el chihuahua se encogía sobre sí mismo.

—*Trece*... —anunció Varulf hinchando el pecho y sonriendo con placer perverso— te presento a *Treinta y uno*.

Anpu observó cómo el sol se ocultaba y la oscuridad se adueñaba del paisaje sueco, engullendo colores y formas. Metió la mano en uno de los bolsillos y apretó la pequeña mosca de oro en un puño, sin dejar de ver similitudes en cuanto contemplaba con lo que le ocurriera a él en el pasado.

Cuando estaba al borde de dar rienda suelta a la necesidad de desprenderse de aquella angustia del único modo que le resultaba efectivo, una mano amiga se posó sobre su hombro izquierdo.

—Gracias por tu ayuda, hermano.

—Mi presencia aquí no ha servido de mucho. No me siento merecedor de esa gratitud.

—No estoy de acuerdo con eso.

—Fenrir escapó y no pude impedírselo.

—Yo soy el único que puede hacerlo, no te martirices con ello.

—Sea como sea, sigue vivo y encontrará la manera de volver a intentarlo.

—No me cabe la menor duda y espero contar contigo cuando eso suceda.

—Por supuesto, mientras tanto, me encargaré de preparar a Koram para ese momento, lo mejor que pueda.

—Eres el más indicado. —Anpu frunció el ceño, dubitativo, frente a aquella afirmación dicha con tanta rotundidad—. Sólo contigo podrá conocer todos los aspectos de un nagual. Su inclinación hacia esa vertiente de nuestra raza será inevitable para él. Y cuando deba pasar por el ritual que muestre su sello, es primordial que recuerde y tenga presente cada una de tus enseñanzas.

—Ése es mi objetivo. Un licántropo como él, abrazando los conocimientos y la ciencia de los naguales, no puede caer en los atractivos brazos de la oscuridad. A su lado, mi error apenas sería un puñado de polvo en el desierto.

—Confío en ti para evitar eso.

—Hare cuanto esté en mi mano, mi señor.

Glosario

Dominantes: Rango más elevado en la escala de los licántropos. Son el resultado directo del cruce de un Puro y un Original: por tanto, infértiles. Existen poquísimos de ellos y han sido, desde su nacimiento, controlados y educados para ofrecer sus servicios al Consejo por el peligro que conllevaría dejarlos a su libre albedrío ya que son poseedores de un poder especial y a la vez excepcional: leer las mentes. Los Dominantes pueden comunicarse telepáticamente e incluso llegar a infligir dolor mediante la intrusión en sus cerebros.

Híbridos: son el producto de la unión de un Original y un Humano, nacen con un alma maldita y una humana. Aunque su infancia y adolescencia se desarrolla con cierta normalidad, con el paso de los años, ese poder maldito que encierran comienza a manifestarse mediante sus sueños; pesadillas de sangre y violencia que llegan a robarles el descanso y pueden desequilibrar seriamente su estabilidad mental. Por ello, es necesario que pasen por un ritual: la unión de almas. Esa ceremonia consigue convertirlos en Híbridos completos. Pueden transformarse en licos aunque jamás tendrán la fuerza y el poder de un Original, a su favor está el que no dependen de un amuleto que deban proteger.

Infectados: no son más que humanos que han sido mordidos profundamente por un lico, bien sea por error, por ira o por pura maldad. Su alma humana está infectada por la maldición, pero al no albergarla, son como marionetas apestosas y tremendamente maliciosas con una sed de sangre que les resulta difícil controlar. Son, en su gran mayoría, los causantes de los ataques a las personas.

Nagual: más que un rango es un estatus. No cualquier licántropo puede llegar a serlo, para poder llegar a ostentarlo se debe haber nacido como Híbrido y haber pasado por el ritual de unión de almas. También los llaman los doblemente malditos, pues para llegar a ser Nagual deben pasar por dos ceremonias más en las que, en una de ellas, se vuelve a maldecir al Híbrido. Esta circunstancia le ofrece la posibilidad de tener acceso a conocimientos mágicos, ceremonias y rituales que deben usar para ayudar y proteger a su raza. Con el paso de los años algunos de ellos llegan también a desarrollar cierto control sobre un elemento de la naturaleza.

Originales: humanos malditos por una bruja. En el proceso de esa maldición dos almas se unen, la del hombre y la de un lobo, y el poder de esa unión se guarda en un objeto, el amuleto. Ese talismán es de suma importancia para ellos pues quien lo posea también ostentará poder sobre su transformación.

Puros: Éstos pueden darse de la unión de dos Híbridos completos, de dos Originales, de un Híbrido y un Original o de otro Puro y un Híbrido. La concentración de la maldición en ellos es más alta y por lo tanto más potente. En ellos existe un problema de concepción pues la propia maldición impide que tengan descendencia con otro de su mismo rango. Es por ello que las hembras Puras prefieran compartir su vida con un lico inferior, generalmente Híbridos, u olvidarse de procrear y dedicar su vida a otros menesteres.

Conspiración en la noche
SE ACABÓ DE IMPRIMIR EN MARZO DE 2010
EN LOS TALLERES BROSMAC, CALLE GIRONA, 206
VILLAVICIOSA DE ODÓN
(MADRID)